जहरीली हसीना

जेम्स हेडली चेइज़

डायमंड बुक्स
www.diamondbook.in

प्रकाशक : डायमंड पॉकेट बुक्स (प्रा.) लि.
X-30 ओखला इंडस्ट्रियल एरिया, फेज-II
नई दिल्ली-110020
फोन : 011-40712200
ई-मेल : sales@dpb.in
वेबसाइट : www.diamondbook.in
मुद्रक : रेप्रो (इंडिया)

Zeherili Hasina

James Hadley Chase

जहरीली हसीना

जून का महीना था। तेज गर्मी के कारण सारा शहर झुलस रहा था। मध्याह्न का समय था और में अपने दफ्तर में कुर्सी पर बैठा हुआ नींद की झपकियां ले रहा था। मेरे सामने मेज पर कुछ फाइलें रखी हुई थीं। ये फाइलें महत्त्वपूर्ण नहीं थीं और इसलिए कुछ झपकियां ले लेने के लिए मैं खुद को आजाद महसूस कर रहा था।

तभी टेलीफोन की घण्टी बजी और मैंने रिसीवर उठा लिया।

"हां, जिना?"

"मिस्टर शेरविन चामर्स आपसे फोन पर बात करना चाहते हैं।" जिना ने हांफते हुए कहा।

शेरबिन चामर्स का नाम सुनकर मैं भी सकपका गया।

"चामर्स?" हे भगवान! क्या वह इस समय रोम में ही है?"

"नहीं, वे न्यूयार्क से फोन कर रहे हैं।"

यह जानकर कि चामर्स न्यूयार्क में ही है और वहीं से फोन पर बात करना चाहता है मेरी जान में जान आई। लेकिन फिर भी अज्ञात आशंका से मेरा दिल धड़कता रहा।

"ठीक है, मैं उनसे बात करने के लिए तैयार हूं।" मैंने कहा तथा इस बीच कुछ आत्मविश्वास बटोरने की कोशिश करने लगा।

पिछले चार वर्ष से मैं न्यूयार्क वैस्टर्न टेलीग्राम नामक अखबार के रोम दफ्तर का इंचार्ज था। शेरविन चामस इस अखबार का मालिक था और इन वर्षों में पहली बार मुझसे कुछ बात करना चाहता था।

चामर्स करोड़पति था व अपने समाचार पत्र साम्राज्य में एक डिक्टेटर की सी हैसियत रखता था। वैसे वर्षों पूर्व एक पत्रकार के रूप में उसने अपनी व्यावसायिक जिंदगी की शुरूआत की थी और अपने तेज दिमाग, व्यावसायिक कुशलता व व्यापारिक चतुरता के कारण ही वह अपनी वर्तमान हैसियत पर पहुंच पाया था। चामर्स द्वारा फोन पर मुझसे सम्पर्क स्थापित करने की इच्छा जाहिर करना अमेरिकन राष्ट्रपति द्वारा मुझे वाइट हाऊस में चाय पर आमंत्रित किये जाने से कम महत्त्वपूर्ण न था। लिहाजा खुद को महत्त्वपूर्ण समझे जाने के साथ-साथ कुछ आशंकित ही उठना भी मेरे लिए स्वाभाविक ही था।

रिसीवर को कान से लगाये मैं चामर्स की आवाज की प्रतीक्षा करता रहा। थोड़ी देर बाद फोन पर किसी महिला की आवाज आई–"क्या आप मिस्टर डॉसन ही हैं?"

"जी हां।"

"मिस्टर चामर्स आपसे बात करना चाहते हैं। कृपया इंतजार कीजिए।"

“मैं इंतजार कर रहा हूं।” मैंने जवाब दिया वह पहले की भांति ही रिसीवर कान से लगाए बैठा रहा।

“डॉसन?” रिसीवर के दूसरे छोर से चामर्स की आवाज गूंजी। वह आवाज हथौड़े जैसी वजनदार व सख्त थी।

“जी हां, मिस्टर चामर्स।”

थोड़ी देर तक दूसरी ओर से कोई आवाज न आई। इस खामोशी ने मेरी इस आशंका को और भी मजबूत कर दिया कि मेरे दफ्तर के काम के बारे में जरूर ही चामर्स को कोई गलत सूचना या रपट दी गई है और चामर्स द्वारा मुझे फोन किए जाने का कारण मुझे इस बारे में चेतावनी देना है। चामर्स जैसा व्यक्ति बिना किसी विशेष कारण के रोम फोन नहीं कर सकता था।

लेकिन चामर्स ने फोन पर मुझसे जिस विषय पर बात की उसने मुझे हैरान कर दिया।

“देखो, डॉसन!” चामर्स बोला, “कल ग्यारह-पचास वाले हवाईजहाज से मेरी बेटी रोम आ रही है। मैं चाहता हूं कि तुम हवाई अड्डे जाकर उसकी अगवानी करो तथा उसे एक्सलियर होटल ले जाओ। मेरी सेक्रेट्री ने होटल में उसके लिए बुकिंग कर दी है। ठीक है?”

आज मुझे पहली बार यह पता चला था कि चामर्स की एक बेटी भी है। मैं यह तो जानता था कि चामर्स की चार शादियां हुई थीं लेकिन मुझे यह न मालूम था कि उसकी एक बेटी भी थी।

“मेरी बेटी रोम यूनिवर्सिटी में पढ़ने के लिए आ रही है।” चामर्स भारी आवाज में बोले जा रहा था।” मैंने उससे कह रखा है कि किसी भी चीज की आवश्यकता पड़ने पर वह तत्काल तुम से सम्पर्क करे। मैं उसे खर्चे के रूप में प्रति सप्ताह साठ डालर भेजता रहूंगा। मेरे ख्याल में किसी भी अध्ययनशील लड़की के लिए यह रकम काफी है। मैं चाहता हूं कि वह अपने खर्चों को इस रकम तक ही सीमित रखे व फिजूलखर्ची न करे। मैं तुम्हें भी यह निर्देश देता हूं कि तुम उसे और धन न देना। वह बहुत जरूरी है। मेरे इस निर्देश का पालन करने में किसी तरह की कोताही को मैं बर्दाश्त नहीं करूंगा। यह मेरी बेटी के हित में है यदि वह मेरी आशाओं के अनुरूप अपना पूरा ध्यान पढ़ाई की तरफ लगाये रखेगी तो उसे अधिक पैसे की जरूरत भी न पड़ेगी। मैं समय-समय पर तुमसे यह जानना चाहूंगा कि वह कैसी चल रही है। यदि उसे किसी चीज की आवश्यकता पड़े या यदि वह बीमार पड़ जाए तो तुम्हें तत्काल उसकी सहायता करनी होगी।”

“क्या आपकी बेटी का कोई सम्बन्धी या जानकार यहां नहीं है?” मैंने पूछा। जाहिर है कि देखभाल के काम से बचना चाहता था।

“मैंने उसे रोम में रहने वाले अपने कुछ जानकार मित्रों के पते दिए हैं। यूनिवर्सिटी में पढ़ते हुए वह कुछ अच्छे मित्र भी बना लेगी।” चामर्स बोला। उसकी आवाज में बेसब्री का लहजा जाहिर था।

"ओके, मिस्टर चामर्स! मैं आपकी बेटी से मिलूंगा व आपके निर्देशों के अनूसार उसकी पूरी सहायता करूंगा।"

"ठीक है; मैं भी तुमसे ऐसी ही उम्मीद करता हूं।" चामर्स बोला। फिर कुछ देर रुककर उसने पूछा—"क्या तुम्हारे दफ्तर में सब कुछ ठीक चल रहा है?"

मुझे लगा कि दफ्तर के बारे में पूछकर चामर्स केवल औपचारिकता निभा रहा है। फिर भी मैंने जवाब दिया—"दफ्तर का काम कुछ ढीला चल रहा है।"

"फिर कुछ समय तक चामर्स की ओर से कोई आवाज न आई बल्कि यह लगा कि वह भारी-भरकम सांसें ले रहा है। मेरी आंखों के सामने चामर्स का चित्र घूम गया। वह नाटे कद का मोटा आदमी था। उसकी ठोढ़ी मुसोलिनी की तरह व आंखें संपीली थीं।

"हैमरस्टाक पिछले हफ्ते तुम्हारे बारे में ही बात कर रहा था।" चामर्स बोला—"वह तुम्हें न्यूयार्क वापिस बुलाने के बारे में सोच रहा है।"

न्यूयार्क वापिस जाने की सम्भावना के बारे में सुनकर मेरे मुंह से एक ठंडी सांस निकली। मैं पिछले दस महीनों से यह समाचार सुनने के लिए तरह रहा था।

"मैं खुद भी चाहता हूं कि मैं न्यूयार्क वापस आ सकूं।" मैंने कहा—"यदि आप मुझे ऐसा अवसर दे सकें तो मैं आपका अहसान मंद रहूंगा।"

"ठीक है, मैं इस बारे में सोचूंगा।" चामर्स बोला।

रिसीवर में आने वाली घंटी की आवाज से जाहिर था कि चामर्स ने रिसीवर रख दिया था। मैंने भी रिसीवर नीचे रख दिया, कुर्सी को कुछ पीछे खींच लिया व न्यूयार्क वापस जाने की खुश गवार संभावनाओं में डूब गया।

मैं पिछले चार वर्षों से रोम में काम कर रहा था। ऐसी बात नहीं थी कि मुझे रोम शहर अच्छा नहीं लगता था। रोम एक अच्छा शहर था व यहां के लोग सभ्य, सुसंस्कृत व खुले दिल के थे। रोम में न रहने की इच्छा के पीछे केवल एक ही कारण था और वह यह कि यहां नौकरी करते हुए मेरे लिए पदोन्नति या वेतन वृद्धि की कोई गुंजाइश नहीं थी। यदि मुझे अपने व्यवसाय में तरक्की करनी थी तो मेरे लिए न्यूयार्क में रहना जरूरी था। इस मसले पर कुछ समय विचार करने के बाद मैं जिना के कमरे में चला गया।

जिना वेलेट्टी एक खूबसूरत व हंसमुख नवयुवती थी। उसकी उम्र तेईस वर्ष थी। जब से मैंने रोम का दफ्तर सम्भाला था जिना मेरी सेक्रेटी के रूप में काम कर रही थी। दफ्तर से मेरी अनुपस्थिति के दौरान वह दफ्तर का सारा काम सम्भाल लेती थी।

मुझे अपने कमरे में दाखिल होता देख जिना ने टाइपराइटर पर अंगुलियां रोक दीं व प्रश्नसूचक मुद्रा में मेरी ओर देखने लगी।

मैंने उसे फोन पर चामर्स से हुई बात का ब्यौरा दिया।

"क्या वह कुछ अजीब बात नहीं है?" उसके डेस्क के किनारे पर टेक लगाते हुए मैंने पूछा– "यूनिवर्सिटी की किसी मोटी भद्दी छात्र को मेरा सलाह या सेवा की जरूरत हो सकती है? मैं एक पत्रकार हूं और पत्रकारिता के क्षेत्र के बाहर मेरा किसी भी चीज में कोई दखल नहीं है।"

"हो सकता है वह लड़की खूबसूरत हो।" जिना ने ठंडे भाव से जवाब दिया। जिना के शांत व ठंडे लहजे के पीछे एक व्यंग्य भी छिपा था जिसे मैं उस समय पहचान न पाया।" कई अमेरिकन लड़कियां खूबसूरत व आकर्षक होती हैं। हो सकता है कि तुम दोनों एक-दूसरे को प्यार करने लगी व विवाह-सूत्र में भी बंध जाना चाहो। यदि ऐसा हो जाए तो तुम एक करोड़पति आदमी के दामाद बन जाओगे।"

"तुम्हारे दिमाग में शादी ब्याह के अलावा और कोई बात घुसती ही नहीं।" मैंने झल्लाते हुए जवाब दिया, "तुम सब इतावली लड़कियां एक जैसी होती हो। तुमने चामर्स को भी नहीं देखा है जबकि मैंने उसे देखा है। चामर्स की बेटी खूबसूरत हो ही नहीं सकती। इसके अतिरिक्त चामर्स मुझे अपना दामाद नहीं बनाना चाहेगा। अपनी बेटी के लिए वह कोई ऊंचा वर ही चाहेगा।"

अपनी खूबसूरत काली भौहें उठाकर जिना ने एक बार मेरे चेहरे पर नजर डाली व फिर अपनी निगाहें टाइपराइटर पर गड़ा दीं।

यह तो समय ही बतायेगा कि भविष्य में क्या होने वाला है।" वह बोली।

चामर्स की बेटी से मुलाकात होने पर मुझे लगा कि उसके बारे में जिना व मेरी दोनों की कल्पनाएं गलत थीं वह ठीक था कि वह अधिक खूबसूरत नहीं थी लेकिन वह मोटी व भद्दी भी न थी। उसके बाल भूरे थे तथा उसने सुनहरी फ्रेम का चश्मा लगा रखा था। उसके कपड़े ढीले-ढाले व जूता भारी भरकम था। उसके बाल पीछे की ओर कसकर बंधे हुए थे। कुल मानों में वह यूनिवर्सिटी की एक गम्भीर छात्र दिख रही थी जिसे बनाव-सिंगार में या खुद को आकर्षक रूप में प्रस्तुत करने में कोई दिलचस्पी न थी।

मैं चामर्स के निर्देश के अनुसार सबसे पहले उसे हवाई अड्डे पर मिला व वहां से उसे एक्सलसियर होटल ले गया। इस मौके पर मैंने अपने बोलचाल के लहजे में पूरी औपचारिकता बनाए रखी और चामर्स की बेटी ने भी ठीक वैसे ही जवाब दिया। होटल पहुंचते-पहुंचते मैं उसकी संगत से इतना बोर हो चुका था कि मैं उससे जल्दी विदा लेना चाहता था। फिर भी चामर्स के निर्देश के अनुसार मैंने उसे अपना टेलीफोन नम्बर दिया व कहा कि जरूरत पड़ने पर वह इस नम्बर पर मुझसे सम्पर्क कर सकती है। मन ही मन मुझे यह विश्वास था कि उसे ऐसा करने की जरूरत ही नहीं पड़ेगी। वह अपने काम-काज में इतनी दक्ष दिख रही थी कि किसी भी परिस्थिति का अकेले ही मुकाबला करने में वह पूरी तरह से समर्थ प्रतीत होती थी।

अगले दिन जिन ने उसके स्वागत के प्रतीक के रूप में फूलों को एक गुलदस्ता उसके होटल भिजवाया तथा साथ ही चामर्स को तार द्वारा सूचित कर दिया कि उसकी बेटी सकुशल रोम पहुंच गई हैं।

चामर्स की बेटी से हुई इस पहली मुलाकात के बाद मैं अपने दफ्तर के काम में इतना व्यस्त हो गया कि कई दिनों तक मुझे उसका खयाल ही न आया।

लगभग दस दिन बाद जिना ने मुझे सुझाव दिया कि मैं उसे फोन करूं व उससे पूछूं कि उसे किसी प्रकार की सहायता की जरूरत तो नहीं है। जिना के सुझाव ने मुझे उसकी याद दिला दी थी। मैंने इस सुझाव को अपनी जिम्मेदारी समझ तत्काल उसे फोन किया। लेकिन होटल मैं मुझे बताया गया कि वह लगभग छः दिन पहले होटल से चली गई है व जाते समय कोई पता भी नहीं छोड़ गई है।

जिना ने मुझसे फिर कहा कि मुझे उसका पता जानने की कोशिश करनी चाहिए। उसने कहा कि चामर्स के निर्देश के अनुसार यह मेरी जिम्मेदारी थी जिसे निभाने में मुझे कोई कोताही नहीं बरतनी चाहिये। साथ ही जिना ने यह भी कहा कि अपनी बेटी का हाल जानने के उद्देश्य से चामर्स अवश्य हमसे सम्पर्क करेगा और ऐसी स्थिति में हम उसे क्या जवाब देंगे।

"ठीक है, उसका पता तुम ही ढूंढ दो।" जिना की दलील को अनमने ढंग से स्वीकार करते हुए मैंने कहा—"मैं आजकल बहुत ज्यादा व्यस्त हूं।"

जिना ने पुलिस मुख्यालय फोन करके मिस चामर्स के निवास के बारे में जानकारी हासिल की। पुलिस की सूचना के अनुसार होटल छोड़ने के बाद मिस चामर्स ने वाया कवूर नामक जगह पर तीन कमरों वाला एक खूबसूरत फ्लैट किराये पर ले लिया था व वहीं रहने लग गई थी जिना ने उसका फोन नम्बर मालूम किया व मुझे दे दिया। मैंने तत्काल फोन पर मिस चामर्स से सम्पर्क स्थापित कर लिया।

मेरा फोन पाकर मिस चामर्स पहले तो कुछ हैरान हुई और मुझे पहचान नहीं पाई। जब मैंने अपना नाम दोहराया व पूरा परिचय दिया तब उसे याद आया कि रोम पहुंचने पर सबसे पहले मैंने ही हवाई अड्डे पर उसका स्वागत किया था व उसे होटल छोड़ आया था। मुझे लगा कि पहली मुलाकात के बाद वह भी मुझे उसी प्रकार भूल गई थी जिस प्रकार मैं उसे भूल गया था। शिष्टाचार के बाद वह बोली कि वह बिलकुल ठीक तरह से है और उसे किसी प्रकार की सहायता की आवश्यकता नहीं है।

फोन पर बातचीत करते हुए मेरे खिन्न हावभाव को देखकर जिना समझ गई थी मिस चामर्स से बात करके मैं खुश नहीं हुआ था। स्पष्टीकरण देते हुए वह बोली—"एक करोड़पति की बेटी होने के नाते मिस चामर्स का बर्ताव स्वाभाविक ही है।"

"मैं जानता हूं।" मैंने कुछ कहा–"आज के बाद से मैं मिस चामर्स से कोई सम्पर्क नहीं रखूंगा। आज उसकी बातचीत से लगा कि उसे हमारी सहायता की कोई जरूरत नहीं है।"

अगले चार सप्ताह मुझे मिस चामर्स का कोई समाचार न मिला। लगभग दो महीने बाद मैं लम्बे अवकाश पर जा रहा था। जाने से पहले मैं दफ्तर का सारा काम खत्म करना चाहता था। लिहाजा इन दिनों मैं अपने काम में अत्यधिक व्यस्त था। मेरे अवकाश के दौरान मेरे स्थान पर काम करने के लिए न्यूयार्क से जैक मैक्वेल रोम आ रहा था।

अवकाश के दिनों में मेरा विचार था कि मैं एक सप्ताह वेनिस में गुजारूंगा व फिर लगभग तीन सप्ताह सुदूर दक्षिण में इसचिया नामक स्थान पर बिताऊंगा। रोम में बिताए गए पिछले चार वर्षों में पहली बार मैं इतने लम्बे अवकाश पर जार रहा था व बेसब्री से इसकी प्रतीक्षा कर रहा था। मेरी योजना थी कि मैं अपनी लंबी यात्रा पर अकेला ही जाऊंगा। मुझे अकेलापन अच्छा लगता है। अकेला होने पर किसी व्यक्ति को जो आजादी मिल पाती है वह किसी साथी के साथ होने पर नहीं मिल पाती। अकेला होने पर हम किसी स्थान पर ठहरने या न ठहरने के बारे में अपनी इच्छानुसार स्वतंत्र रूप से निर्णय ले सकते हैं। किसी अन्य व्यक्ति की संगत में ऐसा करना संभव नहीं होता।

मिस चामर्स से फोन पर बात किए हुए चार हफ्ते व दो दिन हो चूके थे। ऐसे समय एक दिन मुझे अपने एक मित्र गीसैप फ्रैंजी का पत्र मिला जो 'लातालिया दैल पोपोलो' नामक समाचार पत्र में काम करता था। फ्रैंजी ने मुझे मशहूर फिल्म निर्माता गीडो लक्सीनो द्वारा आयोजित एक रात्रि-भोज में चलने का निमंत्रण दिया।

मुझे इतावली पार्टियां अच्छी लगती हैं। इन पार्टियों का वातावरण काफी दिलचस्प व भोजन बड़ा लजीज होता है। मैंने अपने मित्र का निमंत्रण स्वीकार कर लिया व उससे कहा कि मैं रात के आठ बजे उसके घर पहुंच जाऊंगा व फिर दोनों मिलकर पार्टी में चलेंगे।

फिल्म निर्माता पोर्टा पिंकियाना इलाके में एक बड़े मकान में रहता था। जब तक हम उसके मकान पर पहुंचे, उसका अहाता कडिलैक रौल्स राय व ब्यूगाटिस जैसी बढ़िया कारों से भर चुका था। बड़ी मुश्किल से हम अपनी पुरानी 1954 मॉडल ब्युक गाड़ी को खड़ा रखने के लिए जगह ढूंढ़ पाए।

पार्टी काफी शानदार थी। पार्टी में आए अधिकतर महानुभावों से मैं पहले से ही परिचित था। इनमें पचास प्रतिशत के करीब लोग तो मेरी तरह अमेरिकन थे। निर्माता लक्सीनों के अमेरिकनों से अच्छे संबंध थे व आज की पार्टी में उसने उनकी चहेती शराब की किस्मों का काफी भंडार रखा था। रात के दस बजे तक मैं कई भारी पैग पी चुका था व अपने शरीर के भीतर गर्मी महसूस करने लग गया था। गर्मी से बचने के लिए मैं हाल से बाहर निकलकर दालान में चला आया व चांदनी रात में चांद व तारों से भरे आसमान को निहारने लगा।

अहाते के एक सिरे पर एक महिला खड़ी हुई थी। क्योंकि इस महिला की पीठ मेरी ओर थी इसलिए मेरी नजर इसके मुंह पर नहीं पड़ी। वह बाहर की ओर झुकी हुई चांद को निहार रही थीं। उसने एक ऐसी अत्याधुनिक पोशाक पहन रखी थी जिसमें उसकी पीठ व कंधे खुले हुये थे। चांदनी रात में उसके गोरे शरीर के खुले हुए अंग सफेद मिट्टी की बनी प्रतिमा जैसे लग रहे थे। ऐसे रोमांटिक वातावरण में एक खूबसूरत महिला को देखकर मेरा दिल उससे दोस्ती करने के लिए लालायित हो उठा। महिला से बात करने के उद्देश्य से मैं धीरे-धीरे टहलता हुआ उसके करीब आ गया और उसकी भांति ही चांद की सुंदरता को निहारने लगा।

"क्या ही खूबसूरत दृश्य है।" मैंने बातचीत शुरू करने के इरादे से कहा—"अंदर की भीड़ में तो मेरा दम घुटा जा रहा था।"

"हां।" महिला ने मेरी ओर मुड़े बिना ही सिर हिला दिया।

कुछ साहस बटोरकर मैं इस महिला के और करीब आ गया व नजर घूमाकर उसके चेहरे पर एक दृष्टि डाली। वह वाकई काफी खूबसूरत दिख रही थी। उसका नाक-नक्शा छोटे आकार का था और उसके होंठ लाल थे। उजली चांदनी में उसकी आंखें चमक रहीं थीं।

"मेरा विचार था कि मैं रोम के हर महत्त्वपूर्ण व्यक्ति को जानता हूं।" मैंने कहा—"लेकिन हैरानी की बात है कि आपका परिचय प्राप्त करने का सौभाग्य मुझे अब तक नहीं मिल पाया है।"

अब महिला ने भी सिर घुमाया व मुझपर नजर डाली। फिर वह हल्के से मुस्कराई।

"मिस्टर डॉसन, आप मुझसे पहले भी मिल चुके हैं।" वह बोली—"क्या मैं इतनी बदल गई हूं कि आप मुझे पहचान ही नहीं पा रहे हैं?"

धड़कते दिल से मैंने इस महिला की ओर अच्छी प्रकार देखा व उसे पहचान पाने की कोशिश करने लगा। लेकिन काफी प्रयत्न करने के बावजूद भी मैं समझ न पाया कि वह महिला कौन थी व इससे मेरी मुलाकात कहां हुई थी?

"माफ कीजिए, मैं आपको पहचान नहीं पा रहा हूं।" मैंने जवाब दिया। मैं खुद हैरान था कि इतनी खूबसूरत व आकर्षक नवयुवती से मिलने के बाद मैं उसे क्यों भूल गया था जबकि उसे मेरा नाम व मेरी शक्ल दोनों अच्छी तरह याद थीं।

नवयुवती हंसी व फिर बोली—"मेरा नाम मिस हेलन चामर्स है। याद आया?"

* * *

हेलन चामर्स का यह बदला हुआ रूप देखकर मैं हैरान रह गया। जब वह पहली बार रोम के हवाई अड्डे पर मुझसे मिली थी उस समय वह एक पढ़ाकू छात्र दिख रही थी। उस समय उसकी आंखों पर मोटा चश्मा था, जूते भारी थे, पोशाक सादी थी व बाल पीछे की ओर करीने व सादगी से बंधे हुए थे। लेकिन आज वह एक बदली हुई हेलन दिख रही थी। मेरे दिल में आया

कि मैं उससे कहूं कि आज वह निहायत ही खूबसूरत व आकर्षक दिख रही है। लेकिन फिर कुछ सोचकर मैंने ऐसा नहीं कहा।

मैं लगभग आधा घण्टा हेलन से अहाते में ही खड़ा हुआ बातें करता रहा। हेलन से हुई आज की इस अप्रत्याशित मुलाकात ने मेरे दिल में खलबली पैदा कर दी थी। साथ ही मेरे दिल में यह अहसास भी था कि वह मेरे मालिक की बेटी है। आज उसके व्यवहार में वह बेरुखी नहीं थी जो पिछली बार फोन पर बातचीत करते हुए उसने दिखाई थी। हम पार्टी में उपस्थित व्यक्तियों शराब, चांदनी, शहर आदि कई विषयों पर देर तक बात करते रहे।

मैं हेलन की ओर इस तरह आकर्षित हुआ जा रहा था जिस प्रकार लोहे का टुकड़ा चुम्बक की ओर आकर्षित होता है। मेरी निगाहें उसके चेहरे से हटने का नाम नहीं ले रही थीं। मुझे अब भी विश्वास नहीं हो रहा था कि क्या वह वही लड़की है जिससे पहली बार मैं लगभग एक महीना पहले हवाई अड्डे पर मिला था तथा जिसे मैं होटल छोड़ आया था।

बातचीत के दौरान वह अचानक बोल पड़ी—"क्या तुम अपनी कार साथ लाए हो?"

"हां, मैंने अपनी कार को बाहर पार्क किया है।"

"क्या तुम मुझे मेरे घर छोड़ सकते हो?"

"हां, हां क्यों नहीं। लेकिन अभी तुम्हें घर जाने की क्या जल्दी पड़ी है?" मैंने थोड़ा निराश होकर पूछा।" अभी तो पार्टी में और निखार आएगा। क्या तुम डांस करने में भी दिलचस्पी नहीं रखती हो?"

जवाब के रूप में हेलन मेरे चेहरे को देखने लगी। ऐसा लग रहा था कि मानो वह मेरे चेहरे में कुछ ढूंढ़ने का प्रयत्न कर रही हो।

"मैं अभी घर जाना चाहती हूं।" हेलन बोली। "लेकिन यदि आप पार्टी छोड़कर न जाना चाहें तो मैं टैक्सी लेकर चली जाऊंगी। आप चिन्ता न कीजिए।"

"यदि तुम सचमुच ही अभी जाना चाहती हो तो मैं भी यहां नहीं रहूंगा।" मैंने आग्रहपूर्वक कहा। "मैं तुम्हें अपनी कार में तुम्हारे घर तक छोड़ दूंगा। मेरा खयाल था कि इस पार्टी में तुम्हारी दिलचस्पी थी।"

हेलन के मुख पर मंद मुस्कान तैर गई। फिर वह बोली—"आपकी कार कहां है?"

"कारों की कतार में खड़ी हुई आखिरी कार मेरी है...काले रंग की ब्यूक कार।"

"ठीक है, मैं आपको कार में बैठी मिलूंगी।"

यह कहकर हेलन चल पड़ीं मैं उसके साथ हो लिया लेकिन उसने ऊंगली का इशारा दिखाकर मुझे रोक दिया। उसके इशारे का मतलब साफ था—वह नहीं चाहती थी कि हम पार्टी में साथ-साथ देखे जाएं। इस मामले में वह मुझसे अधिक समझदार दिख रही थी।

मैंने उसे अकेले हाल में घुसने दिया व सिगरेट जलाकर समय बिताने लगा। उसके जाने के थोड़ी देर बाद मैं भी हाल में चला आया जहां लोग बातचीत में मशगूल थे। मैं चाहता था कि जाने से पहले मैं लक्सीनो से मिलूं व आज की पार्टी के लिए उसका धन्यवाद कर उससे विदा लूं। लेकिन लक्सीनो कहीं नहीं दिखा। फिर सोचकर कि यह धन्यवाद मैं उसे कल फोन पर भी दे सकता हूं, मैं चुपचाप हाल से निकलकर बाहर आ गया। सीढ़ियों से तेजी से उतरता मैं कार पार्किंग में दाखिल हुआ।

हेलन मेरी कार में पहले से ही बैठी हुई थी। दरवाजा खोलकर मैं भी कार के अन्दर ड्राइवर की सीट पर बैठ गया।

"मेरा घर वाया कबूर में है।"—हेलन बोल पड़ी।

दरवाजा खोलकर मैं कार से बाहर आ गया। फिर कार की दूसरी ओर जाकर मैं दरवाजा खोलकर खड़ा हो गया। हेलन बाहर निकली व गली के दोनों छोरों की ओर ध्यान से देखने लगी।

"क्या तुम कुछ देर के लिए मेरे घर नहीं आओगे? मैं तुमसे बातचीत करना चाहती हूं।" वह बोली। पार्टी से बाहर आने पर वह मुझे 'आप' की बजाय 'तुम' कहकर संबोधित करने लगी थी।

अचानक मुझे फिर अहसास हुआ कि वह मेरे मालिक की बेटी थी।

"तुम्हारे घर जाना शायद मेरे लिए अच्छा न हो।" मैंने कहा। "इस समय काफी रात हो चुकी है। मैं तुम्हें तकलीफ नहीं देना चाहता।"

"मुझे कोई तकलीफ न होगी।"

यह कहकर हेलन गली के एक छोर की ओर चल पड़ी। मैंने कार की बत्तियां बुझाई व हेलन के पीछे हो लिया।

हेलन के फ्लैट की ओर चलते हुए मेरा मन अजीब दुविधा से भरा हुआ था मैं सोच रहा था कि यदि कोई व्यक्ति शेरविन चामर्स को बता दे कि मैं रात ग्यारह बजे उसकी बेटी के फ्लैट में दाखिल हो रहा था तो वह मेरे बारे में क्या सोचेगा।

मेरा सारा भविष्य चामर्स के हाथ में था चामर्स की उंगली का इशारा मुझे अखबारों की दुनिया से सदा के लिए बाहर फेंक देने के लिए काफी था। उसकी बेटी के साथ मित्रता बढ़ाना सांप से मित्रता रखने से कम खतरनाक न था।

हेलन के फ्लैट वाली इमारत में आकर हम स्वचालित लिफ्ट में दाखिल हुए। लिफ्ट से निकलकर लॉबी में से गुजरते हुए हम फ्लैट में घुसे। इस समय लॉबी सुनसान पड़ी थी और किसी ने हमें साथ-साथ न देखा।

दरवाजा बंद कर हेलन मुझे खूबसूरती से सजाए गये एक लाउंज में ले गई। यह लाउंज रंगीन बत्तियों व गुलदानों से सजाया गया था। यहां मुझे अचानक यह अहसास हुआ कि इस समय फ्लैट में हम दोनों के सिवा और कोई नहीं है।

हेलन ने अपना हैट व ओवरकोट उतारकर खूंटी से टांग दिया व शराब की अलमारी की ओर बढ़ी।

"तुम इस समय क्या पीना पसंद करोगे—राई या जिन?" उसने पूछा।

"क्या तुम इस समय इस फ्लैट में अकेली हो?"

जवाब में हेलन मुड़ी व मेरी ओर देखने लगी। रंगीन बत्तियों की रोशनी में वह गजब की खूबसूरत दिख रही थी।

"क्यों? क्या अकेला होना कोई गुनाह है?"

घबराहट में मेरी हथेलियों पर पसीना आ गया। मैंने रूमाल निकाली व हथेलियों पर पसीना पोछता हुआ बोला—"मेरा इस समय यहां रहना उचित नहीं है। तुम्हें इस बात का खयाल रखना चाहिए।"

हेलन की नजरें मेरे घबराए हुए चेहरे पर टिकी रहीं।

"क्या तुम मेरे पिता से इतना अधिक डरते हो?"

"यह तुम्हारे पिता से डरने की बात नहीं है।" मैंने कुछ गुस्से में कहा। दरअसल मुझे हेलन पर गुस्सा इसलिए आ रहा था क्योंकि अनजाने में ही उसने मेरी घबराहट के सही कारण को जान लिया था। उसने सच ही तो कहा था। हेलन द्वारा बढ़ाये जा रहे मित्रता के हाथ को न थाम पाने के कारण केवल उसके पिता की प्रतिक्रिया का डर ही तो था। "मैं यहां इस समय अकेले नहीं ठहर सकता।"

"बेकार की बातें छोड़ो।" हेलन ने बेसब्री से कहा। "तुम बच्चों जैसी बातें कर रहे हो। यदि एक आदमी व एक औरत किसी कमरे में अकेले बैठे पाए जाएं तो क्या यह जरूरी है कि उनमें शारीरिक संबंध भी हैं?"

"मेरा यह मतलब नहीं।" मैंने सफाई देने की कोशिश की। "मुझे इस बारे में लोगों की प्रतिक्रिया का डर है।"

"लोग? कोन से लोग?"

हेलन ठीक कह रही थी। इस समय फ्लैट में घुसते हुए हमें किसी ने नहीं देखा था।

"हो सकता है यहां से लौटते हुए मुझे कोई देख ले।" मैंने कहा—"हमें लोगों को इस प्रकार का कोई मौका नहीं देना चाहिए।"

मेरी बात सुनकर हेलन ठहाके लगाने लगी।

"तुम्हारी बातें सुनकर मुझे हंसी आ रही है।" वह बोली। "मेरा विचार न था कि तुम इतने पुराने खयालों के आदमी हो। अब बेकार की बातें छोड़ो और बैठ जाओ।"

हेलन के आग्रह पर मैं बैठ गया। थोड़ी देर में वह मेरे लिए राई शराब का एक जाम बनाकर लाई और इसे मेरे हाथ में थमा दिया। फिर उसने अपने लिए जिन का एक जाम बनाया व चुस्कियां लेने लगी।

मैं पहले भी बता चुका हूं कि रोम में काम करते हुए मुझे चार वर्ष हो चुके थे। इस दौरान कई इतालवी लड़कियों से मेरी दोस्ती हुई थी और इनमें से कई लड़कियों से मेरे शारीरिक संबंध भी थे। इतालवी लड़कियां आकर्षक होती हैं और अपने रोम प्रवास का कुछ समय मैंने इस आकर्षण का स्वाद लेने में बिताया था। लेकिन हेलन के आकर्षण में कुछ ऐसा जादू था जो मैंने अब तक कभी महसूस नहीं किया था। उसकी खूबसूरती मुझे दीवाना बनाए दे रही थी।

अपना ध्यान हेलन के शारीरिक आकर्षण से दूर करने के लिए मैं उससे उसकी यूनिवर्सिटी के बारे में बात करने लगा।

"यूनिवर्सिटी में तुम्हारा कोर्स कैसा चल रहा है?" मैंने पूछा।

"यूनिवर्सिटी? यूनिवर्सिटी तो एक बहाना है," हेलन ने अलमस्त अन्दाज में कहा। "रोम में अकेले रहने के लिए मुझे कोई बहाना करना ही था। सो मैंने अपने पिता से कह दिया कि मैं रोम यूनिवर्सिटी में कोई कोर्स करना चाहती हूं। उन्होंने तत्काल इसकी इजाजत दे दी और मुझे वहां भेज दिया।"

"तो क्या तुम यूनिवर्सिटी में नहीं पढ़ रही हो?" मैंने हैरान होकर पूछा।

"बिलकुल नहीं।"

"लेकिन क्या तुम्हारे पिता को इस बात का पता नहीं चलेगा?" मैंने आशंकित होकर पूछा।

"मेरे पिता अपने व्यापार में इतने व्यस्त हैं कि उन्हें मेरे बारे में चिन्ता करने का समय ही नहीं है।" हेलन की आवाज में तल्खी थी। "उनका दूसरा शौक नित नई औरतों के साथ सोना है। न्यूयार्क से मुझे लग रहा था कि मैं उनके रास्ते का एक रोड़ा हूं और मुझे खुद ही वहां से हट जाना चाहिए। लिहाजा मैंने रोम यूनिवर्सिटी में आर्किटेक्चर का कोर्स करने का बहाना बनाया और यहां आ गई। अब मेरे पिता नई-नई लड़कियों को बेवकूफ बनाने व उनके साथ रंगरेलियां मनाने के लिए पूरी तरह से स्वतंत्र हैं।"

"रोम हवाई-अड्डे पर उतरते हुए तुम सचमुच ही यूनिवर्सिटी की एक छात्र दिख रही थीं। तुम्हारा चश्मा, तुम्हारे भारी जूते, तुम्हारे सादगी से गुंथे हुए बाल...।" मैंने हैरानी से भरकर पूछा। मुझे लग रहा था कि मुझे अपना रहस्य बताकर हेलन ने अनजाने में ही मुझे एक दुविधाजनक अवस्था में डाल दिया था। यदि चामर्स को कभी यह पता चल जाता कि हेलन के षड्यंत्र में मैं भी शरीक था तो वह मेरा जीना दूभर कर देता।

"वह सब तो एक नाटक था।" हेलन ने हंसते हुए कहा। "न्यूयार्क में अपने घर में मैं हमेशा इसी तरह के लिबास में रहती हूं। इससे मेरे पिता का यह विश्वास बना रहता है कि मैं एक गंभीर छात्र हूं। यदि उन्हें मेरी असली जिन्दगी के बारे में जरा सा भी शक हो जाता तो वे मुझ पर निगाह रखने के लिए आया के रूप में जरूर किसी बुढ़िया को साथ कर देते। तब मेरी इस जिन्दगी पर अंकुश लग जाता।"

"तुम काफी चतुराई से यह नाटक खेल रही हो।"

"इसमें हर्ज ही क्या है?" हेलन आगे बढ़ी और सोफे पर लेट गई। "जब मैं केवल दस वर्ष की थी तभी मेरी मां का देहांत हो गया। मेरी मां के अतिरिक्त मेरे पिता की तीन और पत्नियां रही हैं। इनमें से दो पत्नियां तो मेरी वर्तमान उम्र से केवल दो वर्ष बड़ी रही हैं। तीसरी पत्नी तो मुझसे भी कम उम्र की रही है घर में मेरी उपस्थिति उन्हें क्षय रोग के समान दिखती थी। तभी से मैंने खुद अपने पैरों पर खड़ा होना सीखा है। मैं जिन्दगी को सही रूप से जीती हूं और खुशियां बटोरती हूं। यही मेरे जीवन को लक्ष्य है।"

हेलन के लहजे से जाहिर था कि वह मुक्त रूप से जीती थी और सभी प्रकार के सामाजिक व नैतिक बंधनों से परहेज रखती थी।

"हेलन, तुम अभी काफी छोटी हो और इस प्रकार की जिंदगी जीना तुम्हारे लिए अच्छा न होगा।" मैंने कहा।

जवाब में वह मुस्कराई और बोली–"मैं अब बच्ची नहीं हूं। मेरी उम्र चौबीस साल है और मैं इसी प्रकार की जिंदगी जीना चाहती हूं।"

"मुझे ये सब बातें बताना तुम्हारी नादानी है," मैंने कहा। "यदि मैं चाहूं तो तार द्वारा तुम्हारे पिता को सूचित कर सकता हूं कि तुम किस प्रकार की गंदी जिंदगी बिता रही हो।"

नकारात्मक लहजे में सिर को हिलाते हुए हेलन बोली–"मैं जानती हूं कि तुम ऐसा हरगिज नहीं करोगे। मैंने तुम्हारे बारे मैं गीसप फ्रैंजी से लंबी बातचीत की है। वह तुम्हारे स्वभाव की बहुत प्रशंसा करता है। यदि मुझे तुम पर विश्वास न होता तो मैं तुम्हें अपने फ्लैट में कभी न लाती।"

"तो तुम मुझे यहां क्यों लाई हो?"

मेरे इस सवाल के जवाब में हेलन मेरी ओर टकटका लगाए देखती रही। उसकी आंखें मुझे न्यौता दे रही थीं कि मैं उसके करीब आऊं व उससे प्यार करूं।

"तुम मुझे अच्छे लगते हो," हेलन बोली। "मैं इतावली मर्दों से ऊब गई हूं। मैंने ही गीसप से कहा था कि वह तुम्हें पार्टी में ले आए। अब इस फ्लैट में हम और तुम अकेले ही हैं।"

हेलन की खूबसूरती का आकर्षण मुझे अपनी ओर खींचे जा रहा था। शर्म व हया की दीवार तोड़कर हेलन खुले रूप से मुझे शारीरिक संबंध बनाने के लिए उत्तेजित कर रही थी। लेकिन इस समय मुझे अपनी नौकरी व अपने भविष्य का खयाल आया। मेरे लिए अपनी नौकरी हेलन के

साथ भोगे गए कामवासना के कुछ क्षणों से ज्यादा महत्त्वपूर्ण थी और यह सोचकर मैं खड़ा हो गया।

"मुझे देर हो रही है।" मैंने कहा, "मुझे एक जरूरी काम आ गया है। अच्छा, अब मैं चलता हूं।"

हेलन अविश्वसनीय निगाहों से मुझे देखती रही।"

"थोड़ी देर और बैठ जाओ।" उसने कहा, "तुम्हें यहां बैठे देर ही कितनी हुई है।"

"नहीं, मुझे अभी चलना है। सॉरी।"

"ठीक है, यदि तुम मेरे साथ समय नहीं गुजारना चाहते तो न सही।" वह बोली व हाल को पार करते हुए दरवाजे के पास पहुंची। मैंने अपना फोन उठाया व उसके पीछे हो लिया। हेलन ने दरवाजा खोला व गलियारे में एक बार नजर डालकर पीछे हट गई। मेरे जाने का रास्ता साफ था।

मेरा दिल कह रहा था कि आज की रात में यहीं हेलन की बांहों में गुजार दूं लेकिन इनके संभावित नतीजों के बारे में सोच कर मैंने खुद को संभाल लिया था।

"मुझे अफसोस है कि मैं आज तुम्हें खुश न कर पाया।" मैंने कहा, "लेकिन किसी और दिन तुम्हारे साथ फिल्म देखने या होटल में डिनर करने के लिए तैयार हूं।"

"ठीक है।" हेलन ने शिष्टाचारवश कहा, "गुड नाइट।"

"गुड नाइट।"

हेलन के चेहरे पर एक हल्की मुस्कान तैर गई और उसने दरवाजा बन्द कर दिया।

* * *

मुझे लगा कि इस मुलाकात के बाद मेरे व हेलन के संबंध सदा के लिए खत्म हो गए। अच्छा होता कि मैं उसे सदा के लिए भूल गया होता और हम दोबारा कभी न मिले होते। लेकिन यह मेरा दुर्भाग्य ही समझिए कि ऐसा नहीं हुआ।

मैंने भरसक प्रयत्न किया कि मैं अपने दिमाग से हेलन को हमेशा के लिए निकाल दूं लेकिन मैं इस काम में सफल न हो पाया। मुझे बार-बार हेलन की मादक आंखों की वह अदा याद आ रही थी जो मुझे नजदीक आने का व उसे प्यार करने का निमंत्रण दे रही थी। मैं जानता था कि हेलन के साथ इस प्रकार का संबंध रखना मेरे लिए घातक ही सिद्ध होगा लेकिन उसका ख्याल आते ही मैं विवश हो जाता। ऐसे समय में सोचता कि अनिश्चितभविष्य के लिए मैं सुखद वर्तमान को क्यों छोड़ दूं?

अगले पांच-छः दिन तक मुझे लगातार हेलन का ख्याल आता रहा। मैंने जिना को यह नहीं बताया था कि पार्टी में मेरी मुलाकात मिस हेलन चामर्स से हुई थी। लेकिन मेरी बेचैनी को देख वह ताड़ गई थी कि मैं कहीं और उलझा हुआ हूं और मेरे चेहरे पर नजरें टिकाकर वह मेरी परेशानी का कारण जानने की कोशिश कर रही थी। ऐसा पहली बार नहीं हुआ था। मेरे द्वारा

जिना को विश्वास में न लिए जाने के बावजूद वह मेरे अंतर्मन की भावनाओं व दुविधाओं को समझ लेने में निपुण थी।

हेलन का भूत मेरे दिमाग पर इस कदर हावी हो गया कि दफ्तर के काम में मेरी दिलचस्पी कम होने लगी। इससे मेरी कार्यकुशलता पर प्रतिकूल असर पड़ा जिससे मेरे लिए एक नई चिंता खड़ी हो गई। काफी सोचने के बाद मैं इस निर्णय पर पहुंचा कि इस मानसिक तनाव को कम करने के लिए मुझे हेलन से संपर्क स्थापित करना ही होगा।

उसी दिन शाम को मैंने हेलन से फोन पर संपर्क करने की कोशिश की। देर रात तक मैंने कई बार फोन मिलाया लेकिन दूसरे छोर से कोई जवाब ही न मिला। रात के दो बजे सोने से पहले मैंने आखिरी बार हेलन का नम्बर घुमाया। इस बार हेलन ने ही फोन उठाया और बोली–"हलो?"

"मैं डॉसन बोल रहा हूं।"

"कौन?"

"तुम शायद मुझे भूल रही हो।" मैंने कहा। "मैं 'वैस्टर्न टेलीग्राम' के रोम कार्यालय का इंचार्ज हूं।"

अब हेलन मुझे पहचान गई और हंसते हुए बोली–"हलो, डॉसन।"

"मैं आजकल अकेला महसूस कर रहा हूं", मैंने कहा। "क्या तुम कल रात मेरे साथ डिनर के लिए आ सकती हो? हम इल्फ्रेडो में डिनर कर सकते हैं।"

"क्या तुम कुछ मिनट इन्तजार कर सकते हो। मैं अपनी डायरी में देखकर तुम्हें बताती हूं।"

मुझे लगा कि हेलन आज मुझमें दिलचस्पी नहीं दिखा रही है जितनी दिलचस्पी उसने अपने फ्लैट में दिखाई थी। फिर भी उसके निर्देश के अनुसार मैं फोन पर इंतजार करता रहा। लगभग दो मिनट बाद वह फिर फोन पर आ गई।

"कल रात को मुझे फुर्सत नहीं है" हेलन बोली। "मैंने किसी अन्य व्यक्ति को समय दे रखा है।"

मेरे मन में इच्छा हुई कि उसे गुड बाय कहकर मैं फोन रख दूं। लेकिन फिर मुझे ख्याल आया कि एक बार उसे निमंत्रण देकर मेरे लिए इतनी जल्दी पीछे हट जाना अच्छा न होगा।

"कल के बाद तुम किस दिन खाली हो?" मैंने पूछा।

"मैं शुक्रवार की शाम को तुम्हारे साथ डिनर पर जा सकती हूं।"

शुक्रवार आने में अभी तीन दिन और थे। फिर भी मैंने यह मौका खो देना उचित न समझा।

"ठीक है, हम शुक्रवार की रात को एलफ्रेडो में मिलेंगे।"

"मैं एलफ्रेडो नहीं जाना चाहती।" हेलन बोली, "क्या हम किसी खामोश जगह पर नहीं जा सकते।

मुझे अब तक यह बात न सूझी थी कि एलफ्रेडो एक भीड़-भाड़ वाला रेस्तरां है जहां हम दोनों को साथ नहीं जाना चाहिए था। हेलन इस बारे में मुझसे अधिक समझदार थी।

"ठीक है। क्या तुम त्रेवी फव्वारे के सामने वाले रेस्तरां में जाना पसंद करोगी?"

"हां, मुझे वह रेस्तरां अच्छा लगता है।"

"हम शुक्रवार की रात को वहीं मिलेंगे। तुम कितने बजे वहां पहुंच सकोगी?"

"साढ़े आठ बजे।"

"ओके। गुड बाय।"

शुक्रवार आने में अभी तीन दिन बाकी थे और इन दिनों मेरा ध्यान शुक्रवार की रात को हेलन से होने वाली मुलाकात पर ही केंद्रित था। मैं अपना काम पहले जैसी कार्यकुशलता से न कर पा रहा था जिना चुपचाप मुझे देखती रहती। वह मेरे बारे में चिंतित थी। पिछले चार वर्षों में आज पहली बार मैं अपना संतुलन खो बैठा और एक मामूली-सी बात पर डांट दिया। मेरी हालत को समझते हुए वह कुछ न बोली।

शुक्रवार को नियत समय व स्थान पर हम मिले व डिनर किया। डिनर करते हुए मैं बहुत कम ही बोला। पूरे समय मेरा ध्यान हेलन की खूबसूरती को निहारने में ही लगा रहा। आज यदि वह मुझे फिर अपने फ्लैट पर बुलाती तो मैं खुशी से वहां जाता और इस बार जिस्मानी संबंध बनाने के उसके निमंत्रण को न ठुकराता। लेकिन आज हेलन कुछ खिंची-खिंची-सी ही रही। डिनर के बाद उसने घर जाने के लिए टैक्सी को बुलाया। मैंने उससे कहा कि मैं उसे अपनी कार में उसके फ्लैट तक छोड़ दूंगा। लेकिन हेलन ने चतुराई से मेरे प्रस्ताव को अस्वीकार कर दिया। वह टैक्सी में बैठी व गुड बाई कहकर चल दी। मैं काफी देर तक उसी जगह पर खड़ा आज की असफल मुलाकात के बारे में सोचता रहा।

तीन दिन बाद मैंने हेलन को फिर फोन किया। मैंने उसके सामने फिल्म देखने का प्रस्ताव रखा।

"मैं आजकल काफी व्यस्त हूं।" मेरे प्रस्ताव को ठुकराते हुए वह बोली।

"मैं दो सप्ताह बाद लंबी छुट्टी पर जा रहा हूं।" मैंने कहा, "फिर लगभग एक महीने तक हम नहीं मिल पाएंगे। इसलिए बेहतर होगा कि हम अगले कुछ दिनों में ही मिल लें।"

"क्या तुम एक महीने तक छुट्टी पर रहोगे?" कुछ दिलचस्पी दिखाते हुए हेलन बोली।

"हां! मैं पहले वेनिस व फिर इसचिया जाऊंगा। इसचिया में मैं लगभग तीन सप्ताह रहूंगा।"

"तुम किसके साथ जा रहे हो?"

"मैं बिलकुल अकेला जा रहा हूं।" मैंने कहा, "हां, तो मेरे साथ फिल्म देखने के बारे में तुम्हारा क्या इरादा है?"

"मैं तुम्हें खुद ही फोन करके बता दूंगी।" हेलन बोली, "इस समय मैं जल्दी में हूं। दरवाजे पर खड़े कुछ लोग मेरा इन्तजार कर रहे हैं।"

यह कहकर हेलन ने फोन रख दिया।

अगले पांच दिन मैं हेलन के फोन का इंतजार करता रहा लेकिन कोई फोन न आया छठे दिन जब मैं खुद ही हेलन को फोन करने जा रहा था कि उसी का फोन आ गया।

"मैं पिछले कई दिनों से तुम्हें फोन करना चाह रही थी लेकिन मैं इतनी व्यस्त हो गई कि मुझे दम लेने की भी फुर्सत न मिल पाई।" हेलन बोली। "क्या तुम इस समय कोई विशेष काम कर रहे हो?"

इस समय रात के साढ़े बारह बजे थे और मैं सोने ही जा रहा था।

"इस समय?"

"हां।"

"मैं अब सोने ही जा रहा था।"

"क्या तुम इस समय मेरे फ्लैट पर आ सकते हो?"

"हां, मैं अभी आता हूं।"

मैं एक चोर की भांति चारों ओर देखता हुआ उसके फ्लैट में घुसा। हेलन के फ्लैट की ओर जाते हुए मैं इस बात का पूरा ध्यान रखता था कि कोई मुझे देख न ले।

हेलन लाउंज में बैठी हुई कुछ पुराने लांगप्ले रिकार्ड उलट-पुलटकर देख रही थी। उसने सफेद सिल्क की मैक्सी पहन रखी थी तथा उसके बाल उसके कंधे पर झूल रहे थे। वह खूबसूरत दिख रही थी।

मेरी ओर देख मुस्कराते हुए वह बोली–"तो तुम एक चोर की भांति लुक-छिपकर मेरे फ्लैट पर आ ही गए।"

"मुझे ऐसा नहीं करना चाहिए।" मैंने दरवाजा बंद करते हुए कहा। "हम इस तरह मुसीबत में भी फंस सकते हैं।"

"तुम्हें ज्यादा देर यहां ठहरने की जरूरत नहीं होगी।"

मैं भी यही चाहता हूं!" मैंने कहा। "हां तुमने मुझे यहां क्यों बुलाया है?"

"इतनी जल्दी भी क्या है।" हेलन बोली। "क्या तुम थोड़ी देर यहां निश्चिन्त नहीं बैठ सकते?"

पिछले कई दिनों मैं हेलन के फ्लैट में उसके साथ कुछ समय अकेला बिताने के लिए लालायित था। लेकिन आज जब मुझे यह मौका मिल गया था, मैं अचानक इस बात पर चिंतित हो उठा कि यदि शेरविन चामर्स को इस बात का पता चल जाए तो वह मुझसे कैसा बर्ताव करेगा। मुझे अब अफसोस होने लगा कि मैं रात के इस समय यहां क्यों आया था।

"देखो, मुझे अपनी नौकरी की भी चिंता करनी है।" मैंने हेलन को समझाने के अंदाज में कहा। "यदि तुम्हारे पिता को इस बात को जरा भी शक हुआ कि मैं देर रात गए तुम्हारे फ्लैट में आता हूं तो मेरी खैर नहीं।"

"लेकिन हमारे बीच कोई ऐसे संबंध हैं ही नहीं जिनसे मेरे पिता को एतराज हो।" हेलन हैरानी जाहिर करते हुए बोली।

"मेरे पिता को इसके बारे में पता ही नहीं चलेगा।" हेलन बोली।

"हो सकता है मुझे फ्लैट की ओर आते या फ्लैट से बाहर जाते हुए देखे कोई व्यक्ति उन्हें सूचित कर दे।"

"यदि तुम इस बारे में सावधानी बरतो तो ऐसी नौबत नहीं आएगी।" हेलन ने मुझे सांत्वना दी।

"हेलन, मेरे लिए मेरी नौकरी बहुत महत्त्वपूर्ण है। यह मेरी जिंदगी है।"

"तुम रोमांटिक आदमी नहीं दिखते।" हेलन ने मुस्कुराते हुए कहा। "मेरे इतावली दोस्त अपनी नौकरियों के बारे में नहीं सोचते वे केवल मेरे बारे में सोचते हैं।"

"मैं तुम्हारे इतावली दोस्तों के बारे में बात नहीं कर रहा हूं।"

"एड, थोड़ी देर बैठ जाओ और आराम करो।" हेलन बोली "मैंने तुम्हें उत्तेजित होने के लिए नहीं बुलाया है।"

थोड़ी देर हम दोनों खामोश बैठे रहे। फिर हेलन शराब की अलमारी की ओर बढ़ी व मुझ से पूछा—"तुम क्या लोगे—स्कॉच या राई?"

"स्कॉच।"

मैं मन ही मन सोच रहा था कि आखिर हेलन ने इतनी रात गए आज मुझे यहां क्यों बुलाया है। मेरी आशा के अनुरूप अभी तक उसने शारीरिक संबंध बनाए जाने की दिशा में पहल न की थी।

"एड, कल मैंने यह सिने कैमरा खरीदा है।" हेलन बोली। "मेरे खयाल से यह सही काम नहीं कर रहा है। क्या तुम इस प्रकार के कैमरे के बारे में कुछ जानते हो?"

यह कहकर हेलन ने मेज पर रखे एक महंगे कैमरे की ओर इशारा किया। मैं उठा व कैमरा अपने हाथ में लेकर इसका मुआयना करने लगा।

"यह तो बहुत बढ़िया कैमरा है।" मैंने कहा। "तुम इस कैमरे से क्या करने जा रही हो? यह तो बहुत कीमती होगा।"

"हां, यह बहुत कीमती है।" मुस्कराते हुए हेलन बोली। "दरअसल मैं काफी समय से एक सिने कैमरा खरीदना चाहती थी। मैं रोम में अपने प्रवास को कुछ खूबसूरत चित्रों में कैद करना चाहती हूं जिससे कि बुढ़ापे में मैं इन दिनों को याद कर सकूं।"

हेलन के सिने कैमरा को देखते हुए मेरे मन मैं यह विचार कौंधा कि हेलन अपने पिता द्वारा भेजे गई साप्ताहिक खर्चे की रकम से काफी अधिक खर्च करती थी। उसके पिता ने मुझे बताया था कि वे हेलन को प्रति सप्ताह साठ डॉलर भेजते हैं तथा वे यह चाहते हैं कि उनकी बेटी इस रकम के भीतर ही अपना गुजारा किया करे। लेकिन जिस फ्लैट में हेलन रह रही थी उसी का

साप्ताहिक किराया चालीस डालर से कम न रहा होगा। हेलन की शराब की अलमारी विभिन्न किस्मों की महंगी शराबों से भरी हुई थी। यह कैमरा भी खासा महंगा था। आखिर हेलन इस प्रकार की विलासिता पूर्ण जिंदगी कैसे जी लेती है?"

"क्या तुम्हें कहीं से कोई खजाना हाथ लगा है?"

मेरे इस सवाल से हेलन चौंक गई फिर अपनी घबराहट पर नियंत्रण पाते हुए वह बोली–"काश ऐसा हो पाता! लेकिन तुम यह क्यों पूछ रहे हो?"

मैं जानता हूं कि मुझे तुम्हारे व्यक्तिगत जीवन से कोई दिलचस्पी नहीं होनी चाहिए। "मैंने सफाई देते हुए कहा।" लेकिन इस शान से जिंदगी बसर करने में तुम्हें काफी खर्चा करना पड़ता होगा।"

"मेरे पिता मुझे काफी धन भेजते हैं।" हेलन बोली–"वे चाहते हैं कि मुझे किसी किस्म की कमी महसूस न हो।"

यह कहते हुए हेलन ने जान बूझकर नजरें दूसरी ओर फेर लीं थीं। हालांकि मैं हेलन द्वारा इस सफाई से बोले गए झूठ पर हैरान था लेकिन फिर भी मैंने इसे हेलन का व्यक्तिगत मामला समझ कर इस पर जोर न दिया व बातचीत के विषय को बदल दिया।

"इस कैमरे में क्या खराबी है?" हेलन ने पूछा।

इस समय कैमरे का सेफटी कैच आन है।" मैंने हेलन को कैमरा-चलाना समझाते हुए कहा। "इसको दबाने से कैमरा अपना काम शुरू कर देता है। काम खत्म करके सेफटी कैच को फिर आन कर देना चाहिए जिससे कि इसकी मशीन भूलवश चलाना आरंभ कर दे।"

"मुझे यह कैमरा चलाने से पहले इसकी निर्देश पुस्तिका पढ़ लेनी चाहिए।" हेलन बोली। "इस प्रकार के यंत्रों को चला पाने में मैं बचपन से ही नौसिखुआ रही हूं। देखो, मैं फोटो खींचने के लिए कितनी फिल्में खरीद लाई हूं।"

हेलन के निर्देश के अनुसार मैंने पीछे की ओर देखा। दीवार के साथ सही एक मेज पर सोलह एम. एम. फिल्मों के दस कार्टन रखे हुए थे।

"क्या तुम ये सारी फिल्में केवल रोम शहर पर ही खर्च करने जा रही हो?" मैंने हैरानी वश पूछा–"मुझे लगता है कि ये तमाम इटली के लिए पर्याप्त हैं।

हेलन के चेहरे पर एक अर्थपूर्ण मुस्कान तैर गई। फिर वह बोली–"मैं इनमें से अधिकर फिल्में सौरेन्टो शहर पर खर्च करूंगी।"

"सौरेन्टो?" मैंने हैरानी से पूछा–"क्या तुम सौरेन्टो जा रही हो?"

"क्या तुम्हारे सिवा किसी और व्यक्ति को छुट्टियां मनाने के लिए किसी दूर शहर जाने का अधिकार नहीं है?" हेलन शरारतपूर्ण अन्दाज से बोली।

"क्या तुम कभी सौरेन्टो गये हो?"

"नहीं, मैं दक्षिण दिशा की ओर इतना दूर कभी नहीं गया हूं।"

"मैंने सौरेन्टो शहर के बाहर एक मकान किराये पर लिया है।" हेलन बोली–"यह खामोश वातावरण में एक खूबसूरत मकान है। मैं दो दिन पहले नेपल्ज गई थी और वहीं मैंने इस मकान के बारे में सारे इन्तजाम कर लिये। इस मकान में काम करने के लिए मैंने एक नौकरानी का भी इन्तजाम कर लिया है।"

मुझे अचानक लगा कि हेलन ये सारा विवरण किसी खास उद्देश्य से दे रही है।

"बहुत अच्छा!" मैंने कहा–"तुम सौरेन्टो कब जा रही हो?"

"उन्हीं दिनों जब तुम इसचिया जा रहे हो।" हेलन बोली फिर कैमरे को मेज पर रख वह मेरे नजदीक सोफे पर आकर बैठ गई।

"तुम्हारी तरह मैं अकेली जा रही हूं।"

हेलन मेरी आंखों में झांकने लगी। अब उसकी आंखें प्यार का निमंत्रण दे रहीं थीं। मेरा दिल तेजी से धड़कने लगा। इससे पहले कि मैं कुछ सोच पाता, हेलन मेरी बांहों में थी व मैं उसके लाल होठों का चुम्बन ले रहा था।

न जाने यह चुम्बन कितनी देर तक बरकरार रहा। मुझे होश तब आया जब मुझे लगा कि हेलन अपने दोनों हाथ मेरी छाती पर रखकर मुझसे अलग होने की चेष्टा कर रही है। मैंने उसके होंठ छोड़ दिये व खड़ा हो गया।

"मुझे ऐसा नहीं करना चाहिए था।" मैंने हांफते हुए जवाब दिया। दरअसल इतनी देर उसके होंठों से चिपके रहने के बाद मैं ठीक से सांस भी नहीं ले पाया था। फिर रूमाल निकालकर मैंने अपने मुंह पर लगे लिपिस्टिक के निशान पोंछ दिये।

"हां, तुम्हें रोम में ऐसा नहीं करना चाहिए था।" वह बोली–"लेकिन सौरेन्टो में तुम कुछ भी करने के लिए स्वतंत्र हो।"

मैं कुछ कहने ही लगा था कि हेलन ने प्यार से मेरे मुंह पर अपना हाथ रख दिया व बोली–"मैं तुम्हारी भावनाओं को समझती हूं। मैं बच्ची नहीं हूं। मैं भी तुम्हें चाहती हूं...मैं चाहती हूं कि तुम मेरे साथ सौरेन्टो चलो। मैंने सारा इंतजाम कर रखा है। मैं जानती हूं कि तुम्हें अपनी नौकरी व भविष्य के बारे में चिंता है। लेकिन मैं तुम्हें विश्वास दिलाती हूं कि तुम बिलकुल सुरक्षित रहोगे। मैंने सौरेन्टो वाला मकान मिस्टर व मिसिज डगलस शेरार्ड के नाम से लिया है। तुम मिस्टर शेरार्ड नाम के एक अमेरिकन व्यापारी होंगे जो छुट्टियां बिताने सौरेन्टो आया है। सौरेन्टो में हमें कोई नहीं जानता। क्या तुम नहीं चाहते कि हम एकांत में कुछ समय साथ बिताएं?"

"लेकिन हम ऐसा नहीं कर सकते।" मैंने दलील दी हालांकि मेरा दिल कह रहा था कि हेलन के साथ समय बिताने का इससे बेहतर मौका मुझे फिर न मिल पायेगा।

"घबराओ नहीं, डार्लिंग। इसमें किसी प्रकार का कोई खतरा नहीं है। मैंने सारी योजना काफी सोच विचार करके ही बनाई है। मैं सौरेन्टो अपनी कार में ही जाऊंगी। तुम अगले दिन ट्रेन से आओगे। मकान बहुत खूबसूरत जगह पर है। इसके सामने एक ऊंची पहाड़ी है जिसके दूसरी ओर समुद्र है। इस मकान के कम से कम एक फर्लांग के दायरे में कोई दूसरा मकान नहीं है।"

यह कहकर हेलन ने लॉबी को पार किया व दरवाजा खोल दिया। मैं भी उसके पीछे चलता हुआ दरवाजे के नजदीक आ गया।

"सुनो, हेलन...मैंने आगे बढ़कर उसे अपनी बांहों में भर लेना चाहा।

"नहीं, एड, आज हमें अपनी मुलाकात यहीं समाप्त करनी होगी।" मेरे आलिंगन से बचते हुए हेलन ने कहा, "अब हमारी मुलाकात सौरेन्टो स्टेशन पर होगी। यदि तुम नहीं आओगे तो मैं समझ जाऊंगी कि तुम्हारी मुझसे कोई दिलचस्पी नहीं है।"

"गुड नाइट।"

"कोरिडोर में कदम रखते समय तक मैंने निश्चय कर लिया था कि मैं अपना अवकाश सौरेन्टो में ही बिताने जा रहा था।

दो

सौरेन्टो रवाना होने में अभी पांच दिन शेष थे। इस बीच मुझे दफ्तर में काफी काम करना था लेकिन न जाने क्यों मैं एकाग्रचित ही काम नहीं कर पा रहा था।

मेरी हालत पंद्रह-सोलह वर्ष के एक लड़के के समान हो गई थी जो पहली बार किसी लड़की से मिलने जा रहा हो। इससे पहले मुझे लगता था कि जीवन के अनुभवों के गुजरने के बाद मैं इतना मजबूत हो चुका हूं कि हेलन द्वारा प्रस्तावित योजना को मैं आसानी से सम्भाल लूंगा। लेकिन आज ऐसा नहीं हो पा रहा था। हेलन जैसी आकर्षक व्यक्तित्व वाली लड़की के साथ एक महीना बिताने को सुखद सम्भावना ने मुझे काफी उत्तेजित कर दिया था व मैं अपने काम में दिल नहीं लगा पा रहा था।

इस दौरान मेरे दिल के किसी कोने से कभी-कभी यह आवाज भी आ रही थी कि हेलन का प्रस्ताव स्वीकार करके मैं एक ऐसी गलती करने जा रहा था जिसका नतीजा बुरा निकलेगा। लेकिन फिर मुझे हेलन के इस आश्वासन का खयाल आ जाता कि सौरेन्टो में हमारे साथ रहने की किसी को कानो-कान खबर न होगी! यदि ऐसी बात थी तो मुझे हेलन के प्रस्ताव को स्वीकार करने में क्या हर्ज हो सकता था?

मेरे अवकाश पर जाने से दो दिन पहले मेरे पद का कार्य-भार सम्भालने के लिए न्यूयार्क से जैक मैक्सवेल को रोम भेजा गया।

मैंने 1949 में न्यूयार्क कार्यालय में जैक मैक्सवेल के साथ काम किया था। वह एक अच्छा पत्रकार था लेकिन पत्रकारिता के अलावा उसकी और किसी विषय में खास दिलचस्पी न थी। देखने में वह सुन्दर व चुस्त था। व उसे कपड़े पहनने का शौक था।

जैक मैक्सवेल के रोम पहुंचने पर मैंने उसका स्वागत किया। कुछ घंटे दफ्तर में उसे उसके काम के बारे में बताने के बाद मैंने उसे डिनर का निमंत्रण दिया जिसे उसने सहर्ष स्वीकार कर लिया।

"बहुत अच्छा।" वह बोला–"मैं भी देखना चाहता हूं कि रोम जैसे प्राचीन व ऐतिहासिक शहर के होटलों में किस प्रकार का भोजन उपलब्ध होता है।"

मैं जैक को एलफ्रेडो रेस्तरां ले गया जो शहर के बेहतर रेस्तराओं में से एक है। भोजन के दौरान जैक ने गम्भीर मुद्रा बनाए रखी। लेकिन भोजन उपरान्त शराब के कई पैग पीने के बाद वह कुछ खुला और मित्रता के स्तर पर बातें करने लगा।

"एड, तुम बहुत सौभाग्यशाली हो!" सिगार का कश लेकर धुंआ छोड़ते हुए वह बोला–"हैमरस्टॉक तुम्हारे काम से बहुत खुश है। वह दो महीने के भीतर ही तुम्हें न्यूयार्क वापस बुलाने वाला है। वह चाहता है कि मैं रोम में तुम्हारी जगह सम्भालूं व तुम न्यूयार्क में विदेश डेस्क पर काम करो। यह निर्णय फिलहाल गोपनीय रखा गया है और तुमने भी इसे किसी को नहीं बताना होगा।"

मुझे विश्वास नहीं हो रहा।" मैंने अचम्भित होकर पूछा।

"मैं मजाक नहीं कर रहा हूं। यह बिलकुल सच है।"

'वैस्टर्न टेलीग्राम' के विदेश डेस्क पर काम करना मेरे जीवन की अभिलाषा रही थी लेकिन मैंने कभी सपने में भी न सोचा था कि मेरी यह अभिलाषा इतनी जल्दी पूरी होगी। यह पद केवल एक महत्त्वपूर्ण पद था बल्कि इसमें दिया जाने वाला वेतन मेरे वर्तमान वेतन से बहुत अधिक था।

"चामर्स ने तुम्हारी पदोन्नति के कागजों पर दस्तखत कर दिए हैं।" जैक मैक्सवेल ने कहा–"कुछ ही दिनों में यह घोषणा कर दी जाएगी। तुम सचमुच सौभाग्यशाली हो।"

फिर थोड़ी देर रुक कर जैक बोला–"क्या तुम रोम छोड़ना पसंद करोगे?"

"निस्संदेह रोम एक अच्छा शहर है।" मैंने कहा, लेकिन विदेश डेस्क पर बैठने के लिए मैं रोम छोड़ने को तैयार हूं।"

"मुझे लगता है कि मैं न्यूयार्क की अपेक्षा रोम में ही अधिक खुश रहूंगा।" जैक ने कहा–"न्यूयार्क में बूढ़े चामर्स के नजदीक रहकर काम करना मेरे बस की बात नहीं है। मुझे आशा है कि रोम मेरे लिए बेहतर रहेगा।"

"रोम निस्संदेह ही बढ़िया शहर है।"

फिर सिगार के कुछ गहरे कश लगाते हुए जैक मैक्सवैल अचानक पूछ बैठा–"हां, रोम में हेलन के क्या रंग-ढंग हैं?"

"कौन?"

"हेलन चामर्स। रोम में तो तुम्हीं उसके संरक्षक हो।"

जैक मैक्सवैल एक अच्छा पत्रकार होने के नाते वह अपने आस-पास घटित होने वाली घटनाओं को सूंघ लेता था। यदि उसे हेलन व मेरे संबंधों के बारे में जरा-सा भी शक हो जाता तो वह मामले की तह में जाने में कोई कोर कसर न छोड़ता।

"मैं केवल एक दिन के लिए उसका संरक्षक रहा।" मैंने उदासीन अन्दाज में कहा–"उस दिन के बाद मैंने उसे शायद ही देखा हो। चामर्स ने ही मुझसे कहा था कि मैं उस हवाई अड्डे पर मिलूंगा व उसे होटल में ठहरा दूं। मेरा ख्याल है कि वह यूनिवर्सिटी में पड़ रही है।"

"हेलन...यूनिवर्सिटी में पढ़ रही है?" जैक ने हैरानी में पूछा।

"हां, हां।" मैंने जवाब दिया, "वह यूनिवर्सिटी में आर्किटेक्चर का कोर्स कर रही है।"

"हेलन यूनिवर्सिटी में आर्किटेक्चर का कोर्स कर रही है!" अविश्वास भरे अन्दाज में जैक ने कहा–"यह मेरी जिंदगी का सबसे बड़ा आश्चर्य है।" फिर वह कुर्सी पर पीछे की ओर झुका व इतनी जोर से हंसा कि रेस्तरां में बैठे लोग आश्चर्य से उसकी और देखने लगे। मुझे समझ नहीं आ रहा था कि हेलन द्वारा यूनिवर्सिटी में आर्केटैक्चर का कोर्स किए जाने में ऐसी क्या बात थी जिस कारण जैक ठहाके मार रहा था।

काफी देर तक ठहाके मारने के बाद जैक रुका व जेब से रूमाल निकालकर अपना मुंह पोंछा। फिर वह बोला–"एड, मैं हेलन को अच्छी तरह जानता हूं। इसी लिए जब तुमने कहा कि वह यूनिवर्सिटी में आर्केटैक्चर कोर्स कर रही है तो मुझे हंसी आ गई।" यह कहकर एक बार फिर जैक खुद को ठहाके लगाने से न रोक पाया।

"इसमें हंसने की बात क्या बात है?" मुझे जैक के अजीब व्यवहार पर गुस्सा आ रहा था।

"धीरज रखो, मैं सब कुछ बताता हूं।" हंसी को रोकते हुए जैक बोला–"लगता है तुम भी हेलन के प्रभाव में आ गए हो। चामर्स के अलावा 'टेलीग्राम' स्टाफ को काई भी ऐसा सदस्य न होगा जिसके हेलन के साथ संबंध न रहे हों।"

"मुझे तुम्हारी बात समझ नहीं आ रही है।"

"तुम शायद हेलन को अब तक समझ नहीं पाए हो।" जैक बोला–"मेरा खयाल था कि अब तक हेलन ने तुम्हें अपने प्यार में फंसा लिया होगा। क्या रोम हवाई अड्डे पर उतरते हुए उसने एक गंभीर छात्र का रूप धारण किया हुआ था?"

"हां।"

"मुझे भी यही अंदेशा था।" जैक बोला–"न्यूयार्क में हमारे स्टाफ का प्रत्येक सदस्य हेलन को अच्छी तरह जानता है। वह एक बदनाम लड़की है। जब हमने सुना कि वह रोम जा रही और बूढ़े चामर्स ने तुम्हें ही उसका संरक्षक नियुक्त किया है। हमारा विश्वास हो गया कि तुम ही हेलन

के अगले शिकार होगे। हर आकर्षक व्यक्तित्व के पुरुष को फंसाया उसका पुराना शौक है। क्या सचमुच अब तक उसने तुम्हें अपने प्रेमपाश में फंसाने के लिए कोई पहल नहीं की है?"

हेलन के बारे में यह सुनकर मुझे धक्का-सा लगा। अपनी भावनाओं पर नियंत्रण पाते हुए मैंने कहा–"हेलन का यह रूप मेरे लिए बिलकुल नया है।"

"हेलन पुरुषों के लिए एक खतरा है।" जैक बोला–"निस्संदेह वह खूबसूरत है, आकर्षक है व उसके शरीर की रेखाएं एक मुर्दे में भी प्राण फूंक सकती हैं। लेकिन वे पुरुष जो उसके आकर्षक के शिकार बन जाते हैं जल्दी ही खुद को एक ऐसी मुसीबत में फंसा पाते हैं जिससे निकलना आसान नहीं होता। यदि उसका पिता चामर्स न्यूयार्क की अखबारी दुनिया में एक डिक्टेटर की हैसियत न रख रहा होता तो न्यूयार्क के अखबार हेलन के कार्यकलापों को सुर्ख़ियों में छाप रहे होते। चामर्स के रहते कोई अखबार हेलन के बारे में कुछ भी लिखने की हिम्मत नहीं कर सकता है। हाल ही में वह मिनोटी हत्याकांड में फंस गई थी और इसीलिए यूनिवर्सिटी का बहाना बनाकर वह रोम चली आई।"

मिनोटी हत्याकांड! मेरे मस्तिष्क में बिजली-सी कौंध गई। मैं जानता था कि मिनोटी न्यूयार्क का एक मशहूर हत्यारा था। वह काफी धनी व प्रभावशाली था। वह कई प्रकार के कुख्यात गिरोहों से सम्बन्धित था तथा उसके खिलाफ सरकार के पास कई मामले दर्ज थे।

"हेलन का मिनोटी से क्या सम्बन्ध था?" मैंने पूछा।

"सुना जाता है कि हेलन मिनोटी की रखैल थी।" जैक बोला–"उसे मिनोटी के साथ अक्सर देखा गया है। एक विश्वस्त सूत्र ने मुझे यह भी बताया कि तब मिनोटी की हत्या की गई उस समय हेलन उसी के साथ थी।"

मैं जानता था कि लगभग दो महीने पहले न्यूयार्क के एक मकान में मिनोटी की हत्या की गई थी। यह मकान उसने अपनी प्रेम-क्रीड़ायें खेलने के लिए किराए पर लिया था। पुलिस उस लड़की का पता न कर पाई थी जिससे मिनोटी इस मकान में नियमित रूप से मिलता था। हत्याकांड के बाद वह लड़की गायब सी हो गई थी। हत्यारे के बारे में भी कुछ पता न चला था। ऐसा समझा जाता था कि मिनोटी की हत्या फ्रेंक सेट्टी के निर्देश पर हुई थी जो मिनोटी का नेता था। नशीली दवाओं के व्यापार के मामले में वह कानून की लपेट में आ गया था और ऐसा समझा जाता था कि वह अब इटली में ही कहीं रहता था।

"तुम्हारा यह विश्वस्त सूत्र" कौन है? मैंने जानना चाहा।

"इस बारे में अधिकतर जानकारी मुझे एड्रूज से प्राप्त हुई है।" जैक बोला–"तुम जानते हो कि इस तरह के मामलों की एड्रूज को खासी जानकारी रहती है। हो सकता है कि हेलन के मिनोटी से रहे संबंधों के बारे में उसकी जानकारी गलत हो। लेकिन हेलन व मिनोटी को साथ-साथ घूमते हुए कई लोगों ने देखा है। यह भी सच है कि मिनोटी की हत्या के कुछ दिन बाद ही

हेलन रोम के लिए रवाना हो गई। मिनोटी के मकान के चौकीदार ने उस लड़की का विवरण पुलिस को दिया है जो मिनोटी से उस मकान में अक्सर मिला करती थी। यह विवरण हेलन चामर्स पर बिलकुल ठीक बैठता है।"

"बड़ा विचित्र संयोग है!" मैंने कहा।

"अगर रोम में रहकर हेलन ने अभी कोई ऐसा कारनामा नहीं किया है तो इसका कारण यही हो सकता है कि मिनोटी हत्या व इसके संभावित परिणामों से वह घबरा गई है। वैसे मुझे यह जानकर हैरानी हो रही है। सच कहूं तो मुझे जब रोम जाने का आदेश मिला तो मैंने खुद यह निश्चय किया कि रोम में रहकर मैं हेलन से दोस्ती बनाकर उससे शारीरिक संबंध बनाने की कोशिश करूंगा। किसी भी समझदार व्यक्ति को इस प्रकार का मौका नहीं छोड़ना चाहिए। मेरा विचार था कि उसके पिता द्वारा दिए गए मौके का फायदा उठाकर तुम उसके काफी करीब आ चुके होंगे।"

"क्या तुम समझते हो कि मैं इतना बेवकूफ हूं कि मैं चामर्स की बेटी के साथ खुल्लम-खुल्ला रोमांस करूंगा?" मैंने कहा।

"इसमें बुराई ही क्या है?" जैक बोला—"हेलन जैसी लड़की द्वारा दिए गए मौके का फायदा उठाना ही चाहिए। फिर इसमें कोई खतरा भी नहीं है। हेलन अपने सारे मामले गोपनीय रखती है। सोलह वर्ष की उम्र से ही उसने पुरुषों से यौन सम्बन्ध रखने कर दिये थे और अब तक उसके पिता को इस प्रकार के एक भी मामले का पता नहीं चल पाया है। तुमने अब तक उसे एक गम्भीर छात्र के हृदय रूप में ही देखा है। जब तुम किसी दिन असली हेलन के दर्शन करोगे तो खुद ही समझ जाओगे कि वह कितनी नमकीन है। यदि वह कभी मुझे नजदीक आने का मौका दे तो मैं इस मौके का पूरा फायदा उठाने के लिए तैयार हूं।"

हेलन के बारे में अधिक रुचि न दिखाते हुए मैंने धीरे-धीरे बातचीत का विषय बदल दिया। थोड़ी देर अपने दफ्तर के मुद्दों पर बातचीत करके हम बाहर आ गए। मैंने अपनी कार में उसे उसके होटल छोड़ दिया। जैक ने डिनर के लिए मेरा धन्यवाद किया व कहा कि अगले दिन सुबह दफ्तर आकर वह मेरा काम सम्भाल लेगा जिससे कि मैं निश्चिंत होकर अपने लम्बे अवकाश पर जा सकूं।

घर पहुंचकर बिस्तर पर लेटे हुए भी मैं इसी उधेड़बुन में लगा हुआ था कि क्या मुझे हेलन का प्रस्ताव स्वीकार करके सौरेन्टो जाना चाहिए अथवा नहीं। इस प्रकार के सम्बन्ध रखने वाली लड़की के नजदीक आकर मैं किसी न किसी मामले में फंस सकता था। जैक मैक्सवेल ने मुझसे कहा था कि मुझे शीघ्र ही विदेश डेस्क एक महत्त्वपूर्ण पद था। यदि चामर्स को यह पता लग जाता कि उसकी बेटी व मेरे बीच नाजायज सम्बन्ध हैं तो मैं न सिर्फ अपनी नौकरी खो बैठता बल्कि पत्रकारिता की दुनिया से भी सदा के लिए बाहर हो जाता।

"नहीं, मुझे ऐसी गलती नहीं करनी चाहिए।" मेरे विवेक ने मुझे सलाह दी—"मुझे हेलन के साथ सौरेन्टो में नहीं रहना चाहिए। यदि वह चाहे तो रंगरेलियां मनाने के लिए किसी और व्यक्ति को ढूंढ सकती है। मुझे अपना अवकाश इसचिया में ही बिताना चाहिए।"

लेकिन इस निश्चय के दो दिन बाद मैंने खुद को नेपल्ज से सौरेन्टो जाने वाली ट्रेन में पाया। जाहिर था कि मेरी भावनाओं ने मेरे विवेक पर विजय पाली थी। अब भी मेरे मन में यह द्वन्द्व चल रहा था कि सौरेन्टो के लिए रवाना होना चाहिए था कि मैं ट्रेन में सौरेन्टो की ओर ही जा रहा था।

* * *

नेपल्ज के लिए रवाना होने से पहले सुबह दस बजे मैं अपने दफ्तर गया था। मेरा उद्देश्य अपनी डाक देखना व दफ्तर के अपने सहयोगियों को अलविदा करना था।

जैक मैक्सवेल अभी दफ्तर नहीं आया था। जिना अपने डेस्क पर थी व डाक को व्यवस्थित कर रही थी।

"क्या मेरे लिए कोई खत है?" मैंने उसके डेस्क का सहारा लेकर खड़े होते हुए कहा।

"आज कोई व्यक्तिगत पत्र नहीं है।" वह बोली—"सभी खत दफ्तर के काम से सम्बन्धित हैं और मिस्टर मैक्सवेल इन्हें खुद ही देख लेंगे...लेकिन आप तो आज सुबह ही अवकाश पर जाने वाले थे। आप इस समय यहां कैसे आए है?"

"मेरे रवाना होने में अभी काफी समय है।"

मुझे नेपल्ज जाने वाली गाड़ी में बैठना था जो दोपहर के बारह बजे चलती थी। मैंने जिना से कहा था कि मैं पहले वेनिस जा रहा था। जिना से बहुत जोर देकर कहा था कि वह मेरे लिए रोम-वेनिस एक्सप्रेस पर एक टिकट बुक करा देगी लेकिन मैंने उससे कहा था कि यह काम मैं खुद ही कर लूंगा।

तभी टेलीफोन की घंटी बजी व जिना ने रिसीवर उठा लिया। मैं जिना के स्थान पर डाक को व्यवस्थित करने लगा।

"आप कौन बोल रहे हैं?" जिना फोन पर बोल रही थी। "मिसिज—"कौन?" ठीक है मैं अभी देखती हूं कि वे आ गए हैं अथवा नहीं। आप एक सेकेंड रुक जाइए।"

रिसीवर को थोड़ा दूर कर जिना ने मेरी ओर देखा। उसकी आंखों में आश्चर्य समाया हुआ था। फिर वह बोली—"कोई मिसिज डगलस शेराडी आपसे बात करना चाहती हैं।"

मैं यह कहने ही वाला था कि मैं मिसिज डगलस शेराडी नाम की किसी महिला को नहीं जानता था कि अचानक मुझे ख्याल आ गया कि यह नाम मैंने कहीं सुना था। मिसिज डगलस शेराडी! यह वही नाम था जिस नाम से हेलन ने सौरेन्टो में मकान किराये पर लिया था। क्या यह

हेलन ही बोल रही थी? उसके द्वारा मेरे दफ्तर फोन कर मुझे बुलाना निहायत बेवकूफी का काम था।

अपने चेहरे पर आ गये आश्चर्य व चिंता के भावों को सफलतापूर्वक छिपाता हुआ मैं आगे बढ़ा व जिना से रिसीवर ले लिया। मैं जिना की ओर पीठ करके खड़ा हो गया और बहुत सावधानी से बोला–"हैलो? कौन है?"

"हैलो, एड।" यह हेलन की आवाज थी–"मैं जानती हूं कि मुझे तुम्हारे दफ्तर फोन नहीं करना चाहिए था। लेकिन मैं क्या करती? मैंने कई बार तुम्हारे घर फोन करने की कोशिश की लेकिन वहां किसी ने रिसीवर उठाया ही नहीं।"

"मैं चाहता था कि हेलन से फोन पर कह दूं कि मुझे मेरे दफ्तर में फोन करके उसने बड़ी बेवकूफी की है। मैं यह भी चाहता था कि तत्काल रिसीवर रखकर फोन काट दूं। लेकिन जिना के सामने यदि मैं इस प्रकार की प्रतिक्रिया व्यक्त करता तो उसे शक हो जाता था।

"क्या बात है? मैंने तीखे स्वर में कहा।

"क्या तुम्हारे आस-पास कोई हमारी बातचीत सुन रहा है?" वह बोली।

"हां।"

तभी दफ्तर का मुख्य दरवाजा खुला व जैक मैक्सवेल अंदर आया। मुझे देखकर उसने कहा–"अरे डॉसन! तुम यहां क्या कर रहे हो? मेरा विचार था कि अब तक तुम वेनिस की राह पर होगे।"

मैंने उंगली से इशारा कर उसे चुप हो जाने को कहा और फिर रिसीवर में बोला–"हां, मैं आपके लिए क्या कर सकता हूं?"

"मुझे अपने कैमरा, के लिए रैटिन फिल्टर की जरूरत है जो मुझे सौरेन्टो में नहीं मिल सकता। क्या तुम सौरेन्टो आते हुए अपने साथ यह फिल्टर ला सकते हो?"

"ठीक है, मैं ला दूंगा।" मैंने कहा।

"शुक्रिया, डार्लिंग! मैं तुमसे मिलने के लिए बेताब हूं। यहां का मौसम इतना सुहावना है कि...।"

मुझे डर था कि कहीं रिसीवर में आ रही उसकी साफ आवाज पास खड़े मैक्सवेल के कानों तक न पहुंच जाए। इस लिए हेलन की बात बीच में काटते हुए मैंने कहा–"मैं वह काम कर दूंगा। गुड बॉय।" और रिसीवर नीचे रख दिया।

फिर मैंने मैक्सवेल तथा जिना दोनों से विदा ली।

"तुम्हारी यात्रा सफल व आनंददायक हो।" जिना ने धीरे स्वर में कहा। न जाने क्यों इस अवसर पर मुस्कराने की बजाए वह उदास दिख रही थी। मैक्सवेल ने पारंपरिक शिष्टाचार निभाते हुए मुझे विदा किया।

मैं बाहर निकला व टैक्सी बुला ली। मैंने ड्राइवर से बोला बेरोनी मार्केट चलने को कहा। यहां मैंने वह फिल्टर खरीदे जिसके बारे में हेलन ने मुझे फोन पर कहा था। फिर घर लौट कर मैंने सामान बांधा व सभी प्रकार की तैयारियां कर लीं सही समय पर मैं स्टेशन पहुंच गया।

मुझे अफसोस था कि मैं सौरेन्टो अपनी कार नहीं ले जा रहा था। हेलन ने मुझसे कहा था कि वह अपनी कार में ही सौरेन्टो जाएगी और सौरेन्टो में दो कारें रखना बेमानी था।

स्टेशन में दाखिल होकर मैंने नेपल्ज का टिकट लिया। ट्रेन आने में अभी कुछ समय शेष था। समय बिताने के लिए मैं समाचारपत्र-विक्रेता के पास गया और कुछ समाचारपत्र व पत्रिकाएं खरीद लीं।

अभी मरी ट्रेन आने में लगभग दस मिनट का समय शेष था। मैं एक बैंच पर बैठ गया व अखबार के खुले पृष्ठों से अपने मुंह को छिपाता हुआ अखबार पढ़ने का बहाना करने लगा। ट्रेन आ गई व मैं तेजी से लोगों की नजरों से खुद को बचाता हुआ ट्रेन में घुसकर बैठ गया। सीट पर बैठकर मैंने फिर अखबार खोला व मुंह को छिपाता हुआ ट्रेन के चलने का इंतजार करने लगा। सौभाग्यवश अब तक मुझे स्टेशन के भीतर कोई मित्र या जानकार नहीं मिला था। ट्रेन चलने पर मैंने राहत की सांस ली।

मेरी ट्रेन सौरेन्टो स्टेशन पर 20 मिनट देर से पहुंची ट्रेन में इतनी भीड़ थी कि प्लेटफार्म के दरवाजे तक पहुंचने में मुझे दस-पंद्रह मिनट लग गए।

स्टेशन के बाहर आकर मैं एक ओर खड़ा हो गया और हेलन को ढूंढ़ने के लिए अपनी निगाहें चारों ओर घुमाता रहा। लेकिन हेलन को कोई नामोनिशान न था। मैंने अपना सूटकेस नीचे रखा व एक सिगरेट सुलगा ली।

मुझे हैरानी हो रही थी कि आखिर हेलन मुझे लेने स्टेशन पर क्यों नहीं आई थी। मैंने सोचा कि हो सकता है वह सी समय पर स्टेशन आ गई हो लेकिन ट्रेन को बीस मिनट लेट देख समय बिताने के लिए सामने मार्केट में टहलने गई हो और अब वापिस आ रही हो।

स्टेशन से निकलने वाली भीड़ धीरे-धीरे खत्म हो गई ट्रेन से उतरने वाले यात्री अपने-अपने घरों की ओर बढ़ चले थे। उनमें से कुछ यात्रियों का स्वागत करने उनके प्रियजन आए हुए थे, कुछ यात्री पैदल घर जा रहे थे तथा कुछ अन्य यात्री टैक्सियों व घोड़ागाड़ियों में जा रहे थे। जब पंद्रह मिनट इन्तजार करने के बाद भी हेलन का कोई नामोनिशान न दिखा तो मैं बेसब्र होने लगा।

मेरे मन में विचार आया कि हो सकता है कि हेलन सामने वाली मार्केट में किसी कैफेटेरिया में बैठी समय काट रही हो। मैंने निश्चय किया कि मुझे खुद जाकर मार्केट में हेलन को ढूंढ़ना चाहिए। इस उद्देश्य से पहले मैं स्टेशन के सामानघर पर गया और सूटकेस वहां जमा कराया। सामान से फारिग होकर मैं स्टेशन से बाहर चला आया व मार्केट की ओर बढ़ चला।

मार्केट में मैं चारों ओर हेलन की तलाश करने की कोशिश करने लगा। मैं कार पार्किंग में उस नम्बर की कोई कार खड़ी न थी। फिर मैं एक बड़े कैफटेरिया में घुसा तथा कैफेटेरिया में मैं

ऐसी जगह पर बैठ गया जहां से मैं बाहर सड़क पर चल रहे लोगों व वाहनों पर नजर रख सकता था।

इस समय शाम के साढ़े चार बज चुके थे। मैंने एस्प्रेसो कॉफी पी, तीन सिगरेट फूंक दिए लेकिन फिर भी हेलन को कोई अता-पता न था। काफी देर इन्तजार कर मैं थक गया व हेलन को फोन करने का निश्चय किया। हेलन द्वारा किराए पर लिए गए मकान का फोन ढूंढ़ने में मुझे थोड़ा समय लग गया। लेकिन यहां भी दुर्भाग्य ने मेरा पीछा न छोड़ा। टेलीफोन आपरेटर ने मुझे सूचित किया कि बार-बार फोन मिलाने के बावजूद भी इस नम्बर पर कोई फोन नहीं उठा रहा है। अब मुझे अपनी स्थिति से खीज होने लगी।

मैंने सोचा कि हो सकता है हेलन को ट्रेन के आने का सही समय याद न रहा हो। तथा स्टेशन के लिए देर से चली हो। अपनी बेसब्री पर नियंत्रण पाकर मैं फिर अपनी जगह पर बैठ गया व एक एस्प्रेसो काफी मंगवा ली। लगभग बीस मिनट बाद मैं दूसरी काफी भी खत्म कर चुका था लेकिन हेलन का कोई पता न था। अब मैं हेलन के बारे में वाकई चिंतित हो उठा।

आखिर हेलन कहां थी? मैं जानता था कि व सौरेन्टो में अपने मकान में पहुंच चुकी थी। वहीं से उसने आज सुबह मुझे फोन भी किया था। फिर वह अपनी योजना के अनुसार मुझे लेने स्टेशन क्यों नहीं आई थी?

हेलन ने मुझे सौरेन्टो के मकान का एक मानचित्र दिखाया था जो मेरे दिमाग में अंकित था। इस मानचित्र के निर्देशों के अनुसार मैं वह मकान ढूंढ़ सकता था, ऐसा मेरा विश्वास था। यह मकान सौरेन्टो से लगभग पांच मील दूर पहाड़ों की ओर था। मैंने निश्चय किया कि कैफेटेरिया में समय बिताने की बजाय मुझे मकान की दिशा में पैदल चल पड़ना चाहिए। यदि हेलन इस मकान की से स्टेशन की ओर रवाना हो चुकी हो तो मुमकिन था कि वह मुझे रास्ते में ही मिल जाए। उस मकान की ओर जोन वाली एक मुख्य सड़क थी और इस सड़क पर चलते हुए रास्ते में हेलन से मुलाकात होने की संभावना हो सकती थी। लिहाजा मैं इस सड़क पर आ गया और हेलन के मकान की दिशा में चल पड़ा।

लगभग एक मील तक यह सड़क सैलानियों से भरी हुई थी जो मार्केट में चीजों की खरीद फरोख्त कर रहे थे। इसके बाद सड़क धीरे-धीरे सुनसान होती गई। अब इस सड़क पर केवल तेज गति से चलने वाली कारें इत्यादि ही दिखाई पड़ रही थीं।

लगभग दो मील चलने के बाद मैं एक ऐसे मोड़ पर पहुंचा जहां मुझे मुख्य सड़क छोड़कर ऊपर पहाड़ों की ओर जाने वाली एक छोटी सड़क पर मुड़ जाना था। इस समय शाम के छः बजकर बीस मिनट हो चुके थे और अभी तक हेलन का कोई पता न था।

थोड़ी दूर और जाने के बाद मुझे हेलन द्वारा बताया गया मकान दिखाई देने लगा। यह एक पहाड़ी के ऊपर था व निस्संदेह ही बहुत खूबसूरत मकान था। उसके आसपास का वातावरण आकर्षक व लुभावना था। अपनी मानसिक परेशानी के कारण इस समय मैं इस मकान व इसके

वातावरण की सुन्दरता का स्वाद नहीं ले सकता था। इस समय मैं केवल हेलन के बारे में सोच रहा था।

मकान के अहाते में पहुंचकर मैंने लोहे का फाटक खोला व अन्दर दाखिल हो गया। थोड़ा आगे बढ़ा तो हेलन की लिंकन की कन्वर्टिबल गाड़ी खड़ी दिखाई दी। गाड़ी खड़ी देखकर मुझे संतोष हुआ। इसका मतलब था कि हेलन अभी स्टेशन के लिए रवाना नहीं हुई थी या स्टेशन पर मुझे न देख वापिस आ गई थी।

सीढ़ियों पर चढ़ता हुआ मैं मकान के अन्दर दाखिल हुआ। मकान का दरवाजा आधा खुला ही हुआ था। मैंने धक्का देकर इसे खोला और अन्दर घुसा।

"हेलन, क्या तुम यहीं हो?" मैंने आवाज लगाई।

मकान के अन्दर से मेरी ही आवाज गूंजकर वापिस आ गई। मैं आगे बढ़ा व हाल में दाखिल हो गया।

"हेलन?"

मैं मकान के भीतर एक-एक कमरे का निरीक्षण करने लगा। निचली मंजिल पर डायनिंग रूम, लाउज, रसोईघर व अन्य जगहें थीं। ऊपरी मंजिल पर तीन बैडरूम व दो बाथरूम थे। मकान की खिड़कियों से विशाल नदी का नजारा दिखा जा सकता था। मकान आधुनिक साज सज्जा से सजा हुआ व खूबसूरत था। निःसंदेह, अवकाश बिताने के लिए यह आदर्श जगह थी। यदि इस समय हेलन ऐसे मकान में मेरा स्वागत करने के लिए यहां खड़ी होती तो कितना अच्छा होता। लेकिन मकान के भीतर भी हेलन का कहीं कोई पता न था।

मैं बाहर निकला व बाग में आ गया। यहां भी पेड़ पौधों के बीच मैंने हेलन को तलाश किया लेकिन व न मिली। तभी बाग की ओर एक छोटा सा गेट दिखाई दिया जिसके बाहर एक पगडंडी थी जो पहाड़ की चोटी की ओर जाती थी। मैंने सोचा कि हो सकता है हेलन इस गेट से बाहर निकलकर सैर करने के लिए इस चोटी की ओर गई हो। मैंने निश्चय किया कि मकान में बैठे हेलन का इंतजार करने से बेहतर होगा कि मैं पहाड़ की चोटी की ओर जाऊं और हेलन को ढूंढूं। हो सकता है कि पहाड़ की चोटी पर घूमते हुए हेलन को समय का खयाल न रहा हो या वह किसी छोटी-मोटी दुर्घटना का शिकार हो गई हो।

हेलन को पहाड़ की चोटी पर देखने का निश्चय कर पहले में मकान के अंदर घुसा और मेज पर हेलन के नाम एक नोट लिख कर रखा। इस नोट में मैंने लिखा कि मैं पहाड़ की चोटी की ओर जा रहा हूं और इस बीच यदि हेलन मकान में आए तो मुझे वहां न पहुंचा देख वह सौरेन्टो स्टेशन की ओर दुबारा न चल पड़े। यह नोट मेज पर रखकर बाहर निकला व पहाड़ के ऊपर जाने के लिए छोटे गेट की ओर चल पड़ा।

मैं लगभग एक फर्लांग ऊपर की ओर बढ़ा था और यह सोच ही रहा था कि शायद हेलन इस ओर आई ही न हो कि मेरी नजर चोटी की दूसरी ओर पड़ी। मैंने देखा कि उस ओर सफेद

रंग का एक खूबसूरत विला बना हुआ है। यह विला ऐसी जगह बनाया गया था जहां आमतौर पर कोई मकान नहीं बनता। इस विला में पहुंचने का सही रास्ता समुद्र की ओर से था। यदि कोई व्यक्ति पहाड़ी की ओर से इस विला की ओर जाना चाहता तो उसे चट्टान नुमा सीढ़ियों से उतरकर उस ओर जाना पड़ता जो काफी कठिन था।

इस समय मेरी दिलचस्पी इस विला में नहीं थी इसलिए मैंने इस ओर अधिक ध्यान न दिया। लेकिन पहाड़ की चोटी की ओर बढ़ते हुए यह सफेद विला बार बार मेरी नजरों के सामने आ रहा था। विला के सामने एक दालान था। जिस पर एक मेज कुछ आराम कुर्सियां व एक लाल छतरी रखी हुई थी। विला के दरवाजे पर सीढ़ियां बनी हुई थीं जो नीचे समुद्रतट पर जाती थीं। मैंने नीचे नजर घुमाई तो पाया कि इस समय समुद्रतट पर दो शक्तिशाली मोटरबोट खड़े हैं। मुझे यह जानने की उत्सुकता हो रही थी कि वह करोड़पति व्यक्ति कौन हो सकता है जिसने इस दुर्गम स्थान पर विला बनाया है पहाड़ की चोटी की ओर मैं कुछ ओर आगे बढ़ा ही था कि मैंने पाया कि मेरे पैरों से हेलन के कैमरे का केस टकराया है। मैंने उसे उठाया व इसका निरीक्षण किया। हां, यह निःसंदेह हेलन के कैमरे का ही केस था। मेरा दिल किसी अज्ञात आशंका से धड़कने लगा। ऐसे समय स्वाभाविक ही था कि सफेद विला का ख्याल मेरे दिलोदिमाग से हट गया।

मैं काफी समय तक कैमरा केस को घूरता रहा, इसमें कोई शक न था कि यह हेलन के कैमरे का ही केस था। हेलन के कैमरे के आकार व केस में लगे चमड़े के स्तर को मैं पहचानता था। रोम में हेलन के फ्लैट पर मैंने इस कैमरे को भली प्रकार निरीक्षण किया था। साथ ही केस के मुहाने पर सुनहरे अक्षरों में हेलन का नाम लिखा हुआ था। इस समय यह केस खाली था।

केस को हाथ में लेकर मैं आगे चल पड़ा। लगभग पचास गज आगे यह रास्ता दाईं ओर मुड़ता था जहां काफी दूर तक घना जंगल था। जंगल की ओर मुड़ने की बजाय मैं कुछ कदम और आगे बढ़ा व पहाड़ के शिखर पर पहुंच गया। शिखर पर खड़ा मैं नीचे नदी की ओर देखने लगा जिसकी लहरें चट्टानों से टकरा रहीं थीं।

अचानक मेरी नजर नदी में तैरती किसी सफेद चीज पर अटक गई। यह चीज आधी पानी में डूबा हुई थी व आधी पानी के सतह के ऊपर थी। थोड़ी देर में लहर के थपेड़े से यह चट्टान पर आकर ठहर गई। यह किसी मृत व्यक्ति का शरीर दिखाई दे रहा था। घबराहट के मारे मेरा दिल धड़कने लगा व गला सूख गया।

ध्यान से देखने पर मुझे लगा कि यह किसी महिला का मृत शरीर था जिसके लम्बे बाल पानी पर अब भी तैर रहे थे। हवा व पानी से उसका स्काट फूल गया था व समुद्र की लहरें उसके घायल शरीर पर थपेड़े मार रहीं थी।

अब अनुमान लगाने की जरूरत नहीं रह गई थी। मैं जानता था कि यह मृत महिला हेलन ही थी।

तीन

जाहिर था कि हेलन मर चुकी थी। इतनी देर वह एक ही मुद्रा में लेटी नहीं रह सकती थी विशेषकर ऐसी अवस्था में जब कि उसका सिर पानी में डूबा हुआ था।

"हेलन।" मैंने आवाज लगाई। भय व सदमें से मेरी आवाज फटे बांस जैसी हो गई थी।

"हेलन!"

मेरी आवाज की गूंज चारों ओर फैलकर फिर मेरे पास आ गई।

मैं पहाड़ की जिस ऊंचाई पर खड़ा था वहां से नीचे देखने में भी डर लगता था। इस जगह से फिसलकर कोई व्यक्ति जिंदा नहीं बच सकता था।

मैं नदी की ओर नीचे उतरने के लिए रास्ता तलाश करने लगा। समुद्र की ओर यह पहाड़ी इतनी ढलुआ थी कि केवल रस्सी के सहारे ही नीचे उतरा जा सकता था। क्योंकि समय मुझे किसी प्रकार की सहायता की उम्मीद न थी इसलिए धीरे-धीरे एक-एक कदम बढ़ाते हुए नीचे खिसकने के सिवा मेरे पास और कोई रास्ता न था। मेरा दिल धड़क रहा था व चेहरे पर पसीना आ चुका था।

सांप की तरह रेंगते हुए मैं चोटी से कुछ गज नीचे आने में सफल हुआ। अब मुझे नीचे समुद्र के किनारे पड़ी लाश ठीक प्रकार से दिख रही थी। मैंने देखा कि हेलन का सिर पूरी तरह से पानी में डूबा हुआ था। डूबते हुए सूर्य की अंतिम किरणों में मैंने यह भी देखा कि लाश के चारों ओर का पानी लाल है तथा हेलन के बालों में भी खून चिपका हुआ है।

हेलन मर चुकी थी।

मैं वापिस मुड़ा और उस रास्ते पर पहुंच गया जिससे मैं इस पर्वत शिखर पर पहुंचा था। मैं भय से कांप रहा था। मैंने निश्चय किया कि मैं कुछ देर यहां बैठकर अपनी अस्थिर मानसिक अवस्था पर नियंत्रण पाऊंगा और पूरे घटनाक्रम पर एक नजर डालूंगा। इसके बाद ही मैं यह निश्चय कर सकता था कि आगे मुझे क्या करना होगा।

पास के एक पेड़ के नीचे बैठकर मैं अनुमान लगाने लगा कि हेलन को मरे हुए कितना समय हो गया हो सकता है वह कई घंटे पहले मर चुकी हो।

इस परिस्थिति में मुझे अवश्य ही किसी की सहायता लेनी थी। मैंने सोचा कि हेलन द्वारा लिए गए मकान में फोन अवश्य होगा तथा मैं वापिस वहां जाकर पुलिस को फोन कर दूंगा। यदि मैं जल्दी ही यह कर दूं तो पुलिस अंधेरा होने से पहले वहां आकर हेलन की लाश को अपने कब्जे में ले सकती है।

यह निश्चय कर मैं उठा व इसी रास्ते पर चलते हुए नीचे हेलन के मकान की ओर कदम बढ़ाने लगा मैंने अभी कुछ ही कदम बढ़ाए थे कि न जाने क्या सोचकर मैं ठिठक गया।

पुलिस!

मेरे मन मैं विचार कौंधा कि पुलिस तहकीकात में मुझे भी नुकसान हो सकता था। तहकीकात के दौरान पुलिस को यह जानने में देर न लगती कि मैंने व हेलन ने इस मकान में एक

महीना साथ बिताने की योजना बनाई थी। यह समाचार चामर्स तक पहुंचना भी स्वाभाविक ही था। मेरे द्वारा पुलिस बुलाए जाने पर हेलन से मेरे संबंधों की कलई खुल सकती थी और चामर्स इसके लिए मुझे कभी माफ न करता।

मैं अभी अनिश्चय की अवस्था में ही खड़ा था कि मैंने देखा कि एक मछली पकड़ने वाली नौका नीचे तट के करीब आ गई है जिस प्रकार मैं खड़ा था उस अवस्था में नौका पर सवार व्यक्ति मुझे देख सकते थे। मैं तत्काल पीछे हटा व पत्तों के झुरमुट में खुद को छिपा लिया।

मैं एक खतरनाक परिस्थिति में फंस चुका था। हेलन के साथ संबंध बढ़ाने के दौरान भी मेरी अन्तरात्मा मुझे बार-बार कहती कि ऐसा करके मैं ठीक नहीं कर रहा हूं और इसका अंजाम बुरा ही होगा। मेरा यह अंदेशा ठीक ही निकला था।

मैं यह सोचने लगा कि जब शेरविन चामर्स को यह पता चलेगा कि मैं सौरेन्टो के इस मकान में उसकी बेटी के साथ एक महीना बिताने जा रहा था और इसी दौरान उसकी बेटी पहाड़ की चोटी से नीचे गिरकर मर गई थी तो वह क्या सोचेगा। जाहिर था कि वह इन दोनों घटनाओं–हेलन से मरे संबंध व हेलन की अजीबोगरीब मौत–को जोड़कर देखेगा। वह यही समझेगा कि हमारे नाजायज संबंध थे और अंत में हेलन से पीछा छुड़ाने के लिए मैंने ही उसे धक्का देकर पहाड़ की चोटी से नीचे धकेल दिया था घटनाक्रम को इस दृष्टिकोण में देखकर चामर्स मुझसे कैसे बर्ताव करेगा–यह सोचकर मैं कांप गया।

घटनाओं का क्रम कुछ ऐसा था कि पुलिस भी हेलन की मौत के लिए मुझे ही जिम्मेदार ठहराती। जहां तक मेरा विचार था किसी ने हेलन को गिरते हुए नहीं देखा था। मैं यह भी सिद्ध नहीं कर सकता था कि मैं हेलन की मौत से काफी बाद यहां पहुंचा था। अन्य सैकड़ों यात्रियों की ही भांति मैं भी ट्रेन से उतरा था मैंने अपना सूटकेस स्टेशन के सामानघर में जमा करवाया था। सामानघर का क्लर्क प्रतिदिन मुझ जैसे सैकड़ों व्यक्तियों को देखता था। भला उसे मेरा चेहरा कैसे याद रहता? सौरेन्टो से यहां आते हुए मुझे रास्ते में कोई परिचित भी नहीं दिखाई दिया था। संक्षेप में, इस शहर में ऐसा कोई भी व्यक्ति न था जो यह गवाही दे सकता था कि मैं यहां हेलन की मौत के काफी देर बाद पहुंचा था।

लेकिन हेलन की मौत किस समय हुई थी? यदि उसकी मौत मेरे यहां पहुंचने के कुछ समय पहले हुई थी और यदि पुलिस यह शक करती कि मैंने ही उसे पहाड़ के शिखर से नीचे धक्का दिया था तो मैं इस हत्याकांड में फंस सकता था।

मेरी दशा दयनीय हो चली थी। एक बार तो मेरे मन मैं विचार आया कि मैं यहां से भाग चलूं इस विचार से मैं मुड़ा ही था कि मेरा पैर हेलन के कैमरे के केस से टकराया। हेलन की लाश नीचे पानी में देखने पर यह केस मेरे हाथ से छूट गया था। मैंने इस केस को उठाया और इसे पहाड़

के दूसरी और फेंक देना चाहा लेकिन न जाने क्या सोचकर अंतिम क्षण में मैंने अपना हाथ रोक लिया।

मेरी उंगलियों के निशान इस केस पर अंकित हो चुके थे। इस केस को लापरवाही से फेंक देने की गलती अब मैं न कर सकता था।

मैंने अपना रूमाल निकाला व केस को अच्छी तरह पीछे लिया। मैं इसे तब तक रगड़-गड़ कर पोछता रहा जब तक मुझे विश्वास न हो गया कि इस पर से मेरे हाथ के निशान हट चुके थे। इसके बाद मैंने यह केस पहाड़ी की दूसरी ओर लुढ़का दिया। अब मैं मुड़ा व नीचे मकान की ओर आने लगा। दिन की रोशनी धीरे-धीरे कम होने लगी थी। सूर्य दूर समुद्र में डूबते हुए अपनी लालिमा बिखेर रहा था। कुछ ही देर में चारों ओर अंधेरा होने को ही था। रात में मेरी निगाह एक या दो बार उसे सफेद विला की ओर भी गई जिसने कुछ ही देर पहले मेरा ध्यान अपनी ओर आकर्षित किया था। इस समय विला की तरन या चार खिड़कियां रोशनी से जगमगा रहीं थीं।

मैं जानता था कि इस स्थिति में ईमानदारी का यह तकाजा था कि मैं तत्काल पुलिस को इस दुर्घटना की सूचना दे दूं। मैंने सोचा कि यदि मैं पुलिस को सारी बात खुलासे से बता दूं कि मैं किन परिस्थितियों में सौरेन्टो आया था और यहां आकर मैंने क्या पाया था तो पुलिस को मेरी बात पर यकीन करने में कोई दिक्कत न होगी। कम से कम मेरा साफगोई से उन्हें मेरे साथ सहानुभूति होगी और वे मेरी मदद अवश्य करेंगे। लेकिन यदि मैं पुलिस से बचना चाहूं और बाद में तहकीकात करते-करते पुलिस मुझ तक पहुंच जाए तो ऐसी स्थिति में मेरी क्या हालत होगी? जाहिर है कि हेलन की हत्या के सिलसिले में पुलिस को मुझपर ही शक होगा और मैं इस मामले में फंस जाऊंगा।

विचारों की यह लड़ी मुझे यह विश्वास दिला रही थी कि पुलिस को दुर्घटना की सूचना देना व बाद में पुलिस के सामने सभी कुछ साफ शब्दों में बयान कर देना ही मेरे लिए उचित होगा। लेकिन तभी मुझे चामर्स का खयाल आया। पुलिस मेरी स्पष्टवादिता से मुझपर कुछ रहम कर सकती थी लेकिन चामर्स द्वारा मेरे प्रति कोई सहानुभूति दिखाना नामुमकिन था।

मैंने निश्चय कर लिया कि मैं इस जगह से भाग जाने का पूरा प्रयत्न करूंगा। लेकिन इस संदर्भ में मुझे यह ध्यान रखना था कि किसी ने मुझे इस मकान के आस-पास नहीं देखा था।

अब तक मैं गेट को पार करता हुआ बाग में पहुंच चुका था। मैंने अपनी घड़ी को देखा। इस समय रात के साढ़े आठ बज चुके थे। जिना व मैक्सवेल के विचार में मैं इस समय वेनिस में था। अब आज की रात में ही मेरे लिए वेनिस पहुंचना संभव न था। अब मेरे लिए वापिस रोग पहुंचना ही बेहतर था। फिर मैं सुबह दस बजे अपने दफ्तर जाकर कह सकता था कि मैंने वेनिस जाने का विचार बदल दिया था तथा मैं उस दिन रोम में ही रहकर अपने एक उपन्यास को पूरा करने में जुटा हुआ था।

यह एक अच्छा बहाना न था लेकिन उस हालत में मुझे इससे बेहतर कोई बहाना न सूझ रहा था। मैं जानता था कि पुलिस यह सिद्ध कर सकती थी, मैं उस दिन वेनिस नहीं गया था लेकिन उनके लिए यह सिद्ध करना बहुत मुश्किल था कि मैंने अपना सारा दिन अपने फ्लैट में नहीं बिताई थी। मेरे फ्लैट में घुसने के लिए प्रवेश द्वार इतना अलग था कि कोई भी मुझे आमतौर पर बाहर निकलते या अंदर घुसते नहीं देख सकता था।

क्या ही अच्छा होता यदि मैं अपने साथ अपनी कार भी ले आया होता! यदि इस समय मेरे पास अपनी कार होती तो रोम पहुंचना और भी आसान हो जाता। मैं हेलन को लिंकन कन्वर्टिबल नहीं ले जा सकता था जो कि मकान के दरवाजे पर ही खड़ी थी। इसे ले जाने से कोई मुसीबत खड़ी हो सकती थी।

मैं बाग को पार करता मकान की ओर बढ़ रहा था। मकान की सुन्दरता इस हालत में भी मेरा ध्यान अपनी ओर आकर्षित कर रही थी।

अचानक में ठिठक गया। मकान के भीतर लाउंज से हल्की रोशनी दिख रही थी।

तेजी से आगे बढ़कर मैं कार के पीछे छुप गया और लाउंज की खिड़कियों की ओर देखने लगा। भीतर किसी हल्की रोशनी से ये खिड़कियां बार-बार जगमगाती लेकिन थोड़ी देर बाद फिर अंधेरा छा जाता। अपनी सांस को रोककर मैं अपनी नजर खिड़कियों की ओर जमाए कार के पीछे दुबका बैठा था।

थोड़ी देर बाद खिड़कियों पर एक बार फिर रोशनी चमकी इस बार यह रोशनी काफी देर बरकरार रही। मुझे लग रहा था कि कोई व्यक्ति लाउंज में फ्लैशलाइट लिए खड़ा है।

यह व्यक्ति कौन हो सकता है?

यह घर को साफ रखने के लिए हेलन द्वारा नियुक्त की गई नौकरानी न थी। वह इस अंधेरे में छिप-छिपकर न घूमती जैसे कि यह मानवीय आकृति घूम रही थी। वह अवश्य ही मकान की बत्तियों को जलाकर मकान को रोशन कर देती।

मैं अचम्भित था। मैं धीरे-धीरे कार के पीछे से निकला व बाग को पार करता मकान के सामने बड़ी झाड़ी के पीछे दुबक गया जहां मेरी नजर लाउंज के भीतर जा सकती थी लेकिन जहां मुझे कोई न देख सकता था।

मैं देख रहा था कि लाउंच के भीतर रोशनी एक जगह से दूसरी जगह आ रही थी। ऐसा लग रहा था मानो कोई व्यक्ति किसी चीज को तलाश रहा हो।

मैं यह जानना चाहता था कि यह व्यक्ति कौन है? एक बार तो मेरी इच्छा हुई कि मैं चुपचाप लाउंज में घुसूं तथा इस व्यक्ति का दबोच लूं। मेरा विचार था कि यह व्यक्ति कोई चोर उचक्का होगा जो अंधेरे का फायदा उठाकर चोरी करना चाहता है। लेकिन फिर यह सोचकर कि ऐसे समय जबकि मेरे लिए बिना किसी के देखे रोम पहुंचना जरूरी था किसी चोर से भी उलझना ठीक न था; मैं चुपचाप अपने स्थान पर बैठा रहा। मुझे अफसोस था कि मेरे सामने एक चोर

हेलन के सामान को लूट रहा था और मैं कुछ भी कर पाने में असमर्थ था। इस मकान में ही नहीं बल्कि पूरे सौरेन्टो शहर में अपना व्यक्तित्व जाहिर करना मेरे लिए खतरनाक था।

लगभग पांच मिनट बाद रोशनी बंद हो गई। थोड़ी देर बाद मैंने एक लंबे व्यक्ति की छाया मकान के दरवाजे से बाहर निकलते देखी। सीढ़ियों के पास यह व्यक्ति थोड़ी देर रुका लेकिन अंधेरे के कारण मैं उसका मुंह, न देख सका।

व्यक्ति धीरे-धीरे सीढ़ियों से उतरा व कार के नजदीक आकर अंदर झांकने लगा। उसने फ्लैश लाइट जला ली व कार के भीतरी भाग का निरीक्षण करने लगा। इस समय उसकी पीठ मेरी ओर थी। मैं देख रहा था कि उसने काली हैट पहन रखी थी तथा उसके कंधे काफी चौड़े थे। मैंने सोचा कि मैंने लाउंज के भीतर जाकर इस प्रकार के आदमी से झगड़ा मोल न लेकर अच्छा ही किया था। यह व्यक्ति इतना हट्टा-कट्टा व मजबूत था कि मुझे आसानी से दबोच सकता था।

इस व्यक्ति ने रोशनी बुझा ली और कार से दूर जाने लगा मैं झाड़ियों में और अधिक दुबक गया। मुझे लग रहा था कि बाग के मुख्य दरवाजे की ओर जाने के लिए वह मेरे नजदीक से गुजरेगा। लेकिन मुख्य द्वार की ओर जाने के बजाय यह व्यक्ति उस छोटे गेट की और बढ़ गया जहां से निकलकर थोड़ी देर पहले ही मैं पहाड़ी के शिखर की ओर गया था। थोड़ी देर में वह व्यक्ति गेट पार कर अंधेरे में खो गया।

कुछ चिंतित और कुछ हैरान सा मैं कुछ देर उस दिशा की ओर देखता रहा जिस दिशा की ओर जाकर वह व्यक्ति गायब हो गया था। फिर मुझे खयाल आया कि इस जगह पर समय बिताकर मैं अपना नुकसान कर रहा हूं। मेरे लिए हितकर यही होगा कि मैं जल्दी से जल्दी यहां से निकलकर रोम की ओर रवाना हो जाऊं इस उद्देश्य से मैं झाड़ी से निकला व तेजी से लोहे के मुख्य द्वार को पार कर सड़क पर आ गया।

सौरन्टों स्टेशन की ओर जाते हुए मैं इस अज्ञात व्यक्ति के बारे में सोचता रहा। क्या यह व्यक्ति कोई चोर-उचक्का था जो चोरी करने के उद्देश्य से उस मकान में घुसा था? या क्या वह किसी प्रकार से हेलन से संबंधित था? फिलहाल इस सवाल का मेरे पास कोई जवाब न था। इस समय मेरे लिए केवल यही संतोष की बात थी कि उस मकान के पास मुझे किसी ने न देखा।

मैं 10-10 पर सौरेन्टो स्टेशन पहुंचा। स्टेशन तक का आधा रास्ता मैं दौड़कर व बाकी आधा चलकर तय किया था थकान के मारे मेरी हालत खराब हो गई थी। लेकिन मेरे पहुंचने से दस मिनट पहले ही नेपल्ज को जाने वाली आखिरी ट्रेन जा चुकी थी।

यदि मैं एक घंटे व पांच मिनट के भीतर ही नेपल्ज पहुंच जाता तो मैं रोम जाने वाली आखिरी ट्रेन पकड़ सकता था जो 11.15 पर चलती थी। मैं तेजी से सामानघर पहुंचा व वहां से अपना सूटकेस निकाल लिया। सामानघर में मैं जान-बूझकर अपना मुंह नीचे की ओर किए रहा जिससे कि वहां काम करने वाला क्लर्क मेरी शक्ल न देख पाए। सूटकेस उठाकर मैं स्टेशन के

बाहर आ गया जहां एक टैक्सी खड़ी सवारी का इंतजार कर रही थी। टैक्सी ड्राइवर टैक्सी में बैठा ऊंघ रहा था। मैं तेजी से टैक्सी में बैठा व ड्राइवर को जगाया।

"मैं तुम्हें दुगुना किराया व इनाम के रूप में पांच हजार इतावली मुद्रा दूंगा यदि तुम मुझे 11.15 से पहले नेपल्ज पहुंचा दो।" मैंने कहा।

मेरी चुनौती सुनकर इस ड्राइवर ने मुड़कर भी मेरी ओर न देखा। उसने तत्काल बटन दबाया, गेयर बदला व पलक झपकते ही स्टेशन के बाहर हो गया।

हम ग्यारह बजने में पांच मिनट पर नेपल्ज शहर में घुसे शहर के भीतर की सड़कों पर इस समय भी काफी भीड़ थी देर रात तक खरीद-फरोख्त करने के बाद लोग घर जा रहे थे। मेरा ड्राइवर ऐसी भीड़ में भी उसी तरह टैक्सी चलाता रहा जैसा कि उसने शहर के बाहर बड़ी सड़कों पर चलाई थी। उसे आम लोगों की जान व माल की कोई चिंता न थी।

हम ग्यारह बजकर पांच मिनट पर नेपल्ज स्टेशन पहुंच गए। ड्राइवर ने ब्रेक लगाई व मुस्कराते हुए पीछे मेरी ओर देखने लगा।

टैक्सी के भीतर हल्का सा अंधेरा व्याप्त था। साथ ही अपने मुंह को छिपाने के लिए मैंने अपनी हैट टेढ़ी पहन रखी थी। ऐसी हालत में ड्राइवर मेरी शक्ल याद नहीं रख सकता था।

"कहिए साहब मजा आ गया न?" अपनी सफलता पर खुशी जाहिर करते हुए ड्राइवर बोला।

"बहुत मजा आया।" मैंने कहा व अपनी जेब से कुछ हजार लीर इतावली मुद्रा निकालकर उसके हाथ में रख दिए। "धन्यवाद।"

मैंने सूटकेस उठाया व दौड़ता हुआ स्टेशन में दाखिल हो गया। मैंने रोम का टिकट खरीदा और इंतजार कर रही ट्रेन में घुस गया। यह एक थर्ड क्लास डिब्बा था जिसमें मैं अकेला ही बैठा था तीन मिनट बाद ट्रेन ने सीटी दी व चल पड़ी।

मैं रोम की ओर बढ़ रहा था।

* * *

अगले दिन सुबह मुझे दफ्तर में प्रवेश करते देख जिना की आंखें अचंभे में खुली की खुली रह गई।

"एड!"

"हैलो!"

दफ्तर के कमरे में दाखिल होकर मैंने दरवाजा बंद कर दिया व जिना के डेस्क के कोने का सहारा लेकर खड़ा हो गया। दफ्तर की चारदीवारी के बीच को पाकर मुझे संतोष व सुरक्षा की भावना महसूस हो रही थी।

"क्या बात है? तुम चिंतित दिख रहे हो?" जिना दे पूछा।

"कोई खास बात नहीं।" मैंने जवाब दिया। "मैं वेनिस में रहने के लिए किसी कमरे का इंतजाम न कर पाया। मैंने ट्रेवल एसोसियेशन वालों को भी फोन किया और अपनी समस्या बताई लेकिन उन्होंने भी यही कहा कि इस समय वेनिस के सारे होटल बुक हैं व मुझे कमरा मिल पाने की कोई गुंजाइश नहीं है। तब मैंने सोचा कि मैं फिलहाल वेनिस का खयाल अपने दिमाग से निकाल लूं और अपना कुछ समय उपन्यास लिखने में बिता दूं। उपन्यास लिखने में मैं इतना व्यस्त था कि मुझे समय का खयाल ही न रहा। जब मुझे होश आया तो सुबह के तीन बज चुके थे।"

"लेकिन तुम तो लम्बे अवकाश पर हो।" जिना बोली। उसके चेहरे पर आश्चर्य व चिंता की रेखाएं स्पष्ट थीं जो बता रही थीं कि मेरे वक्तव्य की सच्चाई पर उसे पूरा विश्वास न था।"यदि तुम वेनिस नहीं जा रहे हो तो आखिर तुम कहां जा रहे हो?"

"इस समय मुझे तंग न करो।" मैंने कहा। दरअसल जिना के सवालों को मेरे पास कोई माकूल जवाब न था। शायद हेलन की मौत के बाद, जबकि मैं पिछले चौबीस घंटों से घटित होने वाली अजीबोगरीब घटनाओं को सही परिप्रेक्ष्य में नहीं रख पाया था, इतनी जल्दी जिना से मिलना मेरे लिए ठीक न था। मैं पहले भी बता चुका हूं कि मेरे अन्दर की भावनाओं व विचारों को जिना आसानी से समझ जाती थी। इस समय भी वह महत्त्वपूर्ण निगाहों से मेरी ओर देखे जा रही थी जिसका मतलब था कि उसे मेरी बातों पर पूरा विश्वास नहीं हो रहा था।

"मैं सोच रहा हूं कि मैं कार में मौन्टे कार्लो चला जाऊं।" मैंने कहा। "मेरा पासपोर्ट शायद तुमने ही कहीं रख दिया है। आज इसीलिए मुझे दफ्तर आना पड़ा है।"

तभी दरवाजा खुला व मैक्सवेल भीतर आ गया।

"आज तुम फिर दफ्तर में हो!" उसने आश्चर्यवश पूछा। "क्या तुम्हें दफ्तर चला पाने में मेरी क्षमता में विश्वास नहीं है।"

"नहीं, ऐसी कोई बात नहीं है।" मैंने कहा। मैं अपनी वर्तमान स्थिति में किसी से उलझना नहीं चाहता था।"मैं यहां केवल अपना पासपोर्ट लेने आया हूं। मैंने वेनिस में कमरा बुक करने की पूरी कोशिश की लेकिन इस समय वहां सारे होटल भरे हुए हैं।"

"पासपोर्ट ढूंढ़ने का काम तो तुम्हें कल ही कर लेना चाहिए था।" मैक्सवेल बोला। उसके हाव-भाव से साफ झलकता था कि मुझे दफ्तर में देखकर वह खुश नहीं है। कल सारे दिन तुम क्या कर रहे थे?"

"मैं अपने उपन्यास पर काम कर रहा था।" मैंने सिगरेट सुलगाते हुए जवाब दिया।

"क्या तुम कोई उपन्यास भी लिख रहे हो?" मैक्वेल ने पूछा।

"हां, इसमें आश्चर्य की क्या बात है।" मैंने कहा। "हर अच्छे पत्रकार को अच्छा लेखक भी होना चाहिए। अपने उपन्यास से मैं काफी पैसा कमाने जा रहा हूं तुम्हें भी कभी उपन्यास या कम-से-कम एक कहानी लिखने की कोशिश जरूर करनी चाहिए।"

"मेरे पास उपन्यास लिखने जैसे कामों के लिए समय नहीं है।" वह बोला।"इस समय भी मैं काफी व्यस्त हूं। क्या तुम्हें अपना पासपोर्ट मिल गया?"

"तुम इस समय मुझसे पीछा छुड़ाना चाहते हो।" मैंने मुस्कराते हुए कहा।

"हां, मुझे कुछ जरूरी चिट्ठियां लिखवानी हैं।" वह बोला।

इस बीच जिना मेरा पासपोर्ट ढूंढ़ने गई थी। थोड़ी देर में वह पासपोर्ट हाथ में लेकर आ गई।

"मिस वेलेट्टी, मैं पांच मिनट बाद कुछ चिट्ठियां डिक्टेट करवाना चाहता हूं।" मैक्सवेल जिना से बोला। "तुम अपनी नोटबुक लेकर अंदर आ जाना।" फिर मुझे अलविदा कहकर मैक्सवेल अपने कमरे में चला गया।

मैक्सवेल के जाने के बाद मैंने जिना की ओर देखा। वह मेरी ओर देखकर मुस्कुरा रही थी।

"अब मैं चलता हूं।" मैंने कहा "होटल का प्रबंध कर मैं तुम्हें फोन पर इसकी सूचना दे दूंगा।"

मैं देख रहा था कि जिना मुझे घूरे जा रही थी। मैं दफ्तर से बाहर निकल अपनी कार के पास चला आया।

मैं सोच रहा था कि आने वाले तूफान के बारे में जिना को संकेत देकर मैंने अच्छा किया अथवा नहीं। मैं जानता था हेलन की मृत्यु की खबर आखिर कार हमारे दफ्तर भी पहुंच ही जाएगी स्वाभाविक ही था कि हेलन की लाश मिलने के बाद पुलिस यह अवश्य पता चलाएगीं कि वह कौन थी और इस सिलसिले में हमारे दफ्तर भी जरूर आ पहुंचेगी।

मैं अपने फ्लैट में लौट आया।

हेलन की मृत्यु का खयाल कोहरे की भांति मेरे दिलो-दिमाग पर छाया रहा। इस बारे में मैं जितना अधिक सोचता उतना ही अधिक स्वयं को दोषी ठहराता। मुझे लगता कि इस मुसीबत में मैं अपनी ही नादानी से के कारण उलझ गया हूं। आरंभ में हेलन के शारीरिक आकर्षण ने मुझे आनी ओर खिंच लिया था। पतंगे की भाति उसको शरीर रूपी ओ के करीब होते हुए मैंने इस संबंध के अन्य पहलुओं के बारे में सोचा ही न था। अब मुझे लग रहा था कि मैं वास्तव में उसे प्यार न करता था। उसकी मौत का मुझे कोई व्यक्तिगत सदमा न लगा था उसकी मौत का यदि मुझसे दुःख था तो वह केवल इसलिए क्योंकि इसने मेरे लिए दिक्कते पैदा कर दी थी।

मुझे यह भी लग रहा था कि घटनास्थल से मुझे भागना नहीं चाहिए था। मुझमें इतना साहस होना चाहिए था कि मैं हेलन की मौत के बारे में पुलिस को सूचित करूं तथा उन्हें सब कुछ सच-सच बता दूं। अब मैं जानता था कि हेलन की मौत की जांच-पड़ताल होगी और जब तक यह तहकीकात पूरी न हो जाएगी मैं चैन की सांस नहीं ले पाऊंगा।

मैं जानता था कि हेलन की मृत्यु की जांच पड़ताल के सिल-सिले में तथाकथित डगलस शेरार्ड का नाम भी जरूर आएगा। हेलन ने मुझे बताया था कि उसने यह मकान डगलस शेरार्ड के नाम से ही किराए पर लिया था। उस मकान का दलाल जरूर यह सूचना पुलिस को दे दगा।

डगलस शेरार्ड के बारे में कई प्रकार के सवाल पूछे जाएंगे जैसे कि वह कौन है" इस समय वह कहां है" आदि-आदि। हो सकता है पुलिस इस बारे में अधिक दिलचस्पी न ले। पुलिस यह तो जान ही जाएगी कि हेलन मिसिज डगलस शेरार्ड न थी। हो सकता है कि पुलिस यही समझे कि डगलस शेरार्ड कोई व्यक्ति होगा जिसके साथ हेलन रंगरेलियां मनाना चाहती थी और जो किसी कारणवश नियत दिन पर सौरेन्टो न आ सका। क्या पुलिस डगलस शेरार्ड के बारे में इतनी जानकारी हासिल करने के बाद खामोश हो जाएगी क्या वे इससे आगे तहकीकात नहीं करेंगे? क्या मैंने पुलिस द्वारा मुझ तक पहुंच पाने के सारे रास्ते बंद कर दिए।

मैं अपने फ्लैट के लाउंज में बैठा इसी उधेड़बुन में खोया हुआ था। मेरा शरीर पसीने से तर था। लगभग चार बजे फोन की घंटी बजी व मैंने अनमन भाव से रिसीवर उठा लिया।

"हैलो?" मेरी आवाज व किसी मेंढक के टर्राने की आवाज में इस समय कोई अन्तर न था।

"एड, क्या यह तुम ही हो?"

यह जैक मैक्वेल था।

"हां, यह मैं ही हूं।"

"क्या तुम तुरंत दफ्तर आ सकते हो?" मैक्सवेल ने उत्तेजित आवाज में कहा। "हे भगवान! अजीब घटनाएं हो रही है और मैं मुसीबत में फंस रहा हूं। अभी-अभी पुलिस का फोन आया है। वे कह रहे हैं कि हेलन की...हेलन की हत्या कर दी गई है।"

"हत्या? क्यों?"

"तुम तुरन्त यहां आ जाओ। तुम्हें सब कुछ मालूम हो जाएगा। पुलिस अभी यहां आ रही है और मैं चाहता हूं तुम वहां आकर मेरी सहायता करो।" मैक्सवेल भयभीत आवाज में बोला!

मैं अभी आता हूं।" मैंने कहा व फोन रख दिया।

पुलिस कारवाई शुरू हो चुकी थी। मैं जानता ही था कि हेलन का शव मिलने के बाद पुलिस अपनी कार्रवाई शुरू कर देगी और हेलन की पृष्ठभूमि के बारे में मालूम करते हुए हमारे दफ्तर सम्पर्क करेगी। लेकिन यह सब इतनी जल्दी हो जाएगा इसकी मुझे आशा न थी।

मैं फ्लैट से निकला व कार में बैठे अपने दफ़्तर की ओर चल पड़ा। मैक्सवेल व जिना बाहर के कमरे में बैठे हुए थे। मैक्सवेल के चेहरे पर हवाइयां उड़ रही थीं। जिना भी चिंतित दिख रही थी। मुझे कमरे में दाखिल होता देख वह उठी व अपने डेस्क पर बैठ गई। लेकिन मैं देख रहा था कि दूर बैठे होने के बावजूद उसकी निगाहें मेरे चेहरे पर टिकी हुई थी और वह मेरे चेहरे पर कुछ पढ़ने की कोशिश कर रही थी।

"तुम्हें देखकर मेरे शरीर में कुछ जान आई हैं।" मुझे देखकर मैक्सवेल बोला। "चामर्स जब यह समाचार सुनेगा तो वह क्या करेगा? यह समाचार उस तक पहुंचाने का साहस कौन करेगा?"

"घबराओ मत।" मैंने मैक्सवेल को दिलासा दिया "यह सब कैसे हुआ? मुझे पूरा विवरण दो।"

"पुलिस ने मुझे इस बारे में अभी कोई विवरण नहीं दिया है।" मैक्सवेल बोला। "उन्होंने सिर्फ इतना ही कहा है कि वह मरी हुई पाई गई। वह सौरेन्टो की एक पहाड़ी से गिर गई थी।"

"पहाड़ी से गिरी?" मैंने बनावटी आश्चर्य दिखाया। "वह सौरेन्टो में क्या कर रही थी?"

"मैं कुछ नहीं जानता" घबराहट पर काबू पाने के लिए सिगरेट सुलगाता हुआ मैक्सवेल बोला मैं कितना दुर्भाग्यशाली हूं कि रोम आते ही मुझ पर मुसीबत आन पड़ी है। देखो एड चामर्स को इसकी सूचना तुम्हें ही दे देनी होगी। वह गुस्से में खुद पर नियंत्रण नहीं रख पाएगा।"

"घबराओ नहीं मैंने मैक्सवेल को सांत्वना दी।" इस प्रकार उत्तेजित होने से तुम अपना नुकसान ही करोगे। हेलन की मौत के लिए तुम जिम्मेदार नहीं हो। यदि चामर्स इस मौत की जांच पड़ताल करवाना चाहता है तो खुशी से करवा ले। हमें इस मामले में डरने की जरूरत ही क्या है?

मेरा आश्वासन सुन मैक्सवेल के चेहरे का रंग वापिस आने लगा। हेलन की मौत की खबर सुनकर वह वाकई सहम गया था।

"तुम तो चामर्स के प्रियपात्र हो" वह बोला और इसीलिए इस मामले को इतनी आसानी से ले रहे हो। लेकिन मेरी बात और है। जरा सा मौका मिलते ही चामर्स मुझे नौकरी से बाहर कर सकता है..."

तभी दरवाजा खुला व रोम अपराध शाखा के लेफ्टिनैंट इतोला कार्लोत्ती ने कमरे में प्रवेश किया।

कर्लोत्ती का कद छोटा था और रंग सांवला। उसकी आंखें नीली थीं और उसके चेहरे पर कुछ झुर्रियां दिखाई दे रही थीं। उसकी आयु पैंतालीस वर्ष के करीब थी। मैं उसे पिछले दो-तीन वर्ष से जानता था। वह एक चुस्त व ईमानदार पुलिस अफसर था। हत्या के मामलों पर वह मेहनत से जांच पड़ताल करता था तथा अन्त में हत्या का सुराग ढूंढ़ ही लेता था।

"हैलो, मिस्टर डॉसन मुझसे हाथ मिलाते हुए कार्लोत्ती बोला।" मैंने सुना था कि आप अवकाश पर कहीं गए हुए हैं।"

"मैं अवकाश पर रोम से बाहर जाने ही वाला था कि मुझे हेलन की मौत का दुःखद समाचार मिला।" मैंने कहा "हां मैं पहले अपने सहयोगियों से आपका परिचय करवाता हूं। मिस जिना वेलेट्टी से तो आप पहले ही मिल चुके हैं। ये मिस्टर जैक मैक्सवेल हैं जो मेरे अवकाश के दौरान मेरा पद संभालेंगे।"

कार्लोत्ती ने मैक्सवेल से हाथ मिलाकर अभिवादन किया और जिना को सिर झुकाकर सलाम किया।

"अब हमें मुख्य समस्या पर बातचीत शुरू कर देती चाहिए मैंने कहा। शिष्टाचार समाप्त कर हम सब अपनी-अपनी कुर्सियों पर बैठ गए थे। मिस्टर कार्लोत्ती, क्या आपको विश्वास है कि मृत युवती हेलन चामर्स ही है?"

मेरे विचार में वह लाश हेलन चामर्स के अलावा और किसी की नहीं हो सकती कार्लोत्ती ने जवाब दिया। लगभग तीन घंटे पहले मुझे नेपल्ज मुख्यालय से सूचना मिली कि एक नवयुवती की लाश सौरेन्टो स्टेशन के लगभग पांच मील दूर एक पहाड़ी के नीचे पानी में पड़ी हुई है। ऐसा समझा जाता है कि वह नवयुवती पहाड़ी से फिसलकर नीचे पानी में गिर पड़ी थी। लगभग आधा घंटे पहले मुझे बताया गया कि लाश को पहचान लिया गया है तथा वह मिस हेलन चामर्स की ही लाश है। मिस चामर्स ने पहाड़ी के पास एक बंगला किराए पर लिया था। बंगले में तलाशी लेने पर इस बात की पुष्टि हो गई कि यह लाश मिस चामर्स की थी। मैं लाश का पहचानने के लिए आपके स्टाफ के किसी सदस्य को अपने सौरेन्टो ले जाना चाहता हूं।"

मैं जानता था कि हमारे स्टाफ के सदस्यों में से यह जिम्मेदारी मेरे ऊपर ही पड़ने वाली थी। किसी सड़ रही लाश का निरीक्षण करना व उसे पहचानना ऐसा काम था जिससे मैं बचना चाहता था। लेकिन अपनी वर्तमान स्थिति में बच पाना मेरे लिए संभव न था।

"एड, तुम तो हेलन को जानते थे।" मैक्सवेल बोला "तुमने उसकी तस्वीर भी देखी हैं। इसलिए तुम्हें ही ले० कार्लोत्ती के साथ जाना चाहिए।" जाहिर था कि मैक्सवेल यह मुसीबत मुझ पर थोपकर अपनी जान छुड़ाना चाहता था।

"मैं अभी सौरेन्टो रवाना हो रहा हूं।" ले० कार्लोत्ती ने मेरी ओर देखते हुए कहा।"क्या आप मेरे साथ चल सकते हैं?"

"जी हां, मैं आपके साथ चलने के लिए तैयार हूं।" मैंने कहा।

फिर मैक्सवेल की ओर मुड़कर मैंने उसे कहा–"ठीक है, मैं ही ले० कार्लोत्ती के साथ जा रहा हूं। मेरी गैरहाजिरी में तुम इस दफ्तर का काम संभालो। मैं फोन पर तुम्हें सभी जरूरी सूचनाएं देता रहूंगा। हो सकता है कि वह लाश हेलन की नहीं हो। मेरी ओर से कोई सूचना मिलने तक तुम दफ्तर में ही रहना।"

"चामर्स का क्या होगा?"

"चामर्स को भी मैं ही संभाल लूंगा।" मैंने कहा "चिंता की कोई बात नहीं है।"

मैं उठा व दिलासा देने के अंदाज में जिना की पीठ थपथपाने के बाद कार्लोत्ती के साथ दफ्तर के बाहर चला गया। हम पुलिस की कार मैं तेजी से रोम हवाई अड्डे की ओर चल दिए कार के अंदर बैठे कार्लोत्ती व मैं दोनों ही चुप्पी साधे हुए थे।

आखिरकार चुप्पी को तोड़ते हुए मैंने पूछ ही लिया–लेफ्टिनैंट, हेलन की मौत के बारे में आपका क्या विचार है?"

मुझे घूरते हुए कार्लोत्ती ने जवाब दिया–"मैं पहले ही बता चुका हूं कि वह पहाड़ी से गिर पड़ी थी।"

"यह तो मैं सुन चुका हूं।" मैंने कहा। "क्या आपके पास इससे अधिक कोई जानकारी नहीं है?"

"मैं फिलहाल इस मामले में अधिक नहीं जानता। मुझे बताया गया है कि उसने मिसेज डगलस शेरार्ड के नाम से एक बंगला किराए पर लिया था। वह खुद अविवाहित थी, है ना?"

"जी हां, मेरी जानकारी के मुताबिक भी वह अविवाहित ही थी।"

थोड़ी देर कुछ विचार करके बोला–"इस मामले में कुछ पेचीदगियां दिख रहीं हैं। मिस्टर चामर्स एक महत्त्वपूर्ण व्यक्ति हैं और मैं अपने काम के दौरान उन्हें भी नाराज नहीं करना चाहता।"

"मैं आपसे पूरी तरह सहमत हूं।" मैंने कहा। "मिस्टर चामर्स एक महत्त्वपूर्ण व्यक्ति ही नहीं बल्कि मेरे मालिक भी हैं। मैं भी चाहता हूं वे नाराज न हों। अच्छा, इस बात के अलावा कि हेलन चामर्स ने मिसिज डगलस शेरार्ड के नाम से मकान किराए पर लिया था आपको इस मामले में और क्या पेचीदगी नजर आ रही है?"

"क्या आप हेलन के बारे में कुछ जानते हैं।" मेरे चेहरे के भावों को पढ़ने की कोशिश करते हुए कार्लोत्ती बोला। "ऐसा लगता है कि मिस चामर्स का एक प्रेमी भी था। इस समय आपके मेरे व नेपल्ज पुलिस के अलावा और किसी को इस तथ्य का पता नहीं है। लेकिन इसे ज्यादा देर तक छिपाए रखना शायद संभव न हो पाए।"

मैंने अपने चेहरे पर हैरानी का भाव दिखाने की कोशिश की।

"चामर्स को यह सुनकर अफसोस होगा।" मैंने कहा–"आपको फिलहाल प्रेस से इस तरह के तथ्य छिपाने होंगे।"

कार्लोत्ती ने मेरी बात से सहमति दिखाई।

"मैं यह बात समझता हूं।" कार्लोत्ती बोला। मेरी जानकारी के मुताबिक हेलन ने वह मकान मिस्टर व मिसिज डगलस शेरार्ड के संयुक्त नाम से किराए पर लिया था। क्या आपके विचार में हेलन गुप्त रूप से विवाहित थी?"

"इस बारे में निश्चित रूप से कुछ नहीं कहा जा सकता।"

"मुझे लगता है कि वह कानूनी रूप से विवाहित नहीं रही होगी।" कार्लोत्ती बोला–"संभव है कि वह अपने किसी प्रेमी के साथ कुछ समय बिताने के लिए सौरेन्टो आई हो। ऐसा आजकल अक्सर देखने में आता है। क्या आप डगलस शेरार्ड नाम के किसी व्यक्ति को जानते हैं?"

"नहीं।"

कार्लोत्ती ने सिगरेट का एक गहरा कश लगाया।

"इस मामले को नेपल्ज पुलिस का लेफ्टिनेंट ग्रैंडी संभाल रहा है।" कार्लोत्ती बोला। "उनका व्यक्तिगत विचार है कि हेलन पहाड़ी से गिरकर ही मरी थी। लेकिन क्योंकि चामर्स एक महत्त्वपूर्ण व्यक्ति है इसलिए हमें इस मामले में ठीक से विचार करना है और अपने निर्णय के समर्थन में

ठोस प्रमाण देने हैं। इस मामले का यह पहलू कि हेलन का एक प्रेमी भी था जो हेलन के साथ रहने के लिए सौरेन्टो आ रहा था हमारे लिए परेशानी का विषय बना हुआ है। यदि इस मामले का यह पहलू हमारे सामने न आता तो हम इसे बड़ी आसानी से दुर्घटना का मामला घोषित कर बंद कर देते।"

"हमें यह तथाकथित प्रेमी वाले पहलू को आगे लाने की जरूरत ही क्या है?" मैंने कार की खिड़की से बाहर देखते हुए पूछा।

"ठीक है।" कार्लोत्ती बोला। "क्या तुम यह अच्छी तरह जानते हो कि हेलन का कोई प्रेमी न था?"

"मैं हेलन के बारे में वास्तव में कुछ भी नहीं जानता।" मैंने कहा। मुझे लग रहा था कि कार्लोत्ती घुमा-फिराकर मुझसे हेलन के बारे में जानकारी हासिल करने की कोशिश कर रहा था। "हमें इस बारे में किसी निष्कर्ष पर पहुंचने के लिए जल्दबाजी नहीं करनी चाहिए। पहले हम लाश को देखकर निश्चिंत यह से यह जानने की कोशिश करें कि यह लाश वास्तव में हेलन की ही अथवा नहीं।"

"मेरा खयाल है कि लाश हेलन की ही है।" कार्लोत्ती विश्वास से बोला। "मकान में मिले कपड़ों व सामान पर हेलन का नाम है। उसके सामान में कुछ पत्र भी मिले हैं जो इसकी पुष्टि करते हैं। मेरे विचार से इस बारे में शंका करने की गुंजाइश नहीं है।"

दोपहर के करीब हम नेपल्ज पहुंच गए। एक पुलिस कार हवाई अड्डे पर हमारा इंतजार कर रही थी। लेफ्टिनैंट ग्रैंडी भी कार के पास खड़ा हमारी प्रतीक्षा कर रहा था।

ग्रैंडी ने भी औपचारिकतावश मुझसे हाथ मिलाया हालांकि मुझे ऐसा लग रहा था कि मुझे देखकर वह खुश नहीं हुआ है। उसने मुझे कार की अगली सीट पर बैठ जाने को कहा व खुद कार्लोत्ती के साथ पीछे वाली सीट पर बैठ गया। सौरेन्टो शहर तक की यात्रा के दौरान वह कार्लोत्ती के साथ इतावली भाषा में बातचीत करता रहा।

मैंने यह जानने का भरसक प्रयत्न किया कि मैं कार्लोत्ती व ग्रैंडी के बीच हो रही बातचीत सुन सकूं। लेकिन हवा व कार के इंजन की आवाज इतनी जोर से आ रही थी कि मैं कुछ भी न सुन पाया। अपनी इस असफलता से खिन्न होकर मैंने सिगरेट सुलगा ली व खिड़की से बाहर का दृश्य देखने लगा। इस समय मुझे कल रात सौरेन्टो से नेपल्ज की टैक्सी यात्रा की याद आ रही थी जो मेरी वर्तमान यात्रा से अधिक तेज व खतरनाक थी।

हम सौरेन्टो पहुंच गए। पुलिस ड्राइवर हमें रेलवे स्टेशन से पीछे की ओर एक ईंट की बनी इमारत के पास ले गया। ये इस शहर का शव परीक्षण केन्द्र था। हम कार से बाहर आ गए।

कार्लोत्ती मुझसे बोला—"मैं जानता हूं कि यह काम आपकी स्वाभाविक इच्छा के विरुद्ध है लेकिन पुलिस की सहायता करने के लिए आपको यह करना होगा। लाश की पहचान करना इस दुःखद घटना को समझने के लिए जरूरी है।"

"ठीक है, मैं यह कहूंगा।" मैंने दिल को कड़ा करके कहा।

इमारत के अंदर घुसरकर हम एक गलियारे से गुजरते हुए एक छोटे कमरे में दाखिल हुए। कमरे के बीच एक लम्बी मेज पर किसी व्यक्ति की लाश रखी हुई थी जो सफेद कपड़ों से ढकी हुई थी।

हम मेज की ओर बढ़े। मेरा दिल धड़क रहा था व जी मचलाने लग गया था। मुझे लग रहा था कि यदि मैं इस कमरे में थोड़ी देर और रहा तो मैं यहीं बेहोश हो जाऊंगा।

कार्लोत्ती आगे बढ़ा व उसने लाश के ऊपर बिछा हुआ सफेद कपड़ा हटा दिया।

मेज पर पड़ी लाश हेलन की ही थी।

हालांकि उसके शरीर से खून के धब्बे व चोट के निशान बड़ी सफाई से साफ कर दिए गए थे लेकिन फिर भी उसके मुंह से स्पष्ट था कि वह काफी ऊंचाई से मुंह के बल गिरी थी।

मेरे लिए इस कमरे में खड़े होकर हेलन की लाश को देखते रहना संभव न था। मैंने अपना मुंह दीवार की ओर मोड़ लिया। कार्लोत्ती ने एक बार मुझे देखा व लाश को फिर कपड़े से ढक दिया।

मैं तेजी से कमरे से बाहर आ गया। ताजी हवा के एक झौंके ने मेरे जी को हल्का कर दिया।

कार्लोत्ती व ग्रैंडी भी मेरे बाद कमरे से बाहर निकल आए। फिर हम तीनों इमारत से बाहर निकलकर कार में बैठ गए।

"हां, यह हेलन ही है।" कार के नजदीक पहुंचकर मैंने कहा।

"क्या ही अच्छा होता कि यह हेलन न होती।" कार्लोत्ती बोला। "तब हमारा काम काफी आसान हो जाता। चामर्स की बेटी का मामला हमारे लिए मुसीबत का कारण बन सकता है। इस मामले को काफी प्रचार मिलेगा।"

"हां।" मैंने कहा। मैं कार्लोत्ती की मुसीबत को समझता था लेकिन मुझे उससे कोई सहानुभूति न थी। इस समय मेरी गतिविधियों का प्रमुख उद्देश्य हेलन की मौत से पैदा हो गई पेचीदगी से अपनी जान बचाना था। कार्लोत्ती या किसी अन्य व्यक्ति की समस्याओं में मुझे कोई दिलचस्पी नहीं थी।

"मैं चामर्स को तार द्वारा हेलन का मृत्यु की सूचना दे दूंगा मैंने कहा।"

कार्लोत्ती ने एक और सिगरेट सुलगाया। फिर बुझी हुई दियासलाई को फेंकते हुए वह बोला—हम इस समय पुलिस स्टेशन जा रहे हैं। तुम वहीं से चामर्स को फोन कर सकते हो।

जिना की एक विशेषता यह थी कि चाहे कैसी भी स्थिति हो, वह अपना मानसिक संतुलन व आत्मविश्वास कभी नहीं खोती थी। मैंने उसे चामर्स को तार द्वारा भेजने के लिए एक संदेश दिया। इस संदेश में मैंने लिखा कि उसकी बेटी की एक दुर्घटना में फंसकर मृत्यु हो गई थी तथा इस बारे में और तथ्य मैं उसे तीन घंटे बाद फोन पर बताऊंगा। इस प्रकार मेरे पास तीन घंटे थे जिसमें मैं हेलन की मृत्यु के बारे में और विवरण इकट्ठा कर सकता था तथा यह भी जान सकता

था कि पुलिस इस बारे में क्या जानकारी हासिल कर पाई है। इस दौरान मैं इस मामले से खुद को बचाने की तरकीबें भी सोच सकता था।

जिना ने कहा कि वह यह सन्देश तार द्वारा चामर्स को तत्काल भिजवा देगी।

"ठीक है", मैंने कहा। "हो सकता है कि मेरे द्वारा चामर्स को फोन करने से पहले ही चामर्स खुद ही दफ्तर फोन कर बैठे। यदि वह ऐसा करे और तुमसे इस बारे में जानकारी हासिल करना चाहे तो तुम कहना कि तुम्हें इस बारे में कुछ भी मालूम नहीं है। समझी? जिना, तुम्हारा हित इसी में है कि तुम इस मामले से दूर ही रहो। उसने कहना कि मैं ठीक चार बजे उसे फोन कर सारा विवरण दूंगा।"

"बहुत अच्छा, एड।"

ऐसी उत्तेजना के समय भी जिना की आवाज शांत व मधुर दिख रही थी। मैंने फोन रखा ही था कि कार्लोत्ती कमरे में दाखिल हुआ।

"अब मैं उस जगह का निरीक्षण करने जा रहा हूं जहां हेलन गिरकर मर गई थी", वह बोला। "क्या आप वहां चलना चाहते हैं?"

"हां जरूर", मैंने कहा वह खड़ा हो गया।

मैं कार्लोत्ती के साथ कमरे से बाहर आया। ग्रैंडी बाहर हमारी प्रतीक्षा कर रहा था। न जाने यह मेरा अपराध बोध था या वास्तविकता मुझे लग रहा था कि ग्रैंडी मेरी ओर शक भरी निगाहों से देख रहा था।

चार

मैं कार्लोत्ती, ग्रैंडी व पुलिस के कुछ अन्य अधिकारी बोट में बैठकर उस जगह पर पहुंचे जहां हेलन की मौत हुई थी। यह जगह पहाड़ा की चोटी के ठीक नीचे समुद्र के किनारे पर थी। कार्लोत्ती ने धूप का चश्मा पहन रखा और वह सिगरेट पिये जा रहा था। कार्लोत्ती जैसे वरिष्ठ पुलिस अधिकारी द्वारा धूप का चश्मा लगाना मुझे अजीब लग रहा था। ग्रैंडी ने धूप का चश्मा नहीं पहना था। कार्लोत्ती की तुलना में ग्रैंडी अपने व्यवहार में औपचारिकता व सख्त बनाए रखता था।

शिखर के नजदीक पहुंचते ही मेरी नजरों के सामने उस शाम का दृश्य झूम गया। यहीं वह जगह थी जहां पर वह खड़े होकर मेरी नजर नीचे की ओर पड़ी थी और मैंने हेलन को मृत पाया था। शिखर के कुछ कदम नीचे उतर कर मैंने लाश को अच्छी तरह देखने की कोशिश की थी और यह पाया था कि यह हेलन की लाश थी।

बोट में खड़े होकर कार्लोत्ती ऊपर पहाड़ी के शिखर का अध्ययन कर रहा था। वह मन ही मन यह अंदाजा लगाने की कोशिश कर रहा था कि हेलन इस ऊंचाई से कैसे गिरी होगी।

बोट किनारे पर लगी व हम बोट से बाहर निकले।

ग्रैंडी ने कार्लोत्ती से कहा–"हमने अब तक यहां किसी चीज को हाथ नहीं लगाया है। मैं चाहता था कि आप पहले इस जगह का निरीक्षण करें। इस कारण हमने केवल शव को ही यहां से हटाया है।"

ग्रैंडी व कोर्लोती जगह का निरीक्षण करने लगे तथा दो पुलिसकर्मी एक चट्टान पर बैठकर उन्हें देखते रहे।

थोड़ी देर बाद ही ग्रैंडी को वह कैमरा केस मिल गया जो मैंने पहाड़ी की दूसरी आरे फेंक दिया था। यह केस पानी में जा गिरा था वह इस समय आधा पानी में डूबा हुआ था। ग्रैंडी ने इसे पानी से बाहर निकाला। फिर ग्रैंडी व कार्लोत्ती इसका इस प्रकार निरीक्षण करने लगे जैसे भौतिकशास्त्र के प्रोफेसर चन्द्रलोक से मिले पत्थर के टुकड़े का निरीक्षण करते हैं।

मैं देख रहा था कि कार्लोत्ती बड़ी सावधानी से केस का निरीक्षण कर रहा था। मुझे इस समय यह सोचकर सन्तोष मिल रहा था कि यह केस फेंकने से पहले मैंने उस पर अंकित अपनी उंगलियों के निशान हटा दिए थे।

केस का निरीक्षण कर कार्लोत्ती मेरी ओर मुड़ा व मुझसे पूछा–"यह कैमरा केस हेलन का ही रहा होगा। क्या उसकी फोटोग्राफी में दिलचस्पी थी?"

मैं हामीं भरने वाला ही था कि कुछ सोचकर मैंने खुद को रोक लिया।

"मैं नहीं जानता", मैंने कहा, लेकिन इटली के दौरे पर आए अधिकतर अमरीकन अपना कैमरा साथ लाते हैं।"

कार्लोत्ती ने सिर हिलाया व केस एक पुलिसवाले को थमा दिया। पुलिस वाले ने इसे एहतियात से अपने झोले में डाल दिया।

कार्लोत्ती तथा अन्य पुलिस अधिकारियों ने अपनी खोज जारी रखी। वे पहाड़ी के ऊपर भी चढ़े। मैं चट्टान पर बैठा उनकी गतिविधियों को ध्यान से देख रहा था।

लगभग दस मिनट की खोज के बाद पुलिस पार्टी को एक और चीज मिली। ग्रैंडी नीचे झुका वह उसने चोटी तथा एक चट्टान के बीच से कोई चीज उठाई। ग्रैंडी व कार्लोत्ती दोनों ही एक-दूसरे के करीब खड़े होकर इस चीज को ध्यान से देखने लगे। क्योंकि मेरी और उनकी पीठ थी इसलिए मैं नहीं देख पा रहा था कि यह क्या चीज थी। मेरा दिल यह जानने के लिए बल्लियों उछल रहा था। कि यह क्या चीज थी जिसका निरीक्षण इतने ध्यान से किया जा रहा था। लेकिन अपनी उत्सुकता व घबराहट को छिपाना मेरे लिए जरूरी था।

आखिरकार कार्लोत्ती पहाड़ी से नीचे उतरा। मैं अपनी जगह से उठा व उसके करीब आ गया। मैंने देखा कि उसके हाथ में हेलन के बोलैक्स कैमरा के टूटे-फूटे हिस्से थे। पहाड़ी से गिरते हुए वह किसी चट्टान से टकराया था। इसका टेलीफोटो लैंस अलग हो गया था तथा यह बगल से काफी दूर गया था।

"यह झूठा उपकरण दुर्घटना के बारे में हमें बहुत कुछ बता सकता है", कार्लोत्ती मुझे यह टूटा हुआ कैमरा दिखाते हुए बोला। "शायद हेलन गिरने से पहले इस कैमरा से तस्वीरें खींच रही हो। यदि वह चोटी के किनारे पर खड़े होकर तस्वीरें खींच रही थी तो जरा सा संतुलन बिगड़ जाने पर उसका नीचे गिर जाना स्वाभाविक ही है।"

मैंने कार्लोत्ती के हाथ से कैमरा लिया व इसको खिड़की से अंदर झांका। इसके पटल पर 'बारह' लिखा हुआ था जिसका मतलब था कि इसमें बारह फीट रील खींची जा चुकी थी।

"इस कैमरा अभी भी एक फिल्म पड़ी हुई है", मैंने कहा। "सौभाग्य से इसमें अभी अधिक पानी नहीं गया है इस फिल्म को धुलवाने से हमें यह पता चल सकता है कि हेलन पहाड़ी की चोटी पर खड़ी होकर क्या तस्वीरें ले रही थी।"

मेरे इस प्रस्ताव से कार्लोत्ती प्रसन्न हुआ।

मैं देख रहा था कि पुलिस स्टेशन से कार में नदी तट की ओर आते हुए व बाद में बैठ दुर्घटना स्थल पर पहुंचते हुए कार्लोत्ती चिंता में डूबा हुआ था। उसकी चिंता का मुख्य विषय हेलन की मृत्यु व इसकी जांच पड़ताल के प्रति चामर्स द्वारा व्यक्त की जाने वाली प्रतिक्रिया थी। वह जानता था कि यदि वह मौत को दुर्घटना सिद्ध करने के लिए ठोस प्रमाण न दे पाया तो चामर्स उसे माफ न करेगा।

"यदि हेलन अपना नाम मिसिज डगलस शेरार्ड न लिखवाती तो इस मामले में पेचीदगी न आती।" वह बोला–"तब यह मामला दुर्घटना से हुई मौत का मामला होता। लेकिन अब हमें इसकी ठीक जांच–पड़ताल करनी पड़ेगी। हम अब उस मकान में जा रहे हैं जो हेलन ने किराए पर लिखा था। मैं मकान की नौकरानी से बात करना चाहता हूं।

हम तट पर पहुंचे व कार में बैठे हेलन द्वारा किराए पर लिए गए उस मकान में पहुंचे जिससे मैं पहले से ही परिचित था।

पुलिस गाड़ी को लोहे वाले गेट पर छोड़कर हम पैदल ही अंदर आ गए। हेलन की लिंकन कन्वर्टिबल गाड़ी अभी भी मकान के बाहर खड़ी हुई थी।

हमने मकान के लाउंज में प्रवेश किया। कार्लोत्ती ने मुझे लाउंज में ही बैठे रहने के लिए कहा व स्वयं मकान का निरीक्षण करने के लिए अंदर घुस गया।

मैं लाउंज में कुर्सी में बैठा व कार्लोत्ती की प्रतीक्षा करने लगा। कार्लोत्ती तथा अन्य पुलिस अधिकारियों ने कमरों का बारीकी से निरीक्षण किया। थोड़ी देर बाद कार्लोत्ती चमड़े आवरण लगा एक डिब्बा लेकर बाहर आ गया।

"इस डिब्बे में रखा समान तुम्हें चामर्स को देना होगा। डिब्बा मुझे देते हुए कार्लोत्ती बोला। "केवल तुम्हें इस सामान की प्राप्ति की एक रसीद हमें देनी होगी।"

मैंने डिब्बे का ढक्कन उठाया। इसके अंदर गहने तथा कुछ अन्य सामान था। इसमें प्रमुख थे दो अंगूठियां, एक नीलमणि तीन हीरे, एक हीरों का हार तथा हीरे की दो बालियां। मुझे गहनों

आभूषणों के बारे में अधिक ज्ञान नहीं है लेकिन इसके बावजूद भी मैं समझ सकता था कि डिब्बे में रखे सामान की कीमत काफी ज्यादा थी।

"ये बहुत खूबसूरत चीजें हैं" कार्लोत्ती बोला। इसे सौभाग्य ही मानना चाहिए कि इस खुले मकान पर किसी चोर–उचक्के का ध्यान न गया जो इन आभूषणों को चुरा ले जाता।"

चोर उचक्के को नाम लिए जाने पर मुझे उस लंबे व स्वस्थ आदमी का खयाल आ गया जिसे मैंने मकान के भीतर टार्चलाइट की रोशनी की सहायता से कुछ ढूंढ़ते देखा था।

"यह सामान कहां रखा हुआ था" मैंने पूछा।

"ड्रेसिंग टेबल पर", कार्लोत्ती बोला। "कमरे में घुसने पर किसी की भी नजर इस पर पड़ सकती थी।"

"क्या ये गहने असली हैं?" मैंने पूछा। "हो सकता है इन पर केवल सोने का पानी चढ़ाया गया हो।"

"नहीं, ये बिलकुल असली हैं" कार्लोत्ती ने गुस्से में कहा। "मैं गहनों की असलियत की पहचान करना जानता हूं। इन गहनों की कीमत कम से कम तीस लाख है।

इसके बाद कार्लोत्ती गहनों की सूची बनाने में जुट गया। कार्लोत्ती ने कहा था कि ये गहने ड्रेसिंग टेबल पर रखे हुए थे और किसी भी चोर की नजर आसानी से इस पर पड़ सकती थी। फिर टार्चलाईट वाला व्यक्ति इन गहनों को क्यों नहीं ले गया था? इसका मतलब था कि वह व्यक्ति चोरी के उद्देश्य से इस मकान में नहीं घुसा था। तो फिर वह आदमी कौन था?

टेलीफोन की घंटी ने मेरे विचारक्रम को तोड़ दिया। कार्लोत्ती ने फोन उठाया।

फोन पर कार्लोत्ती काफी देर तक किसी व्यक्ति की बात सुनता रहा जवाब में केवल 'हां' 'हां' करता रहा थोड़ी देर बाद उसने रिसीवर नीचे रख दिया। अब तक ग्रैंडी भी कमरे में आ चुका था।

सिगरेट सुलगाते हुए कार्लोत्ती बोला–"शव परीक्षण रिपोर्ट आ चुकी है। जाहिर था कि थोड़ी देर पहले फोन पर वह इसी बारे में बात कर रहा था। लेकिन उसके चेहरे पर छा गई उदासी से लगता था कि इस रिपोर्ट से खुश नहीं हुआ है।

"अब तो आप जान ही गए होंगे कि हेलन की मौत कैसे हुई" मैंने कहा।

"हां उस बारे में। हमारी धारणा ठीक ही सिद्ध हुई है" कार्लोत्ती बोला।

"क्या कोई अन्य तथ्य भी सामने आया।" कार्लोत्ती के चेहरे पर छाई मुर्दनगी को देखते हुए मैंने पूछा। मुझे लग रहा था कि फोन पर जरूर कोई ऐसी बात कही गई थी जिसका असर कार्लोत्ती पर हुआ था।

'हां, एक और अजीब बात सामने आई है कार्लोत्ती भर्राई आवाज में बोला। "मौत के समय हेलन गर्भवती थी।"

हेलन गर्भवती थी।

यदि पुलिस अपनी तहकीकात के दौरान यह जानने मैं सफल हो जाती कि डगलस शेरार्ड नाम का व्यक्ति कोई और नहीं बल्कि मैं ही था तो हेलन को गर्भवती करने का इल्जाम भी मुझ पर थोपा जा सकता था। यह इल्जाम मेरे कफन में आखिरी कोल साबित हो सकता था। सच्चाई यह थी कि हेलन के गर्भवती होने या हेलन की मौत दोनों में ही मेरा रत्ती भर भी हाथ न था। लेकिन मेरी बात पर विश्वास ही कौन करता?

अब मुझे साफ लग रहा था कि हेलन जैसी लड़की के साथ उलझकर मैंने कितनी बड़ी गलती की थी। आखिरी उसका यह प्रेमी कौन था?

मेरे मन में एक बार फिर उस टार्चलाइट वाले व्यक्ति का ही विचार आया जिसे मैंने इस मकान में कुछ तलाश करते हुए देखा था। अब यह साफ जाहिर था कि वह कोई चोर-डाकू न था कोई भी चोर ड्रेसिंग टेबल पर पड़े हुए तीस लाख लीर के आभूषण ऐसे नहीं छोड़ सकता था।

मेरी नजर सामने दीवार पर लटके घड़ियाल पर पड़ी। मुझे याद आया कि आधे घंटे बाद मुझे चामर्स को फोन कर दुर्घटना के बारे में विवरण देना है।

हेलन की मृत्यु व इससे निकलने वाले नए-नए तथ्यों के बारे में मैं जितना अधिक सोचता उतना ही मेरे सामने यह साफ होता जा रहा था कि इस मामले में मुझे एक-एक कदम फूंक कर रखने की जरूरत थी। मेरे द्वारा की गई जरा-सी भी गलती मुझे हत्या के मामले में फंसा सकती थी।

पौने चार बजने ही वाले थे जब कार्लोत्ती लाउंज में वापस आ गया।

"इस मामले में काफी पेचीदगियां हैं।" वह उदास स्वर में बोला।

आप पहले भी यह कह चुके हैं।" मैंने कहा।

"क्या आपके विचार में हेलन आत्महत्या कर सकती थी।" उसने पूछा।

इस सवाल ने मुझे चौंका दिया।

"मैं नहीं जानता।" मैंने जवाब दिया। "मैं आपको पहले ही बता चुका हूं कि मैं हेलन के बारे में कुछ नहीं जानता।"

फिर कार्लोत्ती के सामने अपनी स्थिति स्पष्ट करते हुए मैंने कहा–"हेलन से मेरी जान पहचान नहीं के बराबर रही है। चामर्स ने ही मुझे निर्देश दिया था कि मैं रोम हवाई अड्डे पर जाकर उसकी अगवानी करूं व उसे होटल तक ले जाऊं। यह सब लगभग साढ़े तीन महीने पहले

हुआ था। उसके बाद मेरी शायद ही हेलन से कभी मुलाकात हुई हो। मैं उसके बारे में कुछ नहीं जानता हूं।"

"ग्रैडी का विचार है कि संभवतः हेलन को गर्भवती जान कर उसके प्रेमी ने उसे त्याग दिया हो।" कार्लोत्ती बोला। उसके लहजे से स्पष्ट था कि मेरे लंबे स्पष्टीकरण का भी उस पर कोई असर नहीं हुआ था। "ग्रैंडी का विचार हैं कि अपने प्रेमी द्वारा त्यागे जाने पर हेलन जानबूझकर पहाड़ी से नीचे कूदकर मर गई होगी।"

आमतौर पर अमरीकन लड़कियां ऐसा नहीं करती।" मैंने कहा—"वे काफी समझदार होती हैं। चामर्स को इस प्रकार की कोई बात बताने से पहले आपको ठोस प्रमाण इकट्ठे करने होंगे वह कोरी कल्पनाओं पर विश्वास नहीं करेगा।"

"मैं फिलहाल यह बात चामर्स को नहीं बताऊंगा।" कार्लोत्ती शांत भाव से बोला। मैं यह बात केवल तुम्हें ही बता रहा था।

अब तक ग्रैंडी भी आकर लाउंज में बैठ गया था व अपनी ठंडी व शत्रुतापूर्ण निगाहों से मुझे घूर रहा था। न जाने क्यों मुझे ऐसा लग रहा था कि उसे मुझ पर कुछ शक था।

"हां मेरे सामने इस मौत के बारे में कुछ भी कह सकते हैं मैंने कहा। "लेकिन चामर्स के सामने इस प्रकार की कोई भी बात कहने में आपको सावधानी बरतनी होगी। विश्वसनीय प्रमाणों के बिना वह कोई बात स्वीकार नहीं करता।"

मैं यह बात अच्छी तरह जानता हूं कार्लोत्ती ने कहा। "मैं सहायता के लिए आप पर निर्भर हूं और इसीलिए ये संभावनाएं आपके सामने रख रहा हूं। हेलन की मौत के मामले में मुझे प्रेम संबंधों का भी एक पहलू नजर आता है। नौकरानी ने मुझे बताया है कि वह लड़की दो दिन पहले यहां आई थी। वह अकेली आई थी लेकिन उसने इस नौकरानी से कहा था कि अगले दिन यानी कल—उसके पति ने यहां आना था। नौकरानी के मुताबिक वह अपने पति की बेसब्री से प्रतीक्षा कर रही थी।"

थोड़ी देर रुककर व मेरे चेहरे का अध्ययन करने के बाद कार्लोत्ती फिर बोला—"मैं तो आपको केवल इस नौकरानी द्वारा बताई गई बात बता रहा हूं। इस तरह के मामलों में औरतों की समझ आमतौर पर ठीक ही होती है।"

"अपनी बात जारी रखिए।" मैंने कहा।

"हेलन के इस पति (या प्रेमी) को दिन के साढ़े तीन बजे सौरेन्टो स्टेशन पहुंचना था। उसने नौकरानी को बताया था कि वह अपने पति को लेने स्टेशन जा रही थी। नौकरानी का रात के नौ बजे डिनर की प्लेटे इत्यादि साफ करने के लिए बुलाया गया था। नौकरानी सुबह ग्यारह बजे अपने घर चली गई थी। उसके घर जाने के समय व हेलन द्वारा अपने पति को लेने के लिए

स्टेशन जाने के समय के बीच ही कुछ ऐसा हुआ कि या तो वह स्टेशन न जा सकी और या उसने स्टेशन जाने का इरादा ही बदल दिया।"

"लेकिन ऐसा क्यों हुआ होगा?" मैंने पूछा।

"हो सकता है इस बीच हेलन को कोई संदेश मिल गया हो इस दौरान हेलन को किसी का फोन मिलने का कोई रिकार्ड नहीं है। मेरा विचार है कि वह किसी प्रकार यह समझ गई होगी कि उसका प्रेमी सौरेन्टो नहीं आ रहा है।"

"चामर्स के सामने केवल विचार जताने से काम नहीं चलेगा मैंने कहा।" वह ठोस प्रमाण मांगेगा।

"हम जल्दी ही इस बारे में प्रमाण भी इकट्ठे कर लेंगे।" बेसब्री में चहलकदमी करते हुए कार्लोत्ती बोला। वह काफी तनावग्रस्त दिख रहा था। "मैं फिलहाल यह जानने की कोशिश कर रहा हूं कि इस पृष्ठभूमि में ग्रैंडी का यह अनुमान कि हेलन ने आत्महत्या की है ठीक बैठता है या नहीं?"

अब इससे क्या फर्क पड़ेगा कि हेलन दुर्घटनाग्रस्त हुई थी या उसने आत्महत्या की थी।" मैंने कहा। "अब वह मर चुकी है। क्या हम सबको यह नहीं बता सकते कि वह दुर्घटना से ही मरी है? हेलन के गर्भवती होने की बात की घोषणा करने की क्या जरूरत ही क्या है?"

"शव परीक्षक तो शव परीक्षा की रिपोर्ट देगा ही।" वह बोला। "हम उसे नहीं रोक सकते।"

ग्रैंडी बेसब्री से बोल उठा–"मुझे बहुत काम करना है। मुझे शेरार्ड नाम के इस व्यक्ति को पकड़ना है।"

शेरार्ड का नाम सुनकर मैं सिहर उठा।

"मैं चामर्स को फोन करने जाता हूं।" अपनी घबराहट को छिपाते हुए मैंने कहा–"वह जरूर जानना चाहेगा कि यह मौत कैसे हुई। मैं उसको क्या कहूं?"

कार्लोत्ती व ग्रैंडी एक-दूसरे को देखने लगे।

"जांच-पड़ताल के इस दौर में हमें चामर्स को इस बारे में कम से कम सूचना देनी चाहिए।" कार्लोत्ती बोला। इस समय उन्हें शेरार्ड नाम के इस व्यक्ति के बारे में भी कुछ नहीं बताना चाहिए। क्या आप उन्हें यह नहीं कह सकते कि अपने सिने कैमरों से फोटो लेते हुए हेलन का पैर फिसल गया व उसकी मौत हो गई इस बारे में शव परीक्षण व पुलिस तहकीकात चल रही है तथा ये रिपोर्ट मिलने के बाद ही निश्चित रूप से कुछ कहा जा सकता है?"

तभी टेलीफोन की घंटी बजी। ग्रैंडी ने रिसीवर उठा लिया वह कुछ देर इसे सुनने के बाद रिसीवर मुझे पकड़ा दिया।

"यह तुम्हारे लिए है।" वह बोला!

मैंने ग्रैंडी के हाथ से रिसीवर ले लिया और बोला–"हैलो?"

यह जिना का फोन था।

वह बोली–"मिस्टर चामर्स ने दस मिनट पहले फोन किया उन्होंने कहा है कि वह विमान द्वारा इटली ही आ रहे हैं। तुम्हें कल छः बजे नेपल्ज हवाई अड्डे पर उनसे मिलना है।"

* * *

कार्लोत्ती गुस्से भरी निगाहों से मुझे देख रहा था।

"चामर्स कल छः बजे नेपल्ज आ रहा है।" मैंने कहा। "इस बीच अच्छा है कि आप कुछ प्रमाण इकट्ठे कर लें। चामर्स अधूरी बात सुनना पसंद नहीं करता। सब कुछ विस्तार से बताना होगा।"

"हम कल शाम तक शेरार्ड नाम के इस बदमाश को जरूर पकड़ लेंगे।" कार्लोत्ती ने ग्रैंडी की ओर देखते हुए कहा। "अब तुम अपने एक आदमी को यहां पहरे पर रखो और हमें सौरेन्टो में छोड़ दो। मिस्टर डॉसन, गहनों की जिम्मेदारी अब आपकी है।"

मैंने गहनों का डिब्बा उठाकर अपनी जेब में डाल दिया।

कार में बैठने पर कार्लोत्ती ने ग्रैंडी को निर्देश दिया–"तुम फिलहाल सौरेन्टो में ही रहोगे। तुम यह मालूम करने की कोशिश करोगे कि यह शेरार्ड नाम का आदमी कौन है और क्या इसे सौरेन्टो में देखा गया था। कल सौरेन्टो आने वाले सभी अमरीकन पर नजर रखो, विशेषकर ऐसे अमरीकन पर जो यहां अकेले देखे गए थे।

तेज गर्मी होने के बावजूद मुझे लग रहा था कि मेरी हथेली पर जमा होने वाला पसीना ठंडा था।

मैं नियत समय पर नेपल्ज हवाई अड्डे पर पहुंचा। वहां मुझे बताया गया कि न्यूयार्क से आने वाला जहाज थोड़ी देर बाद हवाई अड्डे पर उतरेगा।

मैं आगंतुकों को गैलरी में गया और सिगरेट पीता हुआ चामर्स का इंतजार करने लगा। इस समय इस गैलरी में चार व्यक्ति खड़े थे। इनमें से दो अधेड़ उम्र की महिलाएं थीं तीसरी एक मोटी फ्रैंच औरत थी तथा चौथी एक खूबसूरत नवयुवती थी। इस नवयुवती के शरीर की रेखाएं इतनी सधी हुई थीं कि ऐसा लगता था वह एक अच्छी मॉडल रह चुकी होगी। उसकी पोशाक में ध्यान देने योग्य चीजें एक छोटी काली हैट तथा हीरे की एक बहुत महंगी माला थी।

"मैंने मुड़कर उसकी ओर देखा तो पाया कि वह भी मेरी ओर ही देख रही थी। हमारी निगाहें मिलीं।

"माफ कीजिए, क्या आप मिस्टर डॉसन हैं? उसने पूछा।

"हां।" मैंने हैरान होकर कहा।

"मैं मिसिज शेरविन चामर्स हूं।"

यह सुनकर मैं ध्यान से उसके चेहरे की ओर देखने लगा।

"क्या अभी मिस्टर चामर्स यहां नहीं पहुंचे हैं?"

"नहीं।" वह बोली। मिस्टर चामर्स थोड़ी ही देर में यहां पहुंचने वाले हैं। मैं पिछले एक हफ्ते से यहां खरीदफरोख्त कर रही हूं।"

नवयुवती की गहरी नीली आंखें मुझे आंकने का प्रयन्त कर रही थी। उनकी उम्र मुश्किल से तेईस या चौबीस साल रही होगी लेकिन उसके चेहरे से लगता था कि वह अपने छोटे जीवन में भी काफी तीखे अनुभवों से गुजर चुकी होगी। थोड़ी देर रुककर वह फिर बोली–"मेरे पति ने तार भेजकर मुझसे कहा कि मैं उनसे मिलूं। हेलन की मौत की खबर तो वाकई दुखद है।"

"हां, वाकई वह दुखद बात है।" मैंने हामी भरी।

मिसिज चामर्स न जाने क्यों मेरे चेहरे पर नजर गड़ाए हुए थी। उनके इस प्रकार मुझे देखने से मैं भीतर ही भीतर घबरा रहा था।

"मिस्टर डॉसन, क्या आप हेलन से अच्छी तरह परिचित थे?"

"मेरा हेलन से केवल औपचारिक रूप में ही परिचय हुआ था। मैं उसके बारे में अधिक कुछ नहीं जानता।"

"मुझे समझ नहीं आ रहा कि वह पहाड़ की चोटी से कैसे फिसलीं?"

"पुलिस का खयाल है कि वह पहाड़ की चोटी पर खड़े होकर कुछ फोटो लाने का प्रयत्न कर रही थी। ऐसे समय उसके पांव लड़खड़ा गए और वह नीचे गिर पड़ी।"

तभी हमारे सामने न्यूयार्क से आने वाला हवाई जहाज उतरा और हमारा ध्यान उस और लग गया।

हम साथ-साथ खड़े होकर जहाज से उतरने वाले यात्रियों को देखने लगे। जहाज से उतरने वाले यात्रियों में चामर्स पहला यात्री था। वह तेजी से चलता हुआ हमारे पास आया। उसके नजदीक आने पर शिष्टाचारवश मैं कुछ कदम पीछे हट गया जिससे वह पहले अपनी पत्नी का अभिवादन करे। थोड़ी देर अपनी पत्नी से बात करने के बाद व मेरी ओर आया व मुझसे हाथ मिलाया। फिर एक बार सख्ती से मुझे घूरने के बाद उसने मुझसे का कि इस समय वह हेलन के बारे में कोई बात नहीं करना चाहता है बल्कि जल्दी से जल्दी होटल पहुंचना चाहता है। उसने मुझे निर्देश दिया कि शाम के सात बजे वह अपने होटल मैं पुलिस अधिकारियों से मिलना चाहता है और उसी समय हेलन की मौत के बारे में बातचीत हो सकती है।

मैंने नेपल्ज में चामर्स के प्रयोग के लिए एक बढ़िया कार का इंतजाम कर रखा था जो हवाई अड्डे के बाहर खड़ी थी। चामर्स व उसकी पत्नी इस कार की पीछे वाली सीट पर बैठ गए और मैं ड्राइवर के साथ बैठ गया।

होटल में पहुंचकर चामर्स ने 'अच्छा डॉसन' अब हम शाम सात बजे मिलेंगे? कहकर मुझे जाने का निर्देश दे दिया। फिर वह अपनी पत्नी के साथ लिफ्ट में बैठ अपने कमरे की ओर चल

दिया। मैं लिफ्ट में बैठे अपने कमरे की ओर चल दिया। मैं लिफ्ट के बाहर खड़ा चामर्स की चुस्ती पर हैरान हो रहा था।

मैंने चामर्स के फोटो देखे थे लेकिन अपने असली व्यक्तित्व में वह फोटो से अधिक प्रभावशाली लगता था। वह नाटे कद का मोटा आदमी था लेकिन उसके व्यक्तित्व में कुछ ऐसी शक्ति थी कि उसकी उपस्थिति में उसके आस-पास खड़े सभी व्यक्ति बौने लगते थे। उसकी शक्ल मुसोलिनी से काफी मिलती थी। मुसोलिनी की भांति उसका रंग सांवला था व उसके मुख से निर्दयता टपकती थी। उसकी शक्ल देखकर विश्वास नहीं होता था कि वह हेलन का पिता होगा। हेलन जैसी नाज़ुक व खूबसूरत लड़की का पिता ऐसा होगा यह विश्वास करना कठिन था।

चामर्स के निर्देश के अनुसार शाम के सात बजे मैं, कार्लोत्ती व ग्रैंडी उससे मिलने के लिए वेसुलियत होटल पहुंचे। इस समय चामर्स नहा-धोकर व कपड़े बदलकर कमरे के बीचो-बीच रखी बड़ी मेज के सिरे पर बैठा हुआ था। उसके मुंह में सिगार थी और जाहिर है वह हेलन की मौत के बारे में सोच रहा था।

मैंने चामर्स का परिचय दोनों पुलिस अधिकारियों से करवाया।

थोड़ी देर तक चामर्स कार्लोत्ती की ओर टकटकी लगाए देखता रहा। फिर अपनी भर्राई आवाज में वह बोला—"मेरा विचार है कि अब हमें बातचीत शुरू कर देनी चाहिए। "हां हेलन की मौत के बारे में आपके पास क्या तथ्य हैं?"

"मिस्टर चामर्स।" कार्लोत्ती संयत आवाज में बोला। इस मौत का विवरण सुनकर आप खुश नहीं होंगे। लेकिन क्योंकि आप तथ्य जानना ही चाहते हैं इसलिए मैं आपके सामने तथ्य रखने के लिए तैयार हूं।"

चामर्स सिगार के कश लगाता हुआ कार्लोत्ती के चेहरे पर नजरें गड़ाए रहा। जाहिर था कि वह परवाह किए बिना सच्चाई जानने के लिए तैयार था।

कार्लोत्ती ने अपना बयान शुरू किया—"दस दिन पहले आपकी बेटी रोम के हवाई जहाज के द्वारा नेपल्ज आ गई नेपल्ज से ट्रेन में बैठकर वह सौरेन्टो पहुंची जहां उसने एक एस्टेट एजेंट से मुलाकात की। उसने इस एजेंट को मिसिज डगलस शेरार्ड नाम से अपना परिचय दिया। उसने बताया कि वह एक अमेरिकन व्यापारी की पत्नी है जो इस समय छुट्टियां बिताने के लिए रोम आया हुआ है।"

मैंने कनखियों से चामर्स की ओर देखा। मैं जानना चाहता था कि कार्लोत्ती द्वारा दिए जा रहे विवरण की उस पर क्या प्रतिक्रिया हो रही है। लेकिन व शांत भाव से सिगार के कश लेता हुआ कार्लोत्ती की बात को सुन रहा था। बीच में उसने केवल एक बार अपनी पत्नी की ओर देखा जो खिड़की के पास बैठी बाहर की ओर देख रही थी। ऐसा लगता था कि वह इस बात-चीत में कोई दिलचस्पी नहीं रखती है।

"आपकी बेटी सौरेन्टो के पास एक महीने के लिए एक मकान किराए पर लेना चाहती थी।" कार्लोत्ती ने अपना बयान जारी रखा। "वह चाहती थी कि यह मकान किसी वीरान व खामोश जगह पर भले ही इसका किराया कितना ही अधिक क्यों न हो। एजेंट के पास उस समय ठीक ऐसा एक मकान खाली था वह आपकी बेटी को यह मकान दिखाने ले गया। आपकी बेटी ने यह मकान पसंद कर लिया। उसने एजेंट से कहा कि उसे इस मकान में सफाई इत्यादि का काम करने के लिए एक नौकरानी की भी जरूरत होगी एजेंट ने पास ही के एक गांव से एक नौकरानी का प्रबंध भी कर दिया। इस नौकरानी, जिसका नाम मैरिया कैन्डेलो है, ने मुझे बताया है कि वह 28 तारीख को इस मकान में पहली बार गई। उसके पहुंचने के कुछ घंटे पहले ही आपकी बेटी अपनी लिंकन कन्वर्टिबल गाड़ी से वहां आ चुकी थी।"

"क्या वह गाड़ी उसके नाम में रजिस्टर्ड है?" चामर्स ने पूछा।

"जी हां।"

चामर्स ने सिगार की राख ऐश ट्रे झाड़ी व अपना सिर हिलाकर कार्लोत्ती को अपना बयान जारी रखने का इशारा किया।

"आपकी बेटी ने इस नौकरानी मैरिया से कहा कि उनके पति अगले दिन सौरेन्टो पहुंच रहे हैं। मैरिया के अनुसार उसकी मालकिन की बातचीत व व्यवहार से लगता था कि वह अपने पति से बहुत प्यार करती थी व बड़ी बेसब्री से उसके आने की प्रतीक्षा कर रही थी। उसने अपने पति का नाम डगलस शेरार्ड बताया था।"

अब पहली बार इस बयान का चामर्स पर असर दिख रहा था गुस्से में उसकी पेशानी में बल पड़ गए व मुट्ठियां भिंच गई।

कार्लोत्ती ने अपना बया जारी रखा–"29 तारीख की सुबह 8.45 मैरिया इस मकान में काम करने के लिए पहुंची। उसने नाश्ते के बर्तन साफ किया व सारे मकान को झाड़ा-बुहारा मालकिन ने उसे बताया कि वह अपराह्न 3.30 बजे सौरेन्टो स्टेशन अपने पति का स्वागत करने जा रही थी। उसके पति इस समय नेपल्ज से आने वाली ट्रेन में सौरेन्टो आ रहे थे। लगभग 11 बजे अपना काम खत्म कर मैरिया चली गई। उस समय उसकी मालकिन लाउंज में फूलों को सजा रही थी। इसके बाद किसी ने आपकी बेटी को जीवित नहीं देखा।"

अब जून चामर्स ने पहली बार मुड़कर हमारी ओर देखा। वह विशेष रूप से मुझे ही देख रही थी। उसकी नीली अनुभवी आंख मेरे चेहरे पर कुछ पढ़ने की कोशिश कर रही थी। उसकी निगाहों से बचने के लिए मैंने तुरन्त अपनी निगाहें दूसरी ओर फेर लीं।

"उस दिन।" कार्लोत्ती आगे बोला, "दिन में 11 बजे से लेकर शाम के आठ बजे तक क्या हुआ होगा इसके बारे में हम केवल अनुमान ही लगा सकते हैं। हो सकता है हम इस बारे में प्रामाणिक रूप से कुछ भी न जान पाये।"

चामर्स आगे झुका व बोला–सवा आठ बजे तक ही क्यों?"

"क्योंकि हेलन की मौत इस समय हुई। समय के बारे में संदेह करने की गुंजाइश नहीं है। हेलन की टूटी हुई घड़ी पानी में मिली है। उस घड़ी में यही समय अंकित है।"

हेलन की मृत्यु के समय के बारे में दी गई इस जानकारी ने मुझे चौंका दिया। इसका मतलब यह था कि हेलन उसी समय गिरकर मरी थी जिस समय मैं उस मकान में उसे ढूंढ़ रहा था यदि पुलिस को यह पता चल जाता कि दुर्घटना के समय मैं मकान के आसपास ही था तो वे तत्काल मुझे इस दुर्घटना से जोड़ देते। ऐसे समय पर कोई मेरे स्पष्टीकरण पर ध्यान न देता।

आपकी बेटी की मौत की दुर्घटना करार देकर मामले को खत्म किया जा सकता है। कार्लोत्ती बोला। लेकिन फिलहाल मैं विश्वास से ऐसा नहीं कह सकता कि यह मात्रा दुर्घटना ही थी। इस समय हमारे पास जो भी प्रणाम हैं उनके आधार पर इस दुर्घटना करार देना ही आसान होगा। मिसाल के तौर पर इसमें कोई शक नहीं कि आपकी बेटी सिने कैमरा लेकर पहाड़ के शिखर की ओर गई थी। संभव है कि फोटो खींचते हुए उसका ध्यान अपनी कला में इतना अधिक केन्द्रित हो गया कि वह अपना संतुलन खो बैठी और दुर्घटना की शिकार हो गई।"

चामर्स ने सिगार होठों से निकालकर ऐश ट्रे में रख दिया और सख्त नजरों से कार्लोत्ती की ओर देखने लगा।

"क्या तुम यह कहने की कोशिश कर रहे हो कि मेरी बेटी की मौत दुर्घटना मात्रा ही न थी?" चामर्स की आवाज तेज धार वाली छुरी से भी ज्यादा तेज थी।

चामर्स का यह सवाल सुनकर जून चामर्स भी चौंक गई। मुझे लगा कि हमारी बातचीत में उसे अचानक दिलचस्पी हो गई थी।

"यह तो शव परीक्षक ही बता सकता है।" कार्लोत्ती बोला आज चामर्स से बात करने में वह गजब के आत्मविश्वास का परिचय दे रहा था। इस बारे में हमारे समाने कुछ पेचीदगियां भी हैं जिनका हम समाधान नहीं कर पा रहे हैं। आपकी बेटी की मृत्यु के बारे में इस समय हमारे सामने दो वैकल्पिक व्याख्याएं है। एक तो यह कि अपने कैमरे का प्रयोग करते हुए वह संतुलन खो बैठी व गिर पड़ी और दूसरी यह कि उसने आत्महत्या कर ली।

"क्या आत्महत्या के तुम्हारे अनुमान के समर्थन में तुम्हारे पास कोई प्रणाम है। चामर्स गुस्से में बोला।

"हां कार्लोत्ती ने बिना उत्तेजित हुए जवाब दिया। आपकी बेटी आठ हफ्तों से गर्भवती थी।"

कमरे में मौत की सी खामोशी छा गई। मैं चामर्स से नजरें मिला पाने का साहस नहीं कर पा रहा था तो घुटनों के बीच दबी मेरी हथेलियों से पसीना छूट रहा था।

अचानक खामोशी को तोड़ते हुए जून की आवाज आई नहीं शेरविन मैं इस बात पर विश्वास नहीं कर सकती।"

मैंने नजर बचाकर चामर्स की ओर देखा। उसका चेहरा किसी खूनी के चेहरे जैसा भयानक हो गया था। उसकी ओर देखकर मुझे हॉलीवुड की घटिया फिल्मों के वे खलनायक याद आ गए जिनका मुंह हत्या करने से पहले ऐसा ही कठोर व लाल हो जाता है।

"चुप रहो!" चामर्स अपनी पत्नी की ओर देख गुस्से में चिल्ला उठा। उसके गुस्से से घबराकर जून एक बार फिर खिड़की से बाहर की ओर देखने लगी।

फिर कार्लोत्ती की ओर मुड़कर चामर्स बोला–"क्या डाक्टर का यही कहना है?"

"मेरे पास शव परीक्षण की एक प्रति मौजूद है, "संयम बनाए हुए कार्लोत्ती बोला।" यदि आप चाहे तो इसे पढ़ सकते हैं।"

"गर्भवती? हेलन?" चामर्स बोल उठा। फिर अपनी कुर्सी से उठकर वह कमरे में चहलकदमी करने लगा। उसके हावभाव से लगता था कि हेलन के गर्भवती होने की खबर सुनकर वह भीतर से कहीं हिल गया था।

कमरे में खामोशी छाई रही।

चामर्स कमरे में चहलकदमी कर रहा था। वह बेचैन था। उसके हाथ पैंट की जेब में थे व उसके चेहरे पर गुस्सा बना हुआ था।

काफी देर तक चुप्पी साधन के बाद आखिर उसके मुंह से वही सवाल निकला जो मानव सभ्यता के आरम्भ से ही ऐसी स्थितियों में पूछा जाता रहा है–"हेलन को गर्भवती बनाने वाला आदमी कौन है?"

"हमें यह मालूम नहीं है", कार्लोत्ती बोला। "हो सकता है आपकी बेटी ने एस्टेट एजेंट व अपनी नौकरानी को गुमराह करने के लिए ही यह कहा हो कि उसका पति अमरीकन है। हमारी जानकारी के अनुसार इटली में इस नाम का कोई अमरीकन नहीं रहता है।"

चामर्स फिर अपनी कुर्सी पर आकर बैठ गया।

"हो सकता है वह आदमी खुद को छिपाने के लिए एक काल्पनिक नाम का प्रयोग कर रहा हो", वह बोला।

"यह सम्भव हो सकता है", कार्लोत्ती बोला। "हमने सौरेन्टो में तहकीकात की है। हमें मालूम है कि उस दिन 3.30 पर नेपल्ज से आने वाली ट्रेन में एक अमरीकन अकेले यात्रा कर रहा था।"

यह सुनकर मेरा दिल इतनी जोर से धड़कने लगा कि मुझे सांस ले पाने में कठिनाई होने लगी।

"इस अमरीकन ने अपना सूटकेस स्टेशन के सामानघर में रखवाया था", कार्लोत्ती आगे बोला। "दुर्भाग्यवश उस आदमी की शक्ल व व्यक्तित्व के बारे में हम अभी किसी निष्कर्ष पर नहीं पहुंच पाए हैं। सौरेन्टो में किसी व्यक्ति ने उस समय उस पर ध्यान नहीं दिया था। केवल

सौरेन्टो–अमालफी रोड पर अपनी कार में गुजरते हुए एक व्यक्ति की सरसरी सी निगाह उस पर पड़ी थी। उसके बारे में हम केवल इतना ही निश्चित रूप से बता सकते हैं कि उसने हल्के, काले रंग का सूट पहन रखा था। स्टेशन के सामानघर में काम करने वाले क्लर्क का कहना है कि वह आदमी काफी लम्बा था। लेकिन कार में यात्रा करने वाले व्यक्ति के अनुसार वह मध्यम ऊंचाई का ही व्यक्ति था। पास के ही एक गांव के एक लड़के का कहना है कि वह आदमी कद में नाटा था। इस प्रकार उस आदमी की शक्ल व रख-रखाव के बारे में निश्चित रूप से कुछ नहीं कहा जा सकता। रात के दस बजे उस व्यक्ति ने सामानघर से अपना सूटकेस वापिस लिया व टैक्सी लेकर नेपल्ज चला गया। वह आदमी नेपल्ज पहुंचने के लिए बहुत जल्दी में था क्योंकि वह 11.45 को रोम जाने वाली ट्रेन पकड़ना चाहता था। जल्दी पहुंचने के लिए उसने टैक्सी ड्राइवर को पांच हजार लीर इनाम में भी दिए।"

चामर्स ध्यान से यह सारा विवरण सुन रहा था। इस समय वह शिकार पर झपटने के लिए तैयार एक खूंखार जानवर के समान लग रहा था।

"क्या अमालफी की ओर जाने वाली सड़क उस मकान की ओर जाती है?" उसने पूछा।

"जी हां! इस सड़क से कटकर ही एक पहाड़ी सड़क मकान के मुख्य द्वार पर पहुंचती है।"

"क्या मेरी बेटी की मौत सवा आठ बजे हुई?"

"जी हां!"

"यह आदमी असाधारण जल्दी में था?"

"जी हां!"

"उस मकान से सौरेन्टो स्टेशन कितनी देर में पहुंचा जा सकता है?"

"यदि कार में जाएं तो एक घंटे में पहुंचा जा सकता है। लेकिन यदि पैदल चला जाए तो डेढ़ घंटे से भी ज्यादा समय लग जाता है।"

चामर्स सोच में डूब गया।

मेरा विचार था कि मुझ तक पहुंच पाने के लिए पुलिस के पास कोई प्रमाण ही न था लेकिन कार्लोत्ती के बयान से झलक रहा था कि पुलिस मेरे काफी नजदीक पहुंच चुकी थी। डगलस शेरार्ड नामक व्यक्ति की असलियत जानने के लिए पुलिस इतने सूत्र इकट्ठे कर चुकी थी कि इस मामले में मेरा फंस जाना तकरीबन निश्चित हो चला था।

धड़कते दिल से मैं चामर्स की ओर देख रहा था। मुझे लग रहा था कि इतने सटीक सवाल पूछने के बाद व जरूर ही कोई भयंकर रहस्योद्घाटन करने जा रहा है। लेकिन कोई रहस्योद्घाटन करने के बजाय चामर्स ने फिर दुहराया–"हेलन आत्महत्या नहीं कर सकती। मैं यह भली प्रकार जानता हूं। इसलिए इस प्रकार का विचार आप अपने दिमाग से निकाल दीजिए, लेफ्टिनैंट कार्लोत्ती। मेरा विचार है कि वह अपने कैमरा से फोटो खींचते हुए ही गिर पड़ी है।"

यह सुनकर कार्लोत्ती खामोश रहा लेकिन ग्रैंडी बेचैनी का इजहार करते हुए अपने दांतों से नाखून काटने लगा।

"मैं आपकी जांच-पड़ताल से यही निष्कर्ष सुनना चाहता हूं", चामर्स कुछ सख्ती से बोला।

"मेरा काम शव-अधिकारी को तथ्यों से अवगत कराना है", कार्लोत्ती की आवाज में संयतता बनी हुई थी। "फैसला देना उसका काम है।"

चामर्स ने कार्लोत्ती को एक बार घूरकर देखा।

"यह शव-अधिकारी कौन है?" उसने पूछा।

"मिस्टर गीसप मैलेट्टी।"

"वह यहां नेपल्ज में ही है?"

"जी हां!"

"मेरी बेटी का शव कहां है?"

"सौरेन्टो के मुरदाघर में!"

"मैं शव को देखना चाहता हूं", चामर्स बोला।

"बेशक। इसमें कोई दिक्कत नहीं होगी। यदि आप हमें समय बता दें तो हम आपको वहां ले चलेंगे।"

"धन्यवाद! इस काम मैं मुझे आपकी जरूरत नहीं है", चामर्स बोला। "मैं भीड़भाड़ के साथ वहां नहीं जाना चाहता।

केवल डॉसन ही मुझे वहां ले जाने के लिए पर्याप्त है।"

"जैसी आपकी इच्छा।"

"मुरदाघर के इन्चार्ज को सूचना कर दीजिए कि मैं शव को एक बार देखना चाहता हूं", चामर्स ने एक नया सिगार सुलगाते हुए कहा।

फिर इस बातचीत में पहली बार मेरी और देखते हुए चामर्स बोला–"इटली के अखबार इस घटना के बारे में क्या लिख रहे हैं?"

"हमने इस घटना के बारे में फिलहाल प्रेस को कोई बयान नहीं दिया है। मैंने कहा।"हम इस सम्बन्ध में आपके निर्देश की प्रतीक्षा कर रहे थे।"

"तुमने अच्छा ही किया", चामर्स बोला। फिर कार्लोत्ती की ओर उसने मुड़कर कहा– "लेफ्टिनेण्ट कार्लोत्ती, इन तथ्यों के लिए धन्यवाद। यदि इस मामले में मुझे किसी और जानकारी की जरूरत होगी तो मैं तुमसे खुद ही सम्पर्क करूंगा।"

कार्लोत्ती व ग्रैंडी कुर्सियों से उठ खड़े हुए।

"मैं आपकी सेवा करने के लिए सदैव तत्पर हूं।" कार्लोत्ती बोला।

कार्लोत्ती व ग्रैंडी के जाने के बाद चामर्स थोड़ी देर अपने हाथों की ओर देखता हुआ खामोश बैठा रहा। सही समय जान मैंने हेलन के आभूषणों का डिब्बा उसके सामने मेज पर रख दिया।

"ये आपकी बेटी के आभूषण हैं।" मैंने कहा। "पुलिस को ये आभूषण उसी मकान से मिले।"

चामर्स ने डिब्बा हाथ में उठाया व इसके अन्दर रखी हुई चीजों पर नजर डालने लगा। फिर उसने डिब्बे को पलटकर सारे आभूषण मेज पर बिखेर दिए।

आभूषणों को देखकर जून मेज के पास चली आई व इन्हें देखने लगी।

"शेरविन, क्या तुमने ही ये चीजें हेलन को दी थी?" उसने पूछा।

"नहीं।" आभूषणों को हाथ में लेकर इनकी कीमत आंकता हुआ चामर्स बोला। "मैं एक बच्चे को ऐसे कीमती आभूषण नहीं दे सकता।"

जून ने हाथ आगे बढ़ाकर हीरों की माला उठानी चाही लेकिन चामर्स ने उसका हाथ झटक दिया।

"मैलेट्टी गीसप नाम के इस शव अधिकारी से फोन पर संपर्क करो।" चामर्स ने मेरी ओर देखते हुए कहा।

मैंने टेलीफोन डायरेक्ट्री में गीसप का नम्बर देखा व फोन मिलाया। मैं अभी दूसरे छोर से फोन मिलाने की प्रतीक्षा ही कर रहा था कि चामर्स फिर बोला–"हेलन की मृत्यु की खबर अखबारों को दे दो। अपने बयान में सिर्फ यही कहो कि सौरेन्टो में छुट्टियां मनाते हुए वह पहाड़ से फिसल गई और उसकी घटनास्थल पर ही मृत्यु हो गई।"

"जी।" मैंने कहा।

"कल सुबह नौ बजे तुम एक कार लेकर यहां पहुंचोगे। मैं मुर्दाघर जाकर लाश पर एक नजर डालना चाहता हूं।"

इतनी देर में शव-परीक्षक के दफ्तर से फोन पर संपर्क हो गया। फोन उठाने वाले व्यक्ति से मैंने कहा कि मैलेट्टी गीसप से बात करना चाहता हूं। गीसप के फोन पर आने पर मैंने रिसीवर चामर्स को पकड़ा दिया।

"डॉसन, अब तुम जा सकते हो।" मेरे हाथ से रिसीवर लेता हुआ चामर्स बोला, "ध्यान रहे, हेलन की मौत के सिलसिले में प्रेस को कोई अन्य विवरण न दिया जाए।"

कमरे से मेरे निकलने के बाद ही चामर्स ने गीसप से बात करनी आरंभ की।

पांच

चामर्स के निर्देश के अनुसार मैं अगले दिन सुबह नौ बजे एक कार लेकर वेसुवियस होटल पहुंच गया।

इटली के अखबार ने हेलन की खबर सुर्खियों में छापी थी। लगभग हर अखबार में हेलन की तस्वीर छपी थी। इस तस्वीर में हेलन का वही व्यक्तित्व था जिसमें मैंने उसे पहले दिन रोम

हवाई अड्डे पर देखा था। दूसरे शब्दों में इस फोटो में हेलन यूनिवर्सिटी की एक गंभीर छात्र दिख रही थी।

कल शाम चामर्स से विदा होने के बाद मैंने फोन पर मैक्सवेल से संपर्क किया था। मैंने उस चामर्स के निर्देशों के अनुसार हेलन की मौत की खबर प्रेस को दे देने को कहा था।

"हमें प्रेस बयान में सिर्फ यही कहना होगा।" मैंने जोर देकर कहा, "कि अपने सिने कैमरा से फोटो खींचते हुए हेलन का पैर लड़खड़ा गया और वह पहाड़ की चोटी से नीचे गिर पड़ी। हमारे हित में यही होगा कि अखबार इस घटना को बढ़ा-चढ़ाकर पेश न करे या इस दुर्घटना का कोई और पहलू न खोज निकालें।"

आज सुबह अखबारों में हेलन की मौत की खबर पढ़कर मुझे संतोष हुआ था कि मैक्सवेल ने मेरे निर्देश का ईमानदारी से पालन किया है। अखबारों में वही बयान छपा था जो हमने अखबारों को दिया था। समाचार के साथ हेलन का चित्र भी छपा था। मुझे यह देखकर खुशी हो रही थी कि अखबारों ने अपनी ओर से इस विषय पर कोई टिप्पणी वगैरह नहीं की थी।

लगभग 9.10 पर चामर्स होटल से बाहर निकला व कार में बैठ गया। उसके हाथ में आज के अखबारों का बन्डल व होंठों में सिगार था। वह इतना व्यस्त दिख रहा था कि उसने मेरी 'गुड मार्निंग' का भी जवाब न दिया।

क्योंकि मैं जानता था कि इस समय चामर्स कहां जाना चाहता था इसलिए उससे कुछ पूछने की जरूरत ही न थी। मैं ड्राइवर के साथ बैठ गया और उससे सौरेन्टो चलन के लिए कहा। मुझे इस बात पर कुछ हैरानी हो रही थी कि आज जून चामर्स हमारे साथ क्यों नहीं आ रही थी।

कार के सामने लगे शीशे से मैं देख रहा था कि चामर्स अखबार पढ़ने में व्यस्त था। वह प्रत्येक अखबार में अपनी दिलचस्पी की कोई खबर पढ़ता व फिर उसे किनारे रख कर दूसरा अखबार उठा लेता।

हमारे सौरेन्टो पहुंचने तक चामर्स ने सभी अखबारों में अपनी दिलचस्पी की खबर पढ़ ली थी। अब वह आराम से सिगार पीता हुआ व खिड़की से बाहर देखता हुआ अपने विचारों में खोया हुआ था।

सौरेन्टो शहर पहुंचने पर मैंने ड्राइवर को शव-परीक्षण केन्द्र चलने को कहा। वहां पहुंचते ही चामर्स बाहर निकला। व मुझे कार में ही बैठे रहने का इशारा कर अन्दर चला गया।

चामर्स बीस मिनट तक अन्दर ही रहा था।

जब चामर्स शव-परीक्षण केन्द्र से बाहर निकला तो उसके होठों के बीच वही सिगार था जिसे पीते हुए वह अंदर गया था। लेकिन अब यह सिगार आधा जल चुका था। जाहिर था कि अपनी बेटी का शव देखते हुए भी वह सिगार पिए जा रहा था ऐसा करके शायद वह खुद को लौह-पुरुष सिद्ध करना चाहता था।

"डॉसन अब हम उस मकान को देखेंगे जो हेलन ने किराए पर लिया था", कार में बैठता हुआ चामर्स बोला।

मैंने ड्राइवर को उस मकान तक पहुंचने के निर्देश दे दिए। रास्ते भर कार के भीतर कोई न बोला। मकान के अहाते के बाहर लोहे का गेट आने पर मैं कार से उतरा व गेट खोलकर फिर कार में बैठ गया। मकान के दरवाजे पर आकर कार रुक गई। मैंने देखा कि हेलन की लिंकन कन्वर्टिबल अभी भी वहीं खड़ी थी।

"क्या यही हेलन की कार है?" चामर्स ने पूछा।

"जी हां।"

लिंकन कन्वर्टिबल का मुआइना करने के बाद चामर्स मकान में घुसा। मैं उसके पीछे हो लिया।

मकान के भीतर चामर्स ने एक-एक सभी कमरों का निरीक्षण किया। अन्त में वह हेलन के बैडरूम में आया और यहां काफी समय बिताया। मैं यह जानने के लिए उत्सुक हो गया कि वह वहां क्या कर रहा है? खिड़की के पास खड़ा, होकर मैं चुपचाप अन्दर देखने लगा।

चामर्स हेलन के बिस्तर पर बैठा हुआ था। उसके सामने हेलन का सूटकेस था व बिस्तर पर हेलन के कुछ कपड़े पड़े हुए थे। इन कपड़ों को हाथों से पुचकारता हुआ वह खिड़की के रास्ते बाहर की ओर देख रहा था उसके चेहरे पर आ रहे भावों को देखकर मैं सहम गया व लाउंज में आकर सिगरेट पीने लगा।

पिछले दो दिन निश्चिंत रूप से मेरे जीवन के सबसे खराब दिन थे। मैं हेलन की मृत्यु के जाल में फंसा हुआ था। और मुझे लग रहा था कि किसी भी समय पुलिस मुझे दबोच लेगी।

कार्लोत्ती यह जानता था कि कोई अमरीकन आदमी हेलन की मृत्यु के दिन रोम से सौरेन्टो आया था व उसने हल्के काले रंग का सूट पहन रखा था उसे हेलन की मृत्यु का सही समय पता है और वह यह भी जानता था कि उस समय पर अमरीकन उसके मकान के आस पास मौजूद था इतने संकेत होने के बाद उसका मुझ पर शक हो उठना स्वाभाविक ही था।

आज सारी रात चिंता के कारण मैं सो नहीं पाया था। इस समय भी जब चामर्स हेलन के बैडरूम में बैठा उसका सामान देख रहा था। मैं इस मामले में फंस जाने के गम में डूबा हुआ था।

चामर्स बाहर आया व लाउंज की खिड़की के पास खड़ा हो बाहर की ओर देखने लगा जाहिर था कि उसके दिमाग में विचारों के बवंडर उठ रहे थे। काफी देर तक खिड़की के पास चुपचाप खड़ा रहने के बाद वह मेरे पास आया व साथ वाली कुर्सी में बैठ गया।

हेलन के रोम में रहने के दौरान क्या तुम उसके संपर्क में वहीं रहे?" चामर्स ने मुझसे पूछा। उसकी आंखों के भीतर आंसू तैर रहे थे।

इस अप्रत्याशित सवाल ने मुझे चौंका दिया।

"नहीं", मैंने कुछ संभलकर जवाब दिया। मैंने उसे दो बार फोन किया। शायद वह नहीं चाहती थी कि मैं उसके नजदीक आऊं। मेरा विचार है कि वह मुझे अपने पिता का एक कर्मचारी मात्रा समझे मुझसे दूर ही रहना चाहती थी।"

"मेरा विचार है कि इस शेरार्ड नाम के व्यक्ति ने ही उसे आभूषण व कार दी है।" चामर्स बोला, "अब मुझे यह अहसास हो रहा है कि उसे खर्चे के लिए कम पैसे देकर मैंने गलती की। मुझे चाहिए था कि मैं उस काफी पैसे देता रहता तथा उसकी निगरानी के लिए एक नौकरानी उसके साथ साथ भेज देता। जरूर भोली-भाली शक्ल वाले किसी बदमाश ने प्रेम का जाल बिछाकर हेलन को अपने चंगुल में फंसाया है। उस बदमाश ने उसे यह आभूषण व कार उपहार में देकर उसे आनी ओर आकर्षित किया होगा। मैं मानव स्वभाव को जानता हूं। मुझे चाहिए था कि मैं हेलन को खर्चने के लिए काफी पैसा देता जिससे कि आभूषणों, कार या अन्य उपहारों के लालच में वह किसी बदमाश के चंगुल में न फंसती।"

फिर जेब से एक सिगार निकालकर सुलगाता हुआ चामर्स पुनः बोला—"डॉसन, हेलन एक बहुत अच्छी लड़की थी। वह एक गंभीर छात्र थी और आर्किटेक्चर में कोर्स करना चाहती थी। इसलिए मैंने उसे इटली आने की इजाजत दी थी। तुम जानते ही हो कि रोम अपने आर्किटेक्चर के लिए दुनिया भर में मशहूर रहा है।"

मैंने जेब से रूमाल निकालकर मुंह पर आया पसीना पोंछ लिया।

"डॉसन, तुम्हारे बारे में मेरी राय बहुत अच्छी है।" चामर्स आगे बोला। इसी कारण मैंने तुम्हें विदेश डेस्क सौंपने का निश्चय किया है। जहां तक हेलन की मौत का सवाल है, मैंने शव-अधिकारी से बात कर ली है। अपने फैसले में वह यही कहेगा कि हेलन की मौत दुर्घटनावश ही हुई है। हेलन के गर्भवती होने के बारे में वह कुछ नहीं कहेगा। मैंने पुलिस अधिकारियों से भी इस सिलसिले में बात कर ली है। उन्होंने भी इस मौत की दुर्घटना करार देकर खत्म करना स्वीकार कर लिया है। प्रेस को इसी प्रकार के निर्देश दे दिए गए हैं। वे मेरे निर्देशों की अवहेलना करने की हिम्मत नहीं करेंगे।"

थोड़ी देर रुककर चामर्स आगे बोला—"अब हमारा रास्ता साफ हो गया है। अब आगे की जिम्मेदारी तुम्हारे कंधों पर है। मुझे परसों तक न्यूयार्क वापस पहुंच जाना है। इस प्रकार मेरे पास इस मामले में आगे जांच करने के लिए समय नहीं है और इसलिए मैं यह काम तुम्हारे सुपुर्द करता हूं। आज से तुम्हारा काम केवल शेरार्ड नाम के इस व्यक्ति को ढूंढ़ निकालना है।"

यह सुनकर मेरे मुंह का रंग ही उड़ गया।

"शेरार्ड को ढूंढ़ निकालना?" मैं चकित हो पूछ बैठा।

"बिलकुल ठीक। शेरार्ड ने मेरी बेटी का अपने झूठ प्रेमपास में फंसाकर उसकी इज्जत पर डाका डाला है और इस बात की उसे सजा मिलनी चाहिए। लेकिन पहले हमारा काम उसे ढूंढ़ निकालना है और यह काम तुम्हें करना है। इस काम को करने के लिए तुम्हें जितने भी धन की

आवश्यकता होगी वह तुम्हें मिल जाएगा। इस काम के लिए प्राईवेट जासूसों की सहायता भी ले सकते हो। यदि यहां के जासूस तुम्हें ठीक न जंचे तो मैं न्यूयार्क से कुछ जासूस भिजवा दूंगा। यह काम आसान नहीं है। जाहिर है कि डगलस शेरार्ड उस बदमाश का असली नाम नहीं है। इस झूठे नाम का प्रयोग कर वह हेलन जैसी भोली लड़कियों की जिंदगियों से खेलता होगा। लेकिन वह आदमी चाहे कितना भी चालाक रहा हो, उसने पीछे जरूर कुछ ऐसे संकेत छोड़े होंगे जिनका फायदा उठाकर हम उस बदमाश का सुराग निकाल सकते हैं।"

"मिस्टर चामर्स, आप मुझपर यकीन कर सकते हैं।" बड़ी मुश्किल से मेरे गले से यह आवाज निकली।

"मुझे तुमसे यही उम्मीद है।" चामर्स बोला, "अपने काम के दौरान तुम्हें समय-समय पर काम में हो रही प्रगति की सूचना देनी होगी। इस बारे में यदि मेरे दिमाग में भी कोई विचार आएगा तो मैं तुम्हें बता दूंगा। हमें उस बदमाश का हर हालत में और जल्दी से जल्दी पकड़ना है।"

"उस बदमाश को ढूंढ़ने के बाद हमें क्या करना होगा?" मैं अपनी नादानी में यह सवाल पूछ बैठा।

जवाब में चामर्स ने मेरी ओर घूरकर देखा। उसके चेहरे पर आ गए सख्ती के भाव को देखकर मेरा मुंह सूख गया।

"पहले तुम इस पूरे मामले पर मेरे विचार जान लो।" चामर्स बोला, "रोम में कदम रखने के बाद जल्दी ही हेलन की इस बदमाश से मुलाकात हो गई होगी। उसने जल्दी ही हेलन को अपने जाल में फंसा लिया हो गा व उसके साथ शारीरिक संबंध स्थापित कर लिए होंगे। डाक्टर का कहना है कि हेलन आठ हफ्तों से गर्भवती थी जबकि वह केवल चौदह हफ्ते पहले रोम आई थी। इसका मतलब है इसके रोम पहुंचने के बाद बहुत जल्दी ही इस बदमाश ने उसे फंसा लिया था। गर्भ ठहरने के बाद हेलन ने उसे बताया होगा कि वह उसके बच्चे की मां बनने वाली है। यह सुनकर वह बदमाश हेलन के प्रति बेरुखी दिखाने लगा होगा। मेरा विचार है कि हेलन ने सौरेन्टो वाला मकान इसी उद्देश्य से लिया होगा कि शायद इस वातावरण में वह उस बदमाश का दिल जीतने में कामयाब हो जाए।"

लाउंज की खिड़की से बाहर की ओर संकेत कर चामर्स बोला—"यहां का वातावरण सचमुच ही बहुत रोमांटिक है। मुझे पूरा विश्वास है कि हेलन ने शेरार्ड नाम वाले उस बदमाश को यहां बुलाया होगा ताकि वह होने वाले बच्चे की जिम्मेदारी कबूल कर ले। पुलिस को सूचना के अनुसार शेरार्ड यहां आया था लेकिन यह वातावरण भी उसके बेईमान इरादों को न बदल पाया।"

"क्या तुम आगे भी सुनना चाहते हो?" चामर्स ने पूछा। लेकिन फिर मेरे जवाब की प्रतीक्षा किए बिना ही वह बोला—"मेरा विश्वास है कि हेलन की मौत एक दुर्घटना नहीं थी। इस समय हमारे पास दो वैकल्पिक अनुमान हैं। एक तो यह कि हेलन ने शेरार्ड से कहा होगा कि यदि वह

उसे स्वीकार नहीं करेगा तो वह पहाड़ी से कूदकर जान दे देगी और जब उसकी धमकी का भी उस बदमाश पर कोई असर न हुआ तो उसने सचमुच ही कूदकर जान दे दी। दूसरी सम्भावना यह है कि हेलन का मुंह हमेशा के लिए बंद करने के लिए उस बदमाश ने उसे धक्का दे दिया जिसके फलस्वरूप हेलन नीचे गिरकर मर गई।"

"आप...आप क्या कहना चाहते हैं?"

भर्राई आवाज में मैंने कहा। हेलन की हत्या की सम्भावना के बारे में सुनकर मेरे होश उड़ गए थे।

"मेरे विचार में हेलन ने आत्महत्या नहीं की है बल्कि पहाड़ी पर से धक्का देकर उसकी हत्या की गई है।" यह कहते हुए चामर्स की मुट्ठी भिंच गई वह चेहरा पहले से भी अधिक सख्त हो गया, "यह उसी बदमाश की करतूत है। वह बदमाश जरूर जानता होगा कि हेलन मेरी बेटी है और यदि उसने हेलन को धोखा देने की कोशिश की तो देर-सवेर मुझे यह बात मालूम हो ही जाएगी। वह जानता होगा कि मुझसे टक्कर लेने में उसकी खैर नहीं है। इसलिए उसने हेलन से छुटकारा पाने में ही अपनी भलाई समझी होगी और सोचा होगा कि इस प्रकार वह बच निकलेगा। उसी इरादे से वह हेलन को फुसलाकर पहाड़ की चोटी पर ले गया होगा और वहां धोखे से उसे नीचे धकेल दिया होगा।"

तब तो यह हत्या का मामला बन जाता है?" मैंने कहा। "हेलन की मौत हत्या का मामला ही है।" चामर्स बोला। "लेकिन तुम्हें इस बारे में चिंता करने की कोई जरूरत नहीं है। तुम्हें सिर्फ उस बदमाश को खोज निकालना है। बाकी काम मैं ही संभाल लूंगा। मैं चाहता हूं कि हेलन की मौत को एक दुर्घटना के रूप में प्रकाशित किया जाए। मेरे लिए यही अच्छा है कि किसी को यह भी पता न चले कि हेलन गर्भवती थी। यह अच्छा न होकि इस बहाने मेरे प्रतिद्वंद्वी मुझ पर कीचड़ उछाले। यदि इस बदमाश को पुलिस पकड़ लेती है व फिर उस पर हत्या का अभियोग लगाती है तो हेलन के गर्भवती होने की बात भी सामने आ जाएगी जो मेरी मान-मर्यादा के लिए अच्छा न होगा लेकिन इसका मतलब यह नहीं है कि उस बदमाश को अपने किए की सजा ही न मिले। मैं चाहता हूं कि वह तड़प-तड़प कर मरे लेकिन यह काम पुलिस के हाथों से नहीं बल्कि मेरे हाथों से होना चाहिए।"

मेरी आंखों में आंखें डालकर चामर्स आगे बोला–"घबराओ नहीं, मैं उस बदमाश को जान से नहीं मारने जा रहा। मैं बेवकूफ नहीं कि उसकी हत्या करवाकर अपनी इज्जत को भी खतरे में डालूं। मैं केवल उसका जीना हराम कर दूंगा। मैं उसकी जिंदगी ऐसी नरकमयी बना दूंगा कि अन्त में उसे आत्महत्या करके इसे सदा के लिए खत्म करने में ही भलाई दिखेगी। मेरे पास इतना पैसा व प्रभाव है कि मैं यह काम आसानी से कर सकता हूं और यही करने जा रहा हूं।

"पहले मैं उसे उस मकान या फ्लैट से बाहर निकलवा दूंगा जहां वह रहता है। मैं उसे सड़क पर कार नहीं चलाने दूंगा। वह किसी अच्छे रेस्तरां में खाना नहीं खा सकेगा। जरा सोचो कि मेरे

इन कदमों से वह कितना तंग हो जाएगा। लेकिन मैं इतने पर ही नहीं रुकने वाला। मैं उसको नौकरी से निकलवा दूंगा व ऐसा प्रबन्ध करूंगा कि उसे कहीं भी कोई अच्छी नौकरी न मिल पाए। मैं समय-समय पर गुंडों द्वारा उसकी पिटाई करवाया करूंगा। ये गुंडे उसका सड़क पर निकलना मुश्किल कर देंगे। मैं उसका पासपोर्ट भी चोरी करवा दूंगा। मेरे इन कामों से उसका चैन से जिंदा रह पाना दूभर हो जाएगा।"

"लेकिन मेरा असली प्रतिशोध तो इसके बाद ही शुरू होगा। मेरे पास इस तरह के गुंडों का भी इन्तजाम है जो मेरे इशारे पर इस आदमी को पकड़कर इसकी आंखें चीरकर बाहर निकाल सकते हैं। इस उम्र में आंखों की रोशनी खोकर यह आदमी जरूर आत्महत्या करने पर मजबूर हो जाएगा। डॉसन, मैं शेरार्ड की उसके किये की भयंकर सजा दूंगा और मेरे पास करने के सारे साधन मौजूद हैं। तुम्हारा काम इस आदमी का सुराग पाना है–सजा देने का काम मेरा है।"

* * *

हेलन के सौरेन्टो वाले मकान के लाउज में एक अलमारी थी जिसमें व्हिस्की व जिन की कुछ बोतलें रखी हुईं थीं मैंने एक व्हिस्की की बोतल को खोला व काफी बड़ा पैग बना लिया। पैग को हाथ में लिए मैं मकान की बालकनी में एक कुर्सी पर बैठ गया और धीरे-धीरे शराब के घूंट पीता रहा। शराब के कई घूंट पीने के बाद ही मेरे कांपते शरीर में कुछ जान आई।

थोड़ी देर पहले ही चामर्स यहां से गया था। जात हुए वह एक बार फिर कह गया था– "डॉसन, शेरार्ड को ढूंढ़ने के मामले में मुझे लगातार सम्पर्क बनाए रखो। इस काम पर खर्च होने के लिए धन की परवाह न करो। मुझे पत्र लिखने में भी समय बर्बाद न करना। सारी सूचनाएं मुझे फोन पर ही दिया करना। ज्योंही कोई नई स्थिति पैदा हो या कोई नई जानकारी मिले, तत्काल मुझे फोन कर देना। फोन करने के लिए समय की परवाह न करना। सुबह, शाम, दिन, रात–तुम किसी भी समय मुझे फोन कर सकते हो। मैं तुम्हारी ओर से फोन आने का इंतजार करता रहूंगा। याद रखो कि हमें इस बदमाश को जरूर पकड़ना है व उसे कठोरतम सजा देनी है।"

मुझे लगा कि चामर्स मेरे हाथ में तेज धार की एक छुरी देकर मुझे अपना ही गला काटने के लिए प्रेरित कर रहा था।

मुझे लगा कि इस बात पर बिलकुल यकीन न था कि हेलन ने आत्महत्या की थी या उसकी हत्या कर दी गई थी। मुझे विश्वास था कि उसकी मौत एक दुर्घटना के कारण ही हुई थी।

हेलन के जिस तथाकथित प्रेमी या पति की बात चल रही थी वहां मैं नहीं था लेकिन मैं इस सिद्ध करने की हालत में भी न था। चामर्स के विचार में शेरार्ड ही उसकी बेटी का प्रेमी था और उसने मुझे हर कीमत पर शेरार्ड को कपड़े लाने का निर्देश दे दिया था। शेरार्ड और कोई नहीं बल्कि खुद मैं ही था लेकिन मैं हेलन का प्रेमी न था। इसका मतलब यह था कि हेलन का प्रेमी कोई और ही था। मैं विकट मुसीबत में फंस चुका था। यदि मुझे अपने भविष्य को बचाना था तो

मेरे लिए यह जरूरी था कि मैं हेलन के वास्तविक प्रेमी को ढूंढ़ निकालूं और यह सिद्ध कर दूं कि वही हेलन का प्रेमी था।

मैंने एक सिगरेट सुलगा ली और इस समस्या पर विचार करने लगा।

क्या हेलन का प्रेमी वही व्यक्ति था जिसे मैंने उस दिन शाम उस मकान में देखा? यदि नहीं तो वह आदमी कौन था? वह उस समय मकान में क्या ढूंढ़ रहा था? अब यह निश्चित था कि हेलन के आभूषण, वस्त्रों आदि में उसकी कोई दिलचस्पी न थी। यदि ऐसी बात होती तो वह आसानी से ड्रेसिंग टेबल पर पड़ी इन चीजों को उठाकर चम्पत हो सकता था। फिर आखिर वह क्या तलाश कर रहा था?

इस समस्या पर काफी देर सोचने के बाद भी जब मुझे कोई सूत्र न मिल पाया तो मैंने इस समस्या पर सोच-विचार फिलहाल स्थगित कर दिया और हेलन की मृत्यु के रहस्य पर एक और पहलू से सोचना आरम्भ कर दिया।

हेलन पिछले चौदह हफ्तों से रोम में रह रही थी। इसी दौरान उसकी इस तथाकथित प्रेमी से मुलाकात हुई होगी और बढ़ती मुलाकातें प्रेम में बदल गई होंगी।

मैं इस नतीजे पर पहुंचा कि हेलन के इस प्रेमी की खोज मुझे मुख्य रूप से रोम में ही करनी चाहिए। मैं रोम में प्राइवेट जासूसी करने वाली एक कंपनी को जानता था। जिसने इस प्रकार के कई मामले सुलझाए थे। किसी जासूसी एजेंसी की मदद के बिना मेरे लिए उस व्यक्ति की खोज कर पाना संभव न था। मैंने निश्चय किया कि रोम पहुंचते ही मैं इस एजेंसी से संपर्क करूंगा।

मैं उठा व हेलन के बैडरूम में दाखिल हुआ। इससे पहले मैंने चामर्स के साथ हेलन के बैडरूम में एक नजर मारी थी। लेकिन अब मेरे पास इतना समय था कि मैं इसका अच्छी तरह निरीक्षण कर सकूं।

बैडरूम के बीच में एक डबल बेड लगा हुआ था। यह सोच कर कि यह डबल बेड हम दोनों के लिए यहां रखा गया था मेरे दिल में एक हूक-सी उठी। जाहिर था कि अपने पुराने प्रेमी से हेलन के संबंध खत्म हो चुके थे और उन दिनों किसी नए प्रेमी की तलाश के दौरान उसने मुझे प्रेमी के रूप में चुन लिया था। हेलन की योजना मेरे साथ सौरेन्टो के इस मकान में एक महीना बिताने की थी। लेकिन मुझसे प्रेम जताने के पीछे हेलन की क्या मंशा रही होगी? क्या वह मुझसे सच्चा प्यार करती थी या अपने होने वाले बच्चे के लिए मुझे पिता घोषित करना चाहती थी? अब तो यह रहस्य हेलन की खोल सकती थी और इस समय वह दूसरी दुनिया में थी।

फिर मेरे दिमाग में एक और विचार कौंधा। मुझे याद आया कि मैक्सवेल ने मुझे हेलन के बारे में कुछ बताया था। उसने कहा था कि हेलन में अधिक से अधिक मर्दों से संबंध बनाने की हवस है। साथ ही विभिन्न मर्दों को अपनी ओर आकर्षित वह उनके लिए कोई न कोई मुसीबत खड़ी कर देती है। हो सकता है कि हेलन का वह प्रेमी उससे सही मानों में प्यार करता हो लेकिन

कुछ दिन उससे संबंध रख हेलन अब उससे ऊब गई हो और किसी नए शिकार की तलाश में हो। हो सकता है कि उस प्रेमी को पता चल गया हो कि हेलन सौरेन्टो में एक महीना लेकर मेरे साथ रहने की योजना बना रही थी और बदला लेने के लिए वह प्रेमी सौरेन्टो पहुंच गया। ऐसी स्थिति में संभवतः उसने हेलन से अपने प्रेम का बदला लेने के लिए उसे धक्का देकर पहाड़ से गिरा दिया हो।

चामर्स को बताने के लिए यह एक अच्छी कहानी हो सकती थी। लेकिन मुसीबत यह थी कि इस कहानी के तहत हेलन के प्रेमी के रूप में मैं भी चामर्स की निगाहों में आ जाता था जिसके लिए वह मुझे कभी माफ न करता।

इस मकान के निरीक्षण से भी मुझे हेलन के तथाकथित प्रेमी के बारे में कोई सुराग न मिला था। अब उसकी खोज मुझे रोम में ही करनी थी। लेकिन तभी मेरे दिमाग में एक विचार सूझा। लाउंज में रखे फोन का प्रयोग कर मैंने सौरेन्टो पुलिस स्टेशन संपर्क स्थापित किया। दूसरे छोर से आवाज आने पर मैंने लेफ्टिनैण्ट ग्रैंडी से बात करने की इच्छा जाहिर की।

"मैं डॉसन बोल रहा हूं", मैंने कहा। "मैं आपसे यह पूछना भूल गया कि क्या आपने हेलन चामर्स के कैमरा में मिली रीलें धुलवा ली हैं?

"उस कैमरे में कोई रील न थी" ग्रैंडी ने संक्षिप्त सा जवाब दिया।

"क्या आप इस बारे में आश्वस्त हैं?

"जी हां, हम इस बारे में पूरी तरह से आश्वस्त हैं।"

"यदि उस कैमरा में कोई रील न थी तो इसका मतलब यह हुआ कि मरने से पहले हेलन फोटो नहीं खींच रही थी" मैंने कहा।

"ऐसा होना जरूरी नहीं", ग्रैंडी बोला। "हो सकता है हेलन कैमरा में फिल्म डालना भूल गई हो।"

मैं कैमरा की तकनीक के बारे खासी जानकारी रखता था। मुझे याद आया कि कैमरा के अंदर मैंने देखा था कि इसके पाल पर "बारह' शब्द अंकित था जिसका अर्थ यह था कि इस कैमरा से बारह फीट लंबी फिल्म उठाई गई थी।

"क्या आपने ले॰ ग्रैंडी", मैंने कहा। "क्या हेलन के मकान से आभूषणों के अलावा और भी कोई चीज ली गई है?"

"हमने वहां से कुछ नहीं लिया है।"

"ठीक है। मैं थोड़ी देर में इस कैमरा को लेने आपके पास आ रहा हूं।" मैंने कहा व फोन रख दिया।

कैमरा के पटल पर अंकित 'बारह' शब्द से यह साफ जाहिर था कि इस कैमरा के भीतर बारह फीट लंबी फिल्म थी जिसे किसी अनाड़ी हाथ ने जबरदस्ती खींचकर बाहर निकालने की कोशिश की थी। आमतौर पर कैमरा से रील निकाले जाने पर कैमरा के पटल पर 'शून्य' शब्द

अंकित हो जाता है लेकिन क्योंकि इस समय यह रील गलत तरीके से खींचकर निकाली गई थी इसलिए इसके पटल पर 'बारह' शब्द ही अंकित था हालांकि इसके अंदर कोई रील न थी। साथ ही कैमरा से रील को जबरदस्ती बाहर खींचते हुए रील को नुकसान भी हुआ होगा। इसका मतलब यह था कि जिस व्यक्ति ने भी ऐसा किया था उसका उद्देश्य इन रीलों को सुरक्षित रखना न था बल्कि इन्हें नष्ट करना ही था।

लेकिन क्यों?

छः

"क्या आप मिस्टर डॉसन हैं?"

अपना नाम सुनकर मैं चौंक उठा और मेरे दिमाग में चल रही विचारों की लड़ी टूट गई।

मैंने नजर उठाई व अपने सामने जून चामर्स को खड़ा हुआ पाया। उसने स्याह रंग का लिबास पहन रखा था जिसके ऊपर लाल रंग का कमरबंद व लाल ही रंग के बटन लगे थे।

जून चामर्स को देखकर मैं खड़ा हो गया।

"जी हां, मिसिज चामर्स आप ठीक कहती हैं। मैं डॉसन हूं।" मैंने जवाब दिया।

"क्या आप मेरे पति का इन्तजार कर रहे हैं?"

"जी हां, मैं चाहता हूं कि उनके अमरीका रवाना होने पहले मैं उनसे एक बार मिल लूं।"

"मेरे पति यहां आने ही वाले हैं।" मिसिज चामर्स बोली और बगल वाली आराम कुर्सी पर बैठ गई। आरामकुर्सी पर बैठ जाने से उसकी स्कर्ट इतनी ऊंची उठ गई थी कि उसके घुटनों से ऊपर तक उसकी गोरी सुडौल टांगे मुझे साफ दिखाई दे रही थीं।

"मिस्टर डॉसन।" वह बोली, "आप भी बैठ जाइए। संकोच करने की कोई आवश्यकता नहीं है। मैं आपसे कुछ बात करना चाहती हूं।

मैं अपनी कुर्सी पर बैठ गया।

"मिस्टर डॉसन।" मिसिज चामर्स ने अपनी बात शुरू की। "मेरे पास अधिक समय नहीं है। मैं आपसे हेलन के बारे में कुछ कहना चाहती हूं। हो सकता है कि हेलन के बारे में मेरी बात सुनकर आपको लगे कि मैं उससे चिढ़ती रही हूं या उसके प्रति मेरे मन में कोई पूर्वाग्रह रहा है। दर असल ऐसी कोई बात नहीं है। मेरे पति अपने व्यक्तिगत और व्यवसायिक दोनों पहलुओं में काफी सख्त आदमी माने जाते हैं। लेकिन कई पहलू भी है और यह पहलू केवल हेलन के लिए ही सुरक्षित रहा है। उन्होंने अपनी बेटी को इतना प्यार दिया है जितना कोई और पिता अपनी बेटी को शायद ही दे पाया हो। आप शायद विश्वास न करें लेकिन यह सच है कि चामर्स का अपनी बेटी के प्रति प्यार पूजा की हद तक बढ़ चुका था।"

"मिसिज चामर्स मुझे बताया गया है कि मिस्टर चामर्स अपनी बेटी से प्यार नहीं करते थे।" मैंने दबी आवाज में कहा। "ऐसा कहा जाता है कि अपनी बेटी के लिए उनके पास समय ही नहीं होता था।"

"मैं जानती हूं।" मिसिज चामर्स बोली। "अपनी बेटी के प्रति मिस्टर चामर्स द्वारा दर्शाए गए व्यवहार से अन्य व्यक्तियों को गलतफहमी होना स्वाभाविक ही है। लेकिन यह सही नहीं है। मिस्टर चामर्स से काफी नजदीक होने के कारण मैं जानती हूं कि वे अपनी बेटी से अत्यधिक प्यार करते थे लेकिन वे इस प्यार को अपने दिल में ही छिपाए रखते थे और इसका प्रदर्शन नहीं करते थे। वे यह नहीं चाहते थे कि दुनिया यह समझे कि उनकी बेटी उनके लिए एक जज्बाती कमजोरी बन चुकी है। वे अपनी बेटी पर भी यह कमजोरी जाहिर नहीं करना चाहते थे ताकि वह उनकी इस कमजोरी का कोई अनुचित लाभ न उठाए। वे जानबूझ कर अपनी बेटी को बहुत कम जेबखर्च देते थे ताकि अधिक पैसे उसे गलत रास्ते पर न ले जाएं। मैं जानती हूं कि हेलन को कम जेबखर्च देना उनकी एक भूल थी।"

मैं कुर्सी पर बैठा बेचैनी से मिसिज चामर्स द्वारा दिया जा रहा विवरण सुन रहा था।

"आपके काम से मेरे पति काफी संतुष्ट हैं।" मिसिज चामर्स ने आगे कहा। "उन्होंने मुझे बताया है कि हेलन की मौत के बारे में जानकारी हासिल करने की जिम्मेदारी उन्होंने आप पर छोड़ी है। न जाने क्यों उन्हें इस बात का विश्वास हो चला है कि हेलन ही हत्या की गई है। काफी समझाने और प्रमाण देने के बावजूद उनका यह विश्वास अडिग बना हुआ है। पुलिस तथा शव परीक्षक यही कह रहे हैं कि हेलन की मौत दुर्घटनावश हुई है लेकिन मिस्टर चामर्स यह बात मानने के लिए तैयार नहीं हैं। मेरा अनुमान है कि आपके विचार में भी हेलन की मौत मात्रा एक दुर्घटना ही थी।"

यह कहकर मिसिज चामर्स ने अपनी निगाहें मेरे चेहरे पर टिका दीं। मुझे लग रहा था कि उसके मुसकराते चेहरे और सहज अंदाज के भीतर कहीं घबराहट और चिंता दबी हुई थी।

"इस बारे में फिलहाल मैं कोई विचार व्यक्त करने की हालत में नहीं हूं।" मैंने कहा। "मुझे इस बारे में तहकीकात करनी है।"

"मिस्टर डॉसन, दरअसल में इसी बारे में आपस बात करना चाहती हूं। मैं आपको यह बता देना चाहती हूं कि इस मामले में तहकीकात करते हुए आप इतनी गहराई में न पहुंच जाएं जहां आप खुद भी इस मामले में उलझ जाएं। मेरे पति हेलन को अत्यधिक प्यार करते थे। मैं जानती हूं कि मुझे किसी ऐसे व्यक्ति को बुरा-भला नहीं कहना चाहिए जो व्यक्ति अपना बचाव करने या अपनी सफाई पेश करने के लिए उपस्थित न हो सके। किन्तु हेलन के बारे में कुछ ऐसी बातें करना मेरे लिए समय जरूरी है। मेरे पति का खयाल है कि हेलन एक भली लड़की और गंभीर छात्र थी लेकिन सच्चाई यह है कि वह इसके बिलकुल विपरीत थी। दर असल वह पैसे के लिए ही जिंदा थी। जिंदगी में उसका कोई और आदर्श या लक्ष्य न था। मेरे पति उसे प्रति सप्ताह सिर्फ साठ डालर भेजते थे जो उसके स्तर के खर्चों के लिए काफी न थे। मैं जानती हूं कि न्यूयार्क में रहते हुए ही उसका साप्ताहिक खर्चा दो-तीन सौ डालर से कम न था। मिस्टर डॉसन, पैसा कमाने के लिए हेलन एक गंदा, अनैतिक व व्यभिचारी जीवन व्यतीत करती थी।"

हेलन के बारे में बोलते हुए मिसिज चामर्स की आवाज में जो तल्खी आ गई थी उससे मैं हैरान हो रहा था।

"मैं जानती हूं कि मेरी ये बातें आपको नागवार लग रही होंगी लेकिन ये बातें सच हैं।" वह बोली। "यदि आप हेलन की व्यक्तिगत जिंदगी के बारे में तहकीकात करेंगे तो आप खुद भी ये बातें जान जायेंगे। हेलन एक निहायत सड़ी-गली जिंदगी व्यतीत कर रही थी जहां तक उसके गर्भवती होने का सवाल है, यहां पहली बार नहीं हुआ होगा। गर्भवती होना उसके लिए चिंता का कारण नहीं हो सकता था। इस बारे में वह काफी अनुभवी थी और जानती थी कि इस हालत में क्या किया जाना चाहिए। वह अनैतिक तथा गैर कानूनी काम करने वाले लोगों का ऐसा अंत होना हैरानी की बात नहीं है।"

"हेलन के जीवन की इस पृष्ठभूमि के बावजूद आप ये मानने को तैयार क्यों नहीं हैं कि उसकी हत्या की गई होगी?" मैंने पूछा।

"इस बारे में मैं निश्चित रूप से कुछ नहीं कह सकती मिसिज चामर्स बोली। "मैं केवल इतना जानती हूं कि पुलिस हेलन की मौत को एक दुर्घटना मान रही है। तुम भी ऐसा ही क्यों नहीं मान लेते?"

"आपके पति ने ही मुझसे इस बारे में तहकीकात करने को कहा है। मैं उनका आदेश मानने को बाध्य हूं।"

"यदि तुम हेलन की मौत को हत्या मानकर इसकी तहकीकात करोगे तो तुम्हें अवश्य ही हेलन के जीवन के बारे में ऐसे तथ्य मिलेंगे जिन्हें स्वीकार करना मिस्टर चामर्स के लिए संभव नहीं हो पाएगा। मुझे पूरा विश्वास है कि रोम में आकर भी हेलन उसी प्रकार का जीवन व्यतीत करती रही होगी जिस प्रकार का जीवन वह न्यूयार्क में बिताती थी। इन तथ्यों को मिस्टर चामर्स से नहीं छिपाया जा सकेगा। मिस्टर चामर्स अब भी यह मानते हैं कि हेलन निहायत ही शरीफ लड़की थी तुम्हारे द्वारा हेलन के बारे में बताई गई सच्चाई से उन्हें सदमा लगेगा। ऐसी सूरत में वे तुम्हें भी माफ नहीं करेंगे। जाहिर है कि अपने अखबार के विदेश डेस्क पर वे किसी ऐसे व्यक्ति को रखना पसंद नहीं करेंगे जिसने उनकी प्रिय बेटी के बारे में उनके सामने ऐसे तथ्य रखे हों। क्या तुम अब समझ रहे हो कि मैं तुम्हें इस मामले में न फंसने की सलाह क्यों दे रही हूं?"

मैं जानता था कि हेलन के प्रति मिसिज चामर्स के गुस्से के पीछे केवल यही कारण न था कि वह एक अनैतिक जीवन व्यतीत करती थी। जरूर इसमें कोई और बात भी थी जिसे पूछने की हिमाकत मैं नहीं कर सकता था।

"मेरे लिए अब एक दुविधा पैदा हो गई है?" मैंने कहा। "मिस्टर चामर्स कहते हैं कि हेलन की असामयिक व रहस्यमयी मौत के बारे में सच्चाई को पेश करने में असफल रहता हूं तो विदेश डेस्क वाली नौकरी से मुझे हाथ धोना पड़ेगा दूसरी ओर अब आप कह रही हैं कि यदि

इस बारे में ईमानदारी से तहकीकात करूंगा तो मैं यह नौकरी गंवा बैठूंगा। अब आप ही बताइये कि मैं क्या करूं?"

"तुम तहकीकात किए जाने का नाटक करते रहो लेकिन कोई तथ्य ढूंढ़कर न लाओ" जून चामर्स बोली। तुम जानबूझकर समय गुजर जाने दो और इस बारे में कोई विशेष प्रयत्न न करो थोड़ समय बाद मिस्टर चामर्स के दिल पर हेलन की मौत से लगा सदमा खुद ही कम हो जाएगा। इस समय वे हेलन की मौत से दुःखी हैं तथा तथाकथित हत्यारे से बदला लेना चाहते हैं। लेकिन न्यूयार्क वापिस पहुंचने पर जब वे एक बार फिर अपने काम में मशगूल हो जायेंगे तो हेलन का भूत उनके दिलो दिमाग से उतर जाएगा। लगभग दो हफ्ते बाद तुम उन्हें सामान्य सी रिपोर्ट भेज देना। मैं तुम्हें विश्वास दिलाती हूं कि मिस्टर चामर्स जल्दी ही इसे भूल जायेंगे। यदि तुम इस तहकीकात को गंभीरता से लोगे तो तुम्हें विदेश डेस्क नहीं मिल पाएगा। मिस्टर चामर्स हेलन के बारे में सच्चाई को बर्दाश्त नहीं कर पाएगा और अपना गुस्सा तुम पर निकालेंगे। इसलिए तुम्हारे हित में यहीं होगा कि तुम हेलन के मामले को तब तक टालते रहो जब तक यह मामला खुद-ब-खुद शांत न हो जाए।"

"तो क्या आपका यही सुझाव है कि मैं इस मामले को टालता ही रहूं?" मैंने पूछा।

मेरे इस प्रत्यक्ष सवाल से कुछ क्षणों के लिए मिसिज चामर्स के मुख की मुस्कान गायब हो गई तथा उसकी आंखों में भय की छाया दिख पड़ी। लेकिन जल्दी ही उसने खुद को संभाल लिया और पहले की भांति ही उसके मुख पर मुस्कान बिखर गई।

"तुम्हें मेरे पति पर कभी यह जाहिर नहीं होने देना है कि तुम इस मामले में दिलचस्पी नहीं ले रहे हो।" मिसिज चामर्स बोली। "तुम्हें इस मामले पर समय-समय पर उन्हें रिपोर्ट भेजनी होगी हालांकि इन रिर्पोटों में हेलन के जीवन या उसकी मौत से संबंधित ऐसे तथ्य नहीं होना चाहिए जो मामले को गंभीर बना दें।"

फिर धीरे से मेरे हाथ पर अपना हाथ रखते हुए मिसिज चामर्स बोल पड़ी—"मेहरबानी करके हेलन के रोम में बिताए गए जीवन के बारे में अधिक तहकीकात नहीं करना। इसमें जरूर ऐसे तथ्य बाहर आयेंगे जिन्हें मेरे पति बर्दाश्त नहीं कर पायेंगे। दरअसल मैंने ही अपने पति को इस बात के लिए राजी किया था कि वह हेलन को रोम जाने की इजाजत दे दें। रोम में हेलन द्वारा बिताई गई जिंदगी के बारे में जानकर वे मुझसे बहुत नाराज होंगे इसलिए हेलन के जीवन व उसकी रहस्यमयी मौत के बारे में अधिक तहकीकात न होने में तुम्हारी ही नहीं मेरी भी भलाई है।"

इस समय मेरा मुंह रेस्तरां के दरवाजे की ओर था। तभी मैंने देखा कि चामर्स रेस्तरां के अन्दर आया व काउंटर पर जाकर वहां बैठे व्यक्ति से बात करने लगा। मैंने तत्काल अपना हाथ मिसिज चामर्स के हाथ से छुड़ा लिया व खड़ा हो गया।

"मिस्टर चामर्स आ गए हैं।" मैंने दबी आवाज में कहा। यह सुनकर मिसिज चामर्स चौंक उठीं लेकिन शीघ्र ही खुद को संभाल कर खड़ी हो गई व दूर से हाथ हिलाकर चामर्स को आने का इशारा करने लगी हमें देखकर चामर्स हमारी मेज की ओर आ गया। उसकी एक बांह पर ओवरकोट झूल रहा था और दूसरी हथेली में ब्रीफ केश था।

"हैलो, डॉसन, क्या तुम मुझसे मिलना चाहते थे?" मेरे नजदीक आकर चामर्स बोला।" मैं बहुत शीघ्र ही यहां से रवाना हो रहा हूं।"

चामर्स ने अपनी जेब से एक चाबी निकाली व मुझे देते हुए बोला–"यह चाबी मुझे पुलिस ने दी है। यह रोम में हेलन के फ्लैट की चाबी है। तुम हेलन की सारी चीजों को इकट्ठा करो और फिर उन्हें बेच डालो। मैं यह काम तुम्हारे सुपुर्द कर रहा हूं। मैं उसकी किसी चीज को नहीं रखना चाहता।"

मैंने चामर्स के हाथ से चाबी ले ली।

"शेरविन, अब हमें देर होने लगी है। अब हमें चलना चाहिए।" हमारी बातचीत को काटती हुई जून बोल पड़ी।

अपनी कलाई पर लगी घड़ी पर नजर डालते हुए चामर्स बोला–"हां, अब हमें चलना चाहिए। डॉसन, मैं हेलन की मौत की तहकीकात करने की जिम्मेदारी तुम पर छोड़ता हूं। उस बदमाश को जरूर सजा मिलनी चाहिए। उसका पता लगते ही मुझे सूचित करना।"

अपना ब्रीफकेस उठाकर चामर्स रिसैप्शन हॉल की ओर चल पड़ा। मेरी ओर एक बार विशेष निगाह से देखती हुई जून चामर्स उसके पीछे चल पड़ी। थोड़ी देर बाद दोनों कार में बैठ गए।

"तहकीकात की प्रगति की सूचना मुझे देते रहना।" कार की खिड़की से सिर बाहर निकालकर मुझे अंतिम निर्देश देता हुआ चामर्स बोला। "इस बारे में धन की चिंता न करना। तुम्हें जितने पैसे की भी जरूरत हो ले लेना। जितनी जल्दी तुम यह काम पूरा करोगे, उतनी ही जल्दी तुम विदेश डेस्क पर बुला लिए जाओगे। तुम्हारी पदोन्नति इस काम में तुम्हारी सफलता से जुड़ी हुई हैं समझे?"

मैंने चामर्स को विश्वास दिलाया कि मैं हेलन की मौत के लिए जिम्मेदार उस व्यक्ति को पकड़ने में जी-जान लगा दूंगा।

* * *

नेपल्ज से रवाना होकर मैं शाम छः बजे रोम पहुंचा।

रास्ते में कार को चलाते हुए मैं बार-बार पीछे की ओर देख रहा था। मुझे अब भी यह भय था कि शायद हरे रंग की रेनौल्ट गाड़ी मेरा पीछा कर रही हो। लेकिन मेरा भय निराधार ही निकला। पूरे रास्ते मुझे इस प्रकार की कोई कार न दिखाई दी।

मैं रोम शहर में दाखिल हुआ और जल्दी ही अपने फ्लैट पर पहुंच गया। दरवाजा खोलकर मैं पहले अपने बैडरूम में गया और सूटकेस वहां रखा। फिर लाउंज में आकर मैंने सोडा और व्हिस्की मिलाकर एक पेग बनाया तथा टेलीफोन पर कार्लोत्ती से सम्पर्क किया।

थोड़ी देर बाद कार्लोत्ती फोन पर आ गया।

"मैं डॉसन बोल रहा हूं।" मैंने कहा। "मैं अभी-अभी रोम वापिस लौटा हूं।"

"क्या मिस्टर चामर्स न्यूयार्क लौट गए हैं?"

"जी हां। शव परीक्षक के अनुसार हेलन की मौत दुर्घटनावश ही हुई थी।"

"मुझे इस बारे में अधिकृत जानकारी सोमवार को ही मिलेगी जब शव परीक्षा की रिपोर्ट घोषित की जाएगी।"कार्लोत्ती बोला। "तब तक मैं इस बारे में कुछ नहीं कह सकता हूं।"

"मिस्टर चामर्स ने शव परीक्षक से बात कर ली है।" मैंने कहा। "उन्होंने इस बारे में आपके बॉस से भी विचार विमर्श किया है।"

"मुझे इस बारे में कुछ मालूम नहीं हैं।" कार्लोत्ती ने रूखी आवाज में कहा।

थोड़ी देर रुककर और कार्लोत्ती का मूंड़ भांपकर मैंने फिर कहा—"मैं एक कार के रजिस्ट्रेशन के बारे में जानकारी हासिल करना चाहता हूं। यदि आप चाहें तो मेरी मदद कर सकते हैं।"

"बेशक। आप मुझे कार नंबर दे दीजिए। मैं इस कार के बारे में जानकारी हासिल करके थोड़ी देर बाद आपको सूचित कर दूंगा।"

मैंने कार्लोत्ती को उस हरी गाड़ी का नंबर दे दिया जा काफी देर तक पीछा करती रही थी।

"मैं जल्दी ही आपको यह सूचना दे दूंगा।"

फोन नीचे रख मैं आराम कुर्सी में लेट गया व व्हिस्की का आनंद लेने लगा। लगभग दस मिनट तक मैं इसी प्रकार बैठा रहा। थोड़ी देर बाद टेलीफोन की घंटी बजी। यह कार्लोत्ती था।

"क्या आपने कार का नंबर सही नोट किया है?" कार्लोत्ती ने पूछा।

मुझे पूरा विश्वास था कि कार का जो नंबर मैंने कार्लोत्ती को बताया था वह सही नंबर ही था।

"लेकिन क्यों...?"

"क्योंकि इस नंबर की कोई कार रजिस्टर्ड ही नहीं है।

"माफ कीजिए ले० कार्लोत्ती। हो सकता है कार का नंबर पढ़ने में मुझसे कोई भूल हो गई हो।" मैंने कहा मैंने जानबूझकर ऐसा कहा था हालांकि अपने मन में पूरा विश्वास था कि कार का नंबर वही था जो मैंने कार्लोत्ती को बताया था यदि मैं इस बारे में ज्यादा दिलचस्पी दिखाता या कार्लोत्ती से बहस करता तो उसे नाहक ही मुझ पर कोई संदेह हो सकता था और इस समय मैं किसी भी प्रकार के संदेह या मुसीबत से खुद को बचाना चाहता था।

कार्लोत्ती एक कुशल व चालाक पुलिस अधिकारी था। वह बोला—"क्या इस कार का हेलन की मौत से कोई संबंध है?"

बनावटी हंसी हंसते हुए मैंने जवाब दिया—"बिलकुल नहीं ऐसी कोई बात न थी नेपल्ज से रोम लोटते हुए कोई कार काफी समय तक मेरी कार के पीछे चल रही थी जिससे मेरे मन में नाहक ही संदेह पैदा हो गया था। इस बारे में जानकारी हासिल कर मैं इस संदेह को दूर करना चाहता था।"

थोड़ी देर रुककर कार्लोत्ती बोला—"जरूरत पड़ने पर हमारी मदद मांगने में कोई संकोच न कीजिए। हमारा बड़ा भाग्य आपकी सेवा करने के लिए सदा तत्पर है।"

मैंने सहायता के लिए कार्लोत्ती का धन्यवाद किया और फोन रख दिया। सिगरेट के कश लेता हुआ मैं काफी देर तक खिड़की ओर देखता रहा व हेलन की मौत की गुत्थी सुलझाने की कोशिश करता रहा।

जून चामर्स ने मुझसे कहा था कि यदि मैं हेलन के जीवन व मौत की तहकीकात करूंगा तो हेलन के बारे में ऐसे तथ्य प्रकाश में आयेंगे जिन्हें चामर्स पसंद नहीं करेगा और गुस्से में वह मुझे विदेश डेस्क का वह पद नहीं देगा जिसे पाने के लिए मैं लालायित था। आखिर जून चामर्स को मेरे भविष्य की इतनी चिंता क्यों थी? जाहिर था कि हेलन की मौत की तहकीकात न करने देने के पीछे उसका अपना भी कोई स्वार्थ छिपा था। हो सकता था कि हेलन के जीवन का कोई ऐसा भी पहलू हो जिसमें जून चामर्स की भी कोई भूमिका रही हो जिसे वह हर कीमत पर छिपाना चाहती हो।

मैं यह भी जानता था कि यदि मैं तहकीकात करने में कोई ढील दिखाता तो चामर्स को इसका पता चल ही जाता। चामर्स बहुत ही तेज दिमाग का आदमी था और उसकी निगाहों से बच पाना संभव न था। ऐसी सूरत में वह मुझे अपने विदेश डेस्क पर काम करने के लिए कभी न बुलाता। मतलब यह था कि मैं एक ऐसी अजीब दुविधा में फंसा हुआ था जिससे निकल पाना मुश्किल था।

मेरे सामने यह बात भी साफ थी कि यदि कार्लोत्ती को यह विश्वास हो गया कि हेलन की मौत दुर्घटना के कारण नहीं हुई थी बल्कि उसकी हत्या की गई थी तो वह हत्यारे का पता लगाने में कोई कोर-कसर नहीं छोड़ेगा।

सिगरेट के कश लेता हुआ मैं सोचता रहा कि अब मेरा अगला कदम क्या होगा? हेलन की मौत के बारे में। फिलहाल तहकीकात शुरू करने के अलावा मेरे पास कोई रास्ता न था। मैंने चामर्स के निर्देश के अनुसार हेलन के फ्लैट में जाकर उसके सामान का निरीक्षण करने का निश्चय कर लिया। मैंने मन ही मन यह भी सोचा कि हो सकता है हेलन के फ्लैट में कोई ऐसी चीज मिल जाए जिससे उसकी हत्या का कोई सुराग मिल सके।

चामर्स द्वारा दी गई चाबी से हेलन के फ्लैट का दरवाजा खोल कर मैं अन्दर घुसा। इस समय आठ बजने में बीस मिनट थे।

फ्लैट के अन्दर घुसते ही मुझे कमरों में विभिन्न प्रकार के इत्रों की सुगन्ध आने लगी। मुझे ऐसा लगा मानो हेलन अभी मरी न थी बल्कि इन्हीं कमरों में रहती थी। मुझे लगा कि चंद घंटे पहले इन्हीं कमरों में हेलन व मैंने सौरेन्टो में एक महीना रहने की योजनाएं बनाई थीं तथा यहीं कहीं मैंने जीवन में पहली व आखिरी बार उसका चुम्बन किया था।

मैं सावधानी से कमरे का निरीक्षण करने लगा। फिर कुछ सोचकर मैं डेस्क के पास गया व एक-एक कर इसकी दराजें खोलकर देखने लगा। इन दराजों में कागज, ब्लौटिंग, पेपर स्याही, रबर आदि चीजें रखी हुई थीं। इनमें ऐसी एक भी चीज न थी जो इस समय मेरे लिए महत्त्वपूर्ण हो सकती थी। यहां तक कि इन दराजों में हेलन का एक भी व्यक्तिगत पत्र, डायरी, बिल कुछ भी न था। मुझे यह समझते देर न लगी कि मुझसे पहले इस फ्लैट में जरूर कोई व्यक्ति घुसा है जिसने हेलन की सभी चीजों की तलाशी ली है और इसने यहां से सभी जरूरी कागज इत्यादि ले लिए हैं। यह व्यक्ति कौन हो सकता है? क्या यह काम खुद पुलिस ने ही किया है अथवा उस व्यक्ति ने जिसने हेलन के कैमरे में से खींचकर फिल्में बाहर निकाली थी?

मन ही मन चिंतित हो मैं अब हेलन के बैडरूम में दाखिल हुआ। हेलन की अलमारियों को खोला तो देखा कि हेलन के पास महंगे कपड़ों के बीसियों जोड़े थे। जाहिर था कि अपने सीमित जेब खर्च से वह इतने महंगे व इतने अधिक कपड़े नहीं खरीद सकती थी। चामर्स को भी इसका अन्दाज नहीं हो सकता था कि उसकी बेटी की अलमारियां इतने अधिक व इतने महंगे कपड़ों से भरी पड़ी हैं। उसने मुझसे सहजभाव से ही कहा था कि मैं हेलन के सामान को बेचकर उसका फ्लैट खाली कर दूं। लेकिन हेलन के सैकड़ों कपड़ों, कोटों, जूतों, आभूषणों व चोलियों को देखकर मुझे लगा कि यह काम इतनी आसानी से व इतनी जल्दी हो पाना मुमकिन न हो सकता था जैसा कि चामर्स ने सोच रखा था। मैं यह काम अकेले नहीं कर सकता था। लिहाजा मैंने जिना की सहायता से ही यह काम करने का निश्चय किया।

बाहर के कमरे में आकर मैंने जिना को फोन किया। सौभाग्य वश इस समय वह अपने कमरे में ही थी तथा थोड़ी देर बाद रात का भोजन करने के लिए बाहर जाने ही वाली थी।

"क्या तुम फौरन यहां आ सकती हो?" हेलन के फ्लैट का पता देते हुए मैंने पूछा। "तुम्हें यहां एक जरूरी काम करना है। तुम टैक्सी लेकर यहां पहुंच जाओ। काम खत्म होते ही हम दोनों साथ ही खाना खाने बाहर जायेंगे।"

जिना ने तत्काल आने का वायदा कर फोन रख दिया।

जिना की प्रतीक्षा का समय मैं कमरों में टहलते हुए बिताने लगा।

तभी मेरी नजर दीवार पर पड़ी जिस पर पेंसिल से कोई नंबर लिखा हुआ था। मैं इस नंबर को पढ़ने के लिए आगे झुका लेकिन अस्पष्ट होने के कारण मैं इसे ठीक से पढ़ न पाया। अंत में टेबल पर रखी टार्च का इस्तेमाल करके मैंने इसे पढ़ लिया। वह रोम का ही नंबर था।

मुझे खयाल आया कि हेलन के लिए यह नंबर महत्त्वपूर्ण रहा होगा और वह अक्सर ही इस नंबर पर फोन करती होगी। दीवार पर इस नंबर के लिखे होने का अन्य कोई कारण नहीं हो सकता था। मैंने हेलन के दराजों में उसके द्वारा प्रयोग किए गए टेलीफोन नंबरों की सूची ढूंढ़ने की पूरी कोशिश की थी लेकिन इस प्रकार की कोई सूची मुझे नहीं मिल पाई थी। दीवार पर इस नंबर के अलावा कोई और नंबर नहीं लिखा हुआ था जिसका मतलब था कि यह नम्बर हेलन के लिए एक महत्त्वपूर्ण नंबर रहा होगा।

जाने क्या सोच कर मैंने फोन उठाया व यह नंबर मिला दिया नंबर मिलाने के बाद मुझे यह अहसास होने लगा कि ये नंबर मिलाकर मैंने गलती की है। हो सकता है कि यह नंबर किसी ऐसे व्यक्ति का हो जिसका हेलन की मौत से कोई संबंध रहा हो। इस प्रकार के व्यक्ति (मान लीजिए उसका नाम मिस्टर एक्स रहा हो) को इतनी जल्दी इस बात का पता चल जाना कि मैं उसके पीछे लगा हुआ हूं ठीक न था। ऐसे समय वह खुद को तत्काल कहीं छिपा सकता था तथा तहकीकात के रास्ते से हट सकता था। मैं इस उधेड़बुन में फोन को नीचे रखने ही वाला था कि दूसरे छोर से आवाज आ गई। यह किसी पुरुष की आवाज थी जो इतावली भाषा में जोर से कह रहा था–"हैलो? कौन बोल रहा है?"

अपने पूरे जीवन में मैंने फोन पर इतनी अशिष्ट व क्रूर आवाज कभी न सुनी थी और न ही भविष्य में सुनना चाहता था।

मैंने रिसीवर को अपने कान से थोड़ा दूर किया और दूसरी ओर से आने वाली आवाजों को सुनने लगा। इन अस्पष्ट आवाजों में इतावली भाषा में किसी भारी गले से गाए जाने वाले एक गीत की आवाज भी थी। कुछ क्षण इंतजार करने के बाद फोन के दूसरे छोर से आने वाली कुछ और आवाजें सुन सकता था।

अब फोन पर एक महिला की आवाज सुनाई दे रही थी जो कह रही थी–"कार्लो, फोन पर कौन है, तुम्हें इतनी जोर से चीखने की क्या जरूरत है?" यह महिला अमरीकन लहजे वाली अंग्रेजी भाषा में बोल रही थी।

"फोन की दूसरी ओर से कोई बोल ही नहीं रहा", पुरुष ने जवाब दिया। इस बार वह भी अंग्रेजी में बोल रहा था।

फिर इस पुरुष ने झटके के साथ रिसीवर नीचे रख दिया। खिड़की के बाहर सड़क का नजारा देखते हुए मैं खयालों में डूब गया। कार्लो...और एक अमरीकन औरत हो सकता है इसमें भी कोई राज हो। रोम के प्रवास में हेलन के अवश्य ही कई मित्र रहे होंगे। हो सकता है कि कार्लो भी इनमें से एक मित्र हो। लेकिन उसका फोन डायरी के बजाय दीवार पर क्यों लिखा गया था हो सकता है कि फोन करते हुए ही कार्लो ने हेलन को अपना नंबर बताया हो और आस पास किसी कागज के अभाव में हेलन ने दीवार पर ही इसे लिख लिया हो। लेकिन इस बात की

संभावना कम ही दिखती थी। यदि केवल यही बात होती तो बाद में हेलन इस नंबर को अपनी डायरी में लिख लेती व रबर का प्रयोग कर दीवार पर से इसे साफ कर देती।

मैंने इस नंबर को एक कागज पर नोट कर लिया व कागज को जेब में डाल लिया। तभी दरवाजे पर घंटी बजी और मैंने उठकर दरवाजा खोल दिया। यह जिना थी।

"इससे पहले कि हम बातों में लग जाएं", मैंने कहा, "तुम अंदर आकर इन कपड़ों आदि को देख लो। चामर्स ने निर्देश दिया है कि इन चीजों को बेच दिया जाए तथा इससे मिले धन को दान में दे दिया जाए। यह काफी बड़ा काम लगता है। इतने सामान से तो एक दुकान भर सकती है।"

जिना बैडरूम में गई व सारी अलमारियों व दराजों का भरपूर निरीक्षण किया।

"यह काम हमारे लिए मुश्किल नहीं है" वह बोली। "मैं एक महिला को जानती हूं जो पुराने कपड़े खरीदने में दिलचस्पी रखती है। वह इन सारी चीजों को भाव करेगी व इन्हें ले जाएगी।"

जिना की यह बात सुनकर मैं कुछ आश्वस्त हुआ। "ठीक है" मैंने कहा। "मैं जानता था कि तुम इस समस्या का जरूर कोई समाधान निकालोगी। मुझे इस बात की चिन्ता नहीं कि वह महिला इस समान का कितना मोल लगाती है। मैं तो जल्दी से जल्दी इस फ्लैट को खाली करवाना चाहता हूं।"

"हेलन ने इतने सामान पर काफी खर्च किया होगा।" जिना बोली। "इनमें से कई पोशाकें तो बिलकुल अछूती हैं व कभी पहनी भी नहीं गई हैं। साथ ही ये सारी चीजें रोम की मंहगी दुकानों से खरीदी गई हैं।"

"हां तुम ठीक कहती हो" मैंने कहा। "लेकिन हेलन को इतना धन चामर्स नहीं देता था। उसका धन जरूर कुछ और स्रोतों से आता होगा।"

जिना आगे बढ़ी व दरवाजा बंद कर दिया।

"मुझे इस बारे में हेलन से कोई ईर्ष्या नहीं है" वह बोली।

"इस सबके बदले उसने जरूर बड़ी कीमत चुकाई होगी।"

"आओ हम दूसरे कमरे में बैठ जाएं" मैंने कहा। "मैं तुमसे कुछ बात करना चाहता हूं।"

जिना मेरे पीछे चलते हुए लाउंज में आ गई जहां हम दोनों आराम कुर्सियों में लुढ़क गए।

"एड हेलन ने अपना नाम मिसिज डगलस शेरार्ड क्यों बताया था।" अचानक वह पूछ बैठी।

जिना का यह सवाल सुनकर मुझे लगा मानों कमरे की छत गिर कर मेरे ऊपर आ पड़ी है।

"क्या? तुमने क्या पूछा?" मैंने उसकी ओर घूरते हुए कहा।

"हेलन ने अपना नाम मिसिज डगलस शेरार्ड क्यों बताया था?" जिना ने अपने सवाल को दोहराया। "मैं जानती हूं एड, मुझे यह नहीं पूछना चाहिए था लेकिन उत्सुकतावश मैं यह पूछ ही बैठी।"

"तुम यह कैसे जानती हो कि वह हेलन ही थी?"

"मैंने फोन पर हेलन की आवाज पहचान ली थी।"

मुझे इस बात का कभी खयाल भी न आया था कि जिना फोन पर हेलन की आवाज पहचान सकती थी। इससे पहले वह कम से कम दो बार फोन पर हेलन से बातचीत पर चुकी थी और आवाजों को पहचानने में वह दक्ष थी।

मैं जिना को पिछले चार वर्षों से जानता था। हमारे व्यावसायिक संबंधों के बीच एक दौर ऐसा भी आया जब मुझे लगा था कि मैं उसे प्यार करने लगा हूं। उसके साथ दफ्तर में अक्सर अकेले ही काम करते हुए मैं कभी-कभी उसके साथ संबंध बढ़ाने को इच्छुक हो उठता था। लेकिन मैंने सदा खुद पर नियंत्रण रखा मैं व्यावसायिक व व्यक्तिगत संबंधों को आपस में मिलाना नहीं चाहता था क्योंकि इससे मेरे कैरियर पर प्रभाव पड़ सकता था। लिहाजा मैंने हमेशा ही जिना से केवल व्यावसायिक औपचारिकता के ही संबंध रखे हैं।

रोम में मैं ऐसे कई पत्रकारों को जानता था जिनकी अपनी सैक्रेट्रियों से ही मित्रता हो गई थी और यह मित्रता काफी बढ़ गई थी। लेकिन इस प्रकार के संबंधों की खबर उनके मालिकों को हो गई थी या उन सैक्रेट्रियों ने ही कोई शरारत की थी जिस कारण वे पत्रकार मुसीबत में पड़ गए थे। इस कारण मैं के साथ अपने संबंध व्यावसायिक स्तर तक ही सीमित रखने के लिए कटिबद्ध था। मैंने कभी उसके साथ काई दिल्लगी करने की कोशिश नहीं की थी। लेकिन इस व्यावसायिक दूरी के बावजूद हम दोनों के दिलों में एक दूसरे के प्रति हमदर्दी की एक ऐसी भावना थी जिसे हम दोनों समझते थे लेकिन इसे व्यक्त करने की आवश्यकता न समझते थे। हम दोनों को यह भी विश्वास था कि मुसीबत के समय हम एक दूसरे पर निर्भर कर सकते थे।

जाम तैयार करते हुए मैंने निश्चय कर लिया था कि मैं जिना को सारी बात बता दूंगा। किसी ऐसे व्यक्ति की राय भी चाहता था जो खुद इस घटनाक्रम से दूर हो व निष्पक्ष व ईमानदार तरीके से मुझे कुछ सलाह दे सके। इस काम के लिए जिना आदर्श थी।

जिना, मैं तुम्हारे सामने सारी बातें खुलकर करना चाहता हूं", मैंने कहा। "मेरे दिमाग में इस समय कई बातें हैं जिनके कारण मैं घुटन सी महसूस कर रहा हूं। इन बातों पर तुमसे विचार विमर्श कर मैं अपने जी को हल्का कर लेना चाहता हूं।"

"मेरे लिए इससे ज्यादा खुशी की और क्या बात हो सकती है कि मैं तुम्हारे किसी काम आ पाऊं", जिना ने जवाब दिया।

लेकिन इससे पहले मैं कुछ कह पाता, दरवाजे की घंट बजी। हम हैरान होकर एक दूसरे के मुंह को देखते रहे।

"इस समय यहां कौन आ सकता है?" मैंने खड़े होते हुए कहा।

हो सकता है यह चौकीदार हो और वह यह जानना चाहता हो कि इस फ्लैट में कौन है?"

"हां, यह संभव है।"

मैंने दरवाजा खोला।

बाहर कारीडोर में ले० कार्लोत्ती खड़ा था उसके साथ एक और पुलिस अधिकारी खड़ा था।

"गुड इवनिंग।" कार्लोत्ती बोला। "क्या मैं अंदर आ सकता हूं?"

* * *

ले० कार्लोत्ती को देखकर आज मुझे पहली बार ऐसा लगा मानो मैं कोई चोर, उचक्का या हत्यारा था और पुलिस मुझे पकड़ने आई थी। कुछ क्षणों के लिए मैं दरवाजे पर ठिठका खड़ा रह गया और कार्लोत्ती को घूरता रहा। मुझे लगा कि कुछ समय के लिए मेरे दिल की धड़कन ही रुक गई थी। क्या वह मुझे गिरफ्तार करने आया था? क्या उसे यह पता चल गया था कि शेरार्ड और कोई नहीं बल्कि मैं ही था?

इतनी देर में जिना भी दरवाजे पर आ गई थी।

"गुड इवनिंग, लेफ्टिनेंट।" वह बोली। उसकी शांत व मधुर आवाज को सुनकर मेरी घबराहट कुछ कम हो गई।

कार्लोत्ती ने झुककर जिना को आदाब किया।

"अन्दर आ जाइए, लेफ्टिनेंट।" मैंने कहा। अब तक मैंने खुद को संभाल लिया था।

कार्लोत्ती अपने सहयोगी के साथ अन्दर आ गया।

"ये सार्मेन्ट अनोनी हैं।" अपने सहयोगी का परिचय कराते हुए कार्लोत्ती ने कहा।

मैं दोनों पुलिस अधिकारियों को लाउंज में ले आया। हालांकि मेरे दिल की धड़कनें सामान्य हो गई थीं लेकिन मेरा भय अब तक दूर न हो पाया था।

"लेफ्टिनेंट, क्या आप जानते थे कि मैं यहां हूं?" मैंने पूछा।

"नहीं, मैं तो केवल यहां से गुजर रहा था। जब मैंने देखा कि यहां रोशनी जल रही है तो मैंने निश्चय किया कि अंदर चलकर देखूं कि इस समय यहां कौन है? यह अच्छा ही हुआ कि यहां आप मिल गए। मैं आपसे बात करना चाहता था।"

अपने कोट की जेब में हाथ रख कार्लोत्ती कमरे में चहलकदमी करने लगा। वह खिड़की के पास गया व कुछ देर बाहर झांकता हुआ खड़ा रहा। फिर वह मेरे नजदीक आकर एक कुर्सी पर बैठ गया। जिना सोफे पर बैठ गई।

"मुझे बताया गया है कि आपने आज सुबह हेलन का कैमरा लेफ्टिनेंट ग्रैंडी से वापिस ले लिया है।" कार्लोत्ती बोला।

"जी हां।" मैंने कुछ हैरान होकर जवाब दिया। "ग्रैंडी ने मुझ से कहा था कि उसे अब कैमरे की आवश्यकता न थी।"

"मेरा भी पहले ऐसा ही विचार था लेकिन अब मैं कैमरे के पहलू पर दोबारा विचार कर रहा हूं।" कार्लोत्ती बोला।

फिर उसने जेब से सिगरेट निकाली, उसे सुलगाया व इसका एक कश लेकर बोला—"मेरा विचार है कि कैमरा आपको देने में हमने जल्दबाजी की है। क्या आप हमें यह कैमरा वापिस दे सकते हैं?"

"क्यों नहीं।" मैंने कहा। "यदि आप चाहें तो कल सुबह मैं वह कैमरा आपके पास पहुंचा दूंगा।"

"क्या कैमरा इस समय आपके पास नहीं है?"

"कैमरा मेरे फ्लैट पर है।"

"क्या हम आज रात को ही कैमरा आपके घर से नहीं ले सकते?"

"ठीक।" मैंने जवाब दिया।

अब मैंने भी सामने मेज पर रखे अपने व्हिस्की के जाम से कुछ घूंट पिए व सिगरेट सुलगा ली।

"लेफ्टिनेंट, इस कैमरे में अचानक आपकी दिलचस्पी कैसे बढ़ गई?" मैंने कहा।

"मैंने इस कैमरे पर कुछ विचार किया है।" कार्लोत्ती बोला। "कैमरे में किसी फिल्म का न होना मुझे कुछ अजीब लग रहा है।"

"आपको यह बात काफी देर से सूझी।"

जवाब में कंधे उचकाता हुआ कार्लोत्ती बोला—"शुरू में मैंने सोचा था कि शायद हेलन कैमरा में फिल्म डालना भूल गई होगी। इस बीच मेरी मुलाकात कैमरा विशेषज्ञ से हो गई और मैंने इस क्षेत्र में कुछ ज्ञान अर्जित कर लिया। कैमरे के अंदर फुटेज इंडिकेटर के अनुसार इस कैमरे से बारह फीट फिल्म खींची गई थी। इसका मतलब हुआ कि कैमरे के अन्दर जरूर कोई फिल्म रही होगी जिसे खींचकर बाहर निकाला गया होगा। पहले मैं सिने कैमरा के बारे में अधिक नहीं जानता था इसलिए हमने इतनी जल्दी आपको कैमरा लौटाने की गलती की थी।"

"खैर अब भी कुछ नुकसान नहीं हुआ है।" मैंने उसे आश्वस्त करते हुए कहा।" यह कैमरा मेरे पास सुरक्षित है और मैं आज रात को ही इसे आपके हवाले कर दूंगा।"

"क्या आप सोच सकते हैं कि इस कैमरे में से फिल्म किसने निकाली होगी?" कार्लोत्ती ने पूछा।

"जी नहीं।" मैंने जवाब दिया। "हो सकता है कि खुद हेलन ने ही यह फिल्म निकाल ली हो।"

कैमरे के अन्दर के गेट का बिना खोले ही फिल्म को बाहर निकाला गया है।" कार्लोत्ती बोला। "ऐसा करने में फिल्म के नष्ट हो जाने का खतरा था। मेरे खयाल में हेलन ऐसा नहीं कर सकती थी।"

"मेरा भी ऐसा विचार है।" मैंने कहा। ले०, मेरा खयाल था कि हेलन के केस के बारे में आप बिलकुल निश्चिंत थे और जल्दी ही इसे बंद करने वाले थे। लेकिन अब ऐसा लग रहा है कि आपके दिमाग में इस केस के बारे में नए संदेह पैदा हो रहे हैं।"

"इस बारे में कुछ ऐसे तथ्य सामने आए हैं जिनसे संदेह होना स्वाभाविक ही है।" कार्लोत्ती बोला। "हेलन ने दस कार्टन फिल्में खरीदी थीं जिनमें से हमें एक भी कार्टन नहीं मिला है! कैमरा के अन्दर रखी हुई फिल्म भी गायब है। आज सुबह मैंने इस फ्लैट की तलाशी ली लेकिन यहां लगभग तीन महीने रही थी। यह बड़ी हैरानी की बात है कि इतने समय यहां रहने के बावजूद वहां हेलन को कोई पत्र, बिल, डायरी, टेलीफोन नम्बर आदि कुछ भी नहीं मिला। यह बड़ी अजीब बात है। इस विषय पर केवल एक संभावना और बचती है और वह यह है कि हमारे यहां पहुंचने से पहले कोई व्यक्ति यहां आया हो और हेलन के सारे व्यक्तिगत कागजात ले गया हो।"

"मुझे भी आज कुछ ऐसा ही आभास हुआ।" मैंने कहा। "लेकिन यह भी हो सकता है कि सौरेन्टो के लिए रवाना होने से पहले हेलन ने इस फ्लैट से सारे कागजात वगैरह हटवा दिए हों।"

"इसकी संभावना कुछ कम ही लगती है।" कालोर्ती बोला। "क्या आप इस फ्लैट को खाली करवाने के लिए आए हैं?"

"हां, मिस्टर चामर्स ने मुझे ऐसा करने का निर्देश दिया है।"

फिर थोड़ी देर कुछ सोचकर कार्लोत्ती बोला—"मैं आपके कार्यक्रमों में कोई व्यवधान नहीं डालना चाहता लेकिन इस फ्लैट को खाली करवाने के कार्यक्रम को आपको कुछ समय के लिए स्थगित करना पड़ेगा। शव-परीक्षा की रिपोर्ट आने तक मैं इस फ्लैट को सील करना चाहता हूं।"

"लेकिन ऐसा कदम उठाने के पीछे आपकी मंशा क्या है?" मैंने पूछा।

"आप यह मान लीजिए कि एक पुलिस अफसर होने के नाते यह मेरा कर्तव्य है।" कार्लोत्ती विनम्र आवाज में बोला। "हो सकता है कि शव-परीक्षा होने के बाद इस मामले की जांच भी हो।

"मिस्टर चामर्स ने मुझे बताया था कि उन्होंने शव-परीक्षक से बात कर ली है और शव-परीक्षक ने हेलन की मौत को दुर्घटना करार देना स्वीकार कर लिया था।"

कार्लोत्ती ने मंद मुस्कान के साथ मेरे सवाल का जवाब दिया। वह बोला—"शव परीक्षक ने उस समय तक मिले प्रमाणों के आधार पर ही इस मामले को दुर्घटना करार देना स्वीकार कर लिया होगा। लेकिन उसकी रिपोर्ट तो सोमवार को ही जाएगी और इस दौरान मिले और प्रमाणों के आधार पर वह अपना निर्णय बदल भी सकता है।"

"क्या आपने इस बारे में अपने चीफ से बात कर ली है?" मैंने पूछा। "मेरा खयाल है कि न्यूयार्क रवाना होने से पहले मिस्टर चामर्स आपके चीफ से भी मिले थे।"

अपने सिगार की राख को एशट्रे में झाड़ते हुए कार्लोत्ती बोला—"इस मामले में मेरे चीफ मुझसे पूरी तरह सहमत हैं। हो सकता है कि हेलन की मृत्यु दुर्घटनावश ही हुई हो। लेकिन उसके कैमरे से फिल्मों का गायब होना, सौरेन्टो में एक अमरीकन का उसके मकान के आसपास संदेहास्पद स्थिति में देखा जाना, इस फ्लैट से सभी व्यक्तिगत कागजों आदि का गायब हो जाना आदि प्रमाण इस मामले में कुछ नए संदेह पैदा कर रहे हैं।"

सिगार के कुछ कश लेने के बाद कार्लोत्ती फिर बोला—"इस मामले में एक और महत्त्वपूर्ण बात प्रकाश में आई है। हेलन के बैंक मैनेजर ने हमें बताया है कि उसके पिता रोम में होने वाले खर्चों के लिए उसे प्रति सप्ताह केवल साठ हजार डालर भेजते थे। जब हेलन रोम आई थी उस समय उसके साथ एक छोटा ट्रंक व एक सूटकेस था। अब आपने खुद भी उसको अलमारियों आदि में रखे हुए उसके कपड़े, गहने तथा और चीजें देखी होंगी। मुझे हैरानी है कि ये सब चीजें खरीदने के लिए इतना धन वह कहां से लाई होगी?"

जाहिर था कि कार्लोत्ती हेलन की व्यक्तिगत जिन्दगी की जांच करने में खासी दिलचस्पी ले रहा था। इस समय अचानक मुझे जून चामर्स का भय से भरा हुआ चेहरा याद आया। चामर्स के साथ न्यूयार्क रवाना होने से पहले उसने मुझसे विनती की थी कि मैं हेलन की जिन्दगी के बारे में अधिक तहकीकात न करूं। लेकिन अब यह तहकीकात मैं नहीं बल्कि कार्लोत्ती कर रहा था!

"लगता है इस मामले ने आपके सामने नई समस्याएं पैदा कर दी हैं।" मैंने टिप्पणी की।

लेकिन मेरी टिप्पणी का जवाब देने के बजाय कार्लोत्ती बोला—"मेरा विचार है अब हमें यहां से चल देना चाहिए। हम आपके साथ आपके फ्लैट चलेंगे और वहां से हेलन वाला कैमरा उठा लेंगे। इसके बाद मैं आपको तकलीफ न दूंगा।"

"ठीक है।" मैं कुर्सी छोड़कर खड़ा हो गया।" जिना तुम भी हमारे साथ चल सकती हो। लेफ्टिनेंट कार्लोत्ती को कैमरा देने के बाद हम साथ ही डिनर करेंगे।"

"कृपया हेलन के इस फ्लैट की चाबी भी मुझे सौंप दीजिए।"

कार्लोत्ती बोला। "जांच पड़ताल खत्म होते ही मैं इसे आपको लौटा दूंगा।"

मैंने फ्लैट की चाबी कार्लोत्ती को सौंप दी।

हम फ्लैट से निकलकर बाहर कोरिडोर में आ गए। सार्मेन्ट अनोनी फ्लैट में ही रहा।

मैं, कार्लोत्ती और जिना लिफ्ट प्रयोग कर नीचे आ गए।

कार-पार्किंग की ओर जाते हुए कार्लोत्ती ने मुझसे कहा—"आप एक कार के नम्बर के बारे में कुछ जानकारी हासिल करना चाहते थे। क्या इस कार का हेलन से कोई संबंध था?"

"मैं पहले ही बता चुका हूं कि नेपल्ज से रोम आते हुए एक कार काफी देर तक मेरी कार के पीछे चलती रही। मैंने उस कार का नम्बर नोट कर लिया था और कौतूहलवश उसके बारे में

जानकारी हासिल करना चाहता था। लेकिन अब मुझे लग रहा है कि असावधानीवश मैंने उस कार का सही नम्बर नोट नहीं किया था।"

कार्लोत्ती काफी देर तक मेरे चेहरे की ओर देखता रहा। कार में घुसने पर वह फिर बोला—"क्या आप मुझे हेलन के कुछ मित्रों का नाम बता सकते हैं?"

"माफ कीजिए, मैं आपको पहले ही बता चुका हूं कि हेलन से मेरी जान-पहचान बहुत मामूली थी और इसलिए मैं उसके किसी मित्र को नहीं जानता।"

"हेलन से आपकी कई बार बातचीत हुई है।"

"जी हां, लेकिन अपनी बातचीत के दौरान हेलन ने रोम की अपनी जिंदगी के बारे में मुझे कभी कुछ नहीं बताया। आखिर हेलन मेरी मित्र नहीं बल्कि मेरे मालिक की बेटी थी और उसके व्यक्तिगत जीवन में दिलचस्पी लेने का मेरा कोई अधिकार न था।"

"क्या लगभग एक महीना पहले आप उसे डिनर के लिए ट्रेबा रेस्तरां ले गए थे?" कार्लोत्ती ने पूछा।

यह सवाल सुनकर मुझे ऐसा लगा मानो किसी व्यक्ति ने मेरी छाती पर जोर का घूंसा जमा दिया हो। यह सच था कि ट्रेबा रेस्तरां में मैंने हेलन के साथ एक बार डिनर किया था। जरूर किसी ने हमें वहां देख लिया होगा और इस बारे में मैं झूठ नहीं बोल सकता था।

"जी हां, मुझे याद आ रहा है कि एक बार मैंने हेलन के साथ इस रेस्तरां में डिनर किया था। मैंने सावधान होकर कहा। "उस दिन रास्ते में मेरी हेलन से अचानक ही मुलाकात हो गई थी। उस समय मैं डिनर के लिए ही जा रहा था। मेरे कहने पर हेलन भी मेरे साथ डिनर के लिए चली आई थी।"

"क्या हेलन केवल एक बार ही आपके साथ बाहर गई है?" कोर्लोत्ती पूछ बैठा।

"जहां तक मुझे याद है मैं हेलन के साथ एक ही बार बाहर गया हूं।" मैंने जान-बूझकर झूठ बोला। इस समय झूठ बोलने के सिवा मेरे पास कोई और रास्ता भी न था।

"मैं थोड़ी देर में नीचे आता हूं।" मैंने जिना से कहा। "तुम यहीं इन्तजार करो। फिर हम साथ ही डिनर पर चलते हैं।"

कार्लोत्ती मेरे साथ फ्लैट में आया। वह धीमे-धीमे कोई धुन गुनगुना रहा था।

कोरिडोर में पहुंचने पर मेरी नजर अपने फ्लैट के दरवाजे पर पड़ी। यह आधा खुला हुआ था। मैं ठिठक कर खड़ा हो गया।

"यह...यह अजीब-सी बात है।" मैं कहा।

"क्या बाहर जाते हुए आपने दरवाजे को ठीक से बंद किया था?" कार्लोत्ती ने पूछा।

"जी हां।"

"दरवाजे के नजदीक पहुंचकर मैंने देखा कि दरवाजे का ताला टूटा हुआ था।"

"लगता है मेरी अनुपस्थिति में यहां चोर घुस आए हैं।" मैंने कहा और अन्दर जाने लगा। लेकिन कार्लोत्ती ने मेरे कंधे पर हाथ रखकर मुझे अन्दर जाने से रोक दिया।

"पहले मैं अन्दर जाता हूं।" वह नम्र लेकिन मजबूत आवाज में बोला। फिर वह हाल में घुसा और आगे बढ़कर सिटिंग रूम का दरवाजा खोल दिया। मैं उसके पीछे-पीछे चल रहा था।

कमरों में बत्तियां जल रहीं थीं। हम कमरे के बीच में खड़े चारों और देख रहे थे। कमरे को देखकर ऐसा प्रतीत हो रहा था मानो कोई तूफान अभी-अभी यहां से होकर गुजरा है। कमरे की सारी चीजें अव्यवस्थित रूप में पड़ी हुई थीं। अलमारियां खुली हुई थीं, कुर्सियां उल्टी पड़ी थीं, दराजें बाहर थीं तथा मेरे सारे कागज बिखरे हुए थे।

कार्लोत्ती तेजी से चलता हुआ मेरे बैडरूम में गया। उसका निरीक्षण करने के बाद वह बाथरूम की ओर दौड़ा।

मैं अपने डेस्क के पास पहुंचा। मैंने हेलन का कैमरा ताले में बंद कर रखा था। इस समय यह यह दराज खुली पड़ी थी व कैमरा गायब था।

सात

लेफ्टिनेंट कार्लोत्ती ने फोन करके पुलिस का एक विशेष दस्ता बुलवा लिया जिन्होंने मेरे फ्लैट का कोना-कोना छान मारा। उन्होंने अनगिनत फोटोग्राफ लिए हाथों के निशान इकट्ठे किए तथा विभिन्न रिपोर्टे बनाई यह सब करते-करते रात के ग्यारह बज गए।

कैमरा के खो जाने के बारे में मैंने कार्लोत्ती का अपना बयान दिया जिसे रिकार्ड कर लिया गया। मैंने उसे वह दराज दिखाई जिसमें मैंने इस कैमरे को रखा था और उसके बाद में ऊपर से ताला लगा दिया था। जाहिर था कि किसी अज्ञात व्यक्ति ने ताला तोड़कर कैमरे को चुरा लिया था।

मैं नहीं जानता कि कार्लोत्ती ने मेरे बयान पर विश्वास किया था अथवा नहीं। अन्य अवसरों की भांति इस अवसर पर भी उसके चेहरे का भाव शून्य था।

"मिस्टर डॉसन बड़ी अप्रत्याशित बातें हो रहीं हैं।" कार्लोत्ती बोला। "यह कैमरा आपके पास कुछ ही घंटे रहा और इतनी देर में ही गायब हो गया।"

"हां, मुझे भी बड़ी हैरानी है।" मैंने कहा। "यह चोर केवल वह कैमरा ही नहीं बल्कि मेरे कपड़े, सिगरेटों के डिब्बे, शराब के क्रेट व नकद रुपया भी ले गया है। यह काफी सुनियोजित चोरी दिखती है।"

इतनी देर में पुलिस का फिंगर प्रिंट विशेषज्ञ आया और उसने कार्लोत्ती से कहा कि पूरे कमरे में मेरी उंगलियों के अलावा और किसी भी व्यक्ति की उंगलियों के निशान नहीं हैं यह सुनकर मेरी और विशेष निगाहों से देखता हुआ कार्लोत्ती बोला–"मुझे इस चोरी के मामले की सूचना अपने चीफ को देनी होगी।"

"मुझे इसमें कोई एतराज नहीं।" मैंने कहा। "मैं केवल इतना चाहूंगा कि आप मुझे मेरे कपड़े व अन्य सामान वापिस दिला दें।"

"इस चोरी में कैमरे का महत्त्व आपके कपड़ों से ज्यादा है।"

"होगा मैंने नाराजगी जाहिर करते हुए कहा, लेकिन कैमरा खोने का सिरदर्द आपका है मेरा नहीं। आपको पहले ही इस कैमरे का महत्त्व जानकर इस अपने पास ही रखना चाहिए था। ग्रैंडी ने मुझे यह कैमरा दिया और इसके बदले में मैंने उसे रसीद दे दी। यदि पुलिस विभाग को कैमरे की जरूरत थी तो उसे यह कैमरा मुझे नहीं देना चाहिए था। अब इस बारे में आप मुझे दोषी नहीं ठहरा सकते।"

मेरे गुस्से को भांपकर कर्लोत्ती स्वयं मुलायम हो गया और वहां मुझे समझाने लगा कि मुझे दोषी ठहराने का उसका कोई इरादा नहीं है।"

मैं आपके आश्वासन से संतुष्ट हूं।" मैंने कहा। "अब अपने लोगों से कह दीजिए कि वे मेरा फ्लैट छोड़कर चले जाएं। मैं सुबह से भूखा हूं ओर अब कुछ भोजन करना चाहता हूं।"

मेरे यह कहने के बावजूद पुलिस के लोगों ने मेरे फ्लैट का निरीक्षण करने में लगभग आधा घंटा और लगाया अन्त में जब उन्हें पक्का विश्वास हो गया कि चोर ने इस फ्लैट में अपनी पहचान का कोई निशान नहीं छोड़ा है तभी उन्होंने मेरा फ्लैट खाली किया।

जाने वाले पुलिस दल में कार्लोत्ती ही अन्तिम व्यक्ति था। जाते-जाते वह मुझसे फिर कह गया–"इस कैमरा को गंवाकर आपने हमारे लिए अजीब स्थिति पैदा कर दी है। आपको कैमरे का ध्यान रखना चाहिए था।"

"कैमरे का खो देने की जिम्मेवारी आपके विभाग की है मेरी नहीं।" मैंने तल्खी से जवाब दिया "मुझे आपके विभाग द्वारा की गई बेवकूफी के लिए उन पर दया आती है।"

इस टिप्पणी के जवाब में कार्लोत्ती कुछ कहना चाहता था लेकिन कुछ सोचकर वह चुप हो गया और मुझे अलविदा कह चला गया।

मुझे इस बात का पूरा विश्वास था कि हालांकि चोर मेरे कपड़े सिगरेट, शराब आदि कई चीजें ले गया था लेकिन चोरी करने के पीछे उसका मुख्य लक्ष्य वह कैमरा ही था। कैमरा के अतिरिक्त बाकी चीजें तो वह केवल अपना मुख्य इरादा छिपाने व मुझे तथा पुलिस को भ्रान्ति में डालने की गर्ज से ही ले गया था।

कमरों में बिखरी वस्तुओं को संभालते हुए मैं इस चोर के बारे में सोचता रहा। मेरे मस्तिष्क पटल पर न जाने क्यों बार-बार उस चौड़े कंधों वाले व्यक्ति की तस्वीर आ रही थी जिसे मैंने सौरेन्टो में हेलन के मकान के अन्दर घुसते हुए देखा था। मुझे ऐसा लग रहा था कि मेरे फ्लैट से कैमरा तथा अन्य वस्तुएं चोरी करने वाला व्यक्ति वही हो सकता है।

* * *

मैं सैंडविच खाने में जुट गया व साथ-साथ सारे मामले पर विचार भी करता रहा। मेरा खयाल था कि हेलन के कमरे में मुझे उसके मित्रों व जानकारों के टेलीफोन नंबर या पते मिल जाएंगे जिनका प्रयोग कर मैं हेलन की मौत के बारे में जानकारी हासिल कर पाऊंगा। हो सकता है हेलन ने कुछ टेलीफोन नम्बर व पते अपनी डायरी में नोट कर रखे हों लेकिन इस डायरी का कहीं पता न था। इस मामले के बारे में अब तक मुझे एक ही सुराग मिल पाया था और वह था कार्लो का फोन नम्बर।

रोम टेलीफोन एक्सचेंज में मेरी एक महिला मित्र काम करती थी। वर्षों पहले एक बार वह किसी सौन्दर्य प्रतियोगिता में विजेता घोषित की गई थी और इस अवसर पर मैंने उस पर फीचर लिखा था जो एक समाचार पत्र में छपा था। बाद में मेरी उस महिला से अच्छी मित्रता हो गई थी और कुछ समय हमारा रोमांस भी रहा था। फिर किसी मामूली मनमुटाव के कारण अलग हो गए थे और अब काफी समय से न मिले थे। आज मुझे उसकी जरूरत थी। कार्लो के घर का पता मालूम करने में वह मेरी सहायता कर सकती थी। मैंने निश्चय किया कि अगले दिन सुबह मैं अपनी इस महिला मित्र से पुनः सम्पर्क करने का प्रयत्न करूंगा।

कार्लो के अतिरिक्त रोम में हेलन के अन्य कौन मित्र थे?

मैं अपने दिमाग पर जोर डालकर यह सोचता रहा कि हेलन से हुई मुलाकातों में क्या उसने अपने किसी मित्र, जानकार या शुभचिंतक का नाम लिया था? हेलन के जीवन व उसकी रहस्यात्मक मौत के बारे में जानकारी हासिल करने के लिए इस प्रकार का कोई स्रोत मिलना मेरे लिए जरूरी था। काफी देर सोचने के बाद भी मुझे हेलन द्वारा बताया गया कोई नाम याद न आया। अन्त में थककर मैं सोने को ही था कि मुझे याद आया कि एक बार हेलन ने गीसप फ्रैंजी नाम के एक व्यक्ति का नाम लिया था जो एक अखबार का राजनीतिक संवाददाता था। तथा जो मेरा भी एक अच्छा मित्र था।

अपने व्यवसाय के अतिरिक्त फ्रैंजी का एक ही शौक था और वह था नई-नई मित्रताएं बनाना। शहर की कई सुन्दरियों से उसकी अच्छी दोस्ती थी और यही उसके जीवन का एक ध्येय था। फ्रैंजी के इस शौक को देखते हुए इस बात की काफी संभावना थी कि उसकी हेलन से भी दोस्ती रही होगी। लड़कियों को पटाने में फ्रैंजी को महारत हासिल थी और हेलन जैसी लड़की उसके निशाने से नहीं बच सकती थी।

मैंने सोचा कि हेलन के बारे में जानकारी हासिल करने लिए फ्रैंजी एक अच्छा स्रोत साबित हो सकता था।

मैंने अपनी घड़ी पर नजर डाली। रात के बारह बज रहे थे। लेकिन फ्रैंजी के लिए यह रात का समय नहीं बल्कि दिन का समय होता था। वह सुबह चार बजे सोता था और दोपहर बारह बजे जागता था।

मैंने फोन उठाया व उसके फ्लैट के नम्बर से मिलाया। आम तौर पर इस समय व नाइट क्लबों आदि में होता था और इस समय उसके घर पर रहने की संभावना कम ही रहती थी। लेकिन आज वह संयोगवश घर पर ही था।

"एड, मैं फ्रैंजी बोल रहा हूं।" वह फोन पर बोला। "आज मैं खुद ही तुम्हें फोन करने वाला था मैंने अभी हेलन की मौत की खबर सुनी है। क्या यह सच है? क्या हेलन सचमुच मर चुकी है?"

"हां यह सच है।" मैंने कहा। "हेलन मर चुकी है मैं फ्रैंजी हेलन के बारे में तुमसे बात करना चाहता हूं। क्या मैं अभी तुम्हारे फ्लैट पर आ सकता हूं?"

"जरूर, एड। मैं तुम्हारा इंतजार करूंगा।"

"मैं अभी आता हूं।" मैंने कहा व फोन रख दिया।

फ्लैट बंद कर मैं नीचे कार-पार्किंग की ओर दौड़ा जहां लिंकन कन्वर्टिबल खड़ी थी।

इस समय बारिश हो रही थी। रोम में इस प्रकार से अचानक बौछारें पड़ना असामान्य बात न थी। मैं तेजी से कार में दाखिल हुआ और फ्रैंजी के फ्लैट की ओर चल दिया।

फ्रैंजी का फ्लैट वाया क्लोडिवा इलाके में था मेरे घर से कार द्वारा यह केवल पांच-छः मिनट का रास्ता था।

मैं फ्रैंजी के फ्लेट पर पहुंचा व कार को बाहर खड़ा कर फ्लैट में दाखिल हुआ। मैंने घंटी बजाई।

"अन्दर चले आओ।" फ्रैंजी ने आवाज दी।

फ्रैंजी ने मेरा अच्छा स्वागत किया व अपना फ्लैट दिखाने लगा। निस्संदेह उसने अपना फ्लैट खूबसूरत तरीके से सजा रखा था।

"क्या तुम ड्रिंक्स लोगे?" उसने पूछा।

"नहीं। शुक्रिया।"

मैं एक आरामकुर्सी पर बैठ गया और फ्रैंजी की ओर देखने लगा। वह मध्यम कद का खूबसूरत आदमी था व उसकी आंखों से झलकता था कि वह तीक्ष्णबुद्धि था। लेकिन आमतौर पर हंसमुख रहने वाला उसका चेहरा आज गंभीर व चिंतित दिख रहा था।

अपने लिए व्हिस्की का पैग बनाते हुए फ्रैंजी बोला—"एड, हेलन की मौत की खबर सुनकर मुझे बहुत दुःख हुआ अखबारों के अनुसार वह दुर्घटना ग्रस्त होकर मरी क्या तुम इस बारे में कुछ और जानकारी भी रखते हो? आखिर वह सौरेन्टो में क्या कर रही थी?"

"वह सौरेन्टो में छुट्टियां बिता रही थी।"

"क्या अखबारों में दिया गया बयान वाकई सच है?" व्हिस्की का एक घूंट पीकर फ्रैंजी बोला। "मेरा मतलब है कि क्या हेलन की मौत सचमुच दुर्घटना से ही हुई है?"

फ्रैंजी के इस सवाल ने मुझे चौकन्ना कर दिया।

"निजी रूप से हमें इस बारे में संदेह है।" मैंने कहा। चामर्स का विचार है कि उसकी हत्या की गई है।"

यह सुनकर फ्रैंजी का चिंतित चेहरा और भी अधिक परेशान दिखने लगा।

"और पुलिस-उलिस का क्या कहना है?"

"धीरे-धीरे पुलिस का भी यही विचार बन रहा है।" मैंने कहा। "यह मामला कार्लोत्ती संभाल रहा है। पहले कार्लोत्ती का विचार था कि यह मौत दुर्घटनावश हुई थी। लेकिन अब वह अपना विचार बदल रहा है।"

मेरे विचार में भी हेलन की मौत हत्या का मामला है। फ्रैंजी धीरे से बोला।

"तुम ऐसा कैसे कह सकते हो?" मैंने हैरान होकर पूछा।

"हेलन जिस प्रकार का जीवन जी रही थी उसका ऐसा ही अंत होता है।" दार्शनिक अन्दाज में फ्रैंजी बोला।

"तुम हेलन के बारे में क्या जानते हो?"

मेरे साथ वाली कुर्सी पर बैठता हुआ फ्रैंजी बोला—"देखो एड, हम दोनों अच्छे मित्र हैं। मुझे तुम्हारी सलाह की आवश्यकता है। मैं खुद ही तुम्हें फोन करने वाला था। क्या हम एक दूसरे को विश्वास में लेकर बातचीत कर सकते हैं?"

"हां, तुम मुझ पर विश्वास कर सकते हो।" मैंने उसे आश्वासन दिया, "तुम अपनी बात खुलकर कहो।"

"मैं हेलन के रोम आने के लगभग पांच दिन बाद एक पार्टी में उससे पहली बार मिला था। वह मेरी बेवकूफी थी कि मैं तत्काल उसकी और आकर्षित हो गया और अगले चार-पांच दिन (और रातें) हमने साथ ही बिताई। तुम मेरी आदत से तो परिचित हो ही। हेलन एक सुन्दर व आकर्षक लड़की थी और कोई भी पुरुष उसके साथ संबंध बनाकर गर्व महसूस करता। उस समय उसका कोई प्रेमी न था। मैंने उसके सामने दोस्ती का प्रस्ताव रखा जिसे उसने तत्काल स्वीकार कर लिया। लेकिन...।"

"लेकिन क्या?" मैंने पूछा।

"लेकिन चार-पांच दिन और रातें साथ बिताने के बाद उसने मुझसे एक बड़ी धनराशि मांगी।"

"क्या वह तुमसे कुछ धन उधार लेना चाहती थी।" मैंने मूर्खतापूर्ण सवाल किया।

"नहीं, वह शारीरिक संबंध बनाने की एवज में मुझसे धन ऐंठना चाहती थी। उसने जो रकम मांगी वह काफी बड़ी थी।"

"कितनी?"

"चार मिलियन लीर।"

"हे भगवान।" अचंभित होकर मैं कह उठा। "इतनी बड़ी रकम मांगना उसकी बेवकूफी थी। लेकिन तुमने क्या किया? क्या तुम उसकी नादानी पर हंसे?"

"हेलन कोई मजाक नहीं कर रही थी। इतनी बड़ी रकम की मांग उसने गंभीरतापूर्वक की थी। मुझे यह विश्वास दिलाते हुए काफी परेशान होना पड़ा कि मैं एक मामूली पत्रकार हूं और इतनी बड़ी रकम जुटा पाने में असमर्थ हूं इस अवसर पर हमारा झगड़ा भी हुआ। उसने मुझे धमकी दी कि यदि वह हमारे संबंधों की बात अपने पिता को बता दे तो उसका पिता मुझे तबाह कर सकता है व मुझे नौकरी से भी निकलवा सकता है।"

मेरे शरीर में सिहरन सी दौड़ गई।

"क्या तुम्हारा मतलब यह है कि वह तुम्हें ब्लैकमेल करने की कोशिश कर रही थी? मैंने पूछा।

"हां। इसे ब्लैकमेल ही कह सकते हैं।"

"ठीक है। फिर तुमने क्या किया?"

"मुझे हेलन के साथ सौदेबाजी करनी पड़ी। मुझे उसे हीरे के दो इयर रिंग देने पड़े।"

"तुम्हें इस ब्लैकमेल के आगे नहीं झुकना चाहिए था।"

"एड, ऐसी स्थिति में फंसकर ही कोई आदमी समझ सकता है कि अच्छा या बुरा क्या है।" फ्रैंजी बोला। "मैं उस समय विकट दुविधा में फंस गया था तुम जानते ही हो कि चामर्स बहुत प्रभावशाली आदमी है। उसके लिए मुझे नौकरी से निकलवा देना कोई बड़ी बात नहीं। मेरी नौकरी मेरे लिए बहुत महत्त्वपूर्ण है। हेलन द्वारा मेरे खिलाफ अपने पिता के कान भरने की ही देरी थी कि मेरी नौकरी जा सकती थी। फिर जहां तक लड़कियों से संबंध रखने की बात है मेरी छवि पहले से ही काफी खराब रही है। ऐसी हालत में मैं नौकरी से हाथ धो बैठने का खतरा मोल नहीं ले सकता था। हेलन को दिए गए इयर रिंगों की कीमत चैतीस हजार लीर थी। इस प्रकार मैं इस मुसीबत से रास्ते में ही छूट गया। तुम्हारा एक और सहयोगी भी हेलन के साथ संबंध बनाकर इसी प्रकार की मुसीबत में फंस गया था और उसने यह सौदा मुझसे अधिक महंगा पड़ा।"

"क्या मतलब?" मैंने फ्रैंजी को घूरते हुए पूछा।

"केवल मैं ही हेलन का शिकार नहीं बना हूं।" फ्रैंजी बोला "हेलन ने एक और पत्रकार (जो अमरीकन था) को भी इसी तरह ठगा। बाद में हम दोनों ने इस बारे में बातचीत भी की। हेलन ने उससे हीरों का एक कॉलर ले लिया जिसे खरीदने में उस बेचारी को अपनी सारी जमा पूंजी लगा देनी पड़ी। हेलन अक्सर पत्रकारों को ही अपना शिकार बनाती। पत्रकारिता के क्षेत्र में उसके पिता का प्रभाव होना उसका काम आसान कर देता है।"

फ्रैंजी की बातें सुनकर यह जाहिर था कि हेलन की धूर्तता का अगला शिकार मैं ही था। मुझे फंसाने के लिए उसने एक सुनियोजित जाल बिछाया था। यदि पहाड़ से गिरकर उसकी मृत्यु न हो गई होती तो इस समय वह मुझे ब्लैकमेल कर रही होती।

यदि पुलिस को फ्रैंजी की यह कहानी पता चलती और बाद में यह भी पता चल जाता कि शेरार्ड कोई और नहीं बल्कि मेरा ही नाम था तो उनके लिए यह मान लेना भी आसान हो जाता कि हेलन की हत्या मैंने ही की थी। ऐसी सूरत में पुलिस तर्क दे सकती थी कि हेलन ने मुझे ब्लैकमेल करने की कोशिश की होगी, मैं उसकी धन की मांग का पूरा न कर पाया हूंगा तथा इस स्थिति में हेलन की हत्या करने के अलावा मेरे पास कोई रास्ता न था।

मैं परेशान होकर कमरे में चहलकदमी करने लगा। सौभाग्यवश फ्रैंजी अपनी ही समस्या में इतना खोया हुआ था कि उसका ध्यान मेरी मानसिक दशा की ओर न जा पाया।

"हेलन की हत्या की इसी प्रकार की कोई पृष्ठभूमि रही होगी।" फ्रैंजी ने निष्कर्ष दिया। "उसने ब्लेकमेलिंग का हथकंडा किसी और व्यक्ति पर भी प्रयोग किया होगा। मैं यह नहीं मान सकता कि वह सौरेन्टो अकेले गई होगी। उसके साथ अवश्य ही कोई व्यक्ति रहा होगा। यदि पुलिस उस व्यक्ति का पता चला ले तो हत्या का रहस्य आसानी से सुलझ सकता है।"

मैं चुपचाप फ्रैंजी की बात सुनता रहा।

"अब तुम ही बताओ इस स्थिति में मुझे क्या करना चाहिए?" फ्रैंजी ने मुझसे पूछा। "उसकी मौत की खबर को सुनने के बाद से मैं निर्णय नहीं कर पा रहा हूं कि ऐसी हालत में मेरा क्या कर्तव्य है? क्या मैं पुलिस के पास जाकर उन्हें बता दूं कि हेलन ने जिस प्रकार मुझे ब्लैकमेल करने का प्रयत्न किया था? यदि व इसे हत्या का मामला मानते हैं तो मेरे बयान से इसकी गुत्थी सुलझाने में उन्हें सहायता मिल सकती है।"

अब तक मैं अपनी घबराहट पर नियंत्रण कर पाने में सफल हो गया था। मुझे फ्रैंजी को ऐसी सलाह देनी थी जिसमें मेरा हित भी छिपा हो।

"देखो, फ्रैंजी तुम्हें इस मामले में काफी सावधानी बरतनी होगी।" मैंने कहा। यदि कोई तुम्हारे द्वारा बताई गई बातों को कार्लोत्ती चामर्स तक पहुंचा दे तो तुम्हारे लिए मुसीबत पैदा हो सकती है।"

"यह बात तो मैं समझता हूं।" फ्रैंजी बोला। फिर व्हिस्की के कुछ घूंट पीता हुआ वह बोला– "तो तुम्हारे विचार में मुझे पुलिस के पास नहीं जाना चाहिए?"

"बिलकुल नहीं।" मैंने कहा। "तुम्हें तब तक इन्तजार करना चाहिए जब तक पुलिस को खुद भी यह विश्वास न हो जाए कि यह हत्या का ही मामला है। इस बारे में जल्दबाजी करके तुम खुद को मुसीबत में डाल दोगे।"

"लेकिन मान लो अपनी जांच पड़ताल के दौरान पुलिस को यह पता चल जाए कि कुछ समय पहले हेलन और मेरी दोस्ती होने के साथ-साथ शारीरिक संबंध भी थे। ऐसी हालत में पुलिस हत्या के लिए मुझपर भी शक कर सकती है।"

"बेवकूफी की बातें मत करो, फ्रैंजी।" मैंने कहा। "ऐसी सूरत में तुम आसानी से यह सिद्ध कर सकते हो कि हत्या के दिन तुम सौरेन्टो में थे ही नहीं।"

"हां, मैं तो उस दिन रोम में ही था।"

"फिर तुम्हें चिंता करने की कोई जरूरत नहीं है।" मैंने कहा।

"तो तुम्हारे विचार में मुझे फिलहाल पुलिस के पास जाने की जरूरत नहीं है?"

"बिलकुल नहीं।" मैंने जवाब दिया। "चामर्स को शक है कि उसकी बेटी की मौत में किसी आदमी का हाथ है। तुम उसके गुस्से को तो जानते ही हो। यदि तुम सामने आ गए तो वह यही सोचेगा कि वह आदमी तुम्हीं हो और वह तुमसे बदला लेगा। इस बारे में मैं तुम्हें एक और राज की बात बता दूं–मौत के समय हेलन गर्भवती थी।"

यह बात सुनकर फ्रैंजी के हाथ से व्हिस्की का गिलास छूटकर फर्श पर गिर पड़ा। गिलास चकनाचूर हो गया और व्हिस्की फर्श पर बिखर गई। वह अविश्वास भरी निगाहों से मेरी ओर देखता रहा।

"हेलन गर्भवती थी?" फ्रैंजी भयमिश्रित आवाज में बोला, "एड, मैं कसम खाकर कहता हूं कि इसके लिए मैं जिम्मेदार नहीं हूं। अच्छा हुआ कि मैं पुलिस के पास नहीं गया। यदि मैं ऐसा कहता तो पुलिस जरूर मुझे हेलन हत्याकांड में फंसा देती।"

यह कहकर फ्रैंजी फर्श पर से गिलास के टुकड़े उठाने लगा। वह फिर एक कपड़ा लाकर फर्श को साफ करने लगा। इस बीच मैं फिर इस सोच में डूब गया कि यदि कार्लोत्ती को यह विश्वास हो गया कि हेलन का मामला हत्या का मामला है तो वह शेरार्ड नाम के आदमी को ढूंढ़ने के लिए जी-जान से जुट जाएगा। ऐसी हालत में मुझे अपने बचाव के लिए कोशिशें तेज करनी होंगी।

फर्श की सफाई खत्म कर, फ्रैंजी फिर मेरे पास आकर बैठा और बोल पड़ा–"अपने काम में कार्लोत्ती बहुत निपुण है। अब तक वह किसी भी ऐसे मामले में असफल नहीं रहा है। एड, हेलन की मौत की जांच-पड़ताल करते हुए वह मुझ तक भी पहुंच सकता है।"

यह संयोग ही था कि फ्रैंजी व मेरे दोनों के विचार एक ही दिशा में चल रहे थे।

"तुम सिद्ध कर सकते हो कि तुम उस दिन रोम में ही थे।" मैंने कहा। "इसलिए तुम्हें चिंता करने की कोई जरूरत नहीं है। चामर्स ने मुझे उस आदमी को ढूंढ़ लाने के लिए कहा है जो हेलन की मौत के लिए जिम्मेदार है। हो सकता है इस काम में तुम मेरी सहायता कर सको। क्यों यह आदमी वह अमरीकन पत्रकार हो सकता है जिसका जिक्र तुमने थोड़ी देर पहले ही किया था?"

"नहीं, बिलकुल नहीं।" फ्रैंजी बोला "हेलन की मौत वाले दिन मैंने उससे बात की है। उस दिन वह रोम में ही था।"

"तो यह आदमी कौन हो सकता है?"

"मुझे मालूम नहीं।"

"मुझे कार्लो नाम के एक व्यक्ति का पता चला है जिससे हेलन का परिचय था। क्या तुम इस नाम के किसी व्यक्ति को जानते हो।"

थोड़ी देर सोचकर फ्रैंजी बोला–"नहीं, कुछ याद नहीं आ रहा है।"

"क्या तुमने हेलन को किसी आदमी के साथ देखा है?"

"हां।" शरारत-भरी मुस्कान में फ्रैंजी बोला, "मैंने उसे एक बार तुम्हारे साथ देखा है।"

फ्रैंजी की यह बात सुनकर मैं चौंका।

"कहां पर?"

"तुम दोनों कोई फिल्म देखकर हाल से बाहर निकल रहे थे।"

"हां, चामर्स ने ही मुझे निर्देश दिया था कि मैं उसे रोम शहर दिखाऊं। इसी सिलसिले में सिर्फ एक दो बार मैं उसे बाहर ले गया था। लेकिन मेरे अलावा क्या तुमने किसी अन्य व्यक्ति के साथ भी हेलन को देखा है?"

कुछ देर सोचकर फ्रैंजी बोला–"हां, एक बार मैंने उसे लुइंगी रेस्तरां में एक लम्बे-चौड़े और गहरे रंग के आदमी के साथ देखा था। लेकिन मैं नहीं जानता कि वह आदमी कौन था।"

"उसका डील-डौल कैसा था?"

"वह बहुत ही बलिष्ठ व्यक्ति था। ऐसा लगता था मानो उसे पहलवानी या इसी तरह का कोई अन्य शौक रहा हो।"

अचानक मेरे दिमाग में उस व्यक्ति की तस्वीर कौंधी जिसे मैंने सौरेन्टो में हेलन के मकान में घुसते देखा था। वह भी काफी बलिष्ठ था और उसके कंधे चौड़े थे।

"क्या तुम उस व्यक्ति के बारे में कुछ और विवरण दे सकते हो?" मैंने पूछा।

"मेरे विचार में वह आदमी इतावली था। उसकी उम्र पच्चीस-छब्बीस वर्ष की होगी तथा सपाट नाक-नक्शा और गहरे रंग का था। उसके दाएं गाल पर एक निशान था जो चाकू से किए गए जख्म का निशान रहा होगा।"

"क्या तुम बिलकुल नहीं जानते कि वह कौन था?"

"नहीं।" फ्रैंजी बोला। "लेकिन एक बार उसे देखकर उसे भुला देना आसान नहीं है। मेरे दिमाग में उसकी आकृति अभी भी स्पष्ट है।"

"उसके बारे में कोई और महत्त्वपूर्ण बात?"

"इसके अतिरिक्त मैं और कुछ नहीं जानता। मुझे अफसोस है कि इस बारे में मैं तुम्हारी और सहायता नहीं कर सकता। हेलन के कई और पुरुषों से भी संबंध थे। मुझे उस व्यक्ति का खयाल इसलिए आया क्योंकि तुम्हारे सिवा मैंने हेलन को केवल उसी व्यक्ति के साथ देखा है। हेलन के अन्य प्रेमियों के बारे में मैं कुछ नहीं जानता।"

"तुम्हारे द्वारा दी गई सूचना के लिए धन्यवाद।" मैंने कहा, और उठ...खड़ा हुआ। "अब तुम इस बारे में चुप रहो और आराम करो। मैं इस व्यक्ति को खुद ही ढूंढ़ निकालूंगा। हो सकता है यही वह व्यक्ति हो जिसकी हेलन की मौत के संबंध में मुझे तलाश थी। मैं तुम्हें समय समय पर सूचित करता रहूंगा। तुम किसी बात की चिन्ता न करो।"

फ्रैंजी मुस्कराया और बोला–"एड, मुझे तुम्हारी सलाह व सहायता पर पूरा विश्वास है।"

मैंने उसे एक बार फिर आश्वासन दिया और गर्मजोशी से हाथ मिलाकर नीचे आ गया।

मेरा अगला कदम कार्लो को ढूंढ़ निकालना था।

अगले दिन सुबह मैं रोम टेलीफोन एक्सचैंज पहुंचा और अपनी उस पुरानी महिला मित्र को ढूंढ़ने लगा जो तीन वर्ष पहले यहीं काम करती थी। इस बीच मेरा उससे कोई संपर्क न रह गया था। काफी प्रयत्न करने के बाद मैं आखिरकार उसे ढूंढ़ पाने में सफल हो ही गया।

इतने वर्षों बाद मुझे अपनी जिंदगी में दिलचस्पी लेते देख वह समझ गई कि मैं किसी विशेष काम से ही उसके पास आया हूं। लिहाजा उसने नखरे दिखाने शुरू किए। मैं काफी धैर्य और चतुराई का परिचय देते हुए उसके साथ बात करता रहा।

काफी देर मनाने और फुसलाने के बाद जब अन्त में मैंने उसे बताया कि मुझे रोम के किसी फोन नम्बर के मालिक का नाम और पता मालूम करना है तो वह तत्काल बोली कि यह टेलीफोन विभाग के कायदे-कानूनों के खिलाफ है और ऐसा गैर कानूनी काम करके वह अपनी नौकरी को खतरे में नहीं डालेगी। मैंने उसे काफी समझाया-बुझाया, उसे कई प्रकार के प्रलोभन दिए और अन्त में उसे डिनर पर आमंत्रित किया। डिनर की बात सुनकर वह कुछ पसीजी।

मैंने उसे रात के आठ बजे एल्फ्रेडो रेस्तरां में डिनर पर मिलने के लिए कहा। मैं जानता था कि उसे रास्ते पर लाने के लिए डिनर ही काफी न होगा बल्कि मुझे उसे कोई उपहार भी देना होगा। लिहाजा मैंने सत्रह हजार लीर का प्रसाधन सामान उसे उपहार के रूप में देने के लिए खरीदा।

हम नियत समय पर एल्फ्रेडो में मिले। आज से तीस वर्ष पहले इस महिला का बदन गठा हुआ व आकर्षक था। लेकिन आज वह मोटी व भद्दी दिख रही थी। आज उसे देखकर मुझे इस बात पर हैरानी हो रही थी कि कुछ वर्षों पहले वह एक सौंदर्य प्रतियोगिता में कैसे जीत पाई थी। इतावली लड़कियां अक्सर अपने खाने-पीने पर नियंत्रण नहीं करती हैं जिस कारण जल्दी ही वे अपना सौंदर्य और आकर्षण खो बैठती हैं। इस महिला के साथ भी ठीक ऐसा ही हुआ था।

डिनर खाने। उपहार स्वीकार करने तथा नखरे दिखाने के बाद आखिर मेरी इस मित्र ने टेलीफोन नंबर ले लिया व उस आदमी का नाम व पता बता देने का वायदा किया जिसके नाम पर टेलीफोन रजिस्टर्ड था। उसने कहा कि यह सूचना वह मुझे अगले दिन सुबह फोन पर दे देगी।

अगले दिन सुबह लगभग ग्यारह बजे इस महिला का फोन आ गया। मैं फोन का इंतजार करते हुए इतना बेसब्र हो चुका था कि मेरा दिल कर रहा था कि इस महिला का गला घोंट दूं।

इस महिला ने तलखी-भरी आवाज में मुझे सूचित किया कि वह एक महिला के नाम से रजिस्टर्ड था। उसकी आवाज से जाहिर था कि महिला का नाम जान कर उसे ईर्ष्या हो गई थी।

"देखो। इस बारे में ईर्ष्या करने की तुम्हें कोई जरूरत नहीं है।" मैंने उसे समझाने की कोशिश की। "मैं केवल किसी व्यवसायिक काम के सिलसिले में ही इस नंबर के बारे में जानकारी हासिल

करना चाहता था। मुझे तो यह भी मालूम नहीं था कि इस नंबर पर कोई महिला रहती है अथवा पुरुष।"

मेरे समझाने-बुझाने से मेरी मित्र पिघली और उसने बताया यह फोन मयरा सेट्टी नाम की एक महिला के नाम से रजिस्टर्ड है और वह पाओलो वेरोनीज के निकट विला पेलिस्ट्रा में रहती है।

मैंने यह नाम व पता नोट कर लिया।

"बहुत-बहुत शुक्रिया।" मैंने कहा और फोन रख दिया सेट्टी। मुझे याद आया कि फ्रैंक सेट्टी अमरीका का एक मशहूर बदमाश था जिसे अपराध की दुनिया में मेनोटी का प्रति सेट्टी माना जाता था। न्यूयार्क की पुलिस की सूचना के अनुसार मिनोटी की हाल ही में हुई हत्या में सेट्टी का हाथ था। क्या मयरा सेट्टी का इस सेट्टी से कोई संबंध था? क्या वह उसकी पत्नी, बहन या बेटी हो सकती थी? क्या मयरा सेट्टी, मिनोटी की हत्या, फ्रैंक सेट्टी व हेलन का आपस में कोई संबंध था?

उत्तेजना के कारण मेरा दिल धड़कने लगा।

सेट्टी।

हो सकता है कि हेलन की रहस्यमय हत्या की गुत्थी सुलझाने के लिए मयरा सेट्टी एक सुराग का काम दे। मुझे याद आया कि मैक्सवेल ने मुझसे कहा था कि मिनोटी की हत्या में पुलिस को हेलन पर भी शक था और शायद इसी कारण हेलन अमरीका छोड़ कर रोम आ गई थी।

क्या सचमुच सेट्टी ने ही मिनोटी की हत्या करवाई थी?

मैंने निश्चय किया कि मुझे विला पेलिस्ट्रा जरूर जाना चाहिए। हेलन की हत्या के बारे में मुझे वहां कोई सुराग मिलने की संभावना दिखती थी।

आठ

मैं जानता था कि अब तक चामर्स न्यूयार्क पहुंच गया होगा व बेसब्री से मेरी रिपोर्ट की प्रतीक्षा कर रहा होगा।

मैंने इंटर नैशनल इंवैस्टिगेटिंग एजेंसी को फोन किया व उनसे कहा कि मुझे एक महत्वपपूर्ण काम के लिए अच्छे जासूस की सेवाओं की जरूरत है। उन्होंने का कि वे सार्ती नाम के जासूस को तत्काल मेरे पास भेज रहे हैं।

फिर मैंने एसोसियेटिड प्रेस से संपर्क कर जिम मैथ्यूज से मिलने की इच्छा जाहिर की। मैथ्यूज पिछले पंद्रह वर्षों से रोम में था तथा इस शहर के सभी प्रमुख व्यक्तियों को जानता था। जब मैथ्यूज फोन पर आया तो मैंने उससे कहा कि मैं उससे कुछ बात करना चाहता हूं।

"तुम्हारी सेवा के लिए मैं तैयार हूं।" वह बोला "क्या आज लंच पर मिल लें?"

"मैं तुम्हें ठीक डेढ़ बजे हैरी रेस्तरां में मिलूंगा।" मैंने कहा।

"ठीक है। ओ॰ के॰।"

इसके बाद मैं यह सोचने में मशगूल हो गया कि चामर्स को मैं किन तथ्यों से अवगत कराऊं। जाहिर था कि अभी मैं उस पूरी जानकारी नहीं दे सकता था। उसकी पत्नी की चेतावनी मेरे कानों में गूंज रही थी। यदि मैं इस समय चामर्स को हेलन के जीवन के बारे में मिली जानकारी से अवगत कराता तो वह तीव्र प्रतिक्रिया व्यक्त करता जिसका असर मेरे कैरियर पर बुरा पड़ सकता था। लेकिन मैं उससे सारी बातें छिपा भी न सकता था। मैं अभी उसी उधेड़ बुन में मशगूल था कि दरवाजे पर घंटी बजी।

मैंने दरवाजा खोला और कोरीडार में एक नाटे-मोटे व अधेड़ उम्र वाले इतावली को खड़ा पाया। परिचय से पता चला कि यह इंटर नैशनल इंवेस्टिगेटिंग एजेंसी का जासूस ब्रूनो सार्ती है।

पहली मुलाकात में सार्ती चुस्त व तीक्ष्णबुद्धि वाला व्यक्ति नहीं दिखता था। उसके कपड़े मैले थे व उसने आज शेव भी नहीं की थी।

वह कमरे में आकर एक कुर्सी पर बैठ गया।

"मुझे किसी विषय पर जल्दी से जल्दी सूचना चाहिए।" मैंने कहा। "इस काम पर होने वाले खर्चे की हमें काई चिंता नहीं है। मैं चाहता हूं कि आपकी एजेंसी इस काम पर कई आदमियों को लगाए।"

मेरी बात सुनकर सार्ती की संपीली आंखें कुछ खुली और उसने मेरी बात से सहमति जाहिर करने के लिए खीसे निपोरी। ऐसा कहते हुए मुझे उसके दांत दिखाई दिए जिनमें से कई दांतों पर सोना चढ़ा हुआ था।

"मेरे साथ आपकी एजेंसी का संपर्क तथा मेरे लिए आपके द्वारा एकत्र की गई सूचना बिलकुल गोपनीय रहनी चाहिए।" मैंने कहा। "यहां मैं आपको यह भी बता दूं कि इसी मामले की जांच-पड़ताल पुलिस द्वारा भी हो रही है। आपको यह कोशिश करनी होगी कि अपनी तहकीकात के दौरान आप पुलिस के रास्ते से भी दूर रहें।"

"हमारी पुलिस से अच्छी मित्रता है।" सार्ती बोला। "हम ऐसा कोई काम नहीं करेंगे जिससे पुलिस परेशान हो।"

"मेरा काम यह है—लगभग चौदह सप्ताह पूर्व एक अमरीकन लड़की रोम आई थी यहीं रह रही थी मैं इस लड़की के प्रेमियों व दोस्तों के बारे में जानकारी हासिल करना चाहता हूं। लड़की का नाम हेलन चामर्स है। मैं आपको उसके कुछ फोटो भी दे सकता हूं। रोम पहुंचने पर पहले चार दिन वह एक्सलशियर होटल में रही थी व बाद में एक फ्लैट लेकर अलग रह रही थी। हेलन के कई बॉयफ्रैंड थे। मैं उसके इन दोस्तों के नाम व पता चाहता हूं। मैं यह भी जानना चाहता हूं कि अपने रोम प्रवास के दौरान हेलन की क्या गतिविधियां थीं।"

यह कहकर मैंने सार्ती का हेलन के कुछ फोटो दिए जो मैंने जिना की सहायता से दफ्तर की फाइलों में से निकलवा लिए थे। मैंने उसे हेलन के फ्लैट का पता भी दे दिया।

“क्या ये वही मिस चामर्स हैं जिनकी हाल में ही सौरेन्टो में दुर्घटना के कारण मृत्यु हो गई थी?” सार्ती ने पूछा। “वह अमरीकन प्रेस बैरन शेवार्ड की बेटी थी।”

“हां, यह वही हेलन है”, मैंने कहा।

सार्ती ने एक बार फिर खीसे निपोरीं। वह शायद यह जानकर खुश था कि वह चामर्स जैसे अमीर व प्रभावशाली व्यक्ति का मामला अपने हाथ में ले रहा था। उसने अपनी जेब से एक नोटबुक व एक पेंसिल निकाली व बोला–“मैं यह काम अभी शुरू करना चाहता हूं। आप मुझे निर्देश दें।”

“पहला काम तो मैंने तुम्हें बता ही दिया है”, मैंने कहा–“मेरा दूसरा काम है हरे रंग की एक रेनाल्ट गाड़ी के मालिक के बारे में जानकारी हासिल करना। इस गाड़ी का नम्बर मैं तुम्हें देता हूं।”

यह कहकर मैंने एक कागज के टुकड़े पर उस रेनाल्ट गाड़ी का नम्बर दे दिया जो मेरा पीछा करती रही थी।

“इस बारे में मैंने पुलिस से जानकारी चाही थी”, मैंने आगे कहा–“लेकिन पुलिस का कहना है कि इस नम्बर की कोई कार रजिस्टर्ड है ही नहीं। तुम्हें इस कार को ढूंढ़ना होगा। यदि वह कार तुम्हें दिख जाए तो तुम्हें इसका पीछा करना होगा अन्यथा इसके ड्राइवर की शक्ल को याद रखना होगा।”

मेरे निर्देशों को सार्ती अपनी नोटबुक में लिखता गया। फिर मेरी ओर नजर उठाकर वह बोला–“सर, हो सकता है मिस चामर्स की मौत मात्रा एक दुर्घटना ही न हो।”

“मैं नहीं जानता”,मैंने कहा–“तुम्हें भी इस बारे में ज्यादा सोचने की आवश्यकता नहीं है। मेरे द्वारा बताए गए मुद्दों पर मुझे जल्दी से जल्दी जानकारी इकट्ठी करके दो। इस मामले के अन्य पहलू पुलिस खुद ही संभाल सकती है। कोई जानकारी उपलब्ध होने पर मुझे तत्काल सूचित करो। तुम्हें लिखित रूप में रिपोर्ट देने में भी समय गंवाने की जरूरत नहीं है। मैं चाहता हूं कि यह काम जल्दी हो।”

सार्ती ने मुझे विश्वास दिलाया कि वह मेरे निर्देशों के अनुसार ये काम जल्दी से जल्दी पूरा करने का प्रयत्न करेगा। उसने अग्रिम रकम के रूप में मुझसे सत्रह हजार लीर लिए तथा आदाब बजाकर चला गया।

अब वायदे के अनुसार मुझे मैथ्यूज से मिलना था। लिहाजा अपने फ्लैट को बन्द कर मैं हैरी रेस्तरां पहुंच चुका था तथा स्कॉच पी रहा था। वह एक लम्बे कद का व्यक्ति था। उसकी आंखें स्थिर, नाक टेढ़ी तथा जबड़ा बाहर की ओर निकला हुआ था।

“मैथ्यूज, मैं तुमसे कुछ जरूरी जानकारी हासिल करना चाहता हूं”, मैंने कहा।

"मैं जानता था कि तुम मुझे इतना बढ़िया लंच बेकार में ही नहीं खिलाओगे", वह हंसते हुए बोला–"बताओ इस लंच के बदले तुम क्या जानना चाहते हो?"

"क्या तुम मयरा सेट्टी नाम की किसी महिला के बारे में कुछ जानते हो?" मैंने पूछा।

मयरा सेट्टी का नाम सुनकर वह चौंक गया। उसके चेहरे की मुस्कान गायब हो गई और वह कुछ चिंतित दिखने लगा।

"मयरा सेट्टी?" वह अचम्भित होकर बोला–"तुम मयरा सेट्टी के बारे में क्यों जानना चाहते हो?"

"मैं इस समय तुम्हें इसका कारण नहीं बता सकता।", मैंने कहा–"मयरा सेट्टी कौन है?"

"मयरा सेट्टी फ्रैंक सेट्टी की बेटी है। तुम्हें यह बात मालूम होनी चाहिए थी।"

"फ्रैंक सेट्टी–वही अन्तर्राष्ट्रीय स्तर का गुंडा?"

"हां!"

"मुझे फ्रैंक सेट्टी के बारे में सिर्फ मामूली-सी जानकारी है। आजकल वह कहां है?"

"यह तो मुझे भी नहीं मालूम", मैथ्यूज बोला–"मैंने सुना है कि वह इटली में ही कहीं रहता है लेकिन किस जगह पर यह न तो मुझे मालूम है और न यहां की पुलिस को। लगभग तीन महीने पहले वह अमरीका छोड़कर यहां आ गया। वह समुद्री रास्ते से यहां आया व पुलिस को अपने आने की खबर देकर वेसुवियस होटल में रहने लगा। इसके बाद वह अचानक कहीं गायब हो गया और पुलिस अब तक उसे ढूंढ़ नहीं पाई है। मैं केवल इतना ही जानता हूं कि वह इटली में ही कहीं रहता है।"

"क्या उसकी बेटी को भी सेट्टी के ठिकाने का पता नहीं है?"

"हो सकता है वह जानती हो लेकिन वह चुप है। मैंने उससे इस बारे में बात की है। वह पिछले पांच वर्षों से रोम में ही रह रही है। वह कहती है कि इन वर्षों में उसके पिता ने उससे न तो सम्पर्क करने की कोशिश की है और न ही पत्र-व्यवहार ही किया है।"

मैथ्यूज, मुझे सेट्टी के बारे में कुछ और भी बताओ", मैंने अपने मित्र से अनुरोध किया।

"एक शर्त है", मैथ्यूज हंसते हुए बोला–"तुम्हें ब्रांडी की एक और बोतल का आर्डर देना होगा।"

"जरूर", मैंने कहा व वेटर को बुलाकर मैथ्यूज की मन पसंद ब्रांडी का आर्डर दे दिया। फिर मैंने उसे एक बढ़िया सिगार भी दिया। अपनी मनपसंद ब्रांडी व बढ़िया सिगार पाकर मैथ्यूज खुश हुआ।

फिर गले को खखारता हुआ मैथ्यूज बोला–"सेट्टी के बारे में मैं तुम्हें शायद ऐसी जानकारी न दे पाऊं तो तुम्हें पहले से ही न मिल चुकी हो। वर्षों पहले सेट्टी वेकर्स व वेकर्स युनियन का बॉस था। वह एक खतरनाक किस्म का आदमी था जो अपनी बात मनवाने के लिए कुछ भी

कर सकता था। मिनोरी भी इसी यूनियन में था तथा बॉस बनना चाहता था। लिहाजा दोनों में प्रतिस्पर्द्धा शुरू हुई जो अन्ततः दुश्मनी में बदल गई। तुम शायद जानते ही हो कि एक बार मिनोरी ने सेट्टी के मकान में चरस रखवायी तथा बाद में पुलिस को इसकी सूचना दे दी थी। पुलिस ने छापा मारकर चरस को अपने कब्जे में कर लिया था तथा सेट्टी गिरफ्तार हो गया था। लेकिन पुलिस उसके खिलाफ मजबूत मामला नहीं बना सकी थी। सेट्टी के वकील ने पुलिस के चार्जसीट की धज्जियां उड़ा दी थीं तथा मजिस्ट्रेट ने सही गवाहों के अभाव में सेट्टी को बरी कर दिया था।"

थोड़ी देर रुक कर मैथ्यूज फिर बोला—"उस सारे केस के दौरान अमरीका के अखबारों में सेट्टी की गतिविधियों का काफी प्रचार हुआ व जनता में उसके खिलाफ गुस्से की लहर दौड़ गई। लिहाजा सरकार ने उसे 'अवांछित व्यक्ति' घोषित करके देश छोड़कर चले जाने का आदेश दे दिया। सेट्टी ने अपनी इतावली राष्ट्रीयता बरकरार रखी थी लिहाजा उसे इटली आ जाने में कोई दिक्कत न हुई। इटली की पुलिस उसे इटली से निकाल बाहर करने का कोई तरीका सोच ही रही थी कि सेट्टी अचानक गायब हो गया।"

"मैंने सुना है कि मिनोरी की हत्या में सेट्टी का भी हाथ था?"

"यह एक निश्चित-सी बात है", मैथ्यूज बोला। "अमरीका छोड़ देने से पहले सेट्टी ने चेतावनी दी थी कि वह मिनोटी को ठिकाने लगा देगा इसके दो महीने बाद मिनोटी की हत्या हो गई। जाहिर है कि यह हत्या सेट्टी के इशारे पर ही हुई होगी।"

"क्या सेट्टी द्वारा धमकी दिए जाने के बावजूद मिनोटी ने अपने बचाव में कुछ नहीं किया?"

"मिनोटी ने अपने बचाव की पूरी कोशिश की थी। वह सदा अपने अंगरक्षकों से घिरा रहता व अंगरक्षकों के बिना एक कदम भी न चलता। लेकिन अन्त में सेट्टी के आदमियों ने उसे दबोच ही लिया। दरअसल इस दौरान मिनोटी ने एक भूल की जो उसे मंहगी पड़ी। वह हफ्ते में एक बार नियमित रूप से अपनी एक गर्ल फ्रैंड के साथ फ्लैट में रात बिताता था। उसका विचार था कि उस फ्लैट में वह बिलकुल सुरक्षित था। उसके अंगरक्षक उसे अपने साथ ही फ्लैट में ले जाते व पहले फ्लैट की तलाशी ले लेते। वे गर्ल फ्रैंड के आने तक उस फ्लैट में ही ठहरते। गर्ल फ्रैंड के आ जाने के बाद जब मिनोटी भीतर से दरवाजा बन्द कर देता तभी वे वहां से जाते। सुबह वे फिर वहां आते व दरवाजे पर दस्तक देकर अपना परिचय बताते। मिनोटी दरवाजा खोलता व अंगरक्षकों के साथ ही वापिस लौटता। इस प्रकार मिनोटी खुद को बिलकुल सुरक्षित मान लेता। मिनोटी की हत्या वाली रात भी अंगरक्षक उसे वहां लाए थे व गर्ल फ्रैंड के आ जाने वे मिनोटी द्वारा भीतर से ताला लगाए जाने पर ही वापिस गये थे। लेकिन अगले दिन सुबह जब वे मिनोटी को वापिस ले जाने के लिए आए तो फ्लैट का दरवाजा खुला हुआ था और भीतर मिनोटी की हत्या हो चुकी थी।"

"उस लड़की का क्या हुआ? वह कौन थी?"

"उसके बारे में कोई निश्चित रूप से कुछ भी नहीं जानता", मैथ्यूज बोला–"मिनोटी की हत्या के बाद वह फ्लैट में नहीं पाई गई और उस दिन के बाद किसी ने उसे देखा है। वह उस फ्लैट में नहीं रहती थी। वह मिनोटी से ही मिलने वहां आ जाती थी। मिनोटी के अंगरक्षकों में से किसी ने भी उसकी शक्ल नहीं देखी थी। जब मिनोटी के अंगरक्षक फ्लैट की तलाशी लेते तो वह खिड़की के बाहर मुंह किए हुए खड़ी रहती। वे केवल इतना ही कह पाए कि उसके बाल भूरे थे व शरीर सुगठित था। पुलिस के अनुसार उस लड़की ने ही हत्यारों के अन्दर घुसने के लिए दरवाजा खोल दिया होगा क्योंकि दरवाजे तोड़े जाने का कोई चिह्न न था। यह जाहिर है कि उसने एक बड़ी धनराशि प्राप्त करने के लालच से मिनोटी की हत्या करवाने में उसके दुश्मनों की मदद की होगी।"

मैं मैथ्यूज द्वारा दी गई इस जानकारी पर विचार करने लगा। थोड़ी देर सोचने के बाद मैंने मैथ्यूज से पूछा–"क्या तुम चौड़े कन्धों वाले एक बलिष्ठ इतालवी को जानते हो जिसका नाम कार्लो है तथा जिसके चेहरे पर एक दाग है?"

"नहीं, कुछ ध्यान नहीं आ रहा", मैथ्यूज बोला। "लेकिन हमारी बातचीत में इस आदमी का क्या मतलब?"

"मैं इस आदमी को ढूंढ़ना चाहता हूं", मैंने कहा–"मैथ्यूज, यदि तुम्हें यह आदमी कहीं मिल गया तो तत्काल मुझे सूचना दे देना।"

"जरूर", अपने सिगार की राख एश ट्रे में डालते हुए मैथ्यूज बोला–"लेकिन अब मुझे बताओ कि सेट्टी के बारे में तुम्हें अचानक दिलचस्पी क्यों हो गई?"

"मैं अभी यह बात तुम्हें नहीं बता सकता", मैंने कहा। लेकिन समय आने पर मैं तुम्हें सब कुछ बता दूंगा–दोस्त होने के नाते यह मेरा वायदा है।"

* * *

मैं वापिस अपने फ्लैट में लौट आया। अब तक काफी सोच-विचार करने के बाद मैंने यह निश्चय कर लिया था कि फिलहाल मैं चामर्स को हेलन के बारे में मिली सारी जानकारी नहीं दे सकता। हेलन का जीवन व उसकी मौत के सम्बन्ध में मुझे काफी ऐसी बातें पता लगी थीं जिनकी जांच-पड़ताल किए बिना मैं इन्हें चामर्स को नहीं बता सकता था।

गाड़ी को मकान के बाहर खड़ी कर मैं अपने कोरिडोर से गुजरता हुआ फ्लैट के दरवाजे के पास ही पहुंचा था कि मैंने एक व्यक्ति को दरवाजे के पास खड़ा देखा। मैं चौकन्ना होकर नजदीक पहुंचा तो देखा कि यह लेफ्टिनेण्ट कार्लोत्ती था।

मेरे कदमों को आवाज सुनकर कोर्लोती मुड़ा और मेरी व शक की निगाहों से देखने लगा। आज उसके चेहरे पर वह आत्मीयता न झलक रही थी जो इससे पहले झलका करती थी। यह देखकर मेरा दिल किसी अज्ञात आशंका से धड़कने लगा।

"हैलो, लेफ्टिनेंट।" मैंने मुस्कराने का असफल प्रयास करते हुए कहा। "क्या आप काफी समय से मेरी प्रतीक्षा कर रहे हैं?"

"नहीं, मैं अभी-अभी यहां आया हूं।" कार्लोत्ती बोला। "मैं आपसे एक बात पूछना चाहता हूं।"

"आप अन्दर आइये।" मैंने कहा और जेब से चाबी निकालकर दरवाजा खोल दिया।

कार्लोत्ती अन्दर आ गया और कमरे का ध्यान से निरीक्षण करते हुए खिड़की के पास खड़ा हो गया। मैं उसके सामने ऐसे स्थान पर खड़ा था जहां खिड़की से अन्दर आने वाली सारी रोशनी मेरे चेहरे पर पड़ती थी।

"आप क्या जानना चाहते हैं, लेफ्टिनेंट।" मैंने सिगरेट जलाते हुए पूछा।

"मिस्टर डॉसन।" कार्लोती बोला–मुझे आपको यह सूचित करते हुए अफसोस हो रहा है कि अब हमारे लिए मिस चामर्स की मौत को मात्रा एक दुर्घटना घोषित कर पाना सम्भव नहीं है। इस बीच हमें कुछ ऐसे संकेत मिले हैं जिनके अनुसार मिस चामर्स की मौत एक संदेहास्पद मामला बन जाता है और इस मामले में पूरी तहकीकात करना हमारा कर्तव्य है।"

"फिर?" मैंने कार्लोत्ती की नजरों से नजरें मिलाते हुए पूछा।

"मिस चामर्स के कई बॉय-फ्रेंड्स थे और हमारी जानकारी के अनुसार वह इन दोस्तों से शारीरिक सम्बन्ध रखती थी।"

"क्या आप यह कहना चाहते हैं कि मिस चामर्स एक अनैतिक जीवन बिताती थी?" मैंने पूछा।

"जी, हां।"

"आप जानते ही हैं कि मिस्टर चामर्स अपनी बेटी के बारे में इस प्रकार की बात सुनना पसंद नहीं करेंगे।" मैंने कहा। "क्या आप अपने तथ्यों की सच्चाई के प्रति आश्वस्त हैं?"

"बेशक।" कुछ झल्लाई आवाज में कार्लोत्ती बोला–"हमारे विचार में यह भी सम्भव है कि उसके ही किसी दोस्त ने उसकी हत्या कर दी हो। हमें लग रहा है कि यह हत्या का मामला है। हमने मिस चामर्स के दोस्तों की सूची तैयार कर ली है जिसमें आपका नाम भी है।"

"क्या आप यह कह रहे हैं कि मिस चामर्स के मुझसे भी अनैतिक सम्बन्ध थे?" अपनी आवाज में गुस्सा दर्शाते हुए मैंने कहा–"ध्यान रहे इस बात पर मैं आपके खिलाफ अदालती कारवाई कर सकता हूं।"

"मिस्टर डॉसन, मैंने इस प्रकार की कोई बात नहीं कही है।" कार्लोत्ती बोला–"आपका मिस चामर्स से परिचय था और हम इस बारे में अपनी स्थिति को स्पष्ट कर देना चाहते हैं। हमें विश्वास हो गया है कि उसके दोस्तों में से ही किसी दोस्त ने उसकी हत्या कर दी है। आपको इस बारे में हमारी सहायता करनी चाहिए। क्या आप मुझे बता सकते हैं कि हेलन की मृत्यु वाले दिन आप कहां थे?"

"क्या आप समझते हैं कि हेलन की हत्या मैंने की है?" तैश में आकर मैंने कहा।

"नहीं, मेरा यह मतलब नहीं है।" कार्लोत्ती बोला। "मैं ऐसे व्यक्तियों की एक सूची बना रहा हूं जिनका मिर्स चामर्स से परिचय था। साथ ही मैं यह जानने की कोशिश कर रहा हूं कि इनमें से प्रत्येक व्यक्ति उस दिन कहां था जिस दिन मिस चामर्स की हत्या हुई थी। हम केवल व्यक्तियों के बारे में जांच-पड़ताल करेंगे जो उस दिन की अपनी गतिविधियों के बारे में संतोषप्रद जवाब नहीं दे पाएंगे। इस प्रकार की पद्धति का प्रयोग कर हम अपना काफी समय बचा पाएंगे।"

"ठीक है।" मैंने कहा–"क्या आप यह जानना चाहते हैं कि चार दिन पहले मैं कहां था?"

"जी।"

"मिस चामर्स की मृत्यु वाले दिन मेरा अवकाश आरम्भ हो गया था। मेरा विचार वेनिस में अपनी छुट्टियां बिताने का था। लेकिन वेनिस में किसी होटल में एक कमरे की अग्रिम बुकिंग न करा पाने के कारण मैं उस दिन वेनिस के लिए रवाना न हो पाया था। लिहाजा मैं अपने फ्लैट में ही रहकर उपन्यास लिखता रहा अगले दिन सुबह...।"

"मेरी आपके अगले दिन में दिलचस्पी नहीं है।" कार्लोत्ती बोला। "मैं सिर्फ 29 तारीख के बारे में जानना चाहता हूं।"

"उस दिन मैं पूरी समय उपन्यास लिखने में व्यस्त रहा।" मैंने कहा। "मैं अगले दिन सुबह तीन बजे तक इसी काम में लगा रहा तथा अपने कमरे से बाहर ही न निकला।"

अपने चमकते जूते की ओर नजर डालते हुए कार्लोत्ती ने पूछा–"क्या उस दिन कोई व्यक्ति आपसे मिलने आपके फ्लैट पर आया?"

"जी नहीं। दरअसल मुझसे मिलने कोई व्यक्ति आ भी नहीं सकता था क्योंकि सब लोगों के विचार में मैं वेनिस जा चुका था।"

"क्या किसी व्यक्ति ने टेलीफोन पर आपसे सम्पर्क किया?"

"जी नहीं।"

कार्लोत्ती काफी देर तक अपने चमकते जूतों में निगाहें गड़ाए रहा और कमरे में खामोशी छाई रही। फिर मेरी नजरों से नजरें मिलाकर वह उठ खड़ा हुआ।"

“धन्यवाद, मिस्टर डॉसन।” वह बोला। “यह एक पेचीदा मामला है। इस मामले पर हर पहलू से विचार करके ही हम सच्चाई जान सकते हैं। मुझे अफसोस है कि मैंने आपका काफी समय लिया।”

कार्लोत्ती ने मुझे आदाब किया व दरवाजा खोलकर बाहर चला गया। मैं भीतर ही भीतर इतना सहम गया था कि मैंने कार्लोत्ती को दरवाजे तक छोड़ने की औपचारिकता भी न निभाई उसके जाने के बाद मैंने सिगरेट बुझा दिया और खिड़की के पास जाकर कुछ सोचने लगा।

* * *

“मैं स्तम्भित-सा खड़ा काफी देर तक अपनी हालत के बारे में सोचने लगा। अब कार्लोत्ती को विश्वास हो चला था कि हेलन की हत्या कर दी गई थी और वह अपराधी को पकड़ने की दिशा में प्रयत्नशील था।

अब जाहिर था कि मुझे अपने बचाव के लिए जल्दी ही कुछ करना था। इससे पहले कि कार्लोत्ती हत्या के शक में मुझे गिरफ्तार कर ले, मुझे असली हत्यारे को पकड़ना था। कार्लोत्ती जिन चिह्नों पर काम कर रहा था वे चिह्न मुझे ही अपराधी घोषित करने की दिशा में अग्रसर थे।

* * *

“मैंने अपनी कार स्टेडियम में छोड़ दी और पैदल ही विला पेलिस्ट्रा की ओर बढ़ चला। यह मकान लगभग दो एकड़ भूमि पर बसा हुआ था और इसके चारों ओर आठ-फुट ऊंची पत्थर की दीवार थी।

अब तक बारिश तेज हो चुकी थी तथा सड़कें और गलियां सूनी हो चुकी थीं। मैंने विला पेलिस्ट्रा की ओर जाने वाली छोटी सड़क पर था जिसके दोनों ओर पेड़ थे तथा जो इस समय अन्धेरे से ढकी हुई थी।

धीरे-धीरे आगे बढ़ता हुआ मैं विला के पास पहुंचा। यह एक दो मंजिला भवन था जो विक्टोरियन नमूने से बना हुआ था। इसकी छत आगे की ओर झुकी हुई थी तथा खिड़कियां बड़ी-बड़ी थीं। इस समय इस मकान के निचले कमरों में रोशनी दिख रही थी जबकि बाकी सारे मकान में अन्धेरा था।

अहाते के भीतर दोनों ओर बाग थे जो विभिन्न प्रकार के पौधों और फूलों से भरे हुए थे। अन्धेरे का सहारा लेकर मैं आगे बढ़ा और निचली मंजिल के एक कमरे की खिड़की के पास पहुंचा जिसमें बत्ती जल रही थी। इस समय खिड़कियों पर पर्दे नहीं टंगे थे और इस कारण बाहर खड़े हुए भी मेरी नजर कमरे के भीतर जा रही थी।

कमरा काफी बड़ा-था और खूबसूरत तरीके से सजाया गया था। कमरे के बीच में एक मेज थी जिसके पास एक नवयुवती एक थैले में कुछ तलाश रही थी।

मुझे लगा कि शायद यह नवयुवती ही मयरा सेट्टी थी। मैंने उसे ध्यान से देखा और पाया कि वह आकर्षक लड़की थी। वह 25-26 वर्ष की रही होगी और उसके बाल कंधों तक फैले हुए थे। थैले को व्यवस्थिति करने के बाद उसने एक सिगरेट जलाया, कमरे की बत्ती बन्द की तथा बाहर निकल गई।

मैं इंतजार करता रहा।

एक या दो मिनट के अन्तराल के बाद मकान का मुख्य दरवाजा खुला तथा वह युवती हाथ में एक बड़ी छतरी लेकर बाहर आ गई।

फिर वह युवती गैराज की ओर गई। गैराज का दरवाजा खुला और बत्तियां जल उठीं। बत्तियों की रोशनी में मैंने देखा कि हरे रंग की कैडलक गाड़ी गैराज में खड़ी हुई है। युवती ने अपनी छतरी दीवार से टिका दी और कार में घुसी। थोड़ी देर में मैंने कार के शुरू होने की आवाज सुनी और इसके साथ ही युवती कार चलाते हुए बाहर की ओर निकल गई। जिस जगह पर मैं छिपा हुआ था उस स्थान से यह कार केवल दस गज की दूरी से निकली थी। कार की सामने की बत्तियां जल रही थीं जिसकी रोशनी से मैं खुद को बड़ी मुश्किल से बचा पाया।

मैं अपने स्थान पर खड़ा हुआ कार को बाहर की ओर जाते हुए देखता रहा। अहाते को पार कर कार लोहे के गेट पर रुक गई। युवती बाहर आई और गेट को खोला। फिर वह कार में बैठी और चल दी। कार की धीमी होती आवाज और फिर कुछ देर बाद छा गई शांति से मुझे पता चला कि कार चली गई है।

मकान में अब पूरी तरह अन्धेरा छा गया था। थोड़ी देर अपनी जगह पर खड़ा मैं चारों ओर नजर घुमाता रहा। जब मैं पूरी तरह से आश्वस्त हो गया कि इस मकान में इस समय कोई नहीं है तो मैं आगे बढ़ा और मकान का निरीक्षण करने लगा। इस समय मकान के सभी कमरों में अन्धेरा छाया हुआ था। निचली मंजिल में मुझे एक खिड़की दिखाई दी जिस पर कुंडा नहीं लगा था। मैंने धीरे से इसे खोला और अपनी फ्लैशलाइट की सहायता से इसके अन्दर झांकने की कोशिश की। जाहिर था कि यह मकान का रसोईघर था। मैं खिड़की का सहारा लेकर बिना कोई आवाज किए अन्दर कुछ गया। अन्दर पहुंचकर मैंने खिड़की बन्द कर दी और रसोईघर से निकलकर हाल में आ गया।

हाल के बाईं ओर एक सीढ़ी थी जो ऊपर के कमरों की ओर जाती थी। इस सीढ़ी से होता हुआ मैं ऊपर पहुंच गया।

ऊपर की मंजिल में चार कमरे थे जिनके दरवाजे इस समय बन्द थे। अपनी दाहिनी तरफ के दरवाजे को खोलकर मैं अन्दर घुसा। लगता था कि यह उस नवयुवती का कमरा होगा जो थोड़ी देर पहले कार में बैठकर कहीं बाहर गई थी। कमरे के बीच में दीवान था जिस पर लाल रंग की चादर बिछी थी। कमरे के फर्नीचर का रंग सुनहरा था तथा कालीन का रंग लाल। संक्षेप मैं, यह कमरा खूबसूरती से सजाया गया था।

मैं ध्यान से इस कमरे का निरीक्षण करने लगा लेकिन मुझे यहां ऐसी कोई चीज नहीं मिल पा रही थी जिसमें मेरी दिलचस्पी हो। कमरे की ड्रेसिंग टेबल पर हीरों से भरी एक संदूकची थी। इन हीरों की कीमत इतनी अधिक रही होगी कि यदि किसी चोर की निगाह इस पर पड़ती तो वह कितना ही जोखिम उठाकर इसे उड़ा लेने को तैयार हो जाता। इन हीरों को देखकर यह साफ लगता था कि या तो इन हीरों की मालकिन के पास काफी पैसा रहा होगा या उसके कई प्रेमी रहे होंगे जो उसे इतने महंगे उपहार देते होंगे। लेकिन मेरी इस प्रकार के खजाने में कोई दिलचस्पी न थी।

मैं इस कमरे से बाहर निकला व दूसरे में घुसा तथा फिर दूसरे से निकलकर तीसरे में घुसा। अन्त में चौथे कमरे में ही मुझे कुछ ऐसी चीजें दिखाई दीं जिनमें मेरी दिलचस्पी थी तथा जिन्हें पाने की गरज से ही मैं यहां आया था।

इस कमरे में दीवार के सहारे दो सूटकेस रखे हुए थे। पहला सूटकेस खुला पड़ा था व इसमें मेरे कुछ सूट व्हिस्की की तीन बोतलें व चांदी का सिगरेटकेस रखा हुआ था। काफी देर तक अपनी फ्लैशलाइट की सहायता से मैं सूटकेस के अन्दर रखी उन चीजों को देखता रहा जो मेरे ही फ्लैट से चोरी चली गई थीं।

फिर मैंने दूसरे सूटकेस को खोला। यह भी मेरे फ्लैट से चोरी किए गए सामान से भरा पड़ा था। केवल हेलन का कैमरा ही मुझे यहां न मिला।

इससे पहले कि इन चीजों के बारे में मैं कुछ सोच पाता मुझे नीचे मकान का मुख्य दरवाजा खोले जाने की आवाज आई। यह आवाज सुनकर मैं चौंक उठा।

इस खामोश व वीरान मकान में दरवाजा खुलने की आवाज इतनी गूंज गई मानों अचानक भूचाल आ गया हो। किसी ने मुख्य दरवाजे पर लगे ताले को खोला था व दरवाजे को झटका दिया था।

"फिर अन्दर घुसकर इस व्यक्ति ने जोर से आवाज दी—"मयरा!"

अपने बचपन से अब तक मैंने कई लोगों को जोर से आवाज लगाते सुना था। मैंने कई गड़रियों को भी देखा था जो शाम को अपने मवेशियों को बुलाने के लिए जोर से आवाज लगाते थे और यह आवाज घाटियों में गूंज उठती थी। लेकिन अपने पूरे जीवन में मैंने किसी भी व्यक्ति को इतने जोर से आवाज लगाते नहीं सुना था जितनी जोर से इस व्यक्ति ने आवाज लगाई थी। यह आवाज सीढ़ियों के रास्ते से ऊपर भी आई थी व इसने सारे मकान को मानो हिला दिया था। यह भयावह आवाज सुनकर मेरे बदन के रोंगटे खड़े हो गए और दिल जोर-जोर से धड़कने लगा।

थोड़ी देर बाद इस व्यक्ति ने मकान का दरवाजा जोर से बन्द किया व एक बार फिर आवाज को पहचानने में देर न लगी। फोन पर मैंने इसी आवाज को पहचानने में देर न लगी। फोन पर मैंने इसी आवाज को सुना था। मैं कार्लो के ही मकान में था।

मैं कमरे से बाहर निकला व खुद को छिपाते हुए नीचे की ओर देखने लगा। नीचे हाल में बत्तियां जलाई गई थीं लेकिन कार्लो हाल में न था।

थोड़ी देर बाद कार्लो के गाने की आवाज आई। आवाज बहुत ही भद्दी, भौंडी व बेसुरी थी। कार्लो के गाने को संगीत कहना संगीत शब्द का अपमान है। उसके गाने को सुनकर ऐसा लग रहा था मानो कोई जंगली जानवर दर्द में चिंघाड़ रहा है। कार्लो की आवाज सुनकर मेरे पसीने छूट रहे थे।

मैं दरवाजे के पीछे छिपा खुद को कार्लो की नजरों से बचा रहा था। कार्लो के इस मकान में मौजूद रहने के समय तक मैं बाहर निकलने की हिम्मत नहीं कर सकता था। तभी अचानक कार्लो का गाना बन्द हो गया और मकान में खामोशी छा गई।

मैं दरवाजे के पीछे छिपे हुए कनखियों से नीचे की ओर देख रहा था। तभी कार्लो मकान के किसी कोने से बाहर आ गया और हाल के बीचो-बीच आकर खड़ा हो गया। तेज रोशनी में उसका मुख व शरीर अच्छी तरह दिख रहे थे। मैंने दरवाजे के पीछे खुद को और भी अच्छी तरह छिपा लिया।

हां, इसमें कोई शक न था कि यही वह व्यक्ति था जिसे मैंने सौरेन्टो में हेलन के मकान के भीतर घुसते देखा था।

थोड़ी देर तक कार्लो हाल के बीचो-बीच पत्थर की प्रतिमा के समान खड़ा रहा। उसका मुंह एक और मुड़ा हुआ था। ऐसा लग रहा था मानो वह किसी आवाज को सुनने की कोशिश कर रहा हो।

मैं अपना सांस रोके खड़ा हुआ यह इन्तजार कर रहा था कि कार्लो का अगला कदम क्या होगा।

कार्लो आगे बढ़ा व सीढ़ियों के पास पहुंचा। यहां पहुंचकर उसने अपनी टांगें खोली, हाथ कमर पर बांधे और अपनी निगाहें सीढ़ियों के ऊपर की ओर जमा लीं।

अब बिजली की रोशनी सीधे उसके चेहरे पर पड़ रही थी। उसकी आकृति ठीक वैसी ही थी जैसा कि फ्रैंजी ने मुझे बताया था। वह सचमुच एक खूंखार जानवर लगता था। उसने काले रंग का स्वेटर पहन रखा था जो उसकी गर्दन को ढक रहा था। उसकी पतलून का भी रंग काला था और पतलून का निचला हिस्सा उसके मैक्सिन जूतों के अन्दर था। उसके दाहिने कान में एक बाली थी तथा वह एक जंगली सांड की भांति दिख रहा था।

थोड़ी देर तक उसकी निगाहें उसी दरवाजे की ओर टिकी रही जिसके पीछे मैं छिपा हुआ था। मुझे विश्वास था कि दरवाजे के पीछे छिपे रहने के कारण वह मुझे नहीं देख पा रहा था। मैं सांस रोके दरवाजे के पीछे खड़ा था क्योंकि मैं जानता था कि मेरी ओर से की गई जरा-सी भूल मेरे लिए मौत का पैगाम बन सकती थी।

तभी अचानक वह चिल्लाया—"सीधे-सीधे नीचे चले आओ नहीं तो मैं खुद ही ऊपर आकर तुम्हें नीचे ले जाऊंगा।"

नौ

कार्लो के निर्देश पर चुपचाप नीचे चले आने के सिवा मेरे पास कोई और रास्ता न था।

मैं जानता था कि कार्लो से भिड़न्त होने की नौबत आ सकती थी और सीढ़ियों से ऊपर कोई खुली जगह न थी जहां हम दोनों लड़ सकते। साथ ही इस मकान से भाग निकलने का एक ही रास्ता था और यह रास्ता था हाल से निकल कर मुख्य दरवाजे से होते हुए मकान से बाहर पहुंच जाना। कार्लो से लड़ाई होने की दशा में मुझे इस विकल्प का भी ध्यान रखना था।

इन सब संभावनाओं पर गौर करके मेरे लिए नीचे हाल में आ जाना ही श्रेयस्कर था। लिहाजा मैंने ऐसा ही किया।

मैं धीरे-धीरे उतरता हुआ सीढ़ियों के बीच तक पहुंच गया। यहां पर आकर मैं थोड़ी देर रुक गया ताकि बिजली की तेज रोशनी में वह मुझे ठीक से देख ले।

कार्लो ने एक बार सिर से पांव तक मेरा निरीक्षण किया और अपने बड़े से सफेद दांत दिखाते हुए हंसा।

"हैलो, मैक।" वह बोला—"यह मत समझो कि मैंने अचानक ही तुम्हें पकड़ लिया है। मैं तो तुम्हारे घर से तुम्हारा पीछा कर रहा हूं। अब चुपचाप नीचे चले आओ। मैं तुमसे कुछ बात करना चाहता हूं।"

यह कहकर कार्लो सीढ़ियों से पीछे हट गया ताकि मैं बिना किसी तात्कालिक डर के नीचे आ सकूं। मैं चुपचाप नीचे चला आया।

"वहां सोफे पर जाकर चुपचाप बैठ जाओ।" उंगली से सोफे की ओर इशारा करते हुए कार्लो बोला।

थोड़ी देर बाद कार्लो भी लाउंज में आ गया व सामने वाली कुर्सी में बैठ गया। वह अब भी मेरी ओर देखकर मुस्करा रहा था। उसके सांवले रंग की पृष्ठभूमि में उसके गाल पर अंकित निशान चमक रहा था।

"क्या तुमने ऊपर के कमरों में रखा हुआ अपना सामान देख लिया?"

"हां, देख लिया।" मैंने कहा—"लेकिन मेरा कैमरा तुमने कहां पर छिपा रखा है?"

मेरे सवाल के जवाब में कार्लो ने सिगरेट के धुंए का कश मेरी ओर फेंका।

"अब तुम मेरी बात सुनो मैं जो सवाल पूछूं उनका जवाब दो।" कार्लो बोला—"पहले यह बताओ कि तुम इस मकान तक कैसे पहुंच पाए?"

"एक लड़की ने अपनी दीवार पर तुम्हारा फोन नम्बर लिख रखा था।" मैंने कहा—"फोन नम्बर मिलने के बाद तुम्हारा मकान तलाश करना कोई बड़ी बात न थी।"

"हेलन?"

"हां।"

"आज शाम कार्लोत्ती तुम्हारे फ्लैट पर आया था।" कार्लो बोला। "वह तुमसे क्या जानना चाहता था?"

अब मुझे ऐसा लग रहा था कि कार्लो के प्रति मेरा भय समाप्त हो चुका था व उसकी हर बात पा जवाब अब मैं बराबर के स्तर पर दे सकता था। लिहाजा मैंने उसके सवालों का सटीक जवाब देने का निश्चय कर लिया।

"मैं तुमसे पूछ रहा हूं।" कार्लो चिल्लाया। उसकी आंखों में अचानक वहशीपन उतर आया। "क्या तुम चाहते हो कि मैं तुमसे जंगलीपने से पेश आऊं?"

कार्लो ने अपनी मुठ्ठियां भींच लीं। अब ये इन्सान की नहीं बल्कि किसी हैवान की मुठ्ठियां दिख रही थीं। उसके चेहरे पर गुस्से के चिह्न उभरते दिख रहे थे।

"मैं तुम्हें एक बात साफ-साफ बता रहा हूं।" कार्लो बोला–"मैं अपने स्वभाव से ही हिंसा प्रेमी हूं। किसी व्यक्ति को शारीरिक चोट पहुंचाना मुझे भाता है। जब मैं किसी पर हाथ उठाता हूं तो उसके जिंदा रहने की संभावना कम ही रहती है। इस समय मैं तुमसे शांतिपूर्वक तरीके से बात करने के मूड में हूं। इसलिए मेरे सवालों का सीधे-सीधे जवाब दो। बताओ कि कार्लोत्ती ने तुमसे क्या बता की?"

"यह बात कार्लोत्ती ही बता सकता है।" मैंने तल्खी के मूड में जवाब दिया।

मेरा यह जवाब सुनकर कार्लो मुझपर हमला करने के लिए मेरी ओर लपका। अब तक मैं कार्लो के अच्छे व्यवहार से इतना आश्वस्त हो चुका था कि मुझे खयाल ही न रहा कि वह मुझ पर हमला भी कर सकता था। लिहाजा मैं सौफे पर आराम से बैठा हुआ था। यदि मुझे इस बात का जरा-सा भी अंदेशा होता कि कार्लो इस प्रकार से व्यवहार कर सकता है तो में सोफे पर ऐसी मुद्रा में बैठता जिससे कि मैं कार्लो के वार से खुद को बचा पाऊं। लेकिन कार्लो मुझपर इतनी तेजी से झपटा कि मेरे पास खुद को बचा पाने का समय ही न था। उसने अपने बांए हाथ से मेरे पेट पर घूंसा मारा। कार्लो का यह वार तो मैंने बचा लिया लेकिन तभी उसने अपने दाएं हाथ से मेरे जबड़े पर घूंसा मारा उसके घूंसे का प्रहार हथौड़ों के प्रहार से कम न था और इस वार से मेरा सिर भन्ना गया। मेरी आंखों के आगे अन्धेरा छा गया तथा में जमीन पर गिर पड़ा।

लगभग पांच-छः मिनट बाद मुझे होश आया और मैंने आंखें खोल दीं। मैंने देखा कि मुझे सोफे पर लिटाया गया है। मेरा जबड़ा सूजकर काला हो गया था और मेरे सिर में दर्द हो रहा था।

कार्लो मेरे पास ही बैठा हुआ था। वह बार-बार अपनी दाहिनी मुट्ठी को बाईं हथेली पर मार रहा था। मुझे ऐसा लग रहा था मानो उसकी इच्छा मुझे इसी प्रकार का एक और घूंसा मारने की है।

थोड़ी कोशिश करके मैंने अपने शरीर को हिलाया व सोफे की टेक लगाकर बैठ गया। कार्लो के घूंसे ने मेरी शक्ति काफी कम कर दी थी।

"मैंने तुमको पहले ही इसकी चेतावनी दी थी।" कार्लो ने कहा। "लेकिन तुमने मेरी बात पर ध्यान न दिया था। अब मैं तुम्हें एक मौका और देता हूं। तुम्हें मेरे सवालों का जवाब देना होगा। यदि तुम इस बार फिर अपनी जिद पर अड़े रहोगे तो मैं तुम्हारा जबड़ा ही तोड़ दूंगा? हां, अब बताओ कि कार्लोत्ती तुमसे क्या पूछ रहा था?"

मुझे कार्लो पर असह्य गुस्सा आ रहा था। मेरा मन कह रहा था कि मैं उस पर धावा बोल दूं तथा उसे पीट-पीटकर जख्मी कर दूं। लेकिन जाहिर था कि मैं ऐसा करने में असमर्थ था क्योंकि कार्ला मुझसे कई गुना अधिक बलशाली था। उससे झगड़ा मोल लेकर मैं अपना नुकसान नहीं करना चाहता था।

"कार्लोत्ती हेलन के दोस्तों के बारे में जानना चाहता था।" मैंने कहा। बोलते हुए भी मेरे जबड़े में दर्द हो रहा था।

"क्यों?"

"क्योंकि वह हेलन के हत्यारे को पकड़ना चाहता है।"

मेरा विचार था कि इतनी जानकारी से कार्लो सन्तुष्ट हो जाएगा लेकिन ऐसा न हुआ। वह पहले की ही भांति शरारतपूर्ण अंदाज से मुस्कुराता रहा व अपने दाहिने हाथ की मुट्ठी बनाकर बाएं हाथ पर बार-बार मारता रहा।

"क्या यह सच है? क्या वह समझता है कि हत्या कर दी गई थी?"

"हां, उसे इस बात का विश्वास हो गया है", मैंने कहा।

"मैं नहीं समझता था कि कार्लोत्ती इतना तेज है", कार्लो बोला। फिर उसने एक सिगरेट खुद सुलगाया। दूसरा सिगरेट मुझे देते हुए बोला—"लो, मैक, एक सिगरेट पी लो। तुम्हें इस समय सिगरेट की जरूरत है।"

मैंने कार्लो के हाथ से सिगरेट व लाइटर ले लिया व सिगरेट को सुलगा लिया। एक कश पीने से मुझे सिर के दर्द से कुछ राहत मिली।

"कार्लोत्ती को यह विश्वास क्यों हो गया है कि हेलन की हत्या की गई थी?" उसने पूछा।

"तुमने हेलन के कैमरे में से फिल्म खींचकर बाहर निकाली है। इससे यह शक मजबूत हो जाता है कि उसकी मौत दुर्घटनावश नहीं हुई थी।"

"मैंने यह काम कुछ सोच-समझकर ही किया है", कार्लो बोला। "मेरा लक्ष्य इस मामले में तुम्हें फंसाना था।"

"कार्लो की यह बात सुनकर मैं चौंका। लेकिन अपनी हैरानी पर नियन्त्रण करके मैंने कहा—"क्या मतलब?"

"तुम सब कुछ जानते हो", कार्लो बोला—"तुम मेरा इरादा अच्छी तरह समझते हो। मैंने तुम्हें हेलन की हत्या में फंसाने का पूरा इन्तजाम कर रखा है। मैंने सौरेन्टो के मकान में घड़ी का समय भी जान-बूझकर बदल दिया ताकि पुलिस समझ सके कि हत्याकांड के समय तुम उस मकान में ही थे। मैक, उस पहाड़ी पर चढ़ते हुए सचमुच मेरा दम फूल गया था।"

"तो क्या तुमने ही हेलन की हत्या की?" मैंने हैरान होकर पूछा।

"प्रमाणों के अनुसार इस हत्या के लिए जिम्मेदार तुम हो", उंगली से मेरी ओर इशारा करते हुए कार्लो बोला। "हेलन की मौत के समय तुम उसके मकान में थे। डगलस शेरार्ड नाम के व्यक्ति तुम ही हो। उस मकान में तुमने ही हेलन के नाम एक पत्र रख छोड़ा था जिसमें तुमने हेलन से पहाड़ी की चोटी पर मिलने के लिए कहा था। क्या तुम उस पत्र को भूल गए हो? मैंने मेज पर से उस पत्र को उठा लिया था और यह पत्र मेरे पास सुरक्षित है। यह एक पत्र तुम्हें हेलन का हत्यारा सिद्ध करने के लिए काफी होगा।"

कार्लो की बातें सुनकर मुझे लगा मानों मेरे पैर तले से जमीन निकल रही हो। मुझे सौरेन्टो के मकान में हेलन के लिए रखे गए उस पत्र का अब तक ख्याल ही न आया था। कार्लो ने ठीक ही कहा था कि यह एक पत्र मुझे हेलन का हत्यारा सिद्ध करने के लिए काफी था।

"वह पत्र मेरी इस जेब में रखा है", कार्लो अपनी पतलून की जेब की ओर इशारा करते हुए बोला। "यह पत्र व सौरेन्टो के मकान में मिली घड़ी तुम्हें निश्चित रूप से हत्यारा घोषित कर देगी। तुम्हारे बचने का कोई रास्ता नहीं है।"

कार्लो ठीक कह रहा था। यदि वह पत्र कर्लोत्ती के हाथ लग जाता तो मेरा काम तमाम हो जाता। इस समय यह पूरा पत्र मेरे मस्तिष्क पर छाया हुआ था।

इस पत्र में मैंने लिखा था—

हेलन,

काफी कोशिश करने के बावजूद मैं तुम्हें नहीं ढूंढ़ पाया हूं। यह पत्र देखते ही उद्यान गेट की ओर से पहाड़ी की चोटी पर चली आना। मैं इन्तजार करूंगा।

—एड

मैंने यह पत्र इस मकान में रखे हुए एक लैटर पैड पर लिखा था। इस पर उस दिन की तारीख व समय भी दर्ज था। हेलन की मृत्यु से लगे सदमे व भागदौड़ के बीच मुझे इस पत्र के अस्तित्व का ख्याल ही न रहा था।

"मेरे पास हेलन द्वारा तुम्हें लिखा गया एक और पत्र भी है", दुष्ट हंसी हंसते हुए कार्लो बोला—"यदि तुम्हें हत्यारा सिद्ध किए जाने में किसी और प्रमाण की आवश्यकता होगी तो यह पत्र वह आवश्यकता भी पूरी कर देगा। हेलन ने यह पत्र मरने से कुछ समय पहले लिखा था।"

मैं सचमुच एक गहरी चाल का शिकार हो गया था यह और एक ऐसी स्थिति थी जिसे मैं समझता था लेकिन जिसे बदलने या छुटकारा पाने में मैं असमर्थ था। इस स्थिति से छुटकारा पाने का एक मात्रा रास्ता उस पत्र को प्राप्त करना था जिसे मैंने सौरेन्टो के मकान में हेलन के लिए रख छोड़ा था। कार्लो ने कहा था कि वह पत्र उसकी जेब में था। इसे प्राप्त करने के लिए मुझे कार्लो को धोखे से गिराना व वह पत्र प्राप्त करना था। लेकिन मेरे लिए क्या ऐसा कर पाना सम्भव था?"

"हेलन ने मुझे कभी कोई पत्र नहीं लिखा है", मैंने कार्लो द्वारा बताए गए दूसरे पत्र के अस्तित्व से इंकार करते हुए कहा।

"लिखा है", कार्लो बोला–"यह पत्र मैंने ही उससे लिखवाया है। यह काफी लम्बा पत्र है जिसमें हेलन ने लिखा है कि उसने सौरेन्टो में एक मकान एक महीने के लिए किराए पर लिया है जहां पर तुम दोनों मिस्टर व मिसिज शेरार्ड के नाम से रहोगे। यह पत्र तुम्हें फांसी के तख्ते पर चढ़ाने के लिए काफी प्रमाण देता है। मैंने तुम्हें मौत के जाल में पूरी तरह से फंसाने का प्रबंध कर रखा है और मुझे विश्वास है कि अब तुम मेरे चंगुल से नहीं बच पाओगे।"

मुझे विश्वास था कि हेलन द्वारा एक पत्र लिखे जाने की बात कोरी कल्पना थी। हेलन इस प्रकार का कोई पत्र नहीं लिख सकती थी। इस दूसरे पत्र की बात करके कार्लो मुझे डराना चाहता था। लेकिन मेरे द्वारा हेलन को लिखा गया पत्र कल्पना न थी। मैं जानता था कि मैंने खुद ही यह पत्र लिखा व सौरेन्टो में हेलन के मकान में रखा। यदि दूसरे पत्र की बात भूल भी जाएं तो भी पहला पत्र मुझे हेलन की हत्या में फंसाने कि लिए पर्याप्त था।

"ठीक है, मैं जानता हूं कि तुमने मुझे अपने जाल में फंसा लिया है", मैंने कहा–"अब तुम मुझसे क्या बर्ताव करने जा रहे हो?"

कार्लो उठा व कमरे में इधर-उधर टहलने लगा। टहलते हुए वह किसी योजना पर गम्भीर रूप से विचार करता दिख रहा था।

"मैं कई महीने से तुम जैसे किसी व्यक्ति की तलाश में था", कार्लो बोला–"जब हेलन ने मुझे बताया कि वह तुम पर डोरे डालकर तुम्हें अपने जाले में फंसा रही है तो मैं बहुत खुश हुआ था। मैं समझ गया था कि जल्दी ही तुम मेरे चंगुल में आ जाओगे। दरअसल मुझे तुम जैसे किसी व्यक्ति की जरूरत भी थी। अब तुम मेरे द्वारा दिया गया एक पार्सल फ्रैंच सीमा के पार पहुंचाआगे। तुम एक पत्रकार हो इसलिए पुलिस तुम्हारी कार या तुम्हारे सामान की तलाशी नहीं लेगी। मैं कई महीनों से इस पार्सल में रखी गई चीज को इकट्ठा कर रहा हूं और इसे सीमा पार ले जाने के लिए तुम्हारे जैसे किसी व्यक्ति का इन्तजार कर रहा हूं।"

"इस पार्सल में क्या है?" मैंने पूछा।

"तुम्हें यह जानने की जरूरत नहीं है", कार्लो बोला। "तुम्हें यहां से मोटर द्वारा नाइस नामक जगह पर पहुंचना होगा। नाइस में तुम्हें अपनी कार एक होटल के कार-पार्किंग में रखकर इस होटल में ही रात बितानी होगी। यह पार्सल तुम्हारी कार के पीछे रखा होगा। नाइस में मेरा आदमी कार से इस पार्सल को खुद ही निकाल लेगा। तुम्हें इसकी चिंता करने की जरूरत नहीं है। उसके बाद तुम आराम से रोम वापिस आ जाओगे।"

"यदि मैं यह काम करने से इंकार कर दूं तो तुम हेलन के नाम लिखा गया मेरा पत्र कार्लोत्ती के पास पहुंचा दोगे?"

"बिलकुल ठीक है", कार्लो बोला। "तुम काफी समझदार दिखते हो।"

"और यदि मैं तुम्हारा यह काम कर दूं तो इसके बाद मेरे साथ कैसा बर्ताव होगा?"

यह काम सफलतापूर्वक कर आने के बाद तुम्हें मौज मनाने के लिए काफी धन व समय दिया जाएगा। लगभग छः महीने के बाद तुम्हें एक बार फिर नाइस की यात्रा करनी होगी। बस एक पत्रकार होने के नाते विभिन्न जगहों की यात्रा करना तुम्हारा काम है और सरकार व अधिकारी पत्रकारों की खातिर करते हैं। उन पर आसानी से शक नहीं किया जा सकता और न ही उनके सामान या उनकी कार की तलाशी ही ली जाती है। मुझे अपना काम कराने के लिए तुम जैसे ही किसी व्यक्ति की जरूरत थी। इसी कारण मैं तुम्हें अपने जाल में फंसाना चाहता था?"

"क्या हेलन भी इसी प्रकार के किसी फायदे के लिए मुझे फंसा रही थी?" मैंने पूछा।

"हां, लेकिन हेलन की योजना बहुत छोटी थी। वह बहुत छोटे स्तर पर काम करती थी। वह तुमसे एक मामूली-सी रकम लेकर तुम्हें छोड़ना चाहती थी। लेकिन मैंने उसे समझाया कि तुम हमारे लिए बहुत काम की चीज हो व तुम्हारा सौदा एक मामूली रकम पर नहीं किया जा सकता था। वह मेरी बात मान गई थी।"

अब मुझे हेलन व कार्लो द्वारा मेरे बारे में बनाई गई योजनाएं स्पष्ट दिख रही थी।

"अब मुझे साफ दिख रहा है कि हेलन को नशीली दवाइयां ही होंगी।"

"तो क्या मैं तुम्हें टैल्कम पाउडर सीमा से पार ले जाने को कहूंगा?" व्यंग्यात्मक अन्दाज में कार्लो बोला।

थोड़ी देर रुककर व सिगरेट सुलगाते हुए कार्लो फिर बोला–"अब हमें अपने काम की बात शुरू करनी चाहिए। क्या तुम नाइस जाने को तैयार हो या मैं तुम्हारा पत्र कार्लोत्ती के पास भिजवा दूं?"

"लगता है तुम्हारे आदेश का पालन करने के सिवा मेरे पास और कोई रास्ता नहीं है।" मैंने कहा।

मैंने कमरे में चारों ओर नजरें दौड़ाई। मैं किसी ऐसी चीज की तलाश कर रहा था जिसकी सहायता से मैं अचानक कार्लो पर वार कर सकूं। लेकिन मुझे इस कमरे में ऐसी कोई चीज नहीं

दिख रही थी। मैं जानता था कि बिना किसी हथियारनुमा चीज की सहायता से मैं कार्लो पर वार करने में असमर्थ था।

कमरे के दरवाजे के पास एक मेज रखा था जिसके ऊपर एक फूलदान था। फूलदान के साथ मयरा सेट्टी का चांदी के फ्रेम से जड़ा एक चित्र था। मयरा ने स्विमिंग पहन रखा था और वह एक आरामकुर्सी पर लेटी हुई थी। उसके सिर के ऊपर धूप से बचने वाली छतरी फैली हुई थी। इस तस्वीर को देखकर मुझे ऐसा लगा मानो मैंने इसे पहले भी कहीं देखा है। लेकिन फिर इस विचार को अपनी आंखों का एक भ्रम समझकर मैंने उस पर से अपनी निगाहें हटा लीं। तस्वीर के साथ ही एक शीशे का पेपरवेट रखा था। इस पूरे कमरे में यही एक चीज थी जिसका इस्तेमाल मैं हथियार के रूप में कर सकता था।

"तो तुम यह काम करने लिए तैयार हो?" कार्लो मेरे चेहरे के भावों को पढ़ने की कोशिश करते हुए बोला।

"हां।" मैंने कहा "इससे बच निकलने का मेरे पास कोई रास्ता नहीं है।"

"शाबाश।" कार्लो मुस्कराते हुए बोला। "मैं जानता था कि तुम्हें यह करना ही पड़ेगा। अब ध्यान से सुनो कि तुम्हें क्या करना होगा। बृहस्पतिवार को अपनी कार अपने गैराज में रखना और गैराज में ताला नहीं लगाना। रात मैं किसी समय मैं वह पार्सल तुम्हारी कार में रखवा दूंगा। शुक्रवार सुबह तुम इस काम पर रवाना हो जाना। शुक्र की रात तुम जेनेवा में ठहर जाना व शनिवार नाइस पहुंचना तुम्हें अपनी यात्रा को इस प्रकार नियोजित करना है कि शाम के सात बजे के करीब तुम सीमा पार करो। इस समय सीमा पर तैनात कर्मचारियों को भूख लगी होती है और वे खाना खाने की तैयारी में होते हैं। ऐसे समय वे तुम्हें जल्दी फारिग कर देंगे व अधिक पूछताछ नहीं करेंगे। तुम्हें सोलेल दोर होटल जाना होगा व वहां एक कमरा बुक करना होगा। अपनी कार को तुम होटल के गैराज में पार्क करोगे व उसके बाद निश्चिन्त हो जाओगे। बाकी काम मैं खुद ही संभाल लूंगा। समझे?"

मैंने जवाब दिया कि मैं सब कुछ समझ रहा हूं।"

"मैं इस कार्यक्रम में कोई फेरबदल या गड़बड़ी देखना नहीं चाहता।" कार्लो चेतावनी देता हुआ बोला। "इस पार्सल में मैंने अपनी काफी पूंजी लगा रखी है। यदि तुमने मुझे डबलक्रास करने की कोशिश की तो नुकसान उठाओगे। याद रखो कि तुम मेरे चंगुल में हो। मेरे एक इशारे पर तुम जेल की हवा खा सकते हो।"

"यदि कार्लोत्ती को इस बात का पता चल गया कि हेलन की मौत के समय मैं सौरेन्टो वाले मकान में था तब क्या होगा?" मैंने पूछा।

"तुम उसकी चिंता न करो।" कार्लो बोला–"यदि वह तुम्हें तंग करेगा तो मैं उसे भी ठिकाने लगा दूंगा। मैं लोगों को ठिकाने लगा देने की कला अच्छी तरह जानता हूं। जब तक तुम मेरे साथ रहोगे, तुम्हें इस बारे में चिंता करने की कोई जरूरत न होगी। हम दोनों मिलकर यह धंधा

वर्षों तक चला सकते हैं। इसके अलावा मेरे और भी कई धंधे हैं जिनमें तुम मुझसे सहयोग कर सकते हो।"

"ऐसा लगता है कि मेरे लिए नए भविष्य की शुरूआत हो रही है।" मैंने कहा।

"बिलकुल ठीक।" अपनी सिगरेट को बुझाता हुआ कार्लो बोला–"अच्छा मैक, अब मैं चलता हूं। मुझे कई काम करने हैं। तुम शुक्रवार को इस यात्रा पर जाने के लिए तैयार रहो।"

कार्लो को खड़ा होते देख मैं भी धीरे से खड़ा हो गया। मैं धीरे-धीरे आगे बढ़ा व मेज के पास पहुंचा। वहां खड़े होकर मैं मयरा की चांदी जड़ी तस्वीर का निरीक्षण करने का नाटक करने लगा।

"क्या यह तुम्हारी गर्ल फ्रैंड की तस्वीर है?" मैंने पूछा।

मेरा सवाल सुनकर कार्लो मेज की ओर बढ़ा लेकिन अभी भी वह मेरे हाथ के घेरे से दूर था।

"तुम्हें यह जानने की जरूरत ही क्या है?" वह अनमने ढंग से बोला–"तुम अपना काम करो।"

मैंने तस्वीर को हाथ में उठाया व कहा–"लड़की तो खूबसूरत दिखती है। क्या वह भी नशा करती है?"

गुस्से में गुर्राते हुए कार्लो मेरी ओर बढ़ा व मेरे हाथ से तस्वीर छीन ली। तस्वीर हाथ में उठा लेने से कार्लो का दायां हाथ फिलहाल व्यस्त हो गया। मेरे लिए उस पर वार करने का यही सुनहरी मौका था। मैंने बाएं हाथ से गुलदस्ता व दाएं से पेपरवेट उठाकर कार्लो की ओर दे मारे। ये चीजें उसके घुटने से लगीं। कार्लो अपने घुटने को सहलाने व मुझे गालियां निकालने लगा।

इतनी देर में मैंने पेपरवेट फिर उठा लिया व इस बार इसे कार्लो के सिर पर दे मारा। अपने वार के पीछे मैंने अपनी पूरी शक्ति लगा दी थी।

मेरे इस वार से कार्लो को धराशायी कर दिया। उसकी आंखें धूम गईं और वह जमीन पर मेरे पैरों के पास लेट गया।

मैंने पेपरवेट छोड़ा व कार्लो के ऊपर झुक गया। ऐसा करना मेरी भूल थी। कार्लो वास्तव में बहुत ताकतवर था। उसने हाथ बढ़ाकर मेरा गला पकड़ना चाहा। मेरा गला दबोचने में वह सफल होने ही जा रहा था कि मैंने उसका हाथ तेजी से झटक दिया। अब वह निढाल हो चुका था लेकिन इस प्रकार के दुश्मन को ऐसी अवस्था में छोड़ना भी खतरनाक हो सकता था। वह किसी भी समय शक्ति बटोरकर मुझपर फिर वार कर सकता था लिहाजा उसने ज्योंही सिर उठाने की कोशिश की, मैंने पूरे जोर का इस्तेमाल कर एक घूंसा उसके जबड़े पर रसीद कर दिया। मेरा शक्तिशाली घूंसा खाकर कार्लो का सिर फर्श पर लुढ़क गया और वह बेहोश हो गया।

मौका जानकर मैंने कार्लो के शरीर को जमीन पर औंधा कर दिया व उसकी जेबें टटोलने लगा। उसके पतलून की पिछली जेब में मुझे चमड़े का एक बटुआ मिला।

मैं इस बटुए को कार्लो की जेब से निकाल ही रहा था कि अचानक तेजी से कमरे का दरवाजा खुला और मयरा सेट्टी कमरे में दाखिल हुई।

मयरा सेट्टी के हाथ में 30 स्वचालित रिवाल्वर था जिसका निशाना मेरी ओर केंद्रित था।

* * *

मयरा सेट्टी को कमरे में देखकर मैं हतप्रभ रह गया और कुछ क्षणों के लिए हम एक-दूसरे को घूरते रहे।

"हाथ दूर हटाओ।" मयरा बोली।

मैंने अपना हाथ कार्लो की जेब से तत्काल हटा लिया। मेरे द्वारा उसकी जेब से हाथ हटाने पर कार्लो के शरीर में हरकत हुई, वह मुड़ा व उसके गले से गुर्राने की आवाज आने लगी।

"दूर हट जाओ!" मयरा ने आदेश दिया।

कार्लो को छोड़कर मैं खड़ा हो गया और थोड़ी दूर जाकर खड़ा हो गया।

अपने हाथों व घुटनों का सहारा लेकर कार्लो ने खड़ा होने का प्रयत्न किया। पहले तो वह कुछ लड़खड़ाया व अपनी टांगों के कंपन को न रोक पाया। लेकिन फिर शीघ्र ही उसने खुद को संभाला और सीधा खड़े हो पाने में सफल हो गया। मुझे लग रहा था कि इस समय कार्लो के चेहरे पर गुस्से व क्रूरता का भाव होगा लेकिन ऐसा न था। मैंने देखा कि कार्लो मेरी ओर देखकर मुस्करा रहा था।

"तुम सचमुच काफी साहसी व्यक्ति हो।" कार्लो अपने शरीर को एक हाथ से दबाते हुए बोला। "मुझे यह जानकर खुशी है। पिछले कई वर्षों में मुझ पर इतनी तेजी व मजबूती से वार नहीं हुए हैं। लेकिन जितने तेज तुम शारीरिक रूप में हो उतना तेज तुम्हारा दिमाग नहीं है। क्या तुम मुझे ऐसा मूर्ख समझते हो कि तुम्हारा वह पत्र मैं अपनी जेब में रखूंगा?"

"मैंने वह पत्र पाने का प्रयत्न किया और प्रयत्न करने में नुकसान ही क्या था?" मैंने अपनी मूर्खता पर पर्दा डालने की कोशिश करते हुए कहा।

"कार्लो यह मामला आखिर है क्या?" मयरा ने व्यग्रता से पूछा–"यह आदमी कौन है?"

"यह वही डॉसन है जिसके बारे में मैं तुम्हें बता रहा था।" कार्लो बोला–"डॉसन ही शुक्रवार को हमारा सामान नाइस पहुंचाने वाला है।"

फिर मेरी ओर देखकर कार्लो बोला–"मैक, अब तक जो कुछ भी हुआ, ठीक है। लेकिन अब फिर इस प्रकार की कोई हरकत न करना। यदि तुम फिर ऐसी हरकत पर उतर आए तो मुझे तुम्हारे साथ सख्ती से पेश आना पड़ेगा।"

मैंने निराश व उदास दिखने का नाटक किया।

"अब मैं चलता हूं।" मैंने कहा व दरवाजे की ओर चल पड़ा।

मयरा ने मुड़कर मेरी ओर तिरस्कार भरी नजरों से देखा। दरवाजे की ओर चलते हुए जब मैं मयरा के पास से गुजरा तो एक झटके से मैंने उसके हाथ से रिवाल्वर छीन लिया व उसे धक्का दे दिया। मेरे धक्के के जोर से वह पहले सोफे से टकराई व फिर कार्लो के पास जमीन पर गिरी। कार्लो ने सहारा देकर उसे उठा लिया।

मेरा यह दुःसाहस देखकर कार्लो अचंभित रह गया और कुछ देर पत्थर की एक प्रतिमा की भांति खड़ा रहा। फिर वह इतनी जोर से हंसा कि कमरे की खिड़कियां हिलने लगीं।

"तुम मुझे मारना चाहते हो!" जोर-जोर से हंसते हुए व अपनी जांघों पर हाथ पटकते हुए वह बोल पड़ा।

"वह बटुआ मेरे हवाले कर दो।" बन्दूक की नली कार्लो की ओर केंद्रित रखे हुए मैंने कहा। मेरी आवाज की दृढ़ता को देखकर कार्लो सहम गया।

"देखो, मैक, तुम जो चीज लेना चाहते हो तो बटुआ मेरी ओर फेंक दो।" मैंने चेतावनी देते हुए कहा।

थोड़ी देर हम एक-दूसरे को घूरते रहे। मेरे हाव-भाव को देखकर कार्लो समझ गया कि मैं अपनी बात मनवाने को कृतसंकल्प हूं और बात न माने-जाने पर अप्रत्याशित हरकत भी कर सकता हूं। लिहाजा मुझे शांत करने के उद्देश्य से वह मुस्कराया व अपनी जेब से बटुआ निकालकर मेरे पैरों की ओर फेंक दिया।

एक हाथ से बन्दूक की नली को कार्लो की ओर केन्द्रित किए हुए मैं नीचे झुका व दूसरे हाथ से बटुआ उठा लिया। मैंने बटुए को खोलकर देखा। इसमें कई हजार लीर की कीमत के नोट रखे थे और इसके अतिरिक्त इसमें कोई और कागज न था।

मयरा आग से भरी हुई निगाहों से मुझे देखे जा रही थी।

"शारीरिक रूप से काफी चुस्त होने के बावजूद दिमागी रूप से डॉसन अभी बच्चा ही है।" मयरा को संबोधित कर कार्लो बोला। "मैंने उसे अपने शिकंजे में अच्छी तरह फंसा रखा है। अब वह वही करेगा जो मैं उससे करवाना चाहूंगा। दोस्त, मैं सच कह रहा हूं न?"

मैंने निराश होकर कार्लो का बटुआ वापिस उसकी ओर फेंक दिया।

"मैं जानता हूं कि तुम्हारा काम कर देने के सिवा मेरे पास कोई रास्ता नहीं है।" मैंने कहा और बन्दूक को मेज पर रख बाहर चला गया।

बारिश अभी रुकी न थी। मैं मकान के दरवाजे से बाहर निकलकर गेट की ओर बढ़ा। अचानक मेरी नजर पार्किंग की ओर गई। इस समय यहां दो गाड़ियां रखी हुई थीं–एक हरी रेनौल्ट गाड़ी व दूसरी कैडिलक। हरी रेनौल्ट गाड़ी वही गाड़ी थी जो पिछले कई दिनों से मेरा पीछा कर रही थी।

लम्बे डग भरता हुआ मैं सड़क पर पहुंचा व अपनी कार में बैठा। कार को तेजी से चलाता हुआ मैं अपने मकान पर पहुंचा व कार को सड़क पर छोड़ मैं तेजी से अपने फ्लैट में घुसा। अपना गोला ओवरकोट दूर फेंक मैंने तत्काल फोन पर इंटरनेशनल इंवैस्टिगेटिंग एजेंसी से संपर्क किया व सार्ती से मिलने की इच्छा जाहिर की। इस समय रात के साढ़े दस बजे थे और मुझे सार्ती से संपर्क हो पाने की अधिक आशा न थी इसे मेरा सौभाग्य ही समझिए कि सार्ती तत्काल फोन पर आ गया।

"सार्ती, जिस हरी रेनौल्ट गाड़ी की मैं बात कह रहा था वह इस समय पाओलो वेरोनीज इलाके में विला पेलिस्ट्रा में खड़ी है।" मैंने कहा, "अपने कुछ आदमियों को तत्काल इस गाड़ी पर नजर रखने के लिए कहो। मैं यह जानना चाहता हूं कि गाड़ी को खड़ी रख इसका ड्राइवर कहां जाता है?"

सार्ती ने मुझे आश्वासन दिया कि वह तत्काल मेरे आदेश का पालन करेगा। मुझे फोन पर इंतजार करने को कह वह अपने आदमियों को निर्देश देने में जुट गया। उसके निर्देशों की धीमी गूंज मुझे फोन पर सुनाई दे रही थी।

जब सार्ती फिर लाइन पर आया तो मैंने उससे पूछा—"क्या मेरे लिए कोई खबर है?"

"सर, कल सुबह तक मैं आपको कोई खबर सुना पाने में सफल हो पाऊंगा।" वह बोला।

"मैं नहीं चाहता कि तुम यह खबर देने मेरे घर जाओ।" मैंने कहा "मैं तुमसे कल सुबह दस बजे प्रेस क्लब में मिल सकता हूं।"

"ठीक है।"

"सार्ती को अपने घर न आने देने के पीछे एक ही कारण था और वह यह कि अब मैं जानता था कि कार्लो के आदमी मेरे घर की निगरानी रखते थे। मैं यह नहीं चाहता था कि कार्लो को मेरे घर आने वाले लोगों के बारे में कुछ पता चले। इसलिए बेहतर यही था कि मैं अपने मित्रों, सहयोगियों आदि से घर के बाहर ही मिलूं।

अपने कपड़े बदलकर मैंने व्हिस्की का एक बड़ा पैग बनाया व बैठ गया। मेरे जबड़े में दर्द हो रहा था और मेरा जी मचला रहा था। मैं ऐसी मुसीबत में फंस चुका था जिससे बच निकलना अब काफी हद तक मेरे भाग्य पर ही निर्भर करता था।

आने वाला कल रविवार था। सोमवार को मुझे शव-परीक्षण की औपचारिकताएं पूरी करने के लिए नेपल्ज जाना था। इसके बाद शुक्रवार को मुझे कार्लो द्वारा थोपे गये गैरकानूनी काम से बचने का केवल एक ही रास्ता था और वह था हेलन की हत्या का दोष उस पर थोप पाने में सफल हो जाना। लेकिन इस प्रकार की कोई संभावना मुझे नहीं दिख रही थी।

अब मैं यह जान गया था कि कार्लो ने ही हेलन की हत्या की थी लेकिन ऐसा करने के पीछे उसका क्या मतलब था यह मैं न समझ पाया था।

मैं यह मानने को तैयार न था कि कार्लो ने हेलन की हत्या केवल मुझे अपने चंगुल में फंसाने के इरादे से की थी मुझे इस हत्या में फंसाने का विचार उसे हत्या करने के बाद तथा हेलन के नाम लिखे गये मेरे पत्र को प्राप्त करने के बाद ही आया होगा।

तो फिर उसने हेलन की हत्या क्यों की थी?

कार्लो ने मुझे बताया था कि हेलन नशीली दवाओं की आदी हो चुकी थी और ये दवाएँ वह उससे ही खरीदती थी। नशीली दवाओं के विक्रेता आमतौर पर अपने शिकार को अपने नियंत्रण में ही रखते हैं। लेकिन कभी-कभी ऐसा भी हो जाता है कि किसी शिकार को नशीली दवाओं के बॉस के बारे में ऐसे राज पता चल जाते हैं जिनका प्रयोग कर वह अपने बॉस पर ही हावी हो जाने का प्रयत्न करता है।

मैं अब तक यह जान गया था कि हेलन ब्लेकमेल के धंधे में खासी दिलचस्पी रखती थी। क्या उसने कभी कार्लो को भी ब्लैकमेल करने की कोशिश की थी? हेलन द्वारा कार्लो को ब्लैकमेल किए जाने की कोशिश करना तब तक संभव नहीं था जबतक उसे कार्लो के बारे में ऐसे राज न मिल गए हों जो उसे बर्बाद कर देने की सामर्थ्य रखते हों। क्या सचमुच हेलन को कार्लो के बारे में ऐसे खतरनाक राज मिल गए थे यदि ऐसा था तो हेलन ने जरूर ये कागजात या चीजें कहीं सुरक्षित स्थान पर छिपाकर रखी होंगी।

कार्लो द्वारा हेलन की हत्या कर देने का अर्थ था कि या तो उसने हेलन के हाथ लगे राजों के प्रमाण नष्ट कर दिए होंगे या इन प्रमाणों को हथियाने से पहले ही हेलन की हत्या कर दी हो। हो सकता है कि हेलन द्वारा ब्लेकमेल की धमकी दिए जाने के तुरंत बाद ही उसने उसे चोटी से धक्का देकर मार दिया हो।

क्या वास्तव में ऐसा ही हुआ था?

मैं अभी इस विभिन्न संभावनाओं पर विचार ही कर रहा था कि टेलीफोन की घंटी बजी। इस समय सवा ग्यारह बज रहे थे। मैंने रिसीवर उठाया।

"मिस्टर डॉसन। मैंने हरी रेनौल्ट गाड़ी के बारे में जानकारी हासिल कर ली है।" यह सार्ती की आवाज थी। "यह गाड़ी कार्लो मैंकिनी की है। इस व्यक्ति का ब्रैंटिनी में फ्लैट है। यह फ्लैट एक शराब की दुकान के ठीक ऊपर है।"

"क्या वह इस समय अपने फ्लैट में ही है?"

"वह थोड़ी देर पहले कपड़े बदलने के लिए अपने फ्लैट में दाखिल हुआ था। अभी पांच मिनट पहले वह कपड़े बदलकर बाहर गया है।"

"ठीक है, मैं अभी आता हूं।" मैंने कहा।

मैंने तेजी से अपना ओवरकोट पहना व नीचे उतर कार के पास पहुंचा। मुझे ब्रैंटिनी पहुंचने पर मैंने अपनी कार को सड़क के किनारे खड़ा कर दिया और पैदल चलते हुए उस स्थान को ढूंढ़ने लगा जिसके बारे में मुझे सार्ती ने फोन पर निर्देश दिए थे। मैं थोड़ी ही दूर चला था कि एक

बंद दुकान के छज्जे के नीचे मुझे सार्ती दिखाई दिया। वह बारिश से बचने के लिए छज्जे के नीचे खड़ा मेरी प्रतीक्षा कर रहा था।

"क्या कार्लो वापिस आ गया है?"

"नहीं।"

"तो मैं उसके फ्लैट में घुसने की कोशिश करता हूं।"

"मिस्टर डॉसन ऐसा करना गैरकानूनी है।" सार्ती चिंतित आवाज में बोला।

"सूचना देने के लिए धन्यवाद। इस समय मैं गैरकानूनी काम करने के लिए भी तैयार हूं।" मैंने उत्तेजित आवाज में जवाब दिया "क्या तुम बता सकते हो कि फ्लैट में किस रास्ते से घुसा जा सकता है?"

मैं छज्जे का निरीक्षण कर ऐसी जगह तलाशने लगा जहां से फ्लैट के अंदर घुसा जा सके। जल्दी ही मुझे ऐसी जगह दिख गई जहां से मैं फ्लैट के अंदर घुस सकता था।

सड़क के दोनों ओर एक नजर डाल मैंने फ्लैश लाइट जलाई व इसकी रोशनी में फ्लैट के ताले का मुआइने करने लगा। यह ताला ज्यादा जटिल न था। मामूली सी दिक्कत के बाद यह खुल गया। मैंने दरवाजा खोला व तेजी से अन्दर की ओर बढ़ गया। अन्दर घुसने के बाद मैंने दरवाजे को फिर बन्द किया व फ्लैश लाइट की रोशनी में सामने दिख रही सीढ़ियों पर चढ़ गया।

सीढ़ियां खत्म होने पर छोटा-सा ढलान आया जिसके तीन ओर तीन कमरों के दरवाजे थे व चौथी ओर बालकनी थी। फ्लैट के अन्दर शराब, पसीने व सिगरेट की बदबू फैली हुई थी।

मैंने एक दरवाजा खोलकर अन्दर झांका। यह एक छोटा व गंदा रसोईघर था जिसमें चारों ओर झूठे बर्तन व कढ़ाइयां रखी हुई थीं। कुछ प्लेटों में कुछ ही देर पहले खाए गए भोजन के बचे हुए टुकड़े रखे थे और मक्खियां चारों ओर भिनभिना रही थीं।

रसोईघर को पर कर मैं आगे बढ़ा व एक बैडरूम में दाखिल हो गया। इस कमरे के बीच में एक डबल बैड था जिस पर कुछ मैली चादरें व तकिये अव्यवस्थित रूप में पड़े हुए थे। फर्श पर कपड़े बिखरे हुए थे। कमरे में फैली तम्बाखू व पसीने की बदबू से मेरा जी मचलाने लगा।

इस कमरे की एक कुर्सी पर एक बड़ी एशट्रे रखी थी जो सिगार व चेरूट के टुकड़ों से भरी हुई थी। मैंने इसमें रखे सिगार के टुकड़ों में से एक टुकड़ा उठाया व कौतूहलवश इसका मुआयना किया। सिगार का यह टुकड़ा अपनी बनावट में बिलकुल वैसा ही था जैसा कि मैंने सौरेन्टो में चोटी के पास पड़ा हुआ पाया था। मैंने सिगार के एक टुकड़े को उठाकर जेब में रख लिया।

कमरे में दीवार के साथ एक पुराना डेस्क भी रखा था जिसके ऊपर कुछ पुराने अखबार, फिल्म पत्रिकाएं व अधनंगी लड़कियों के चित्र थे।

मैं इस डेस्क की दराजों को खोलने लगा। डेस्क की अधिकतर दराज पुराने सामान या कबाड़ से भरी हुई थीं। इनमें मेरी दिलचस्पी की कोई चीज न थी। लेकिन डेस्क की निचली दराज

में एक ट्रेवलिंग बैग था जो हवाई यात्रा करते समय अक्सर यात्रियों को दिया जाता है। मैंने इस बैग को दराज में से निकाला तथा इस खोलकर अन्दर देखने लगा।

इस बैग के अन्दर मुझे केवल कागज मिले जो मुड़ी हुई दशा में रखे हुए थे, मैंने इन्हें बाहर निकाला व हाथ से तह करके सीधा किया। ये कागज लगभग चार महीने पहले रोम से न्यूयार्क तक की गई हवाई यात्रा के टिकट की प्रतिलिपि थी। इस टिकट पर कार्लो मैंकिनी का नाम दर्ज था।

मैं टिकट को हाथ में लिए किन्हीं विचारों में खो गया।

यह टिकट इस बात का प्रमाण थी कि हेलन के रोम के लिए रवाना होने से पहले कार्लो न्यूयार्क गया था। क्या इस यात्रा का कोई महत्त्व हो सकता है? क्या कार्लो व हेलन न्यूयार्क में मिले थे?

मैंने इन कागजों को अपनी जेब में डाल लिया व बैग को वापिस दराज में रख दिया।

मैं लगभग आधा घंटा इस फ्लैट की तलाशी लेता रहा लेकिन मेरे हाथ ऐसी कोई भी चीज न लगी जा वर्तमान हालात में मेरे किसी काम आ सकती हो। यहां तक कि मुझे हेलन को लिखा गया वह पत्र भी न मिल सका जो अब कार्लो के अधिकार में था तथा जिसे मेरे खिलाफ प्रयोग में लाया जा सकता था।

"निराश होकर मैं फ्लैट से बाहर आ गया जहां सार्ती बेसब्री से मेरी प्रतीक्षा कर रहा था।"

अपने फ्लैट की ओर लौटते हुए मैं रास्ते में अन्तर्राष्ट्रीय तारघर पर रुका व वैस्टर्न टेलीग्राम के न्यूयार्क स्थित क्राइम रिपोर्टर तक मार्टिन को तार दी–

कार्लो मैंकिनी नामक व्यक्ति के बारे में मुझे जानकारी दी। यह व्यक्ति सांवले रंग का है, उसके कंधे चौड़े हैं तथा उसके गाल पर निशान है। मैं रविवार को फोन करूंगा। –डॉसन

मैं जानता था कि मार्टिन अपने काम में दक्ष था और मुझे विश्वास था कि कार्लो की अमरीका यात्रा के बारे में वह सारी जानकारी हासिल करके मुझे दे देगा।

दस

अगले दिन सुबह दस बजे मैं प्रेस क्लब पहुंचा और बियरर से पूछा कि क्या कोई व्यक्ति मेरी प्रतीक्षा कर रहा है। बियरर ने बताया कि मुझसे मिलने की इच्छा जाहिर करने वाला एक व्यक्ति कॉफी बार में बैठा हुआ है। मैं कॉफी बार में दाखिल हुआ और देखा कि दीवार के साथ रखी मेज के साथ बैठा सार्ती बेचैनी से मेरी राह देख रहा है। मैं उसके साथ जाकर बैठ गया।

"हैलो", मैंने कहा, "कहो मेरे लिए तुम क्या समाचार लाए हो?"

"आपके निर्देशों पर तत्काल अमल करने के उद्देश्य से मैंने अपने दस आदमियों को मिस चामर्स के जीवन के बारे में जानकारी हासिल करने पर लगा दिया है। मैं उनकी रिपोर्ट की प्रतीक्षा कर रहा हूं। लेकिन इस बीच किसी और स्रोत से मुझे कुछ अन्य प्रकार की सूचना मिली है...ऐसा

कभी-कभी होता ही है किसी विषय पर छानबीन करने के दौरान हमें कुछ ऐसे तथ्य भी मिल जाते हैं जो नाखुशगवार होते हैं। मैं इस बारे में आपको विस्तार से बताना चाहता हूं।"

"मैं सब कुछ सुनने को तैयार हूं", मैंने कहा। "मैं तुम्हारे द्वारा अब बताई जाने वाली कई बातों को पहले से हो जानता हूं। मैंने तुमसे पहले ही कहा था कि मिस चामर्स एक बहुत ही धनी व प्रभावशाली व्यक्ति की बेटी है और उसके पिछले जीवन के बारे में जानकारी हासिल करते हुए हमें बहुत सावधानी बरतनी होगी।"

"मैं यह भली प्रकार जानता हूं", सार्ती ने उदास स्वर में जवाब दिया। "मिस्टर डॉसन, आपको यह भी समझना चाहिए कि कार्लोत्ती भी इस मामले की जांच-पड़ताल कर रहा है। मुझे अंदेशा है कि शीघ्र ही उसके हाथ भी वे तथ्य लग जाएंगे जो तथ्य मुझे मालूम हो गए हैं। मेरा विचार है कि अगले तीन दिनों में कार्लोत्ती को यह जानकारी हो जाएगी।"

"तुम्हें यह कैसे मालूम है?" मैंने हैरान होकर पूछा।

"आप शायद यह जानते ही होंगे कि मिस चामर्स को नशीली दवाइयां खाने की लत लग चुकी थी", सार्ती बोला। "सार्ती बोला। "उसके पिता उसे खर्चे के लिए बहुत कम धन देते थे। नशीली दवाइयां खरीदने के लिए मिस चामर्स को काफी पैसों की जरूरत रहती थी। मिस्टर डॉसन, मुझे आपको यह सूचना देते हुए दुःख हो रहा है कि पैसे की कमी को पूरा करने के लिए मिस चामर्स कई व्यक्तियों से शारीरिक सम्बन्ध बनाती थी व बाद में उन्हें ब्लैकमेल करती थी।"

अचानक मेरे मन मैं यह विचार उठा कि क्या सार्ती को यह पता चल चुका था कि हेलन के ब्लैकमेलिंग के धन्धे में अगला शिकार मैं ही था?"

"मिस चामर्स के बारे में इन तथ्यों की जानकारी मुझे पहले ही से है", मैंने कहा। "लेकिन तुमने मेरे सवाल का जवाब नहीं दिया है। मेरा सवाल है कि तुम्हें कार्लोत्ती...?"

"मिस्टर डॉसन, मैं आपके सवाल का जवाब थोड़ी देर बाद दूंगा", सार्ती बोला। "पहले आप मेरी बात सुन लीजिए। मेरे पास रखे इन कागजों में उन सभी व्यक्तियों के नाम व पते लिखे हुए हैं जिसमें मिस चामर्स ने किसी न किसी समय पैसा ऐंठने की कोशिश की। मैं ये फाइल आपके पास छोड़े जाता हूं। आप इसे ध्यान से पढ़ लीजिए।"

यह कहकर सार्ती ने महत्त्वपूर्ण निगाहों से मेरी ओर देखा। मैं इन निगाहों का अर्थ समझता था। जाहिर था कि फाइल में दर्ज दिए गए हेलन के प्रेमियों की सूची में मेरा नाम भी शामिल था।

"तुम्हें यह सूचना कहां से मिली?" अपनी जेब से सिगरेट का पैकेट निकालकर सार्ती की ओर बढ़ाते हुए मैंने पूछा।

"धन्यवाद, मैं अमेरिकन सिगरेट नहीं पीता", सार्ती बोला। "यदि आपकी इजाजत हो तो मैं अपना इतावली सिगार ही पियूंगा।"

"जरूर।"

सार्ती ने अपनी जेब से एक सिगार निकाला व इसे जलाकर इसका एक कश ले लिया।

"मुझे यह जानकारी सिगनर विरोनी से मिली।" सार्ती बोला "विरोनी एक प्राइवेट जासूस है जो काफी समय पहले पुलिस के लिए काम करता था। विरोनी काफी महंगा जासूस है और विशेष मामले ही अपने हाथ में लेता है। मैंने व मेरी संस्था ने विरोनी की समय-समय पर काफी सहायता की है। आपके केस से संबंध में तत्काल सूचना हासिल करने के लिए मैंने विरोनी से संपर्क किया। मिस चामर्स के बारे में जानकारी हासिल करने में उसे देर न लगी और यही जानकारी मैं आपके सामने प्रस्तुत कर रहा हूं।"

"विरोनी को यह जानकारी कहां से मिली?" मैंने पूछा।

"विरोनी को रोम में मिस चामर्स की गतिविधियों पर नजर रखने के लिए पहले से ही अनुबंधित किया गया था।" सार्ती बोला। लिहाजा मिस चामर्स के रोम में कदम रखने के समय से ही विरोनी व उसके दो आदमी मिर्स चामर्स के पीछे लगे हुए थे। मिस चामर्स द्वारा रोम में बिताए गए पूरे समय के दौरान विरोनी व उसके आदमियों ने थोड़ी देर के लिए भी उसे अपनी नजरों से ओझल नहीं होने दिया।"

सार्ती द्वारा दी गई इस जानकारी ने मुझे हिला दिया।

"क्या विरोनी व उसके आदमी मिस चामर्स का पीछा करते हुए सौरेन्टो भी गए?" मैंने पूछा।

"नहीं। उन्हें सौरेन्टो जाने के निर्देश न थे। विरोनी को कहा गया था कि वह केवल रोम में ही मिस चामर्स पर नजर रखे।"

"विरोधी को मिस चामर्स पर नजर रखने के निर्देश किसने दिए थे?" मैंने पूछा।

"सर यह मैं आपको नहीं बता सकता।" खींसे निपोरते हुए सार्ती बोला। "मैं आपको पहले ही काफी गुप्त बातें बता चुका हूं और इससे आगे बढ़ पाना मेरे लिए संभव न होगा। विरोनी मेरा अच्छा दोस्त है और उसने सिर्फ इसी शर्त पर मेरी सहायता करना मंजूर किया है कि मैं उसके द्वारा दी गई सूचनाओं को गुप्त रखूंगा।"

"सर, दरअसल विरोनी ने मुझे उस व्यक्ति का नाम ही नहीं बताया सार्ती ने जवाब दिया।

मैं जानता था कि सार्ती झूठ बोल रहा था। लेकिन इस झूठ को स्वीकार करने के अलावा मेरे पास और कोई रास्ता न था।

"अच्छा, तुमने थोड़ी देर पहले ही मुझे बताया था कि कार्लोत्ती को ये तथ्य तीन दिन के भीतर ही मिल जायेंगे।" मैंने कहा। "तुम्हें यह बात कैसे मालूम है?"

"विरोधी का कार्लोत्ती से संपर्क रहता है।" सार्ती बोला। आमतौर पर वह जांच-पड़ताल द्वारा प्राप्त की गई सारी जानकारी पुलिस को भेज देता है। मिस चामर्स के बारे में प्राप्त की गई जानकारी भी वह पुलिस को देने को तैयार है। मैंने उससे प्रार्थना की है स्वीकार कर ली है।"

"लेकिन विरोनी पुलिस को जानकारी क्यों देता है?" मैंने पूछा।

"इस मामले में वह ऐसा इसलिए कर रहा है क्योंकि शक है कि मिस चामर्स की हत्या की गई है?" सार्ती बोला। "वह समझता है कि इस मामले में सारी जानकारी कार्लोत्ती को देना

उसका कर्तव्य है। विरोनी जैसे इसके बदले पुलिस भी समय—समय पर उनकी मदद करती रहती है।"

"तुमने विरोनी से यह प्रार्थना क्यों की कि वह तीन दिन तक इस मामले के बारे में मिले तथ्य पुलिस को न सौंपे?" मैंने पूछा।

"सर, यदि आप मेरी रिपोर्ट पढ़ें तो इस सवाल का जवाब आपको खुद ही मिल जायेगा।" सार्ती बोला। "आप मेरे ग्राहक हैं। आपको अधिक से अधिक समय तक बचाए रखना मेरा फर्ज है। इस समय का लाभ उठाकर आप अपनी रखा के उपाय भी कर सकते हैं।"

सार्ती की बातें सुन मेरा दिल बैठा जा रहा था। अपनी परेशानी को छिपाने के लिए मैंने सिगरेट जलाई फिर बिना कोई कश लगाए इसे बुझा दिया।

"क्या तुम्हारी सूची में मेरा नाम भी शामिल है?" मैंने अपनी आवाज को संभालते हुए पूछा।

"जी हां।" सार्ती बोला। "विरोनी की जानकारी के अनुसार हेलन की मौत वाले दिन आप नेपल्ज गए थे। उस शाम आप दो बार हेलन के सौरेन्टो वाले मकान में गए थे। उस दिन सुबह हेलन ने आपके दफ्तर आपको फोन किया था व आपसे कहा था कि सौरेन्टो आते हुए आप कैमरे में प्रयुक्त होने वाला कुछ सामान अपने साथ लाएं। आप से बातचीत करते हुए हेलन ने अपना नाम मिसिज डगलस शेरार्ड बताया था। उस दिन विरोनी ने आपका फोन टेप किया था व आपकी सारी बात रिकार्ड कर ली थी।"

दी गई इस सूचना ने मेरे होश ही गुम कर दिए।

"क्या विरोनी यह सारी सूचना कार्लोत्ती को देने जा रहा है?" मैंने चिंतित स्वर में पूछा।

"सर, विरोनी ऐसा करना अपना फर्ज मानता है।" सार्ती रूआंसे स्वर में बोला "इसके अतिरिक्त विरोनी समझता है कि हेलन की हत्या के इस मामले में प्रमाणों को छिपाकर वह खुद भी कानून की गिरफ्त में फंस सकता है। आप जानते ही हैं कि कानून की नजर में हत्या के संबंध में मिली जानकारी को पुलिस से छिपाना हत्या में भागीदार होने के सामान है।"

"इस सब के बावजूद विरोनी मुझे तीन दिन की मोहलत देने को क्यों राजी हो गया है?" मैंने पूछा

"मैं पहले ही बता चुका हूं कि मैंने ही विरोनी से प्रार्थना की है वह दो-तीन दिन रुक जाए" सार्ती बोला–"वह ऐसा करने को मान गया है।"

मैं सार्ती की ओर ऐसे देख रहा था जैसे कोई खरगोश शिकारी की ओर देखता है। अब मैं एक ऐसी स्थिति में फंस गया था जिसमें से निकल पाना असंभव नहीं तो कम से कम बहुत मुश्किल था यदि कार्लोत्ती को यह पता चल जाता कि डगलस शेरार्ड मैं ही हूं तो उसको मेरे द्वारा हेलन को लिखे गए उस पत्र को प्राप्त करने की भी जरूरत न रह जाती जो पत्र कार्लो के कब्जे में था। इस तथ्य के आधार पर वह मुझे आसानी से हेलन की हत्या के मामले में फंसा

सकता था सार्ती के अनुसार विरोनी केवल तीन दिन बाद ही यह जानकारी कार्लोत्ती को देने वाला था।

"सर पहले आप मेरी रिपोर्ट को अच्छी तरह पढ़ लीजिये।" सार्ती सहानुभूति प्रकट करने के अंदाज में बोला–"इसके बाद हम इस मसले पर बातचीत कर सकते हैं। इस संदर्भ में मैं आपके निर्देशों का पालन करने के लिए तैयार हूं।"

"ठीक है, पहले मैं तुम्हारी रिपोर्ट पढ़ लेती हूं।" मैंने कहा। "मुझे यह रिपोर्ट पढ़ने में लगभग आधा घंटा लगेगा। क्या तुम इतने समय मेरी प्रतीक्षा कर सकते हो।"

"अवश्य।" सार्ती बोला और अपने ब्रीफकेस में से एक फाइल निकालकर मेरे हाथ में रख दी। "मुझे बिलकुल जल्दी नहीं है।"

मैंने फाइल उठाई व सार्ती से दूर एक और मेज पर जाकर बैठ गया इस समय कॉफी बार लगभग खाली ही था बियरर को एक ऐस्प्रेसो कॉफी लाने का संकेत कर मैं रिपोर्ट पढ़ने में जुट गया।

यह रिपोर्ट लगभग बीस पृष्ठों पर टाइप की गई थी। रिपोर्ट में लगभग पंद्रह व्यक्तियों के नाम दर्ज थे जिनमें से अधिकतर व्यक्तियों को मैं जानता था। सूची में सबसे पहला नाम गीसप फ्रैंजी का था। मेरा नाम सूची के लगभग मध्य में था रिपोर्ट में पूरा विवरण दिया गया था कि हेलन किस-किस दिन किस-किस व्यक्ति से मिली थी उसके घर कौन-कौन व्यक्ति आता था, उसकी रातें किन व्यक्तियों के साथ बीतती थी। यदि इस विवरण पर नजर डालता हुआ मैं हेलन से अपने संबंधों के बारे में दिए गए विवरण पर छा गया व इसे ध्यान से पढ़ने लगा। यह विवरण सार्ती ठीक ही कह रहा था कि पढ़कर मुझे लगा कि विरोनी व उसके आदमी हेलन की एक-एक मिनट की गति विधि पर नजर रखते थे। इस रिपोर्ट में हेलन से हुई मेरी हर मुलाकात का दिन व समय दर्ज था तथा टेलीफोन पर हेलन से हुई हर बातचीत का एक-एक शब्द लिखा हुआ था। रिपोर्ट पढ़ने से मुझे इस बात का पूरा विश्वास हो गया कि अन्य व्यक्तियों की भांति मैं भी हेलन की ब्लैकमेलिंग गतिविधियों का शिकार बनने वाला था।

इस रिपोर्ट को कार्लोत्ती तक पहुंचने में केवल तीन दिन का समय शेष था।

क्या इन दिनों के भीतर ही मैं हेलन की हत्या के लिए कार्लो को दोषी नहीं ठहरा सकता था? क्या मुझे कार्लोत्ती के पास जाकर उसे सब कुछ बता देना चाहिए ताकि वह हेलन की हत्या के सिलसिले में कार्लो को गिरफ्तार कर ले? लेकिन कार्लोत्ती कार्लो को क्यों गिरफ्तार करता? मेरी कहानी सुनकर वह मुझे ही हेलन का हत्यारा मान लेता व मुझे ही गिरफ्तार कर लेता।

तभी मेरे मस्तिष्क में एक और विचार कौंध गया। विरोनी की रिपोर्ट में कार्लो या मयरा सेट्टी को अवशूय ही फोन करती रही होगी। मयरा सेट्टी का फोन नम्बर हेलन के फ्लैट की दीवार पर लिखा होना इस बात का संकेत था कि हेलन का उनसे अवश्य ही कोई संपर्क था। विरोनी की इस रिपोर्ट में उन दोनों का कोई जिक्र न था?

मैं थोड़ी देर इस समस्या पर विचार करता रहा। फिर कुछ सोचकर मैंने बियरर को बुलाया व उससे कहा कि वह मुझे रोम की टेलीफोन डायरेक्ट्री दे दे।

मैं इस डायरेक्ट्री में विरोनी का नाम तलाशने लगा लेकिन मुझे इस प्रकार का कोई नाम न मिला। मैंने सोचा कि हो सकता है कि विरोनी के कई नाम हों व वह अपनी जासूसी एजेंसी किसी अन्य नाम से चलाता हो।

मैं उठा व टेलीफोन बूथ में घुसा। इस समय मैं जिम मैथ्यूज से सम्पर्क करना चाहता था।

इस समय सुबह के साढ़े दस बजे थे लेकिन जिना अभी सो ही रही थी। वह बड़ी मुश्किल से जागा व फोन पर आया।

"यार डॉसन, इतने सबेरे मुझे क्यों तंग कर रहे हो।" वह उनींदी आवाज में बोला—"क्या तुम नहीं जानते कि आज रविवार है और मैं सुबह चार बजे बिस्तर में घुसा हूं।"

"मुझे एक जरूरी सूचना चाहिए।" मैंने कहा। "क्या तुमने विरोनी नाम के किसी जासूस का नाम सुना है जो केवल विशेष मामलों को ही अपने हाथ में लेता है और जिसकी फीस बहुत ज्यादा है।"

"नहीं।" जिम बोला—"मैं इस शहर के सभी जासूसों को जानता हूं और इस नाम का कोई जासूस नहीं है?"

"हां, मुझे पूरा विश्वास है।" जिम बोला।

"धन्यवाद, जिम।" मैंने कहा व फोन रख दिया।

मैं वापिस अपनी मेज पर आ गया व रिपोर्ट को एक बार फिर पढ़ने लगा। रिपोर्ट में हेलन के जिन पन्द्रह 'प्रेमियों' के नाम दर्ज थे उनमें से केवल में ही एक ऐसा व्यक्ति था जिसे हत्यारा सिद्ध किया जाना सबसे आसान था। हत्या के बारे में अब तक मिले सारे प्रमाण मेरी ही संकेत करते थे।

थोड़ी देर इस सारे घटनाक्रम पर विचार कर काफी का प्याला खत्म किया व वापिस सार्ती के पास आ गया सार्ती उसी जगह पर बैठा हुआ अखबार पढ़ते हुए अपना समय बिता रहा था। मुझे आता देख वह खड़ा हो गया व मेरे बैठने के बाद वह भी बैठ गया।

"इस फाइल के लिए शुक्रिया।" मैंने कहा व फाइल उसे वापिस देने लगा।

लेकिन फाइल के लिए शुक्रिया।" मैंने कहा व फाइल उसे वापिस देने लगा,

लेकिन फाइल स्वीकार करने की बजाय सार्ती भय से भरी आवाज में बोल उठा—"सर, यह फाइल आपके लिए ही है। मैं इसे वापिस नहीं लेना चाहूंगा।"

"ठीक है।" मैंने कहा व फाइल को अपने पास ही रख लिया। "क्या विरोनी के पास इन कागजों की प्रतिलिपियां हैं?"

घबराई हुई आवाज में सार्ती बोला—"जी हां।"

मैंने एक सिगरेट जलाया व टांगे फैलाकर बैठ गया। अब मेरे मन से डर भाग गया था। अब मैं समझ गया था कि सार्ती के दिल में क्या है।

"क्या विरोनी काफी अमीर आदमी हैं?" मैंने पूछा।

"प्राइवेट जासूस कभी अमीर नहीं होते, सर।" मेरे चेहरे पर प्रश्नसूचक नजरें गड़ाता हुआ सार्ती बोला। "प्राइवेट जासूस एक महीना काम कर पाता है और फिर तीन महीन बेकार बैठता है। इसलिए मैं निश्चित रूप से नहीं कह सकता कि विरोनी अमीर है अथवा नहीं।"

"क्या तुम्हारे विचार में उससे सौदा कर पाना संभव है?"

"किस तरह का सौदा, सर? उसने पूछा।

"मान लो यदि मैं यह रिपोर्ट उससे खरीदना चाहूं।" मैंने पूछा। "तुमने तो यह रिपोर्ट पढ़ी होगी?"

"जी हां, मैं यह रिपोर्ट पढ़ चुका हूं।"

"यदि कार्लोत्ती को यह रिपोर्ट मिल जाएगी तो वह यही समझेगा कि हेलन की मौत के लिए मैं ही जिम्मेदार हूं।"

मेरी यह बात सुनकर सार्ती रुआंसा हो गया।

"सर, मुझे इस बात का अफसोस है कि विरोनी की रिपोर्ट आपके खिलाफ जाती है।" सार्ती उदास लहजे में बोला—"यही समझकर मैंने विरोनी से प्रार्थना की है कि वह कम से कम तीन दिन इस रिपोर्ट को कार्लोत्ती को न दे।"

विरोनी क्या तुम्हारे विचार में इस रिपोर्ट के बारे में सौदा करने के लिए राजी नहीं होगा?" मैंने फिर पूछा।

थोड़ा हिचकिचाता हुआ सार्ती बोला—"सर, आप मेरे ग्राहक हैं। जब मैं किसी ग्राहक का कोई मामला अपने हाथ में लेता हूं तो मैं उसके लिए हर संभव काम करने को तैयार रहता हूं। अपने व्यवसाय को आगे बढ़ाने के लिए यह जरूरी है। विरोनी से इस प्रकार की बात करना अनैतिक होने के साथ-साथ गैरकानूनी भी है। लेकिन आपके हित के लिए मैं उससे इस बारे में बात करने को तैयार हूं।"

"तुम्हारे विचार में टस्कनी में एक फलों के बाग की क्या कीमत होगी।" मैंने सार्ती की आंखों में झांकते हुए पूछा—"क्या तुमने कभी विरोनी से यह पूछा है?"

"जी हां, मेरी विरोनी से इस विषय पर एक बार बात हुई है।" अविचल आवाज में सार्ती बोला—"विरोनी के पास अपना भी कुछ संचित धन है। लेकिन बाग खरीदने के लिए दस मिलियन लीर की कमी हो रही है। यदि आप चाहें तो उसकी सहायता कर सकते हैं।"

दस मिलियन लीर!

पंद्रह वर्ष की अपनी नौकरी में मैं बड़ी मुश्किल से लगभग इतनी ही बचत कर पाया था और सार्ती मुझे अपनी जीवन भर की इस कमाई को विरोनी को सौंप देने का प्रस्ताव कर रहा था।

"क्या इस रकम के बदले विरोनी इस रिपोर्ट को सदा के लिए नष्ट करने व पुलिस को कुछ न बताने के लिए राजी होगा?" मैंने पूछा।

"मैं अभी निश्चित रूप से कुछ नहीं कह सकता।" सार्ती बोला।" लेकिन मैं विरोनी को यह सौदा स्वीकार करने के लिए मनाने की पूरी कोशिश करूंगा।"

"क्या इस काम के लिए तुम्हें भी पारिश्रमिक की जरूरत होगी?" मैंने पूछा–"सच कहूं तो विरोनी को दस मिलियन लीर देने के बाद मेरे पास कुछ भी पैसा नहीं बचेगा। ऐसी सूरत में तुम्हें अपना पारिश्रमिक विरोनी से ही लेना होगा।"

"मैं इस बारे में विरोनी से ही बात कर लूंगा," सार्ती बोला–"आप निश्चिन्त रहिए। फिर मुझे इस केस में मिस्टर चामर्स की ओर से पारिश्रमिक मिलना ही है। मिस्टर चामर्स बहुत धनी आदमी हैं और मुझे विश्वास है कि उनके द्वारा दिया गया पारिश्रमिक काफी अधिक होगा। सर, मैं आपका वफादार सेवक हूं। आप जैसे व्यक्तियों की सेवा करके ही हम अपने व्यवसाय में तरक्की करते हैं।"

"ठीक है।" मैंने कहा। "तो तुम इस मामले पर विरोनी से करोगे?"

"मैं अभी विरोनी से मिलने जा रहा हूं।" सार्ती बोला–"मैं कुछ ही घण्टों में विरोनी से हुई बातचीत का ब्यौरा देने आपके पास हाजिर हो जाऊंगा। क्या आप एक बजे के करीब अपने घर पर ही होंगे?"

"हां।"

"मैं एक बजे आपके घर आऊंगा व इस काम में होने वाली सफलता या असफलता के बारे में आपको बताऊंगा।" सार्ती बोला।

बातचीत समाप्त कर सार्ती उठा व मुझे सलाम कर कमरे से बाहर निकल गया।

अब तक मुझे विश्वास हो चुका था कि विरोनी नाम का कोई जासूस रोम में नहीं था और हेलन की गतिविधियों की रिपोर्ट उसने खुद ही बनाई होगी। जाहिर था कि मेरी जेब से जाने वाले दस मिलियन लीर विरोनी नाम के किसी व्यक्ति की जेब में नहीं बल्कि खुद सार्ती की जेब से ही जाएंगे।

सार्ती द्वारा मुझसे एक बड़ी रकम ऐंठने के लिए रचे गए नाटक को मैं भली प्रकार समझता था और इससे बचने के लिए फिलहाल मेरे पास कोई रास्ता न था। लेकिन मुझे विश्वास था कि यदि मुझे इस मामले पर सोचने का कुछ समय मिल जाए तो मैं इस स्थिति से बच निकलने का कोई उपाय ढूंढ़ सकता हूं।

मैं अपने फ्लैट में लौट आया और सार्ती की प्रतीक्षा करने लगा।

सार्ती का फोन लगभग दो बजे आया। इस समय तक मैं अपने फ्लैट में चहलकदमी करते हुए पर विचार कर रहा था।

"सर, मेरी प्रार्थना पर विरोनी आपसे सौदा करने को राजी हो गया है।" फोन पर आते ही सार्ती बोला—"क्या आप बुधवार की सुबह सौदे की शर्तों पर बात करने के लिए समय निकाल सकते हैं?"

"मैं बृहस्पतिवार से पहले खाली नहीं हो पाऊंगा।" मैंने कहा—"जहां तक फलों के बाग का...।"

"सर, सौदे की बातें फोन पर नहीं की जानी चाहिए।"

सार्ती मेरी बात काटते हुए बोला—"बृहस्पतिवार का दिन विरोनी को भी मंजूर होगा। विरोनी ने मुझसे कहा है कि उसकी ओर से मैं आपके साथ शर्तें तय कर लूं। मैं बृहस्पतिवार की रात को आपसे संपर्क करूंगा।"

मैंने कहा कि मैं उसका इन्तजार करूंगा और फोन रख दिया।

* * *

अगले एक घण्टे में लगातार सिगरेट पीता रहा व समस्या पर विचार करता रहा।

यह मेरा दुर्भाग्य था कि जितना मैं समस्या को सुलझाने की कोशिश करता उतनी ही समस्या और उलझ जाती। दो दिन पहले तक मुझे केवल यही डर था कि हेलन की हत्या के सिलसिले में मुझे गिरफ्तार किया जा सकता है। लेकिन अब गिरफ्तारी के साथ साथ दो गुंडों—कार्लो व सार्ती—द्वारा मुझे ब्लैकमेल किए जाने की हालत भी पैदा हो गई थी।

अब मैं सोचने लगा कि कितना अच्छा होता यदि सौरेन्टो में हेलन के शव को देखकर मैंने तत्काल पुलिस को सूचित कर दिया होता। यदि मैंने ऐसा किया होता तो कार्लो हेलन के नाम मेरा पत्र हथियाने का तथा घड़ी में समय को बदल देने का समय नहीं मिलता और इसके परिणाम स्वरूप में वर्तमान मुसीबत में न फंसता।

मेरे सामने अब दो बदमाश थे जो मेरी हालत का फायदा उठाकर मुझे ब्लैकमेल करना चाहता थे। दोनों बदमाश काफी चुस्त व तेज थे और इन्हें हराने के लिए असाधारण स्तर की चुस्ती व तेजी की जरूरत थी। मैं जानता था कि मुझसे ऐसे गुण न थे लेकिन वर्तमान परिस्थिति में इस दिशा में कोशिश करने के सिवा मेरे पास और कोई रास्ता न था।

समय बहुत कम था। बृहस्पतिवार को मुझे अपनी जीवन भर की संचित पूंजी का सार्ती के हवाले करना था। इसी प्रकार शुक्रवार को मुझे कार्लो के पार्सल को नाइस ले जाना था। ब्लैकमेलिंग से बचने के लिए मुझे इन दो गुंडों को ठिकाने लगा देना जरूरी था।

पहले मैंने कार्लो के बारे में सोचा। कार्लो के खिलाफ मेरे पास कोई ऐसा विशेष प्रमाण न था जो उसे हेलन की हत्या के मामले में फंसा सके। मेरे पास उसके द्वारा पिए गए सिगार के आपस में मिलते-जुलते दो टुकड़े थे। इनमें से एक टुकड़ा मुझे सौरेन्टो में पहाड़ी के पास मिला था तथा दूसरा कार्लो के कमरे में। लेकिन सिगार के ये दो टुकड़े कार्लो की हत्या के मामले में फंसा लेने के लिए काफी न थे इनके अतिरिक्त मेरे पास और क्या प्रमाण थे।

हेलन के कमरे की दीवार पर मयरा सेट्टी का फोन नम्बर लिखा होना इस बात का प्रमाण था कि हेलन उसे जरूर जानती थी। इससे यह अनुमान भी लगाया जा सकता था कि हेलन का कार्लो से भी परिचय था। इसी प्रकार फ्रैंजी यह कह सकता था कि उसने कार्लो व हेलन को कई बार साथ देखा था। लेकिन क्योंकि हेलन को कई बार देखा था। लेकिन क्योंकि हेलन कई व्यक्तियों के साथ संबन्ध रखती थी इसलिए यह बात भी कार्लो के खिलाफ ठोस प्रमाण का काम न दे सकती थी।

अपने अपने बैग में से हवाई टिकट की वह प्रतिलिपि निकाली जिसे मैंने कार्लो के कमरे में दराज में पाया था। मैंने इसे एक बात फिर ध्यान से देखा। इस टिकट के अनुसार कार्लो हेलन द्वारा रोम के लिए रवाना होने से तीन दिन पहले अमेरिका गया था। क्या इसका कोई अर्थ हो सकता था? मैक्सबेल ने मुझसे कहा था कि हेलन मिनोटी की हत्या के मामले से बचने के लिए ही रोम आई थी।

मेरे दिमाग में अचानक एक विचार कौंधा। मैक्सवेल व मैथ्यूज दोनों ने ही मुझे बताया था कि मिनोटी की हत्या सेट्टी के निर्देश पर ही की गई थी। क्या कार्लो को न्यूयार्क यही काम करने के लिए भेजा गया था? क्या वह सेट्टी की खास आदमी था? मिनोटी की हत्या 21 जून की रात को हुई थी। कार्लो की टिकट के अनुसार वह 26 जून को न्यूयार्क पहुंचा था और 30 जून को वापिस रोम के लिए रवाना हुआ था। हेलन भी 30 जून को ही रोम के लिए रवानी हुई थी और रोम पहुंचने के चार दिन बाद ही उसकी कार्लो से अच्छी मित्रता हो गई थी जाहिर था कि न्यूयार्क में भी वे एक-दूसरे की अच्छी मित्रता हो गई थी जाहिर था कि न्यूयार्क में भी वे एक-दूसरे को अच्छी तरह जानते होंगे अन्यथा चार दिनों में ही मित्रता हो पाना संभव नहीं होता।

मैक्सवेल और मैथ्यूज ने मुझे यह भी बताया था कि मिनोटी की हत्या में उसकी एक गर्ल फ्रैंड और कोई नहीं बल्कि हेलन ही थी हो सकता है कार्लो पहले से ही जानता हो कि वह गर्ल फ्रेंड और कोई नहीं बल्कि हेलन ही थी हो सकता है कार्लो पहले से ही जानता हो कि हेलन ही थी हो सकता है कार्लो पहले से ही जानता हो कि हेलन को नशीले पदार्थों की लत लग चुकी है व वह इन्हें प्राप्त करने के लिए कोई भी कोई भी जोखिम उठाने को तैयार है। लिहाजा उसने नशीली दवाइयों या एक बड़ी रकम के बदले मिनोटी की हत्या में कार्लो ने प्रमुख भूमिका अंदर

की होगी और इस हत्या का डर दिखाकर कार्लो को ब्लैकमेल करना हेलन जैसी लड़की के लिए कोई बड़ी बात न थी।

मैं उत्तेजित होकर कमरे में चहलकदमी करने लगा। अचानक मुझे लगने लगा था कि कार्लो को हेलन का हत्यारा सिद्ध करना संभव हो सकता है।

मुझे कार्लो से हुई बातचीत के अंश पुनः याद आने लगे। बातचीत के बीच कार्लो ने स्वीकार किया था कि हेलन की मौत के समय वह सौरेन्टो हत्या कर देने के इरादे से वहां नहीं जा सकती था। यदि हेलन की हत्या करना ही उसका प्रयोजन होता तो यह काम वह रोम में भी कर सकता था।

अपनी उत्तेजित अवस्था में मैं अपने दिमाग के घोड़े हर दिशा में घुमाता रहा थोड़ी देर के विचार के बाद स्विमिंग सूट में मयरा सेट्टी की वह तस्वीर मेरे दिमाग में घूम गई जिसे मैंने उसके मकान में देखा था। तस्वीर देखने पर उस समय मुझे ऐसा लगा था मानो इस प्रकार की तस्वीर देखने पर उस समय मुझे ऐसा लगा था मानों इस प्रकार की तस्वीर मैंने पहले भी कहीं देखी हो। लेकिन कार्लो से बातचीत में उलझे होने के कारण मैं इस पर अधिक ध्यान नहीं दे पाया था। लेकिन उस तस्वीर पर विचार करते हुए अब मुझे याद आ गया कि उस प्रकार की तस्वीर पर विचार करते हुए अब मुझे याद आ गया कि उस प्रकार की तस्वीर या उस तस्वीर में दर्शाई गई मयरा सेट्टी को मैंने कहां देखा था। मुझे याद आया कि सौरेन्टो में पहाड़ की चोटी की ओर जाते हुए मुझे चोटी की दूसरी ओर एक वीरान जगह पर एक विला दिखाई दिया था। इस विला की बालकनी पर मैंने एक महिला को देखा था जो स्विमिंग सूट पहने हुए आरामकुर्सी पर लेटी हुई थी। आरामकुर्सी के साथ धूप से बचने के लिए एक छतरी लगी हुई थी जिसके कारण महिला का मुंह दिखाई न दे पा रहा था। निःसंदेह यह महिला मयरा सेट्टी ही थी।

यदि उस विला की मालकिन मयरा सेट्टी थी तो कार्लो अक्सर वहां जाता रहता होगा। संभवतः हेलन की मौत वाले दिन भी वह वहीं होगा।

मैंने निश्चय किया कि शव-परीक्षा के सिलसिले में नेपल्ज जाने के समय मैं सौरेन्टो जाऊंगा व इस विला का एक बार फिर निरीक्षण करूंगा।

कार्लो पर विचार करने के बाद मेरे दिमागी घोड़े अब सार्ती की ओर मुड़ गए। सार्ती द्वारा की जा रही ब्लैकमेलिंग रोकने का एक ही तरीका था और वह था उसे किसी प्रकार से भयभीत कर देना। मैं जानता था कि यह काम मेरे बूते से बाहर था। सार्ती को डराने-धमकाने की सामर्थ्य केवल कार्लो में थी। अचानक मुझे सूझा कि मैं कार्लो व सार्ती को आपस में लड़वाकर अपना उल्लू सीधा कर सकता हूं। क्योंकि मैं शुक्रवार को कार्लो का काम करने जा रहा था इसलिए मुझे पुलिस की गिरफ्त से बचाने में कार्लो का भी हित था।

कार्लो को सार्ती से लड़वाने का निश्चय कर मैंने मयरा सेट्टी के घर फोन किया। फोन पर कार्लो को ही आवाज सुनाई दी।

"मैं डॉसन बोल रहा हूं।" मैंने कहा—"मैं तुरन्त तुमसे बात करना चाहता हूं। क्या हम तत्काल कहीं मिल सकते हैं?"

"क्या बात है?" कार्लो ने संदेह से भरे स्वर में पूछा।

"मुझे शुक्रवार को नाइस ले जाने वाले पार्सल के बारे में तुमसे जरूरी बात करनी है।" मैंने कहा—"मैं यह बात फोन पर नहीं कर सकता।"

"ठीक है।" कार्लो गुर्राया। "मुझे आधे घण्टे के भीतर पास्केल क्लब में मिलो।"

मैंने हामी भरी और फोन रख दिया।

मैंने खिड़की से बाहर झांका। वर्षा हो रही थी। मैं ओवरकोट पहन ही रहा था कि फोन की घण्टी बज उठी।

"आपके लिए न्यूयार्क से फोन आया है।" ऑपरेटर बोला। "इन्तजार कीजिए।"

यह चामर्स का ही फोन था।

"तुमने मुझे फोन क्यों नहीं किया?" चामर्स गुस्से में बोला, "मैं हेलन के मामले में हुई प्रगति के बारे में जानने को उत्सुक हूं।"

"मुझे आपको फोन करने का समय ही न मिला।" मैंने कहा—"मैं आपको यह बता देना चाहता हूं कि हेलन के बारे में बदनामी फैलने का अंदेशा है। यदि हमने समय पर कुछ न किया तो जल्दी ही हेलन व्यक्तिगत जीवन के चर्चे सभी अखबारों में सुर्खियों में छपेंगे।"

"क्या तुम जानते हो कि तुम क्या कह रहे हो?" चामर्स ने गुस्से में पूछा।

"सर, इस समय मुझे इस मामले के सम्बन्ध में ही किसी से मिलने जाना है", मैंने कहा— "लेकिन जाते-जाते मैं यह कह दूं कि इस बात के काफी प्रमाण मिल चुके हैं कि आपकी बेटी नशीली दवाओं का सेवन करती थी। इतना ही नहीं वह कई पुरुषों से शारीरिक सम्बन्ध बनाती थी व बाद में उन्हें ब्लैकमेल करती थी। कई बदमाशों व हत्यारों से उसके नियमित सम्बन्ध थे और मिनोटी की तो वह रखैल ही थी। विश्वस्त सूत्रों के अनुसार मिनोटी की हत्या करवाने में उसका भी हाथ था। ऐसा समझा जाता है किसी व्यक्ति को ब्लैकमेल करने की प्रक्रिया में ही उसकी हत्या की गई है।"

"हे भगवान्!" चामर्स गुस्से व निराशा में चीख उठा। "तुमने जरूर या तो पी रखी है और या तुम पागल हो गए हो। मेरी बेटी पर इस प्रकार के लांछन लगाने की तुम्हें हिम्मत कैसे हुई? मेरी बेटी एक भली लड़की थी और...।"

"मिस्टर चामर्स मैं यह बात पहले भी सुन चुका हूं", मैंने शांत स्वर में जवाब दिया। "मुझे हेलन के बारे में यह सब कहते हुए खुद भी अफसोस है लेकिन इस बारे में यह सब कहते हुए खुद ही अफसोस है लेकिन इस बारे में मिले प्रमाणों को देखकर मैं स्तब्ध रह गया हूं। मेरे पास इस प्रकार के पन्द्रह पुरुषों की एक सूची है जिनके हेलन के साथ निश्चित रूप से सम्बन्ध रह चुके

हैं और जिन्हें पैसा ऐंठने की गरज से हेलन ने ब्लैकमेल भी किया। इस शहर में इस प्राइवेट जासूस है जो हेलन के रोम में प्रवेश करने के समय से ही उस पर निगाह रख रहा था। इस जासूस के पास हेलन की गतिविधियों के ऐसे प्रमाण हैं जिन्हें आप अपने गुस्से से दबा नहीं पाएंगे।"

फोन से न्यूयार्क छोर पर कुछ समय तक शांति छाई रही। थोड़ी देर के लिए मुझे लगा कि चामर्स ने फोन नीचे रख दिया। लेकिन तभी फोन पर तेज सांसों की आवाज सुनाई दी जिसका मतलब था कि चामर्स अभी फोन पर ही खड़ा अपनी तेज भावनाओं को नियंत्रित करने की कोशिश कर रहा था।

डॉसन, में जानता हूं मुझे तुम पर इस तरह गुस्सा नहीं होना चाहिए था। जाहिर हे कि तुम मरी बेटी के बारे में ऐसी बातें तभी कहोगे जब तुम्हें इस बारे में प्रमाण मिले होंगे। अपनी बेटी के बारे में ये बातें सुनकर मुझे बहुत दुख हुआ है।

"सर, यह समय दुःख जताने का नहीं है", मैंने कहा। "हमें इस स्थिति से बाहर निकलने का प्रयास करना होगा।"

"मैं बृहस्पतिवार तक यहां व्यस्त हूं", चामर्स की आवाज अब नरम हो चुकी थी। "मैं शुक्रवार को नेपल्ज पहुंच जाऊंगा। क्या तुम मुझे वहां मिल सकते हो?"

"मैं जरूर मिलने की कोशिश करूंगा", मैंने कहा–"लेकिन घटनाएं इतनी तेजी से गुजर रही हैं कि आपका शुक्रवार को यहां पहुंचना बेकार ही साबित होगा।"

"क्या तुम कार्लोत्ती से इस बारे में बात नहीं कर सकते? क्या शव परीक्षक की रिपोर्ट कुछ दिनों के लिए टल नहीं सकती? इस बीच मैं सारे मामले का अध्ययन करना चाहता हूं।"

"सर, यह हत्या का मामला बन गया है", मैंने कहा–"इस मामले में हम कुछ नहीं कर सकते।"

"कोशिश करते रहो। डॉसन, मैं तुम पर निर्भर कर रहा हूं", चामर्स बोला।

चामर्स द्वारा मुझ पर निर्भर रहने की बात एक अजीब विडंबना थी। मैंने सोचा कि जब से इस बात का पता चलेगा कि हेलन के प्रेमियों की सूची में मेरा नाम है तो उसकी क्या प्रतिक्रिया होगी? उस समय मुझ पर निर्भर रहने की भावना मुझसे बदला लेने की भावना में बदल जाएगी।

"मैं कार्लोत्ती से इस बारे में बात करने की कोशिश करूंगा", मैंने कहा–"लेकिन वह मेरी बात नहीं मानेगा।"

"अच्छा, डॉसन, हेलन का हत्यारा कौन है?"

"सर, मेरी जानकारी के मुताबिक हेलन की हत्या कार्लो मैकिनी ने की है। इस बारे में मुझे अभी पूरे प्रमाणों की तलाश है। मुझे मालूम हुआ है कि मिनोटी की हत्या कार्लो ने ही की है और आपकी बेटी का इस हत्याकांड में प्रमुख हाथ रहा है।

"तुम बड़ी अविश्वसनीय बातें कर रहे हो", चामर्स की आवाज में सदमें की भावना थी। "क्या मैं यहां से तुम्हारी कुछ सहायता कर सकता हूं।"

"हां, आप मिनोटी के जीवन के बारे में जांच-पड़ताल करवाइये", मैंने कहा–"मुझे उम्मीद है कि इस जांच-पड़ताल से हमें कुछ जरूरी तथ्य मिल जाएंगे। मैं मैंकिनी व सेट्टी के सम्बन्धों के बारे में जानकारी चाहता हूं। इस जानकारी से हमें हेलन की गतिविधियों के बारे में भी पता चलेगा।"

"मैं यह काम नहीं कर सकता", चामर्स फिर गुस्से में बोला। "मैं नहीं चाहता कि यह मामला प्रचारित हो। डॉसन हमें इस मामले को दबाना है।"

"सर, जिस तरह एटम बम को आप फटने के बाद नहीं रोक सकते इसी प्रकार हेलन के मामले को दबा पाना सम्भव नहीं है", मैंने कहा और फोन रख दिया।

थोड़ी देर चामर्स से हुई बातचीत पर विचार करने के बाद मैंने पुलिस मुख्यालय फोन किया व कार्लोत्ती से बात करने की इच्छा जाहिर की। थोड़ी देर बाद कार्लोत्ती फोन पर आ गया।

"मिस्टर डॉसन?" वह अपनी संयत आवाज में बोला। "मैं आपकी क्या सेवा करूं?"

"मैं शव-परीक्षण रिपोर्ट के बारे में जानना चाहता हूं", मैंने कहा। "क्या यह रिपोर्ट साढ़े ग्यारह बजे पढ़ी जायेगी?"

"ठीक", कार्लोत्ती बोला। "मैं आज रात नेपल्ज रवाना हो रहा हूं क्या आप मेरे साथ आना चाहते हो?"

"नहीं, मैं आज रात को नहीं आ सकता। मैं कल सुबह की उड़ान से आऊंगा। हेलन के मामले की जांच कैसी चल रही है?"

"संतोषजनक रूप से।"

"क्या इस मामले में कोई गिरफ्तारी हुई है?"

"अभी नहीं।"

मैं सोचने लगा कि क्या मैं उसे बता दूं कि चामर्स शव-परीक्षण की रिपोर्ट को मुल्तवी करवाना चाहता था। लेकिन यह सोचकर कि कार्लोत्ती यह बात स्वीकार नहीं करेगा मैं चुप रहा।

अपने वायदे के अनुसार कार्लो पास्केल क्लब में बैठा मेरा इन्तजार कर रहा था। मुझे देखते ही उसने हाथ हिलाकर मुझे अपने करीब आने को कहा।

"क्या मामला है?" वह थोड़ी सख्ती से बोला।"

"मैं शुक्रवार को आपका पैकेट नाइस ले जाने के लिए तैयार हूं", मैंने कहा–"लेकिन इस बीच मेरे ऊपर एक मुसीबत आ गई है। सुनिए।"

कार्लो ने सिगार सुलगा लिया व कुर्सी पर आराम की मुद्रा मैं बैठे हुए मेरी बात सुनने लगा।

"बूढ़े चामर्स ने मुझसे कहा था कि मैं हेलन के जीवन के बारे में जानकारी हासिल करने के लिए किसी प्राइवेट जासूस की सहायता लूं। इस उद्देश्य से मैंने सार्ती को अनुबन्धित किया था। लेकिन केवल हेलन के बारे में जानकारी हासिल करने के बजाय सार्ती ने खुद मेरे जीवन के बारे में जानकारी हासिल की और ऐसे तथ्य खोज लाया जो कि मेरे लिए खतरा पैदा कर सकते हैं।"

"फिर?" कार्लो ने चेहरे पर नजर गड़ाए हुए पूछा।

"अब वह दस मिलियन लीर ऐंठने के लिए मुझे ब्लैकमेल कर रहा है", मैंने कहा–"यदि मैं उसे यह रकम नहीं दूंगा तो वह मेरे बारे में एकत्रित की गई जानकारी पुलिस को दे देगा।"

"क्या तुम्हारे बारे में एकत्रित की गई जानकारी काफी खतरनाक है?" कार्लो ने पूछा।

"हां, यदि पुलिस को ये जानकारी मिल गई तो वह मुझे तुरन्त गिरफ्तार कर सकती है", मैंने कहा–"मेरे पास सार्ती को देने के लिए दस मिलियन लीर नहीं हैं। यदि आप इस मामले में तुरंत मेरी मदद नहीं करेंगे तो मैं शुक्रवार को नाइस नहीं जा पाऊंगा।

"मैं सार्ती को मजा चखाऊंगा", कार्लो दहाड़ा व अपने सामने रखी कुर्सी को हाथ में उठाकर फिर जमीन पर पटक दिया।"आओ, दोस्त, हम अभी सार्ती के पास चलते हैं। मैं उसे अभी ठिकाने लगाता हूं।"

"हो सकता है इस समय सार्ती अपने कमरे में न हो", मैंने कहा। दरअसल मैं सार्ती व कार्लो के झगड़े से बचना चाहता था और इसीलिए यह बहाना बना रहा था।" तुम उससे कल सुबह उसके दफ्तर में मिल सकते हो। मेरी इच्छा है कि उस समय मैं भी तुम्हारे साथ रहूं लेकिन कल सुबह शव-परीक्षण के सिलसिले में मुझे नेपल्ज जाना है।"

कार्लो ने अपनी मजबूत हथेली से मेरा हाथ पकड़ा व बोला–"सार्ती इस समय अपने कमरे में ही होगा। तुम भी इस समय मेरे साथ चलोगे। हम दोनों मिलकर ही उसे ठिकाने लगाएंगे।"

हम बाहर निकल व कार्लो की हरी रेनोल्ट गाड़ी में बैठ गए। कार्लो ने बिजली की गति से कार को दौड़ाया।

हम फ्लामिनिया नोवा नामक जगह पर पहुंचे जहां कार्लो ने कार रोक दी व सड़क पार कर एक मकान में घुस गया। तेजी से सीढ़ियों से ऊपर चढ़कर वह एक कमरे के बाहर रुक गया। जिसके दरवाजे पर सार्ती का कार्ड लगा हुआ था। उसने घंटी बजाई व इन्तजार करने लगा।

थोड़ी देर बाद धीरे से दरवाजा खुला व दरवाजे के पीछे सार्ती का चौड़ा, बिना शेव किया चेहरा दिखाई दिया। कार्लो को देखकर उसने तेजी से दरवाजा बन्द करना चाहा।

कार्लो पहले से ही तैयार था। उसने अपने पैर से दरवाजे पर धक्का मारा और सार्ती पर जाकर गिरा। भय व दर्द से उसकी चीख निकल गई। कार्लो अन्दर घुसा व मेरे अन्दर घुसने के बाद दरवाजा बन्द कर लिया।

कार्लो ने सार्ती की टाई को अपने हाथ में लिया व खींचा। इससे सार्ती का गला दबने लगा वह मुंह लाल पड़ गया। अपने पैरों से उसने कार्लो के मुंह पर चोट करने की कोशिश की। लेकिन कार्लो के शरीर पर उसके वारों का असर ऐसा था जैसे किसी चट्टान पर कोई मुहर लगाई जा रही हो।

मैं दूर खड़ा तमाशा देखता रहा।

कार्लो अपने पतलून की जेबों में हाथ रखकर कमरे में घुसा व सीटी बजाने लगा। फिर वह खिड़की के पास खड़ा हो गया व मुस्कुराते हुए फर्श पर पड़े सार्ती की ओर देखने लगा।

"देख, मोटे, यह आदमी मेरा दोस्त है", मेरी ओर इशारा करते हुए कार्लो बोला। "यदि कोई इसे तंग करने की कोशिश करेगा तो मैं उसे मजा चखा दूंगा। समझे?"

सार्ती ने सिर हिलाया व कुछ कहने की कोशिश करने लगा। लेकिन उसके मुंह से शब्द ही न निकल पाए।

"तुम्हारे पास मेरे दोस्त के जीवन से सम्बन्धित कुछ कागज हैं", कार्लो बोला। "इन कागजों को कल सुबह मेरे घर पहुंचा देना। समझे?"

सार्ती ने फिर सिर हिलाया।

"यदि किसी ने इसके बारे में पुलिस को सूचना दी तो तुम्हारे फ्लोरेंस वाले मामले की सूचना भी पुलिस तक पहुंचा दी जाएगी", कार्लो बोला।

सार्ती के चेहरे पर पसीने की बूंदें छलक आईं।

मेरी ओर देखते हुए कार्लो बोला–"ठीक है, दोस्त? यह आदमी तुम्हें तंग नहीं करेगा। मैं इसकी गारंटी देता हूं।"

मैंने कहा–"ठीक है।"

मैं सीढ़ियों से नीचे उतर आया। कार्लो वहीं ठहर गया था।

ग्यारह

सार्ती के मकान से कार में अपने घर लौटते हुए मुझे याद आया कि मुझे अभी भी उस व्यक्ति का नाम नहीं पता था जिसने सार्ती को हेलन पर नजर रखने के लिए अनुबंधित किया था। उस व्यक्ति का नाम जानना मेरे लिए आवश्यक था।

मैंने सोचा कि मैं अभी भी सार्ती के घर वापिस जा सकता हूं और कार्लो की सहायता से सार्ती के मुंह से यह तथ्य उगलवा सकता हूं। लेकिन फिर यह सोचकर कि कार्लो को भी उस व्यक्ति का नाम मालूम होने देना ठीक न था। मैंने सार्ती के घर जाने का विचार छोड़ दिया।

अब तक मैं इंटरनेशनल इंवैस्टिगेशन एजेंसी के दफ्तर के करीब पहुंच चुका था। इस समय मध्याह्न के तीन बजे थे और आज रविवार था। सार्ती के दफ्तर में घुसकर यह तथ्य मालूम करने की कोशिश की जा सकती थी हालांकि यह काम खतरे से खाली न था। कुछ सोच-विचार करने के बाद मैंने यह जोखिम उठाने का निश्चय कर ही लिया।

मैंने कार को सड़क के किनारे खड़ा किया व कुछ औजार जेब में डालकर उस मकान के पास पहुंचा जिससे इस एजेंसी का दफ्तर था। मकान का मुख्य दरवाजा बंद था। मैं मकान के पीछे की ओर गया जहां चौकीदार के प्रयोग के लिए बनाया गया छोटा दरवाजा खुला था। मैं अंदर घुसा व बिना कोई आवाज किए पहली मंजिल पर पहुंचा।

पहली मंजिल पर बालकनी के अन्त में इस एजेंसी का दफ्तर था। इस एजेंसी के पास छः कमरे थे जो एक ही कतार में थे। सभी कमरों पर ताले लगे हुए थे व रोशनदान से भी कोई रोशनी बाहर नहीं आ रही थी। एहतियातन मैंने सभी दरवाजों पर दस्तक दी लेकिन किसी भी कमरे में से कोई जवाब न मिला।

धड़कते दिल से मैंने अपने ओवरकोट की जेब से औजार निकाले व एक दरवाजे पर लगे ताले को खोलने लगा। थोड़ी कोशिश करने पर ही ताला टूट गया और दरवाजा खुल गया। मैं कमरे में दाखिल हुआ व दरवाजे को बंद कर दिया।

यह कमरा एजेंसी के किसी अफसर का कार्यालय था। कमरे के कोने में बने एक छोटे दरवाजे को पार कर मैं दूसरे कमरे में पहुंचा। इसी प्रकार मैं कमरे का निरीक्षण कर तीसरे कमरे में घुस गया।

इस कमरे में तीन डेस्क रखे हुए थे जिनमें से एक डेस्क सार्ती का था। डेस्क पर सार्ती की नेमप्लेट लगी हुई थी।

मैं इस डेस्क पर बैठ गया व इसकी दराजों पर नजर घुमाने लगा। डेस्क में दाहिने तरफ की तीसरी दराज पर ताला पड़ा था। अपनी जेब में रखे औजारों की सहायता से मैंने ताला तोड़ डाला और दराज खोल दी। इस दराज में केवल एक ही फाइल थी और यही वह फाइल थी जिसकी मुझे तलाश थी।

मैंने इस फाइल को मेज पर रखा व इसे पढ़ने की कोशिश करने लगा। जल्दी ही इस फाइल में मुझे उस व्यक्ति का नाम मिल गया जिसने सार्ती को हेलन की गतिविधियों पर नजर रखने के लिए अनुबंधित किया था।

फाइल में लिखा था।

"मैं मिसिज जून चामर्स के निर्देश पर काम करना शुरू कर रहा हूं। मिसिज चामर्स के निर्देशों के अनुसार मैंने फिनेटी व मोलिनारी को चौबीस घंटे हेलन पर नजर रखने के लिए कहा है।"

जून चामर्स से।

मैं तेजी से उस फाइल के पेज पलटता हुआ उस स्थान पर आ गया जहां हेलन व मेरे संबंधों का विवरण आरम्भ होता था। यह विवरण लगभग दस पृष्ठों तक जाता था। विवरण के आरंभिक पृष्ठ के ठीक ऊपर लिखा था।

"हेलन–डॉसन सम्बन्धों के विवरण की एक प्रति 24 अगस्त को मिसिज जून चामर्स के नाम रिटज होटल, पेरिस भेजी गई है।"

रिपोर्ट में हेलन के रोम में कदम रखने से लेकर उसके सौरेन्टो में मकान लेने तक उसकी सभी गतिविधियों के बारे में लिखा हुआ था। उसमें यह भी लिखा था कि हेलन ने ही मेरे सामने मिस्टर व मिसिज डगलस शेरार्ड के नाम से सौरेन्टो में रहने का प्रस्ताव रखा था। तथा हेलन को 28 व मुझे 29 तारीख को इस योजना के तहत सौरेन्टो पहुंचना था।

यह रिपार्ट पढ़कर मुझे पसीना आने लगा। रिपोर्ट से जाहिर था कि सार्ती ने हेलन के कमरे में माइक्रोफोन यंत्र लगवा दिया था जिसकी सहायता से उसे हेलन की सारी गतिविधियों का पता चल जाता था। इससे यह भी जाहिर था कि जून चामर्स को मेरे व हेलन के संबंधों व सौरेन्टो में हमारी साथ रहने की योजना के बारे में शुरू से ही मालूम था। फिर उसने यह बात चामर्स को क्यों नहीं बताई थी?

मैंने फाइल को कई तहों में मोड़कर अपनी जेब में रख लिया मैं जानता था कि मेरा इस जगह पर अधिक देर रहना खतरे से खाली न था। लिहाजा अपने औजारों को जेब में रखकर व सावधानी बरतता हुआ मैं उसी रास्ते से वापिस लौट आया जिस रास्ते से मैं यहां तक पहुंचा था।

अपने फ्लैट पर पहुंच कर फाइल में दिये गए विस्तृत विवरण को पढ़कर मैं सचमुच हैरान रह गया। इस फाइल में मेरी व हेलन की उसके फ्लैट में हुई बातचीत का एक-एक शब्द दर्ज होने के साथ-साथ मेरी उससे फोन पर हुई बातचीत भी दर्ज थी। इसी प्रकार इसमें हेलन के अन्य प्रेमियों से रहे सम्बन्धों का भी लेखा-जोखा था।

इस समय शाम के पांच बजे थे। मैंने जैक मार्टिन से संपर्क करने के लिए न्यूयार्क के लिए एक काल बुक की। लगभग आधे घंटे की इन्तजार के बाद जैक मार्टिन फोन पर आया।

"हां, डॉसन, कहो क्या हाल है?" फोन पर आकर जैक बोला—"पहले यह बताओ कि तुम्हें रोज न्यूयार्क फोन करने के लिए कौन पैसे देता है?"

"यार, बेकार की बातें छोड़ो।" मैंने कहा। "यह बताओ कि मेरे लिए तुमने क्या सूचना इकट्ठी की है? क्या तुम कार्लो मैंकिनी के बारे में कुछ जान पाए हो?"

"कार्लो का नाम कोई नहीं जानता है।" जैक बोला। "मुझे लगता है कि उस व्यक्ति का नाम तुम गलत बता रहे हो। क्या तुम्हारा मतलब टोनी एमैंडो से तो नहीं है?"

"क्या टोनी एमैंडो व कार्लो मैंकिनी में कुछ समानताएं हैं?"

"हां तुमने कार्लो का जो विवरण दिया है वह टोनी एमैंडो पर ही बैठता है।" जैक मार्टिन बोला—"वह लंबे कद का मजबूत व सांवला आदमी है व उसके गाल पर निशान है।"

कार्लो बिलकुल ऐसा ही है।" मैंने कहा—"इसके अलावा कार्लो अपने दाहिने कान में सोने की एक बाली पहनता है।"

"निश्चित रूप से यह वही आदमी है।" जैक उत्तेजित होकर बोला–"इस प्रकार के दो आदमी नहीं हो सकते।"

"जैक, तुम इस आदमी के बारे में क्या जानते हो?"

"यही कि वह एक खतरनाक गुंडा है जिसे अमेरिका से निकाल दिया गया है।" जैक बोला–"सुना गया है कि वह आज कल तुम्हारे ही क्षेत्र में है। जब फ्रैंक सेट्टी को अमेरिका से निकाल दिया गया तो यह व्यक्ति भी सेट्टी के साथ चला गया।"

"सेट्टी?" यह नाम सुनकर मैं चौंक गया।

"हां, टोनी अमैंडी सेट्टी का सहायक है।"

यह समाचार मेरे लिए निश्चय ही लाभप्रद था। सेट्टी का सहायक कार्लो! अब मुझे बहुत सी घटनाओं में तारतम्य बनता दिख रहा था।

"सुनो, जैक, मैं यह सिद्ध कर सकता हूं कि मिनोटी की हत्या से दो दिन पहले टोनी एमैंडो रोम से न्यूयार्क गया था और हत्या के अगले दिन वापिस रोम आ गया।" मैंने कहा।

"ठीक है, मैं इस सूचना को कैप्टन कौलियर तक पहुंचा दूंगा।" जैक बोला–"वह इस मामले की तहकीकात कर रहा है। हो सकता है तुम्हारी यह सूचना उसके लिए लाभप्रद सिद्ध हो। कैप्टन कौलियर को पहले से ही यह विश्वास है कि मिनोटी की हत्या में सेट्टी का हाथ है। लेकिन प्रमाणों के अभाव में वह कुछ करने मैं असमर्थ है।"

"सूचना प्रदान करने के लिए धन्यवाद।" मैंने कहा व फोन रख दिया।

मैं जैक मार्टिन द्वारा दी गई सूचना पर गंभीरता से विचार करने लगा। मुझे यह लगने लगा था कि मेरा अनुमान कि कार्लो ने मिनोटी की हत्या की थी व बाद में इस तथ्य का सहारा लेकर हेलन ने उसे ब्लैकमेल करने की कोशिश की होगी ठीक ही था। लेकिन फिलहाल इस अनुमान को सिद्ध करने के लिए मेरे पास कोई प्रमाण न था।

मेरे मन में विचार कौंधा कि मुझे कार्लोत्ती के पास जाकर उसे सब कुछ बता देना चाहिए। एक बड़ी संस्था से सम्बन्धित होने के कारण कार्लोत्ती को सभी साधन उपलब्ध थे जिनका प्रयोग कर वह मेरे द्वारा दी गई सूचनाओं के आधार पर फोन कर वह सारी गुत्थी सुलझा सकता था।

लेकिन फिर मुझे खयाल आया कि यदि कार्लो को यह पता चल जाए कि मैं कार्लोत्ती से संपर्क बनाए हुए हूं तो वह मेरे खिलाफ उसके पास रखे हुए सारे प्रमाण कार्लोत्ती के पास पहुंचा देगा। और इन प्रमाणों के आधार पर कार्लोत्ती मुझे दबोच लेगा। लिहाजा मैंने कार्लोत्ती के पास जाकर उसे सारी बात बता देने का विचार फिलहाल त्याग दिया।"

* * *

मैं साढ़े दस बजे नेपल्ज पहुंचा। नेपल्ज पहुंचकर मैंने रात में ठहरने के लिए वेसुवियस होटल में एक कमरा बुक किया व फिर नहा-धोकर व कपड़े बदलकर मैं शव-परीक्षक के दफ्तर पहुंचा।

मुझे एक गवाह के रूप में अंदर बुलाया गया। ग्रैंडी व कार्लोत्ती वहां पहले से ही मौजूद थे। दोनों ने मुड़कर एक बार उदास चेहरे से मुझपर एक नजर डाली व फिर नजर फेर ली।

शव-परीक्षक गीसप मैलेट्टी ठिगने कद का गंजा आदमी था। उसकी आंखें तेज व नाक नुकीली थी। उसने मुझसे हेलन के शव की शिनाखत करने व यह बताने को कहा कि हेलन सौरेन्टो क्यों आई थी। मैंने जवाब दिया कि वह एक महीने छुट्टियां बिताने के उद्देश्य से ही सौरेन्टो आई थी। मैंने उसे जानबूझकर यह न बताया कि हेलन ने मिसिज शेरार्ड के नाम से ही मकान किराए पर लिया था।

मैलेट्टी ने आगे पूछा कि क्या मेरे विचार में ऊंचाइयों पर खड़े रहने से हेलन को चक्कर आते थे? मैं इसके जवाब में 'हां' कहने ही वाला था कि मेरी नजर कार्लोत्ती पर पड़ी जो मुझे घूरे जा रहा था। मैंने तत्काल सोचा कि इस सवाल के जवाब में 'हां' कहने से मैं मामले में फंस सकता था। लिहाजा मैंने इस विषय पर अनभिज्ञता जाहिर करने में ही अपना भला सोचा।

मैलेट्टी ने मुझसे कुछ और सवाल पूछे लेकिन इससे इस मामले को सुलझाने में कोई सहायता न मिली। लिहाजा उसने अगले गवाह को सामने आने का इशारा किया। अगला गवाह कार्लोत्ती ही था।

कार्लोत्ती की गवाही ने शव-परीक्षण अदालत में उपस्थित सभी व्यक्तियों को चौंका दिया। अदालत में उपस्थित कुछ समाचार पत्र संवाददाता जो मेरे नीरस जवाबों का सुनकर उकता गए थे कार्लोती के जवाब सुनकर मानो नींद से जागे तथा उत्साहपूर्वक अपनी कलमें चलाने लगे।

गीसप मैलेट्टी द्वारा पूछे गए सवालों के जवाब में कार्लोत्ती बोला कि वह हेलन की मौत का मात्रा एक दुर्घटना मानने के लिए तैयार नहीं है। उसने कहा कि उसे वे नेपल्ज की पुलिस को जांच-पड़ताल करते हुए कुछ ऐसे तथ्य मिले हैं जो यह संकेत देते हैं कि हेलन की हत्या की गई है। उसने बताया कि उसे विश्वास है कि अगली सोमवार तक वह इस हत्या के रहस्य को सुलझा लेगा। अन्त में कार्लोत्ती ने गीसप मैलेट्टी से प्रार्थना की कि वह अपना फैसला एक सप्ताह के लिए स्थगित कर दे।

कार्लोत्ती का बयान सुनकर मैलेट्टी के चेहरे पर दर्द की रेखाएं उभर आईं। उसने कार्लोत्ती से पूछा कि इस मामले को एक हफ्ते के लिए स्थगित करनवाने के पीछे क्या उसके पास ठोस आधार हैं?" कार्लोत्ती ने इसका जवाब 'हां' में दिया और गीसप मैलेट्टी को स्थगन का आदेश देने के सिवा कोई रास्ता न बचा। उसने स्थगन का आदेश देकर अदालत को उस दिन के लिए भंग कर दिया।

कमरे से बाहर निकलते हुए संवाददाताओं ने कार्लोत्ती को घेर लिया और उससे विभिन्न सवाल पूछने लगे। मैंने उनका रास्ता रोक लिया व उन्हें इस बारे में चामर्स के निर्देशों की याद दिलाई।

"यह समाचार है और आप हमें समाचार प्रकाशित करने से नहीं रोक सकते।" 'लातालिया दैल पोपोलो' के संवाददाता ने कहा।

"लेकिन याद रहे कि आपके द्वारा छापे गए समाचार में केवल तथ्य हों टिप्पणियां नहीं।" मैंने कहा। लेकिन मेरी बात अनसुनी करके संवाददाता कार्लोत्ती के पीछे हो लिए।

"मिस्टर डॉसन।"

मैंने मुड़कर पीछे देखा। यह ग्रैंडी था।

"मिस्टर डॉसन, पुलिस को हेलन की मौत के मामले में आपको सहायता की आवश्यकता है।" वह बोला—"हम उस अमरीकन की तलाश कर रहे हैं जो हेलन की मौत वाले दिन सौरेन्टो में मौजूद था। हमें कुछ ऐसे व्यक्ति मिल गए हैं जो उस अमरीकन को पहचान लेने का दावा कर रहे हैं। इस उद्देश्य से हम कुछ व्यक्तियों की पहचान परेड करवा रहे हैं। आपका कद उस अमरीकन के कद जैसा ही है। इसलिए चाहते हैं कि आप भी इस पहचान परेड में हिस्सा लें।"

यह सुनकर मेरे दिल की धड़कन तेज हो गई।

"मुझे अभी एक तार मिला है जिसमें...।" मैंने बहाना बनाकर इस मुसीबत से बचने की चेष्टा की।

"पहचान परेड केवल कुछ ही मिनटों का काम है।" ग्रैंडी मजबूत आवाज में बोला—"आप मेरे साथ आ जाइए।"

मुझे मजबूरन उसके साथ जाना पड़ा।

पहचान परेड के अन्तर्गत लगभग दस व्यक्ति एक कतार में खड़े थे। इनमें से दो व्यक्ति अमरीकन, एक जर्मन तथा शेष इतालियन थे। दोनों अमेरिकनों का कद लगभग मेरे बराबर ही था।

"मैं आपको केवल दो मिनटों में फारिग कर दूंगा।" ग्रैंडी खींसे निपोरता हुआ बोला।

तभी दरवाजा खुला व एक नाटे कद का इतावली कमरे में दाखिल हुआ। घबराए हुए चेहरे से वह कतार में खड़े व्यक्तियों की ओर देखने लगा। मैं इस व्यक्ति को नहीं पहचानता था लेकिन उसके फटे ओवरकोट व चमड़े के दस्ताने देखकर मुझे लगा कि यह वही टैक्सी ड्राइवर होगा जो असाधारण तेज गति से टैक्सी चलाते हुए मुझे सौरेन्टो से नेपल्ज ले गया था।

कतार में खड़े व्यक्तियों पर नजर डालने के बाद इस व्यक्ति ने अपनी नजरें मेरे चेहरे पर गड़ा दीं। वह मेरी ओर टकटकी लगाए हुए लगभग पांच सेकेंड देखता रहा। ये पांच सेकेंड मेरे लिए एक युग से कम न थे। इस दौरान मेरे पसीने छूट रहे थे। मुझ पर नजर डालने के बाद यह व्यक्ति कमरे से बाहर चला गया।

मैंने चाहा कि मैं रूमाल निकालकर अपना पसीना पोंछ लूं लेकिन कुछ सोचकर मैंने ऐसा न किया। कार्लोत्ती की नजर मुझ पर ही थी और वह मुस्करा रहा था।

अब एक अन्य इतावली कमरे में दाखिल हुआ और पहले व्यक्ति की भांति ही कतार में खड़े सभी व्यक्तियों को बारी-बारी देखने लगा। इस बार इस व्यक्ति को देखने में मैंने कोई गलती न की। सौरेन्टो स्टेशन के अमानती सामानघर का क्लर्क था। सौरेन्टो के स्टेशन पर मैंने इसी सामानघर में अपना सूटकेस रखा था। कतार में खड़े व्यक्तियों पर नजर डालने के बाद इस व्यक्ति ने भी मेरी ओर घूरकर देखा। कुछ सेकेंड मेरे चेहरे पर नजरें डालकर यह व्यक्ति भी दरवाजे से बाहर चला गया।

इसके बाद दो पुरुष व एक महिला कमरे में घुसे। उन्होंने भी कतार का निरीक्षण किया। उनकी निगाहें काफी देर तक एक अमरीकन पर टिकी रहीं लेकिन वह अमरीकन उनकी ओर देखकर मुस्कराता रहा। जाहिर था कि इस अमरीकन में अपराधबोध की कोई भावना न थी और इसीलिए इस परिस्थिति में भी वह मुस्कराने की हिम्मत कर सकता था। अन्त में मुझ पर एक निगाह डालकर तीनों व्यक्ति कमरे से बाहर चले गए।

ग्रैंडी ने निर्देश दिया कि पहचान परेड खत्म हो गई है। उसका निर्देश पाने पर कतार में खड़े व्यक्ति बाहर चले गए।

"धन्यवाद, मिस्टर डॉसन।" ग्रैंडी मुझसे बोला। "हमें अफसोस है कि हमने आपका अमूल्य समय लिया।"

"कोई बात नहीं।" मैंने कहा।

मुझे लग रहा था कि पहचान परेड से ग्रैंडी खुश नहीं था। जाहिर था कि इस परेड से उसे हेलन के कातिल को पहचानने में कोई मदद नहीं मिली थी। फिर भी मैं उससे पूछ ही बैठा– "क्या कातिल को पकड़ पाने में आपको कोई सफलता मिली है?"

"मैं इस समय आपके सवाल का जवाब देने के लिए तैयार नहीं हूं।" ग्रैंडी बोला व मुझसे बिदा लेकर चला गया।

* * *

रात के नौ बजे मैं होटल से बाहर आया व कार में सौरेन्टो की ओर रवाना हुआ। लगभग आधे घंटे के भीतर मैं सौरेन्टो के नदी-तट पर पहुंचा कार को दूर खड़ा कर मैं तट की ओर बढ़ गया।

इस समय तट पर स्टीमर स्टेशन के बाहर तीन-चार नाविक बैठे हुए थे। मैं उनके पास गया व एक नाविक से कहा कि मुझे एक रोविंग बोट किराए पर चाहिए। मैंने उससे यह भी कहा कि मैं लगभग दो घंटे बोट चलाने वाली कसरत करना चाहता हूं और इसलिए मुझे नाविक की आवश्यकता भी नहीं है। नाविक अपनी नाव मेरे हवाले कर दी।

इस समय गहरी रात का समां था व आकाश पर तारे टिमटिमा रहे थे। नदी एक झील भांति शांत थी। बोट को खेता हुआ मैं तट से काफी दूर चला गया। फिर मैंने बोट को रोककर कपड़े बदल डाले। मैं होटल से अपने साथ स्विमिंग सूट लाया था मैंने यह सूट पहना व बोट को चलाता हुआ मयरा सेट्टी के विला की ओर बढ़ने लगा।

लगभग एक घंटे की बोट यात्रा के बाद मुझे मयरा सेट्टी वाले तट पर लाल रोशनी दिलाई दी। इस रोशनी में मुझे विला की चार दीवारी दिखने लगी। विला की निचली मंजिल पर कुछ कमरों में बत्तियां जल रही थीं।

मैं बोट चलाता हुआ थोड़ी देर बाद उन चट्टानों पर पहुंचा जहां हेलन का मृत शरीर पड़ा हुआ था। मयरा का विला इन चट्टानों से थोड़ी ही दूरी पर था।

मैंने अपने बोट को यहीं खड़ा कर दिया व धीरे-धीरे तैरता हुआ तट के पास पहुंचा। तैरते हुए मैं पूरी कोशिश कर रहा था कि मेरे तैरने की कोई आवाज न आए।

नदी का पानी इस समय गुनगुना था और ऐसे पानी में तैरने से काफी आनन्द आता है। पानी में पड़ रही लाल रोशनी की छाया से बचता हुआ मैं धीरे-धीरे तैरता हुआ तट पर पहुंचा।

तट पर दो शक्तिशाली मोटर बोट व एक छोटा रोविंग बोट खड़े हुए थे। मैं तट की सीढ़ियों की ओर जा रहा था। तट की ओर बढ़ते हुए मैं चौकन्ना हो कर देख रहा था व हर आवाज का सुन रहा था ऐसी स्थिति में मेरा चौकन्ना होना ठीक भी था क्योंकि तभी मैंने देखा कि तट की ओर से एक लाल रंग की चिंगारी ऊपर उठी व हवा में कुछ चक्कर काटने के बाद पानी में डूब गई। ध्यान देने पर मुझे खयाल आया कि यह जलती सिगरेट का एक टुकड़ा होगा जिसे तट पर उपस्थित किसी व्यक्ति ने पीने के बाद बुझाने के लिए पानी में फेंक दिया होगा।

मैं धीरे-धीरे बढ़ता हुआ तट की दीवार पर पहुंचा। यहां पहुंचकर मैं तट की ओर ध्यान से देखता हुआ यह मालूम करने का प्रयत्न करने लगा कि सिगरेट का टुकड़ा किस दिशा से फेंका गया था।

थोड़ा प्रयत्न करने के बाद मुझे अंधेरे में एक व्यक्ति की आकृति दिखाई दी जो एक छोटी चट्टान पर बैठा हुआ था। उस व्यक्ति की निगाह नदी की ओर थी। वह व्यक्ति इस समय मुझसे केवल तीस गज की दूरी पर था। थोड़ी देर इंतजार करने के बाद मैं उस व्यक्ति की निगाह से बचता हुआ तट की ओर चल पड़ा।

अब विला की ओर से आने वाली रोशनी इस व्यक्ति के ऊपर पड़ रही थी और इस रोशनी की सहायता से मैं उस व्यक्ति का चेहरा भली भांति देख पा रहा था। वह एक लंबा व हृष्ट-पुष्ट व्यक्ति था। उसने काले रंग की पतलून पहन रखी थी व उसके सिर पर टोपी थी। इस समय वह पीछे दीवार का सहारा लिए आराम से बैठा था और उसने एक और उसने एक और सिगरेट सुलगा रखी थी।

इस समय इस व्यक्ति की पीठ मेरी ओर थी और वह अपने सामने नदी की ओर देख रहा था। सीढ़ियों से ऊपर बढ़ता हुआ मैं एक टैरेस पर पहुंचा जहां से नीचे का तट साफ दिख रहा था। इस टैरेस से मयरा का विला लगभग पचास गज ऊपर था।

मैंने ऊपर विला की ओर नजर घुमाई। इसकी निचली मंजिल में बत्तियां जल रही थीं। ध्यान से सुनने पर मुझे इन कमरों से हल्के संगीत की आवाजें सुनाई दीं। ऐसा लग रहा था कि कमरे में रेडियो या रिकार्ड प्लेयर बज रहा है।

अन्धेरे का सहारा लेता हुआ मैं कुछ और सीढ़ियां चढ़ा और दूसरे टैरेस पर पहुंच गया। यहां कमरों की खिड़कियों के पास एक पेड़ था जिसकी अंधेरी छाया में मैं छिप गया। खुद को छिपाता हुआ मैं खिड़की से अन्दर झांकने की कोशिश करने लगा।

अन्दर एक हॉलनुमा बड़ा कमरा था जिसमें बैठे हुए चार व्यक्ति ताश खेलने में मशगूल थे। इन व्यक्तियों से थोड़ा दूर एक सोफे पर मयरा सेट्टी बैठी हुई थी। वह एक पत्रिका के पृष्ठ उलटते हुए सिगरेट पी रही थी।

मैं ताश खेलने वाले व्यक्तियों की ओर ध्यान से देखने लगा। इनमें से तीन व्यक्ति व्यावसायिक फिल्मों के खलनायकों के समान दिख रहे थे। उन्होंने सस्ते व भड़कीले कपड़े पहन रखे व उनके चेहरों से दुष्टता टपक रही थी। चौथे आदमी ने न जाने क्यों मेरा ध्यान अपनी ओर आकर्षित किया। यह एक मोटा व सांवले रंग का व्यक्ति था और इसकी उम्र लगभग पचास वर्ष रही होगी। इस व्यक्ति की तस्वीरें मैंने कई बार अखबारों में देखी थीं लिहाजा इसे पहचानने में मुझे दिक्कत न हुई। इसे पहचानने पर मैं विजय की भावना से पुलकित हो उठा। जिस काम में इटली की सारी पुलिस विफल रही थी वह काम मैंने कर दिखाया था। मुझे लगा कि काफी समय पहले ही मुझे अनुमान लगा लेना चाहिए था कि इस निर्जन स्थल पर बना हुआ वह विला ही फ्रैंक सेट्टी का गुप्त निवास हो सकता था। लेकिन न जाने क्यों यह खयाल मुझे पहले कभी न आया था। यह व्यक्ति फ्रैंक सेट्टी ही था।

सेट्टी मयरा की ओर मुड़ा व उससे कुछ कहा। मयरा ने उनींदे से लहजे में कुछ जवाब दिया व फिर अपना ध्यान अपनी गोद में पड़ी पत्रिका की ओर लगा दिया।

लंबा आदमी खिड़की के पास आया व खिड़की खोल दी। मैं पेड़ के पीछे खड़ा होकर बड़ी मुश्किल से खुद को छिपाता रहा। खिड़की खुल जाने से कमरे से आने वाली संगीत की आवाज साफ सुनाई देने लगी।

"जेरी के आने में देर हो गई है।" लंबे आदमी ने सेट्टी की ओर देखकर कहा।

यह सुनकर सेट्टी उठा व खिड़की के पास आ गया।

"वह आता ही होगा।" उसने कहा। "जेरी विश्वसनीय आदमी है और उसे काफी दूर से आना है।"

सेट्टी और लंबा आदमी खिड़की के पास ही खड़े रहे। वे दूर से आने वाली किसी आवाज को सुनने का प्रयत्न कर रहे थे, मैंने भी इस ओर ध्यान देने की कोशिश की। यह समुद्र से आने वाली किसी मोटर बोट की आवाज थी।

"जेरी आ रहा है।" लंबा आदमी बोला। "हैरी नीचे तट पर ही होगा?"

"हां उसे वहीं होना चाहिए।" सेट्टी गुर्राया और कमरे से बाहर चला गया। थोड़ी देर बाद वह टैरेस में निकल आया।

सेट्टी को टैरेस पर देख मेरे पसीने छूटने लगे। मैं जानता था कि यदि वह मुझे टैरेस पर देख लेता तो मेरा अन्त निश्चित था। सेट्टी व उसके साथी मेरा गला काटकर मेरी लाश को नदी में फेंक देते। टैरेस का पेड़ छिपने के लिए काफी न था। किसी भी समय सेट्टी या उसके साथियों की नजर मुझ पर पड़ सकती थी। लेकिन इस समय मैं छिपने के लिए कोई अन्य जगह तलाश नहीं कर सकता था। लिहाजा मैं अपनी सांस रोके पेड़ के पीछे दीवार से चिपका रहा।

सेट्टी टैरेस पर एक मेज के पास बैठ गया जो मुझसे केवल पचास फीट दूर थी। थोड़ी देर बाद लंबा आदमी भी बाहर आ गया व नदी की ओर देखने लगा।

"वह आ रहा है", वह बोला।

अब मयरा भी बाहर आ गई और उसी ओर देखने लगी। लम्बे आदमी न उंगली से नदी की ओर इशारा करते हुए उससे पूछा–

"क्या तुम उसे देख पा रही हो?"

"हां", मयरा बोली। उसने अपना हाथ टैरेस की दीवार पर रखा और आगे की ओर झुक गई। इस समय वह मेरे इतना नजदीक थी कि मुझे उसके द्वारा प्रयोग किये गए इत्र की सौंधी खुशबू आ रही थी।

सेट्टी ने एक सिगरेट सुलगा लिया। मयरा तथा लम्बा आदमी अंधेरे में नदी को घूरते रहे। में अपनी सांस रोके दीवार के सहारे लेटा हुआ था।

तभी मैंने सीढ़ियां पर से किसी व्यक्ति को तेजी से विला की आरे जाने की आवाज सुनी। थोड़ी देर में एक आदमी लाल कमीज, काली पतलून फैशनेबल जूते पहने हुए टैरेस पर आ पहुंचा। उम्र में वह व्यक्ति अभी नौजवान ही था तथा टैरेस पर पहुंचते ही वह मयरा की ओर देखकर रोमांटिक अंदाज में मुस्करा दिया।

"हैलो", वह विशेष रूप से मयरा की ओर देखकर मुस्कुराया।

इस नौजवान को देखते ही मयरा की बोरियत गायब हो गई और वह खुशी में मुस्कुराने लगी।

"हैलो, जैरी", यह कहकर उसने आगन्तुक का अभिवादन किया।

नौजवान टैरेस पर एक मेज के पास बैठे सेट्टी के पास गया और उसके सामने मेज पर एक पार्सल पटकते हुए बोला–

"बॉस, यह रहा आपका पार्सल।"

सेट्टी ने आगे झुककर पार्सल को देखा और नवयुवक की ओर देखकर मुस्कुराया।

"बैठ जाओ, नौजवान", वह बोला–"जैक, इसके लिए एक ड्रिंक ले आओ।"

जैक सेट्टी के निर्देश पर अमल करने के लिए अन्दर चला गया। मयरा नवयुवक जेरी के पास आ गई जिसने उसका हाथ अपने हाथ में ले लिया।

"बॉस, क्या मैं आपकी बेटी का चुम्बन ले सकता हूं?" जेरी ने खींसे निपोरते हुए सेट्टी से पूछा।

"यदि मयरा ऐसा चाहती है तो तुम दोनों को रोकने वाला मैं कौन होता हूं?" सेट्टी बोला– "क्या यहां पहुंचने में तुम्हें किसी प्रकार की दिक्कत हुई?"

"बिलकुल नहीं।"

जेरी व मयरा काफी देर तक एक-दूसरे को चूमते रहे। फिर जेरी ने मयरा का अपनी गोद में बिठा लिया और अपनी बाहें उसके कूल्हों के चारों ओर लपेट लीं।

"बॉस, आप अपना माल नाइस तक कैसे पहुंचाएंगे", जेरी ने पूछा।

"उसकी चिन्ता न करो", सेट्टी बोला। "कार्लो ने उसका प्रबन्ध कर लिया है। कार्लो तेज आदमी है।"

"लेकिन बॉस, वह जरूरत से ज्यादा तेज भी निकल सकता है", जेरी अचानक गम्भीर होकर बोला।

फिर मयरा की ओर देखकर वह बोला–"डार्लिंग, क्या पिछले दिनों तुम्हारी कार्लो से मुलाकात हो पाई है?"

मयरा ने मासूमियत के अन्दाज में अपनी आंखें फैलाई।

"कार्लो? कार्लो ऐसा नहीं कर सकता", सेट्टी बोला–"फिर तुम्हारे होते हुए मैं कार्लो पर निर्भर क्यों रहूं?"

"ठीक है", जेरी बोला। वह सेट्टी के इस आश्वासन से भी आश्वस्त नहीं हो पाया था। मयरा की ओर देखते हुए वह बोला–"देखो डार्लिंग, कार्लो से बचकर रहना। इसी में तुम्हारी भलाई है।"

"तुम नाहक ही कार्लो के प्रति ईर्ष्यालु हो रहे हो", मयरा ने मुस्कुराते हुए जेरी से कहा– "तुम्हें उससे ईर्ष्या करने की जरूरत ही क्या है?"

जेरी ने प्यार से मयरा के कूल्हों को थपथपाया और फिर सेट्टी से बोला–"कार्लो ने माल नाइस ले जाने के लिए क्या प्रबन्ध किया है?"

"कार्लो ने एक पत्रकार को अपने चंगुल में फंसा लिया है और वह पत्रकार ही हमारा माल नाइस तक ले जाएगा", सेट्टी बोला। "यह पत्रकार वैस्टर्न टेलीग्राम का रोम का संवाददाता एड डॉसन है।"

"डॉसन।" जेरी चौंका। "मैं इस बदमाश को जानता हूं। क्या वही यह काम कर रहा है?"

"हां, कार्लो ने उसे अपने चंगुल में ऐसा जकड़ लिया है कि डॉसन के पास यह काम करने के सिवा और कोई रास्ता है ही नहीं।" गर्व भरे अन्दाज में सेट्टी बोला–"डॉसन जैसे पत्रकार के होते हुए हमारा माल पकड़ा नहीं जा सकता। अपने पूरे जीवन में कार्लो का यह बेहतरीन काम है।"

"हां, इस काम के लिए जरूर कार्लो की तारीफ की जानी चाहिए।" जेरी बोला।

इतनी देर में जेक एक ड्रिंक लेकर बाहर आया और यह ड्रिंक जेरी को पकड़ा दिया।

"तुम्हारी धनराशि मैंने तैयार रखी है।" सेट्टी खड़े होते हुए बोला–"क्या तुम्हारा कुछ समय यहां ठहरने का विचार है?"

"मैं कल रात को ही यहां से जाऊंगा।" जेरी बोला।

मयरा जेरी की गोद से उतरी व उसकी बांहों में बांह डालते हुए बोली–"डार्लिंग, धन की चिंता न करो। चलो, इस समय हम अपने कमरे में चलते हैं। मुझे तुमसे काफी बातें करनी हैं।"

"सर, इसमें आपको कोई एतराज तो नहीं है?" जेरी ने सेट्टी से पूछा।

"बिलकुल नहीं।" सेट्टी ने मुस्कुराते हुए जवाब दिया।" "मयरा अब बच्ची नहीं है। वह पूरी जवान हो गई है। वह अब प्रेम करने के लिए स्वतंत्र है। तुम्हारे लिए धनराशि तैयार है। तुम अब जब भी चाहो अपना पैसा ले सकते हो। अच्छा, तुम अगली बार माल कब ला रहे हो?"

"अगला माल आज से तीन हफ्ते बाद मिलना निश्चित हुआ है।" जेरी बोला।

अपना ड्रिंक हाथ में उठाए जेरी मयरा के पीछे उसके कमरे की ओर बढ़ गया।

"कार्लो अगले ही कुछ दिनों में जेरी की हत्या करने वाला है।" जेक बोला।

यह सुनकर सेट्टी हंसा।

"फिलहाल मयरा को मजे लूट लेने दो।" सेट्टी बोला। यदि वह एक साथ दो प्रेमियों के साथ सम्बन्ध रखना चाहती है तो इसमें हमें क्या आपत्ति हो सकती है।"

फिर उसने अधजले सिगार को टैरेस से नीचे फेंकते हुए सेट्टी बोला–"इस पैकेट को सुरक्षित स्थान पर रख दो, जेक। कार्लो को इसकी जरूरत बृहस्पतिवार तक न होगी। तुम बुधवार रात को इसे रोम ले जाओ। समझे?"

जेक ने हामी भरी। फिर उसने पैकेट हाथ में उठा लिया व दोनों व्यक्ति अन्दर चले गए।

उनके अन्दर जाते ही मैं अपनी जगह से उठ खड़ा हुआ। मुझे कार्लो के काम से बचने का एक रास्ता मिल गया था। यदि बृहस्पतिवार तक यह पैकेट कार्लो के पास नहीं पहुंचता है तो मैं इसे नाइस ले जाने की स्थिति से बच सकता था। ऐसे होने के लिए जरूरी था कि तत्काल सौरेन्टो पहुंच जाऊं और ग्रैंडी को इसकी सूचना दे दूं।

मैं सावधानी से सीढ़ियों से उतरता हुआ तट की ओर बढ़ चला। आखिरी सीढ़ी पर पहुंचकर मुझे तट की दीवार पर लाल रोशनी दिखाई दी। मैं अंधेरे में खड़े होकर उस व्यक्ति को ढूंढ़ने लगा जो कुछ देर पहले यहां बैठा हुआ सिगरेट पी रहा था। विला के भीतर हुई बातचीत से मुझे पता था कि उस व्यक्ति का नाम हैरी था।

लेकिन इस समय हैरी का कहीं कोई पता न था। वह चट्टान जिस पर वह कुछ देर पहले बैठा हुआ था इस समय खाली थी। मैंने चारों ओर नजर दौड़ाई लेकिन हैरी कहीं भी दिखाई न दिया। आखिर वह कहां चला गया था? मुझे पता चला था कि उस व्यक्ति का नाम हैरी था।

लेकिन इस समय हैरी का कहीं कोई पता न था। वह चट्टान जिस पर वह कुछ देर पहले बैठा हुआ था इस समय खाली थी। मैंने चारों ओर नजर दौड़ाई लेकिन हैरी कहीं भी दिखाई न दिया। आखिर वह कहां चला गया था? मुझे नदी में पांव रखने की हिम्मत नहीं हो पा रही थी। एक बार नदी में दाखिल हो जाने के बाद मैं किसी भी संभावित हमले का मुकाबला न कर सकता था। इसलिए पहले हैरी के बारे में निश्चित हो जाना बहुत आवश्यक था। हैरी का कहीं कोई पता न था।

तभी अचानक मुझे अपने पीछे किसी व्यक्ति के सांस लेने की आवाज आई। इसे सुनकर मेरे शरीर में एक ठंडी सिहरन दौड़ गई। मैं पीछे मुड़कर देखने ही वाला था कि एक मजबूत हाथ ने गर्दन पकड़ ली और दूसरे हाथ ने मेरी कमर पर जोर का घूंसा मारा।

बारह

हैरी की मजबूत पकड़ व शक्तिशाली घूंसे के प्रहार से मुझे यह समझते देर न लगी कि वह व्यक्ति अधिक ताकतवर था। उसके हाथ ने मेरी गर्दन को इतनी मजबूती से दबोच रखा था कि मेरा दम घुट रहा था। क्योंकि वह मेरे पीछे था व पीछे से ही मुझे पकड़े हुए था इसलिए मैं उसको पकड़ पाने में असमर्थ था। मैंने अपने शरीर को ढीला किया और निढाल होकर जमीन पर गिरने का नाटक किया। यह सोचकर कि मैं शायद बेहोश होने जा रहा हूं हैरी ने अपनी पकड़ को ढीला कर दिया। मौका पाते ही मैं मुड़ा और अब हैरी व मैं एक दूसरे के सामने खड़े थे।

हमें फिर गुत्थम-गुत्था होने में देर न लगी। लेकिन इस बार मैं पहले से बेहतर हालत में था क्योंकि अब हैरी ने मुझे पीछे से नहीं पकड़ रखा था। हैरी मुझसे भारी था और इसलिए उसका भार संभाल पाने में मुझे काफी दिक्कत हो रही थी। हम एक दूसरे को गिराने की कोशिश में लगे थे कि अचानक मेरा पैर फिसल गया और हम दोनों नदी में गिर पड़े।

पानी में गिर पड़ने की हड़बड़ाहट में हैरी की मुझपर पकड़ छट गई मौका जानकर मैंने उसकी बांह पकड़ी व इतनी जोर से मोड़ी कि वह दर्द से कराह उठा। फिर उसे पानी के भीतर धकेलकर मैं तट पर आ गया।

मुझे डर था कि कहीं हैरी विला के अन्दर उपस्थित व्यक्तियों की सहायता प्राप्त करने के लिए चिल्ला न उठे। मैं यह बिलकुल न चाहता था कि उन व्यक्तियों को मेरे यहां तक पहुंच जाने के बारे में कोई सूचना मिले।

हैरी अभी पानी में ही था व अपनी आंखों व मुंह पर से पानी साफ करने का प्रयत्न कर रहा था। मैंने तत्काल पानी में छलांग लगाई तथा उसकी एक टांग पकड़कर उसे पानी के नीचे घसीट दिया।

इस बार हैरी की ओर से कोई प्रतिरोध न हो रहा था। काफी देर हैरी को पानी के नीचे रखने के बाद मैं ऊपर आ गया। थोड़ी देर बाद हैरी भी ऊपर आ गया। लेकिन इस बार वह पहले जैसा हैरी न था। उसकी आंखें बंद थीं और शरीर से उसके जिंदा होने के कोई लक्षण नजर नहीं आ रहे थे।

हैरी के मृतप्राय शरीर को पानी पर घसीटते हुए मैं उसे अपने बोट के पास ले गया और उसके भारी शरीर को बोट के भीतर डाल दिया। इसके बाद मैं भी बोट में बैठ गया और हैरी की हालत का मुआइना करने लगा। ऐसा लगाता था कि उसने काफी पानी पी लिया था। मैंने बोट की रस्सी को खोला और तेजी से अपने बोट को सौरेन्टो की ओर चलाने लगा।

धीरे-धीरे मयरा के विला की रोशनी मालूम पड़ने लगी। मैंने अभी सौरेन्टो की ओर आधा रास्ता ही तय किया था कि हैरी के मुंह से अस्पष्ट सी आवाजें आने लगी। इसका अर्थ था कि वह मरा नहीं था बल्कि केवल बेहोश था और अब धीरे-धीरे होश में आने लगा था यदि वह होश में आ जाता तो इस छोटे से बोट में हममें एक बार फिर द्वन्द्व छिड़ जाता। जाहिर था कि इस प्रकार का जोखिम उठाने के लिए तैयार न था।

इससे पहले कि हैरी उठने की कोशिश करता मैंने पतवार हाथ में उठाई व जोर से उसके सिर पर वार किया। उसके सिर को चोट लगी व वह पीछे की ओर गिर पड़ा। गिरते हुए उसका सिर बोट के किनारे से टकराया और वह फिर बेहोश होकर निहाल हो गया।

हैरी को बेहोश जानकर मैं फिर तेजी से बोट को सौरेन्टो की ओर ले जाने लगी। मेरा सौभाग्य था कि जब तक मैं सौरेन्टो तट पर पहुंचा, हैरी के होश में आने के कोई आसार न दिखे।

सौरेन्टो तट पर बोट का मालिक नाविक मेरी प्रतीक्षा कर रहा था। मुझे तट की ओर आता देख उसकी जान में जान आई।

बोट के तट पर पहुंचने पर मैंने हैरी को उठाने की कोशिश की। मेरे हिलाने-डुलाने से हैरी के शरीर में कुछ हलचल होने लगी और वह जीवित होने के संकेत देने लगा। मैंने उसे सहारा देकर तट पर बिठा दिया और उसे लिटाने लगा। लेकिन अब तक हैरी के शरीर में शक्ति का

संचार होने लगा था व चुपचाप लेट जाने के बजाय वह खड़ा होने लगा था व चुपचाप लेट जाने के बजाय वह खड़ा होने की कोशिश करने लगा। अपनी वर्तमान स्थिति में मैं नहीं चाहता था कि कम से कम कुछ समय के लिए हैरी फिर मुझसे लड़ने की स्थिति में आ जाए। यह सोचकर मैंने उसके जबड़े पर एक जोरदार घूंसा मारा। मेरे घूंसे के प्रहार से हैरी जमीन पर लेट गया। और फिर बेहोश हो गया।

"पुलिस को तत्काल बुलाओ।" मैंने नाविक से कहा। अपने बोट की चिंता न करो। इस समय तत्काल पुलिस को यहां ले आओ।"

नाविक गया और नजदीक ही ड्यूटी पर तैनात एक पुलिस कर्मचारी को मेरे पास ले आया। मैंने इस पुलिसकर्मी को पूरी बात सुनाई। यह मेरा सौभाग्य ही समझिए कि अन्य पुलिसकर्मियों की भांति इस पुलिसकर्मी ने बेकार की बातों पर बहस करके समय नष्ट नहीं किया। उसने फ्रैंक सेट्टी का नाम सुनते ही वह समझ गया कि मामला गंभीर है। नाविक को अपनी बकवास बन्द करने का आदेश देकर उसने हैरी को हथकड़ी पहना दी। फिर उसने एक टैक्सी मंगाई तथा मुझे व हैरी को पुलिस स्टेशन ले गया।

संयोगवश इस समय पुलिस स्टेशन में ग्रैंडी मौजूद था। मुझे सिर्फ एक स्विमिंग सूट पहने पुलिस स्टेशन में खड़ा देख वह हैरान हुआ। जब मैंने उससे कहा कि मैंने फ्रैंक सेट्टी को ढूंढ़ निकाला है और उसके एक आदमी को गिरफ्तार कर मैं अपने साथ लाया हूं तो ग्रैंडी सारे मामले को समझ गया।

"पुलिस को तत्काल बुलाओ।" मैंने नाविक से कहा। अपने बोट की चिंता न करो। इस समय तत्काल पुलिस को यहां ले आओ।"

नाविक गया और नजदीक ही ड्यूटी पर तैनात एक पुलिस कर्मचारी को मेरे पास ले आया। मैंने इस पुलिसकर्मी को पूरी बात सुनाई। यह मेरा सौभाग्य ही समझिए कि अन्य पुलिसकर्मियों की भांति पुलिसकर्मी ने बेकार की बातों पर बहस करने समय नष्ट नहीं किया। उसने फ्रैंक सेट्टी के कारनामों के बारे में सुन रखा था। लिहाजा सेट्टी के कारनामों के बारे में सुन रखा था। लिहाजा सेट्टी का नाम सुनते ही वह समझ गया कि मामला गंभीर है। नाविक को अपनी बकवास बन्द करने का आदेश देकर उसने हैरी को हथकड़ी पहना दी। फिर उसने एक टैक्सी मंगाई तथा मुझे व हैरी को पुलिस स्टेशन ले गया।

संयोगवश इस समय पुलिस स्टेशन में ग्रैंडी मौजूद था। मुझे सिर्फ एक स्विमिंग सूट पहने पुलिस स्टेशन में खड़ा देख वह हैरान हुआ। जब मैंने उससे कहा कि मैंने फ्रैंक सेट्टी को ढूंढ़ निकाला है और उसके एक आदमी को गिरफ्तार कर मैं अपने साथ लाया हूं तो ग्रैंडी सारे मामले को समझ गया।

मैंने ग्रैंडी से कहा कि यहां से थोड़ी दूर स्थित एक विला में नशीले द्रव्यों का भंडार है और यदि पुलिस चुस्ती दिखाए तो फ्रैंक सेट्टी को प्रमाणों सहित गिरफ्तार किया जा सकता है। ग्रैंडी ने तत्काल रोम मुख्यालय फोन किया तथा नशीले द्रव्य विभाग के अध्यक्ष से बात की।

ग्रैंडी कमरे से बाहर जाने लगा तो मैंने कहा–"मिस्टर ग्रैंडी, ध्यान रखियेगा कि उस विला में पांच आदमी और भी हैं और वे सब काफी ताकतवर हैं।"

मेरी ओर देखकर मुस्कुराते हुए ग्रैंडी ने जवाब दिया–"आप चिंता न करिये। मैं ऐसे लोगों के साथ सख्ती से पेश आना जानता हूं।"

वह कमरे से बाहर निकला व अपने आदमियों को तैयारी करने के आदेश देने लगा। थोड़ी देर बाद एक पुलिस कर्मचारी मेरे पास आया व मुझसे नहाकर कपड़े पहन लेने के लिए कहा। क्योंकि मेरे पास कोई कपड़े न थे इसलिए उसने मुझे एक कमीज व पतलून भी दे दिया।

स्नान कर व कपड़े पहनकर जब तक मैं तैयार हुआ ग्रैंडी तट की ओर रवाना हो चुका था। तट पर उसे नेपल्ज से मंगाए गये एक विशेष पुलिस दस्ते की प्रतीक्षा करनी थी। प्रतीक्षा के इस समय का सदुपयोग करने के लिए मैंने मैक्सवेल से फोन पर संपर्क किया।

मैक्सवेल फोन पर आया। मैंने उससे कहा कि आधे घंटे के भीतर फ्रैंक सेट्टी गिरफ्तार होने वाला है तथा इस बारे में समाचार प्राप्त करने के लिए वह तैयार रहे। मैंने उससे कहा कि मैं अभी तट पर जा रहा हूं जहां सेट्टी के विला पर हमला करने के लिए पुलिस के विशेष दस्ते तैयार खड़े थे।

मैक्सवेल ने मुझसे कहा कि वह इसकी सूचना न्यूयार्क मुख्यालय दे देगा और मेरी ओर से इस बारे में और सूचना मिलने की प्रतीक्षा करेगा।

मैक्सवेल से बात करने के बाद मैं टैक्सी द्वारा तट पर पहुंचा।

ग्रैंडी व पुलिस दस्ता तीन मोटर बोटों में बैठ चुके थे। वे हथियारों से पूरी तरह लैस थे। मैंने ग्रैंडी से कहा कि मैं भी उनके साथ आना चाहता हूं लेकिन उसने हाथ से इशारा कर मुझे तट पर ही रहने का निर्देश दिया।

तीनों मोटर बोट मुझे व नाविक को तट पर छोड़ अंधेरे में गायब हो गए। मैंने इस नाविक मित्र से कहा कि वह मेरे लिए एक बोट का प्रबन्ध कर दे। पहले तो नाविक यह काम करने के लिए तैयार न हुआ। लेकिन जब मैंने इसे उस सेवा के बदले एक बड़ी रकम इनाम के रूप में देने का वायदा किया तो वह राजी हो गया। उसने एक मोटर बोट चालक को अपने बोट में मुझे उस विला तक ले जाने का प्रबंध करा दिया।

जल्दी ही हम विला के पास पहुंचे व चट्टानों के समीप खड़े होकर विला में होने वाली गतिविधियों पर नजर रखने लगे। इस समय ग्रैंडी व उसका पुलिस दस्ता विला में दाखिल हो चुका था। विला के बाहर तट पर खड़े हुए पुलिस के तीनों मोटरबोट इस बात का प्रमाण थे।

इस समय तक आकाश में पूरा चांद उभर आया था और उसकी चांदनी में विला के चारों ओर का दृश्य नजर आ रहा था।

लगभग बीस मिनट के इंतजार के बाद मुझे नजर आया कि विला के भीतर से लगभग एक दर्जन व्यक्तियों का एक दस्ता बाहर निकला व तट पर रखे हुए बोटों में बैठ गया। उनके साथ एक महिला भी थी। मैंने अंदाजा लगाया कि यह महिला मयरा सेट्टी ही होगी।

मैंने अपने मोटरबोट चालक से कहा कि वह तेजी से सौरेन्टो तट की ओर चले। मोटरबोट चालक ने मेरे निर्देश का सही पालन किया और ग्रैंडी व उसके पुलिस दस्ते के तट पर पहुंचने से पहले ही हम वहां पहुंच गए थे।

थोड़ी देर बाद पुलिस के मोटरबोट भी सौरेन्टो तट पर जा पहुंचे। उन्होंने सेट्टी व उसके सभी साथियों को गिरफ्तार कर लिया था।

जब पुलिस सेट्टी व उसके साथियों को पुलिस गाड़ी में बिठा रही थी तो मैं ग्रैंडी के पास गया व उससे पुलिस कार्रवाई के बारे में जानकारी हासिल करने की कोशिश करने लगा।

"क्या आपको नशीले पदार्थों का पैकेट मिल गया?"

"हां, यह पैकेट हमारे कब्जे में है।"

"कोई दिक्कत?" मैंने पूछा।

मुस्कुराते हुए ग्रैंडी ने जवाब दिया—"मैंने उन्हें दिक्कत पैदा करने का मौका ही न दिया।"

"मैं इस मामले से अलग रहना चाहता हूं।" मैंने कहा। "मुझे अभी रोम पहुंचना है। क्या आपको यहां मेरी जरूरत है?"

"नहीं, लेकिन अगले हफ्ते सोमवार को आपको शव परीक्षक के निर्णय के सिलसिले में नेपल्ज आना होगा।"

"ठीक है।" मैंने जवाब दिया।

ग्रैंडी से विदा लेकर में अपने होटल लौट आया। होटल से मैंने फिर मैक्सवेल को फोन किया और उसे सेट्टी व उसके साथियों के गिरफ्तार होने का पूरा विवरण दिया। मैंने उससे कहा कि वह एसोसियेटिड प्रेस के संवाददाता मैथ्यूज को भी यह सूचना दे दे। मैक्सवेल ने मुझे आश्वासन दिया कि वह सेट्टी के गिरफ्तार होने की सूचना न्यूयार्क मुख्यालय व मैथ्यूज दोनों को तत्काल दे देगा।

"मैं आज रात को रोम लौट रहा हूं। कल सवेरे ही मैं तुमसे मिल पाऊंगा।" मैंने कहा और फोन रख दिया।

* * *

मैं उसी रात रोम वापिस आ गया। अगले दिन सुबह अपने बिस्तर में पड़े हुए मैंने मैक्वेल से फोन पर संपर्क किया।

मैक्सवेल ने मुझे कहा कि उसे न्यूयार्क से फोन आया है तथा न्यूयार्क मुख्यालय में लोग सेट्टी के इटली के जीवन के बारे में और जानकारी चाहते हैं। मैक्सवेल ने मुझसे पूछा कि क्या मैं न्यूयार्क मुख्यालय वालों को इस बारे में और कुछ जानकारी दे सकता हूं।

मैंने जवाब दिया कि मैं खुद भी सेट्टी के बारे में बहुत कम जानकारी रखता हूं। मैंने मैक्सवेल को सुझाव दिया कि यदि वह चाहे तो नेप्लज जाकर पुलिस से सेट्टी के बारे में जानकारी एकत्र कर सकता है। मैक्सवेल ने मेरे सुझाव का स्वागत किया।

"हां, मैं नेपल्ज जाने के लिए तैयार हूं।" वह बोला। "लेकिन आज जिना दफ्तर में नहीं है। वह हेलन के फ्लैट में उसका सामान बिकवा रही है। मैं जिना की अनुपस्थिति में दफ्तर छोड़कर नहीं जा सकता।"

"क्या वह आज सारे दिन दफ्तर नहीं आएगी?"

"उसने आज का अवकाश ले रखा है।" मैक्सवेल ने कहा। वह आज सारा दिन वहीं रहेगी। वह कहती है कि यह चामर्स का निर्देश है।"

"जिना ठीक कह रही है।" मैंने कहा। "मैं हेलन के मकान पर जाकर जिना को दफ्तर भेज देता हूं। तब तुम नेपल्ज के लिए रवाना हो सकते हो।"

"मेरा तो खयाल था कि सेट्टी के मामले को तुम खुद ही 'कवर' करना चाहोगे।" मैक्सवेल बोला। "सेट्टी की गिरफ्तारी का समाचार इस वर्ष का सबसे सनसनीखेज समाचार है।"

क्योंकि रोम के हमारे दफ्तर का कार्यभार अब तुम सम्भाल रहे हो इसलिए सेट्टी की गिरफ्तारी का मामला अब तुम ही सम्भालोगे।" मैंने कहा। "मैं लंच समय तक जिना को दफ्तर भिजवा दूंगा। अपराह्न दो बजे एक जहाज नेपल्ज के लिए रवाना होता है। अच्छा होगा कि तुम इस जहाज के लिए अग्रिम बुकिंग करवा लो।"

"बहुत अच्छा।"

मैं बिस्तर से निकला व नहा-धोकर तथा कपड़े बदलकर गैरेज की ओर बढ़ा। अपनी कार को तेज चलाता हुआ मैं शीघ्र ही हेलन के मकान पर पहुंचा। मैंने घण्टी बजाई और खुद जिना ने ही आकर दरवाजा खोला।

"हैलो, एड।" जिना ने दुविधा की स्थिति में मेरा स्वागत किया।

"हैलो।" मैंने कहा व फ्लैट के अन्दर दाखिल हुआ। "यहां का क्या काम कैसा चल रहा है?"

"मैं सामान को पैक करवा रही हूं।" वह बोली।"मुझे लगता है कि आधे घंटे में सारा सामान पैक हो जाएगा।"

"क्या तुमने हेलन का सारा सामान देख लिया है?"

"हां।"

जिना सोफे पर बैठ गई और टकटकी लगाए मेरे चेहरे की ओर देखने लगी।

"एड, पिछले कुछ दिनों के क्या समाचार हैं?" उसने पूछा।

मैंने उसे फ्रैंक सेट्टी की गिरफ्तारी का पूरा विवरण दिया। अपने विवरण के अन्त में मैंने कहा–"मैक्सवेल नेपल्ज जाना चाहता है। वह दफ्तर में तुम्हारी प्रतीक्षा कर रहा है। तुम्हारे दफ्तर पहुंचते ही वह रवाना हो जाएगा। जिना, अच्छा है कि इस समय तुम दफ्तर चली जाओ। यहां का काम अब मैं खुद भी सम्भाल सकता हूं।"

"मैक्सवेल ने दो बजे के जहाज से जाना है ना?" उसने पूछा।

"हां।"

"दो बजने में अभी काफी समय है।" वह बोली। "मैं इससे पहले ही वहां जाऊंगी। हां, तुमने यह नहीं बताया कि तुम्हें यह कैसे पता चला कि सेट्टी उस मकान में था?"

"तुम यह जानने में इतनी दिलचस्पी क्यों दिखा रही हो।" मैंने पूछा। दरअसल जिना के इस सवाल ने मुझे चौकन्ना कर दिया था।

"मैं तो वैसे ही पूछ रही थी।" जिना बोली। "सेट्टी की गिरफ्तारी की खबर इतनी सनसनीखेज है कि मुझे अब भी इस पर विश्वास नहीं हो पा रहा है। इटली का पूरा पुलिस विभाग उसे ढूंढ़ने में लगा हुआ था। लेकिन तुमने पुलिस को मात दिखाकर यह काम खुद ही कर डाला। तुम्हें कैसे पता चला कि उस समय सेट्टी उसी विला में था? यह एक ऐसा सवाल है जो हर आदमी तुमसे पूछना चाहेगा।"

जिना ठीक ही कह रही थी। यह एक ऐसा सवाल था जो हर व्यक्ति मुझसे पूछ सकता था। इस समय यह सोचकर मुझे हैरानी होने लगी कि आखिर ग्रैंडी ने मुझसे यह सवाल क्यों नहीं किया था?

"जिना तुम्हारा यह सवाल वाजिब है।" मैंने कहा। "इसके पीछे एक लम्बी दास्तान है।"

"मैं वह दास्तान सुनना चाहती हूं।" जिना बोला। "तुम पिछले कई दिनों से यह बात मुझसे छिपा रहे हो। क्या यह सच नहीं है कि हेलन की मौत के मामले में तुम भी कहीं न कहीं फंसे हुए हो? क्या यह सच नहीं है कि तुम जानते थे कि हेलन का नाम ही मिसिज डगलस शेरार्ड था? एड, इस सारे मामले में कोई गड़बड़ है जो तुम मुझसे सच्चाई जानना चाहती हो।"

"जिना, मैं इस समय काफी मुसीबत में फंसा हुआ हूं।" मैंने कहा। "मैं तुम्हें सारे विवरण नहीं दे सकता। तुम्हारे लिए यही अच्छा होगा कि तुम इस मामले से दूर ही रहो।"

"क्या तुम हेलन को चाहने लगे थे?" जिना ने पूछा।

यह सवाल सुनकर मैं सकपका गया। फिर अपनी भावना को नियंत्रण रखकर मैंने कहा– "जिना, शुरू में मुझे ऐसा लगा था कि हेलन मुझसे प्रेम करती थी और मैं भी उसकी ओर आकर्षित होने लगा था। लेकिन जब मुझे पता चला कि वह अन्य व्यक्तियों की तरह मुझे भी एक मोहरा बनाना चाहती थी तो...।"

“इस बारे में आगे कहने की जरूरत नहीं है।” जिना ने मेरी बात काट दी। “मैं जानती हूं कि वह किस प्रकार की लड़की थी। मुझे बताओ कि इसके बाद क्या हुआ?”

“इसके आगे की बात तुम न ही पूछो तो अच्छा है।” मैं उठा व खिड़की के पास जाकर खड़ा हो गया। “संक्षेप में मैं केवल इतना कहूंगा कि मैं हेलन के इरादों को समय रहते न समझ पाया और मुसीबत में फंस गया।”

“क्या तुम इस बात से डर रहे हो कि चामर्स को हेलन से तुम्हारे संबंधों के बारे में पता चल जाएगा?” जिना बोली।

“नहीं, यह मामला इससे भी आगे बढ़ चुका है।” मैंने कहा। “चामर्स ने मुझे विदेश डेस्क संभालने का प्रस्ताव किया है। जब उसे पता चलेगा कि मेरे हेलन से कुछ संबंध रहे हैं तो मुझे यह पद नहीं मिल पायेगा। विदेश डेस्क पर यह पद मिलना मेरे लिए बहुत महत्त्वपूर्ण है।”

“क्या तुम रोम छोड़ दोगे?”

“यदि मुझे चामर्स द्वारा प्रस्तावित पद मिल जाता तो मैं सहर्ष रोम छोड़कर न्यूयार्क चला जाता।” मैंने कहा। “लेकिन अब तो ऐसी स्थिति पैदा हो गई है कि मुझे अपनी वर्तमान नौकरी से भी हाथ धोना पड़ेगा।”

मेरी यह बात सुनकर जिना को धक्का-सा लगा। उसके चेहरे का रंग उड़ गया और उसकी आंखों में आंसू भर आए।

“जिना, इतना उदास होने की तुम्हें क्या जरूरत है।” मैंने उसे सांत्वना देने के प्रयास में कहा।

“तुम्हें जरूरत न हो लेकिन मुझे तो है।” जिना बोली।

कई वर्षों तक जिना के साथ काम करने के बाद आज पहली बार मुझे लग रहा था कि मेरे दिल के किसी कोने में उसके प्रति प्यार की भावना बैठी हुई थी। मैं जिना के नजदीक गया और उसके कूल्हों पर हाथ रखकर उसको अपने करीब खींच लिया।

“जिना, मैं मानता हूं कि मैं एक विकट मुसीबत में फंस गया हूं और इसके लिए मैं खुद ही जिम्मेदार हूं।” मैंने जिना को समझाने की कोशिश करते हुए कहा। “लेकिन तुम्हारी भलाई इसी में है कि तुम इस मामले से दूर ही रहो। यदि तुम इस मामले में उलझोगी तो पुलिस तुम पर हेलन की हत्या में भागीदार होने का अभियोग लगा सकती है।”

“एड, मुझे यह चिंता बिलकुल नहीं है कि पुलिस मेरे साथ क्या बर्ताव करती है।” रुआंसे अन्दाज में जिना बोली–“इस समय मुझे सिर्फ तुम्हारी चिंता है।”

“नहीं, नहीं, जिना तुम्हें मेरे मामले में नहीं उलझना चाहिए।” मैंने कहा–“हेलन से संपर्क रखना मेरी भूल थी और अब मुझे इस भूल की कीमत चुकानी ही पड़ेगी। जिना, मुझसे दूर रहो। तुम्हारी भलाई मुझसे दूर रहने में ही है।”

“एड, मैं तुम्हारी सहायता करना चाहती हूं।” वह बोली। “क्या तुम मुझे इसकी इजाजत दे सकते हो?”

“नहीं, जिना, मैं चाहता हूं कि तुम इस मामले से दूर ही रहो।” मैंने कहा।

“एड, क्या तुम मुझे थोड़ा-सा भी प्यार करते हो?” अपनी आंसू भरी आंखों से मेरी ओर देखते हुए वह बोली–“यदि तुम्हारे दिल में मेरे लिए जरा-सी जगह होती तो तुम मुझे अपने मामले में दिलचस्पी लेने से नहीं रोकते।”

“नहीं, जिना, ऐसी बात नहीं है।” मैंने कहा। “मैं तुम्हें प्यार करता हूं। यह प्यार मेरे दिल में काफी समय से दबा पड़ा था और मुझे खुशी है कि आज यह निकलकर बाहर आ गया है। लेकिन जिना, आज मैं जिस मुसीबत में फंसा हूं उससे उभर पाने के लिए मुझे अपनी किस्मत पर ही निर्भर रहना पड़ेगा। किस्मत के अतिरिक्त मुझे और कोई नहीं बचा सकता। कार्लोत्ती को यह विश्वास हो गया है कि हेलन की मौत के लिए मैं ही जिम्मेदार हूं। इसलिए जिना तुम मेरे मामले में उलझकर खुद को नाहक परेशान न करो।”

“क्या तुम मुझे नहीं बताओगे कि आखिर मामला क्या है और इस मामले में तुम्हारी क्या भूमिका है?”

मैं जिना के साथ सोफे पर बैठ गया। और जिना को शुरू से आखिर तक सारी कहानी सुना दी। मैंने उससे इस कहानी का कोई भी पहलू न छिपाया।

ज्यों-ज्यों यह अजीबोगरीब कहानी आगे बढ़ती गई जिना का मुख पीला व उदास होता गया। कहानी के खत्म होने पर वह लंबी सांसें लेती रही।

“ओह डार्लिंग, तुम्हारे साथ वाकई बहुत बुरी गुजरी है।” जिना बोली।

“तुम ठीक कहती हो जिना।” मैंने जवाब दिया। “लेकिन अपनी मुसीबत के लिए बहुत हद तक मैं खुद ही जिम्मेदार हूं यदि में यह सिद्ध कर पाऊं कि हेलन की हत्या कार्लो ने ही की है तो मैं बच सकता हूं। लेकिन मुझे ऐसा कर पाने के लिए कोई रास्ता नहीं सूझ रहा।

“ तुम कार्लोत्ती को सच्चाई बता क्यों नहीं देते?” जिना ने सुझाव दिया। “जिस तरह तुमने मुझे पूरी दास्तान सुनाई है ठीक वैसे ही तुम कार्लोत्ती को भी यह कहानी साफ-साफ शब्दों में सुना सकते हो। मुझे विश्वास है कि कार्लोत्ती तुम्हारी साफगोई पर खुश होगा और तुम्हारी बात पर विश्वास करके इसके अनुरूप कदम उठाएगा।”

“नहीं, जिना, ऐसा करना मेरे लिए ठीक न होगा।” मैंने कहा, “ मुझे सारी बात कार्लोत्ती को बहुत पहले बता देनी चाहिए थी। लेकिन अब मेरे खिलाफ इतने अधिक प्रमाण हैं कि कार्लोत्ती मुझपर विश्वास न करेगा। वह यही समझेगा कि अब पुलिस द्वारा हेलन की हत्या के मामले में गिरफ्तार किए जाने से बचने के लिए ही मैं यह सब कह रहा हूं। हो सकता है कार्लोत्ती मुझे तत्काल गिरफ्तार कर ले और फिर मैं कार्लो को नहीं पकड़ पाऊं। मेरे लिए कार्लो को हेलन का हत्यारा सिद्ध करना जरूरी है।”

“नहीं, एड, कार्लोत्ती को सारी बात बता देने में ही तुम्हारी भलाई है।” जिना बोली।

“मैं तुम्हारी बात पर विचार करूंगा।” मैंने कहा। “लेकिन फिलाहाल मैं कार्लोत्ती को यह सारी बात नहीं बताऊंगा।”

“एड मैं तुम्हें एक जरूरी बात बताना तो भूल ही गई।” जिना ने अचानक सोफे से उठते हुए कहा। “कल जब मैं इस फ्लैट को साफ करवा रही थी तो एक डाकिया हेलन के नाम भेजी गई फिल्म का एक कार्टन ले आया।

“फिल्म का एक कार्टन। “मैंने हैरान होकर पूछा। “हां, उसने इस फिल्म को प्रोसेस करने के लिए यहां भेजा होगा।” जिना बोली।

“फिल्म कार्टन की बात सुनकर मेरा दिल जोर-जोर से धड़कने लगा।

“क्या तुमने यह कार्टन की बात सुनकर मेरा दिल जोर-जोर से धड़कने लगा।

“क्या तुमने यह कार्टन ले लिया?” मैंने पूछा।

“हां,” यह कहकर जिना ने अपना बैग खोला और पीले रंग का एक कार्टन बाहर निकाला।

“हो सकता है इस फिल्म में हेलन द्वारा सौरेन्टो में लिए गए चित्र हों।” जिना बोली और कार्टन को मेरी ओर बढ़ा दिया।

मैं अभी इस कार्टन को जिना के हाथ से भी न पाया था कि कमरे का दरवाजा जोर से खुला। हम दोनों ने मुड़कर दरवाजे की ओर देखा।

दरवाजे की चैखट में कार्लो खड़ा था और एक अजीब-सी मुद्रा में हमारी ओर देखकर मुस्करा रहा था।

“इस कार्टन को मुझे सख्त जरूरत थी।” वह बोला। “मैं कई दिनों से इसके यहां पहुंचने की प्रतीक्षा कर रहा था। लाओ, इसे मेरे हवाले कर दो।”

* * *

ऐसे समय जिना ने गजब की चुस्ती व फुर्ती दिखाई। हालांकि उसने कार्लो को पहले कभी न देखा था लेकिन दरवाजे में खड़े आदमी को देखकर वह समझ गई थी कि यही वह कार्लो होगा। जिसका जिक्र मैंने कुछ समय पहले किया था। उसने तेजी से कार्टन को अपने बैग में रखा व कार्लो के नजदीक आने से पहले ही दौड़कर बैडरूम के दरवाजे पर पहुंच गई।

गुस्से में भरकर कार्लो जिना की ओर बढ़ा और हाथ आगे बढ़ाकर उसका रास्ता रोकने की कोशिश करने लगा। जिना की ओर बढ़ते हुए वह मेरे सामने से गुजरा। मैं मौका जानकर उसे अडंगी मार दी और वह औंधा होकर जमीन पर गिर पड़ा। लेकिन जमीन पर गिरने से पहले वह अपनी उंगलियां जिना के ब्लाउज में फंसा पाने में सफल हो गया। जिना ने कार्लो की मजबूत उंगलियों से अपना ब्लाउज छुड़ाने की कोशिश की। इस कशमकश में ब्लाउज फट गया और जिना स्वतंत्र हो गई। वह तेजी से बैडरूम में घुसी और दरवाजों को बंद कर दिया।

कार्लो अभी फर्श पर ही पड़ा हुआ था और मुझे व जिना को बुरी तरह से कोस रहा था। उससे गुत्थम-गुत्था होकर संघर्ष करना मेरे लिए हितकर न था। लिहाजा अवसर का लाभ उठाते हुए मैं कमरे के एक कोने में रखी अंगीठी की ओर भागा व इसमें रखी हुए लोहे की छड़ को हाथ में ले लिया। कार्लो से संघर्ष में यह छड़ मेरे लिए हथियार का काम दे सकती थी। लेकिन इससे पहले की मैं कार्लो पर वार करता, वह खड़ा हो चुका था।

थोड़ी देर हम आमने-सामने खड़े हुए एक-दूसरे को गुस्सेभरी निगाहों से घूरते रहे।

कार्लो ने मेरे वार से बचने के लिए एक बांह ऊपर उठा ली ताकि वह मेरा वार रोक पाए। उसके मुंह पर आ रहे भावों को देखकर लगता था कि मानो वह एक जानवर है जिसने भूलवश मानव जाति में जन्म ले लिया है।

"धोखेबाज। बदमाश। आज मैं तुम्हें मजा चखाता हूं।" मेरी तरफ देखते दांत पीसते हुए कार्लो बोला।

अपने बचाव के लिए हाथ में लोहे की छड़ संभाले मैं कार्लो के अगले कदम की प्रतीक्षा करने लगा।

कार्लो धीरे-धीरे मेरी ओर बढ़ा। मैं इस बात के लिए तैयार था कि कार्लो द्वारा वार किए जाने पर मैं लोहे की छड़ उसके सिर पर दे मारूंगा। यदि लोहे की छड़ का एक मजबूत वार कार्लो के सिर पर पड़ जाता तो वह अपना नियंत्रण खो सकता था।

लेकिन वार करने की कार्लो की गति बहुत अधिक निकली। मैं यह तो पहले से ही जानता था कि वह बहुत फुर्तीला है लेकिन इस समय कार्लो द्वारा दिखाई गई चुस्ती मेरे अनुमान से भी अधिक निकली।

इससे पहले कि मैं अपनी छड़ से कार्लो पर वार करता वह बिजली की गति से मेरे घुटनों की ओर झुका और उसके कंधे मेरी जांघों से टकराए। मैंने अपनी पूरी ताकत से लोहे की छड़ उसके सिर का निशाना बनाकर मारी थी। लेकिन कार्लो की इस तेज चाल से छड़ उसके सिर पर पड़ केवल उसकी पीठ पर पड़ी। मेरा वार चूक गया था कार्लो के लिए छड़ का वार अपने कंधों पर ले लेना काफी आसान था। यदि यही वार उसके सिर पर पड़ता तो उसका सिर फट जाता। यह मेरा दुर्भाग्य ही था कि ऐसा नहीं हो पाया। लोहे की छड़ मेरे हाथ से छूट गई और हम दोनों फर्श पर एक दूसरे के साथ गुत्थम-गुत्था हो गए।

कार्लो मुझसे अधिक शक्तिशाली था। उसके वार हथौड़े की भांति मेरे शरीर पर पड़ रहे थे और वह इस संघर्ष में मुझ पर हावी हो गया था।

थोड़ी देर में मैं परास्त होकर फर्श पर गिर पड़ा। ऐसी स्थिति में कार्लो चाहता तो मुझे जान से भी मार सकता था। लेकिन इस समय उसे जिना के पास पहुंचने की जल्दी थी। लिहाजा मुझे फर्श पर पड़ा छोड़ वह बैडरूम के दरवाजे की ओर बढ़ा वह इसे जोर की लात मारी उसके शक्तिशाली वार से दरवाजा तो टूट गया लेकिन ताला न टूट पाया।

बैडरूम के अन्दर से मुझे बाहर की ओर खुलने वाली खिड़की के शीशों के टूटने की आवाज आई। टूटी हुई खिड़की से बाहर की ओर मुंह कर जिना अपनी पूरी आवाज से चीख रही थी।

अपने मनोबल का सहारा लेकर मैं उठ खड़ा हुआ। लड़खड़ाते हुए पैरों से मैं कार्लो की ओर बढ़ा जो बैडरूम के दरवाजे पर दूसरी लात मारने के लिए तैयार खड़ा था। मैंने पीछे से उसकी गर्दन को अपनी बांहों में लपेट लिया व उसे दरवाजे से दूर सरका दिया। मेरी बांहें एक ताले की भांति मजबूती से कार्लो की गर्दन से लिपटी हुई थीं।

लेकिन मुझसे अधिक शक्तिशाली होने के कारण कार्लो अपनी गर्दन मेरी बाहों के घेरे से छुड़ा लेने में जल्दी ही सफल हो गया। वह पीछे मुड़ा व मेरे पेट पर एक तेज घूंसा जमा दिया। इस घूंसे के प्रहार से मेरी आंखों के सामने अंधेरा छा गया और मैं फर्श पर गिर पड़ा।

कुछ सेकंडों तक अपने आस-पास के वातावरण से बेसुध मैं बेहोश पड़ा रहा। बैडरूम के दरवाजे के टूटकर जमीन पर गिर जाने की आवाज मुझे होश में ले आई। फिर जिना की भय से भरी आवाज ने मुझे यह अहसास दिलाया कि कार्लो जिना के पास पहुंच गया था।

लड़खड़ाते हुए मैं एक बार फिर खड़ा हो गया। जाहिर था कि ऐसी स्थिति में मैं जिना को असहाय नहीं छोड़ सकता था। मेरे पास ही लोहे की छड़ पड़ी हुई थी। मैंने इसे फिर अपने हाथ में उठाया व गिरता-पड़ता बैडरूम में घुसा।

कार्लो ने जिना को फर्श पर लिटा दिया था और उसका गला दबोच रखा था। उसके मुंह के ऊपर झुकते हुए वह चिल्ला रहा था—"वह कार्टन कहां है? उसे मेरे हवाले कर दो।"

मैंने अपनी रही-सही ताकत का प्रयोग कर लोहे की छड़ को उसके सिर पर दे मारा। उसका वार पड़ते ही कार्लो का हाथ जिना के गले पर से हट गया और वह लड़खड़ाकर फर्श पर गिरने लगा। मौका जानकर मैंने लोहे की छड़ से एक और वार किया। इस बार कार्लो फर्श पर धराशायी हो गया।

मैंने लोहे की छड़ को फेंक दिया और जिना के पास आकर उससे पूछा—"क्या तुम्हें ज्यादा चोट लगी है?"

मेरी यह बात सुनकर जिना के पीले चेहरे पर एक मुस्कान तैर गई।

"एड, मैंने वह कार्टन कार्लो को नहीं दिया", वह बोली तथा दर्द के अतिरेक से रो पड़ी।

"यहां क्या हो रहा है?" दरवाजे की ओर से अचानक आवाज आई।

मैंने मुड़कर दरवाजे की ओर देखा और दो पुलिस वालों को वहां खड़ा हुआ पाया। एक पुलिसवाले के हाथ में पिस्तौल भी थी।

“अच्छा हुआ आप आ गए”, मैंने कहा और खड़ा होने की चेष्टा करने लगा। “मेरा नाम एड डॉसन है और मैं वेस्टर्न टेलीग्राम में काम करता हूं। लेफ्टिनैण्ट कार्लोत्ती मुझे जानते हैं। यह व्यक्ति इस फ्लैट में घुस आया और हमें मारने-पीटने की कोशिश करने लगा।”

कार्लोत्ती का नाम सुनकर पुलिस कर्मचारियों का व्यवहार नर्म हुआ और वे मेरी सहायता करने की पेशकश करने लगे।

“क्या आप इस व्यक्ति के खिलाफ कार्रवाई करना चाहते हैं?” पुलिस कर्मचारियों ने मुझसे पूछा।

“हां, आप इस व्यक्ति का गिरफ्तार कर पुलिस स्टेशन ले जाइये”, मैंने कहा। “मैं कपड़े बदलकर थोड़ी देर में वहीं पहुंच जाऊंगा।”

मेरी बात सुनकर एक पुलिसकर्मी कार्लो के ऊपर झुका और उसका कॉलर पकड़ उसे उठाने लगा। इससे पहले कि मैं इन पुलिस कर्मियों से कह सकता कि कार्लो जैसे खतरनाक आदमी को हथकड़ी पहनाकर ही पुलिस स्टेशन ले जाया जा सकता है, कार्लो होश में आ गया। होश में आते ही उसने अपने ऊपर झुक रहे पुलिस कर्मी के जबड़े पर घूंसा मारा जिसके प्रभाव से वह पुलिस कर्मी झूमता हुआ दीवार के साथ जा टकराया।

फिर वह तेजी से उठा व मेरे मुंह पर इतनी जोर की चपत मारी कि मैं कोने में रखे पलंग पर जा पड़ा। इसके बाद वह तेजी से दरवाजे से निकल बाहर की ओर भागने लगा।

कार्लो को भागते देख दूसरे पुलिसकर्मी को स्थिति का अहसास हुआ और उसने कार्लो पर गोली दाग दी।

गोली लगने पर कार्लो लड़खड़ाया लेकिन गोली लगने के बावजूद वह फ्लैट के मुख्य दरवाजे की ओर बढ़ चला। पुलिसकर्मी ने दूसरी गोली चला दी जो कार्लो की पीठ पर लगी।

दूसरी गोली लगने पर कार्लो खुद को सम्भाल न पाया और फर्श पर लुढ़क गया।

* * *

लगभग आधे घंटे के भीतर मैं अपने फ्लैट पर पहुंच चुका था व अपने घावों पर मलहम-पट्टी कर रहा था। इस दौरान मैंने जिना को उसके घर छोड़ दिया था व मैक्सवेल को फोन पर कह दिया था कि दफ्तर को संभाले रखे। पुलिस ने मुझे सूचित किया था कि कार्लो अभी जीवित था लेकिन डाक्टरों के अनुसार उसके अधिक समय तक जीवित रह पाने के आसार न थे। उनके अनुसार एक या दो घंटे के भीतर उसकी मृत्यु होनी निश्चित थी। पुलिस ने उसे हस्पताल में दाखिल करवा दिया था।

मैं अपनी आंख के ऊपर लगी चोटी पर पट्टी लगा ही रहा था कि दरवाजे की घंटी बजी। कार्लोत्ती था।

"कार्लो मृत्यु-भैया पर पड़ा है और आपसे तत्काल बात करना चाहता है", कार्लोत्ती बोला। "बाहर कार तैयार खड़ी है। क्या आप हस्पताल चलेंगे?"

मैं तत्काल कार्लोत्ती के साथ चल पड़ा व नीचे खड़ी पुलिस कार मैं बैठा। कार अस्पताल की ओर चल पड़ी। रास्ते में कार्लोत्ती बोला—"आप कुछ उत्तेजित दिख रहे हैं। ग्रैंडी ने मुझे सूचित किया है कि सेट्टी के ठिकाने का पता आपने ही उसको दिया।"

"जी हां, मैं पिछले कुछ दिनों से काफी उत्तेजित हूं।"

मेरी ओर देखकर कुछ सोचते हुए कार्लोत्ती बोला—"कार्लो से आपकी बात खत्म होने के बाद मैं भी आपसे बात करना चाहूंगा।"

"बहुत अच्छा।"

इसके बाद हस्पताल पहुंचने तक हमारी कोई बात न हुई। हस्पताल के दरवाजे पर कोर्लोत्ती बोला—"मुझे उम्मीद है कि कार्लो अभी जीवित ही होगा। कुछ समय पहले उसकी हालत काफी खराब थी।"

मुझे तत्काल उस प्राइवेट वार्ड में ले जाया गया जहां कार्लो का रखा गया था। मेरे साथ कार्लोत्ती के अतिरिक्त दो और पुलिस जासूस भी थे।

सौभाग्यवश कार्लो अभी जीवित ही था। हमें कमरे में दाखिल होते देख उसने अपनी आंखें खोल दीं व मेरी ओर देखकर मुस्कराने लगा।

"हैलो, दोस्त।" मेरी ओर इशारा कर कार्लो बोला। "मैं तुम्हारी प्रतीक्षा कर रहा था।"

"तुम मुझसे क्या कहना चाहते हो?" मैंने उसके पलंग के करीब जाते हुए कहा।

"मैं तुमसे बिलकुल अकेले में बात करना चाहता हूं।" वह बोला—"इन पुलिस के आदमियों से कहो कि वे कमरे से बाहर चले जायें।"

"हम तुम्हें इसकी इजाजत नहीं दे सकते।" कार्लोत्ती दृढ़ता से बोला।

"देखो, कार्लोत्ती।" कार्लो दर्द से कराहते हुए बोला। "यदि तुम हेलन की मौत का रहस्य जानना चाहते हो तो तुम्हें व तुम्हारे इन पुलिस के साथियों को यहां से निकल जाना होगा। मैं पहले अपने दोस्त डॉसन से बात करना चाहता हूं। इसके बाद मुझे तुम से भी कुछ कहना है।"

कार्लो की बात सुनकर कार्लोत्ती कुछ नर्म पड़ गया।

"ठीक है, कार्लो वह बोला—"मैं तुम्हें डॉसन से बात करने के लिए पांच मिनट का समय देता हूं।"

यह कहकर कार्लोत्ती दरवाजा खोलकर बाहर चला गया। उसके जाने के तत्काल बाद अन्य पुलिस अधिकारी भी कमरे से बाहर निकल गए।

कार्लो मेरी ओर देखने लगा।

"दोस्त, तुममें सचमुच बहुत साहस व शक्ति है।" उसने बोलना शुरू किया। "मुझसे लड़ते हुए तुमने जिस साहस का परिचय दिया उसने मुझे प्रभावित किया है। हेलन के मामले में मैं तुम्हें बचाने को तैयार हूं। मैं कार्लोत्ती को यह बताने ही जा रहा हूं कि हेलन की हत्या वास्तव में मैंने की थी। मैं अब इस दुनिया में थोड़ी ही देर का मेहमान हूं इसलिए पुलिस मेरा कुछ नहीं बिगाड़ सकती। लेकिन बदले में मैं तुमसे कुछ सहायता चाहता हूं। बोलो, क्या तुम मेरी सहायता करोगे?"

"मैं तुम्हारी बात मानने की पूरी कोशिश करूंगा।" मैंने कहा।

"दोस्त, उस फिल्म कार्टन को तुम्हें नष्ट करना होगा।" कार्लो बोला। "यह मेरे लिए बहुत जरूरी है। क्या तुम मुझसे वायदा कर सकते हो कि तुम उस फिल्म को किसी को नहीं दिखाओगे?"

"ऐसा करना मेरे लिए संभव नहीं होगा।" मैंने कहा। हेलन की मौत के बारे में किसी निर्णय पर पहुंच पाने के लिए पुलिस को यह फिल्म देखना जरूरी है।"

"मैं पुलिस को बताने जा रहा हूं कि हेलन की हत्या खुद मैंने नहीं की थी।" कार्लो बोला। "मेरे इस बयान के बाद वह मामला खत्म हो जाएगा...तुम उस फिल्म को खुद देख लो। देखने के बाद ही तुम मेरा मतलब समझ पाओगे। इस फिल्म में हेलन की हत्या के बारे में कोई प्रमाण नहीं है। इस बारे में तुम निश्चिन्त रहो। इस फिल्म में एक ऐसी बात दर्ज है जिसे मैं आम लोगों से छिपाना चाहता हूं। इस बारे में मैं तुम पर विश्वास कर रहा हूं। इस फिल्म को देखने के बाद तुम इसे नष्ट कर देना–मेरी तुमसे केवल यही प्रार्थना है। बोलो, क्या तुम ऐसा करने का वादा करोगे?"

"ठीक है" मैंने कहा। मैं इस फिल्म का निरीक्षण करूंगा। यदि इस फिल्म में हेलन की हत्या के संबंध में कोई प्रत्यक्ष प्रमाण न मिला तो मैं इसे तुम्हारे कहने के मुताबिक नष्ट कर दूंगा?"

"क्या तुम यह वायदा करते हो?"

"हां मैं वायदा करता हूं।"

मेरी बात सुनकर कार्लो ने ठंडी सांस ली और उसके पीले व कमजोर चेहरे पर मुस्कान तैर गई।

"धन्यवाद, डॉसन।" वह बोला–"अब उन पुलिस के आदमियों को अन्दर भेज दो। मैं उनके समक्ष बयान दूंगा।"

"अलविदा, कार्लो।" मैंने कहा और कार्लो का कांपता हाथ अपने हाथ में ले लिया।

"अलविदा दोस्त।" भारी आवाज में वह बोला। "मुझे अफसोस है कि मैं तुम्हें हेलन की हत्या के मामले में फंसाकर तुम्हें तकलीफ पहुंचाई है। यदि हो सके तो मुझे माफ कर दो। ऐसा न हो कि बयान देने से पहले ही मेरे शरीर से आखिरी सांस निकल जाए।"

मैं बाहर आ गया और कार्लोत्ती से कहा कि कार्लो मरने से पहले कोई बयान देना चाहता है। कार्लोत्ती व अन्य पुलिस अधिकारी तेजी से अन्दर गए व अन्दर घुसकर दरवाजा बन्द कर दिया। मैं बाहर कोरिडोर में चहलकदमी करता हुआ कार्लोत्ती का इन्तजार करता रहा।

लगभग बीस मिनट बाद कार्लोत्ती व अन्य पुलिस अधिकारी कमरे से बाहर निकलकर कोरिडोर में आ गए।

"कार्लो ने दम तोड़ दिया है।" कार्लोत्ती धीरे स्वर में बोला। "मैं आपसे बात करना चाहता हूं। क्या हम बात करने के लिए आपके फ्लैट पर जा सकते हैं?"

मुझे यह सुनकर राहत मिली कि कार्लोत्ती मुझसे पुलिस स्टेशन चलने को नहीं कह रहा था। मैंने घर चलने के लिए हामी भरी और हम दोनों फ्लैट पर पहुंचे। फ्लैट के लाउंज में दाखिल होते ही मैंने कार्लोत्ती से पूछा कि क्या वह एक ड्रिंक लेगा।

"नहीं, मैं सिर्फ कंपारी पियूंगा।" उसने कहा।

मैं जानता था कि कार्लोत्ती इस समय ड्यूटी पर था और ड्यूटी के समय वह शराब नहीं पीता था इसलिए मैंने उसे एक कम्पारी ड्रिंक बनाकर दे दिया और अपने लिए व्हिस्की का पेग बनाया।

इसके बाद हम दोनों बैठ गए और बातचीत करने लगे।

मिस्टर डॉसन।" कार्लोत्ती ने बात शुरू की। "कार्लो ने हमें हस्ताक्षरयुक्त लिखित बयान किया है जिसमें उसने खुद को हेलन का हत्यारा माना है। कुछ अन्य स्रोतों से मुझे पता चला है कि हेलन के मृत्यु के समय आप सौरेन्टो में उसके मकान के आसपास ही थे। कम से कम दो गवाहों ने आपको पहचान भी लिया है। इस संबंध में आपको क्या कहना है?"

इस समय मैं कार्लोत्ती की सच्चाई बताने से न झिझका। मैंने उसे शुरू से आखिर तक सारी बातें बता दीं। अपने खुलासे के दौरान मैंने उससे केवल एक ही बात छिपाई और वह यह कि जून चामर्स ने सार्ती को हेलन पर नजर रखने के लिए अनुबन्धित किया था। मैंने कार्लोत्ती से कहा कि मेरे विचार में खुद चामर्स ने ही सार्ती को ऐसा करने का निर्देश दिया था।

कार्लोत्ती ने चुपचाप मेरी पूरी दास्तान सुनी। जब मैंने अपनी बात खत्म की तो मेरे चेहरे पर काफी देर नजर गड़ाने के बाद उसने टिप्पणी की–"मिस्टर डॉसन, मेरा विचार है कि इस पूरे मामले में आपका व्यवहार काफी मूर्खतापूर्ण रहा है।"

"मुझे खुद भी ऐसा ही महसूस हो रहा है।" अपनी झेंप को छिपाते हुए मैंने कहा।" लेकिन कोई अन्य व्यक्ति भी मेरे स्थान पर होता तो संभवतः वह भी वही करता जो मैंने किया है। अपनी नादानी की मुझे काफी सजा मिल गई है। शव परीक्षण रिपोर्ट का निर्णय अवश्य मेरे खिलाफ होगा और मैं अपनी नौकरी से भी हाथ धो बैठूंगा।"

"ऐसा होना जरूरी नहीं है।" कार्लोत्ती बोला—"आपको इस बारे में अधिक चिंतित होने की आवश्यकता नहीं है। कार्लो ने हमें बताया है कि उसने ही हेलन के साथ सौरेन्टो में एक महीना बिताने की योजना बनाई थी क्योंकि यह उसका लिखित बयान है इसलिए हमारे पास इस पर विश्वास न करने का कोई आधार नहीं थी, आपने हमें सेट्टी के बारे में सही जानकारी दी है। इसके अलावा आप हमें समय-समय पर सही व लाभदायक जानकारी देते रहे हैं। इस पृष्ठभूमि में मैं आपके बयान पर पूरा यकीन करता हूं और पुलिस विभाग आपको निर्दोष सिद्ध करने में आपकी पूरी मदद करेगा।"

"धन्यवाद।"

कार्लो ने हमसे कहा है।" कार्लोत्ती ने आगे कहा—"कि उससे हेलन को सेट्टी के विला की तस्वीर लेते हुए देखा। उस समय सेट्टी बालकनी पर ही खड़ा था। कार्लो को यह समझते देर न लगी कि हेलन अपने कैमरे से खींची गई इस तस्वीर का प्रयोग सेट्टी को ब्लैकमेल करने के लिए करेगी। उसने हेलन के हाथ से कैमरा छीन लिया व इसे खोलकर इसमें रखी रील को एक झटके से बाहर निकाल लिया। फिर हेलन को सबक सिखाने के लिए उसने उसे एक चांटा भी मारा। चांटे के प्रहार से बचने के लिए हेलन पीछे की ओर हटी। उसका पैर फिसला। वह पहाड़ी से नीचे नदी में चट्टान पर गिरी और तत्काल ही ही उसके प्राण-पखेरू उड़ गए। यदि पुलिस विभाग शव-परीक्षक को भी इन पर विश्वास करने में कोई आपत्ति न होगी। हेलन जैसी लड़की के संपर्क में आने भर से आपको सजा मिले ऐसा मैं उचित नहीं समझता।"

"आप जो कुछ कह रहे हैं वैसा होना आसान नहीं है।" मैंने कहा। "अब कार्लो मर चुका है। ऐसी सूरत में सार्ती फिर मुझे ब्लैकमेल कर सकता है। इससे पहले कार्लो के हस्तक्षेप के कारण ही वह मुझे ब्लैकमेल नहीं कर पाया था। उदाहरण के लिए वह हेलन से मेरे सम्बन्धों के बारे में चामर्स को सूचित कर सकता है।"

कार्लोत्ती मुस्कराया।

"तुम्हें सार्ती के बारे में चिन्ता करने की आवश्यकता नहीं है।" वह बोला—"कार्लो मरने से पहले सार्ती के बारे में इतने प्रमाण दे दिए हैं कि उसे वर्षों तक जेल की कालकोठरी में सड़ना होगा। पुलिस ने आज तड़के ही उसे गिरफ्तार कर लिया है।"

आज कई दिनों के तनाव व परेशानी के बाद मुझे पहली बार लग रहा था कि मैं निर्दोष हूं तथा हेलन के हत्या सम्बन्धी मामले से निकल पाना मेरे लिए संभव हो सकता था। इस अहसास ने मेरे दिमाग के बोझ को सहसा हल्का कर दिया।

"धन्यवाद, लेफ्टिनेंट।" मैंने कहा। "मुझे अफसोस है कि मेरे कारण आपको व आपके विभाग को परेशान होना पड़ा है। यदि मेरे भाग्य ने मेरा साथ दिया तो मैं अधिक समय आपको तंग नहीं करूंगा और शीघ्र ही न्यूयार्क चला जाऊंगा।

“यह तो पुलिस विभाग का कर्तव्य ही है।” कार्लोत्ती बोला। “कर्तव्य ही है।” कार्लोत्ती बोला। “कर्तव्य के साथ-साथ मुसीबत में फंसे हुए मित्र की सहायता करने में व्यक्तिगत संतोष भी मिलता है।”

थोड़ी देर बाद कार्लोत्ती ने मुझसे गर्मजोशी से हाथ मिलाता व चला गया। मैंने अपने कोट की जेब से फिल्म का कार्टन निकाला। मैं यह जानने के लिए उत्सुक था कि आखिर हेलन ने इसमें ऐसी कौन-सी तस्वीरें कैद की थीं जिन्हें नष्ट करने के लिए कार्लो ने अपने जान की बाजी लगा दी थी। इन्हें अन्य लोगों से छिपाने के लिए ही कार्लो ने मृत्यु-शय्या पर पड़े हुए भी मुझसे सौदा किया था और सौदे की शर्तों के तहत पुलिस को बयान देकर मुझे निर्दोष साबित कर दिया था।

मैं काफी देर इस फिल्म के बारे में सोचता रहा। फिर सहसा मुझे खयाल आया कि मेरे मित्र गीसप फ्रैंजी के पास 16 मि॰ मी॰ का एक प्रोजेक्टर था। मैंने उसे तत्काल फोन किया और पूछा कि क्या वह अपना प्रोजेक्टर मुझे एक घण्टे के लिए दे सकता है?

“प्रोजेक्टर मेरे फ्लैट में है।” वह बोला। “मैं इस समय दफ्तर के काम में इतना व्यस्त हूं कि शाम से पहले घर नहीं लौट सकता। यदि तुम जल्दी में हो तो मेरे फ्लैट में जाकर चौकीदार से चाबी ले लो और प्रोजेक्टर का प्रयोग कर लो।”

“हां, मैं ऐसा ही करता हूं।” मैंने कहा और फोन रख दिया।

आधे घंटे के भीतर मैं फिल्म को लेकर फ्रैंजी के फ्लैट पर पहुंच गया। फिल्म को प्रोजेक्ट पर चढ़ाकर मैंने बत्तियां बुझा दीं व प्रोजेक्टर ऑन कर दिया।

पर्दे पर आ रही तस्वीरों को देखकर मुझे अहसास हुआ कि हेलन वाकई एक अच्छी फोटोग्राफर थी। सोरेन्टो के उसके द्वार लिए गए चित्र बहुत खूबसूरत व हृदयग्राही थे। उसने सोरेन्टो से रेलवे स्टेशन, बाजार, चर्च आदि काफी चित्र लिए थे। मेरा दिल धड़क रहा था और मेरी निगाहें पर्दे पर केन्द्रित थी। अब पर्दे पर सेट्टी के विला का एक चित्र आ गया जो काफी करीब से लिया गया लगता था। इस चित्र में बिना की बालकनी पर व्यक्ति खड़े हुए दिखाई दिए जिन्हें इतनी से पहचाना जा सकता था। लेकिन अगले ही पल इन दोनों व्यक्ति का बहुत नजदीक से चित्र लिया गया था। ये दो व्यक्त सेट्टी व कार्लो जो एक-दूसरे से बात करने में व्यस्त थे। कुछ सेकंडों के बाद मयरा भी वहां आ गई थी और तीनों व्यक्ति बातें करने लगे।

इस चित्र से स्पष्ट हो गया कि कार्लो ने मुझे हेलेन की मौत की जो पृष्ठभूमि बताई थी वह सोच ही थी। कार्लो ने पहाड़ी की चोटी पर खड़ी हुई हेलन को विला की तस्वीरें लेते देख लिया होगा तथा उसके पास आकर उसके हाथ से कैमरा छीना होगा। उसने हेलन को एक तमाचा रसीद करने की कोशिश भी की होगी जिसके परिणामस्वरूप हेलन लड़खड़ाकर पहाड़ी के नीचे गिर पड़ी होगी। लेकिन कार्लो इस फिल्म को छिपाने के लिए इतना उत्सुक क्यों था? अब तक देखी गई तस्वीरों में मुझे इस प्रकार की कोई बुराई नजर न आई थी।

इसका जवाब मुझे अगले चित्र में मिल गया। इस चित्र में कार्लो पहाड़ी पर खड़ा हुआ नदी की ओर देख रहा था। कमरे की ओर उसके शरीर का पिछला हिस्सा था। वह मुड़ा और पहाड़ी की दूसरी ओर देखकर उसके चेहरे पर मुस्कान खिल गई। अब कैमरा भी उसी ओर मुड़ा जिस ओर कार्लो देख रहा था। आखिर उस दिशा में ऐसी क्या बात थी जिसे देखकर कार्लो के मुंह पर चमक आ गई थी?

पहाड़ी की दूसरी ओर पगडंडी से एक लड़की कार्लो की ओर आ रही थी। कार्लो को दूर से ही देख उसने हाथ हिलाया। जब वह लड़की कार्लो के नजदीक पहुंची तो कार्लो ने उसे बांहों में भर लिया और वे दोनों एक लम्बे चुम्बन में कैद हो गए।

यह चित्र पर्दे पर लगभग बीस सेकंड रुका रहा। अविश्वसनीय नजर आ रहे यह चित्र देखे जा रहा था।

कार्लो की बांहों में लिपटकर उसे प्रेम भरा लम्बा चुंबन देने वाली यह लड़की जून चामर्स थी।

* * *

शुक्रवार के दिन शव-परीक्षण निर्णय सुनने के लिए मिस्टर व मिसेज चामर्स नेपल्ज आ गए और वेसुवियस होटल में ठहरे।

होटल में कदम रखते ही चामर्स ने मुझे बुला भेजा और लगभग घंटे भरत तक हमारी बातचीत चलती रही। मैंने उसे रोम में दिखाई गई हेलन की जिन्दगी के बारे में विस्तार से बताया। मैंने कालोर्ती की फाइल भी देखने के लिए दे दी। इस फाइल में उसने मेरे सम्बन्धों वाला भी मैंने पहले ही हटा दिया था। मैंने कालोर्ती मैंकिनी के बारे में बताया कि डगलस नाम का व्यक्ति और कोई नहीं बल्कि कार्लो मैंकिनी ही था।

चामर्स ने मेरे विवरण को ध्यान से सुना व फिर सार्ती की रिपोर्ट के कुछ अंश पढ़े। रिपोर्ट पढ़ने पर उसका चेहरा फक पड़ गया और उसने फाइल मेज पर फेंक दी।

"डॉसन, तुमने इन परिस्थितियों में अच्छा काम किया है।" कमरे में चहलकदमी करते हुए वह बोला–"हेलन के कारनामा से मुझे वाकई सदमा लगा है। मुझे इस बात का बिलकुल भी अहसास न था कि मेरी बेटी ऐसी जिन्दगी जी सकती थी। उसे अपने किये की सजा मिली है। अब उसकी मौत के बाद हमारी यही कोशिश होनी चाहिए कि यह बात अखबारों तक न पहुंच सके।"

मैं जानता था कि चामर्स की यह उम्मीद पूरी न हो सकती थी। लेकिन फिलहाल उसे सच्चाई बताकर और झटका देना ठीक न था।

"मैं अभी जाकर शव-परीक्षक से बात करता हूं।" वह बोला। "मैं उससे कहूंगा कि इस मामले को मामूली बताकर वह इसे रफा-दफा करने की कोशिश करे। फिर मैं पुलिस अधिकारियों

से संपर्क करूंगा व उनसे कहूंगा कि वे इस मामले को दबा दें। तुमने अपना काम ईमानदारी व कुशलता से किया है जिसके कारण मैं तुमसे बहुत खुश हूं। क्या तुम शव-परीक्षा निर्णय के बाद मेरे साथ ही न्यूयार्क चलने के लिए तैयार हो?"

"मुझे अभी एक या दो रोम में ठहरना होगा।" मैंने कहा, "मैं अगले सप्ताह सोमवार तक न्यूयार्क पहुंच जाऊंगा।"

"ठीक है।" चामर्स बोला और मेरे नजदीक आकर खड़ा हो गया।" मैंने कहा, "मैं अगले सप्ताह सोमवार तक न्यूयार्क पहुंच जाऊंगा।"

"ठीक है।" चामर्स बोला और मेरे नजदीक आकर खड़ा हो गया। "यह अच्छा हुआ कि वह बदमाश कार्लो खुद ही मर गया। अब मैं शव-परीक्षक से मिलने जा रहा हूं।"

मैं चामर्स के साथ होटल की कार-पार्किंग तक गया। चामर्स के रवाना होने के बाद मैं फिर होटल में घुसा और स्वागत कक्ष में घुसकर मिसिज चामर्स से मिलने की इच्छा जाहिर की। स्वागत अधिकारी ने फोन पर मिसिज चामर्स से बात की और मुझे उनके कमरे में जाने की इजाजत दे दी।

जून चामर्स अपने कमरे की खिड़की पर खड़ी बाहर के दृश्य देख रही थी। मेरी आहट सुनकर उसने मुड़कर पीछे की ओर देखा और मेरे चेहरे को प्रश्नसूचक अन्दाज में देखने लगी।

"मिस्टर चामर्स ने अभी-अभी मुझसे कहा कि वे मेरे काम से खुश हैं", मैंने कहा व कमरे का दरवाजा बन्द कर खिड़की के पास आ गया।" वे चाहते हैं कि वे जल्दी से जल्दी न्यूयार्क पहुंचकर विदेश डेस्क का भार संभालूं।"

"आपको बधाई हो मिस्टर डॉसन" मिसिज चामर्स बोली–"लेकिन मुझे यह बात बताने में आपका क्या प्रयोजन है?"

"मुझे यह नया पद सम्भालने से पहले आपकी इजाजत की जरूरत है", मैंने कहा।

"मेरी इजाजत? वह क्यों?" मिसिज चामर्स ने चौंकते हुए पूछा।

"यदि मैं आपकी इजाजत न लूं तो आप मुझे यह पर ग्रहण करने से रोक भी सकती हैं।"

जून चामर्स ने अपना बैग खोलकर एक सिगरेट निकाला व इसे सुलगा लिया।

"मिस्टर डॉसन, मैं आपकी बात समझ नहीं पा रही हूं", सिगरेट के कुछ कश लेने के बाद जून चामर्स बोली–"आप जानते ही हैं कि मेरी अपने पति के व्यापार के मामलों में दखलंदाजी करने की आदत नहीं है।"

"मिसिज चामर्स, आप तो यह जानती ही हैं कि डगलस शेराई नाम का काल्पनिक व्यक्ति मैं ही हूं", मैंने कहा–"मैं आपसे यह जानना चाहता हूं कि क्या आप यह रहस्य अपने पति को बताने जा रही हैं?"

"मिस्टर डॉसन, मैं केवल अपने काम से मतलब रखती हूं", अपनी मुट्ठियों को भींचते हुए जून चामर्स बोली–"मेरा हेलन के प्रति कोई लगाव न था और मेरी उसके प्रेमियों के मामले में भी कोई रुचि नहीं है।"

"मैं हेलन का प्रेमी नहीं था" मैंने कहा–"क्या मैं आपकी बातों का मतलब समझूं कि आप इस बारे में अपने पति से कुछ भी कहने नहीं जा रही हैं?"

"जी हां।"

मैंने अपने कोट की जेब से फिल्म का कार्टन निकाला और इसे मिसिज चामर्स की ओर बढ़ाते हुए कहा–"मेरा विश्वास है कि आप इस फिल्म को नष्ट करना चाहेंगी?"

मेरा अन्तिम वाक्य सुनकर मिसिज चामर्स का मुंह पीला पड़ गया। फिर खुद को सम्भालते हुए वे बोली–"क्या मतलब? इस फिल्म को नष्ट करने में मेरी क्या दिलचस्पी हो सकती है?"

"यदि आप यह काम नहीं करना चाहतीं तो यह काम मैं ही किये देता हूं", मैंने कहा। कार्लो ने मुझसे कहा था कि मैं इस फिल्म को नष्ट कर दूं। लेकिन मैंने कहा। कार्लो ने मुझसे कहा था कि मैं इस फिल्म को नष्ट कर दूं। लेकिन मैंने सोचा था कि शायद यह काम खुद करने में आपको अधिक संतुष्टि मिल सके।"

मिसिज चामर्स ने एक लम्बी सांस ली।

"इसका मतलब है कि उस दुष्ट लड़की ने हमारी कुछ और तस्वीरें खींच ही लीं", गुस्से में दांत पीसती हुई मिसिज चामर्स बोली–"क्या आपने इन तस्वीरों को देखा है?"

"हां, कार्लो ने मुझसे इन्हें देखने के लिए कहा था।"

यह सुनकर मिसिज चामर्स के पीले चेहरे पर और अधिक मुर्दनगी छा गई।

"मिस्टर डॉसन, इसका यह मतलब हुआ कि हम दोनों को एक दूसरे के राजों के बारे में पता चल गया है", अपनी घबराहट पर काबू पाते हुए मिसिज चामर्स बोली–"मैं आपसे वादा करती हूं कि मैं आपके राजों को खुद तक ही सीमित रखूंगी। मेरे राजों के बारे में आपका क्या इरादा है?"

इसके जवाब में मैंने कार्टन मिसिज चामर्स की ओर बढ़ा दिया। इस बार मिसिज चामर्स ने कार्टन ले लिया व मेरा धन्यवाद किया।

"मेरे पति ने मुझे बताया है कि कार्लो ने हेलन की हत्या का इल्जाम कबूल कर लिया है।" वह बोली।

"जी हां।"

"हेलन की किसी ने हत्या नहीं की", मिसिज चामर्स बोली। "कार्लो ने यह इल्जाम इसलिए कबूल किया ताकि पुलिस इस मामले में अपनी तहकीकात बंद कर दे।"

थोड़ी देर रुककर मिसिज चामर्स फिर बोली—"अब तो आप समझ ही गए होंगे कि हम दोनों में प्रेमी प्रेमिका का रिश्ता था। मैं आपको इस बारे में सब कुछ बताना चाहती हूं कार्लो वैसे तो बहुत निर्दयी व्यक्ति था लेकिन न जाने क्यों उसे मुझसे प्रेम हो गया था और मेरे साथ वह बहुत प्यार से पेश आता था। हम एक दूसरे को न्यूयार्क में उस समय से जानते हैं जब मैं पाम ग्रोव क्लब में एक गायिका के रूप में काम करती थी। अपने होने वाले पति से मुलाकात होने के बहुत पहले से ही मैं कार्लो के काफी करीब आ चुकी थी। मैं उस पर जान देती थी। मैं उसे बेवकूफी से भरे प्रेम-पत्र लिखती थी।

"तुम्हें याद होगा कि सेट्टी ने मिनोटी की हत्या करवा दी थी। इस हत्या के बाद कार्लो को सेट्टी के साथ रोम जाना पड़ा। मैं उदास हो गई। मुझे कार्लो से फिर मुलाकात हो पाने की आशा न रही। इस बीच मेरा परिचय शेरविन चामर्स से हो गया और वह मुझसे प्रेम करने लगा। मैं एक सस्ते क्लब में काम करते-करते तंग आ चुकी थी। यहां मेरी तनख्वाह इतनी कम थी जिससे मेरा गुजारा होना कठिन होता था। लिहाजा मैंने चामर्स से विवाह कर लिया जो एक धनी व्यक्ति था। चामर्स से मैं प्यार नहीं करती हूं। लेकिन यह मेरा व्यक्तिगत मामला है और इस बारे में मैं और कुछ नहीं करना चाहूंगी।

"चामर्स ने मुझ जिंदगी की वे सारी सुविधाएं दी हुई हैं जिन्हें पाने की मुझे सदा लालसा रही है। मैं उन कमजोर व्यक्तियों में से हूं जो किसी काम न चाहते हुए भी करते हैं क्योंकि उस काम से उन्हें काफी पैसा मिलता है जिनकी उन्हें जरूरत होती है। मेरे अपने पति से कुछ ऐसे ही संबंध हैं। इस समय मेरे पति ही मेरे लिए सब कुछ हैं। आप मेरी बातें सुनकर बोर तो नहीं हुए?"

"जी बिलकुल नहीं।"

"आप जानते ही हैं कि हेलन मिनोटी की रखैल थी", मिसिज जून चामर्स आगे बोली।" कार्लो जानता था कि हेलन को नशीले पदार्थों को सेवन करने की आदत लग चुकी थी। उसने सेट्टी को कहा कि हेलन के माध्यम से मिनोटी तक पहुंचना संभव हो सकता था। यह काम करने के लिए सेट्टी ने कार्लो से दूर रहूं लेकिन मैं ऐसा न कर पाई। हेलन ने हम दोनों का साथ देख लिया। कार्लो ने हेलन को मिनोटी की हत्या में सहायता करने के लिए राजी कर लिया। कार्लो से सौदेबाजी करने के दौरान वह एक बार कार्लो के घर गई और चुपचाप मेरे कुछ प्रेमपत्र वहां से उठा लिए। इस बात का पता हमें काफी समय बाद लगा। फिर दो हजार डालर की कीमत के बदले उसने कार्लो को मिनोटी के मकान में घुसा दिया। इन सब बातों की जानकारी मुझे इस घटना के कई हफ्ते बाद हुई जब मैं कार्लो से मिलने सौरेन्टो वाले विला में गई। वहां हेलन ने ही मुझे यह सब बताया।"

"मिसिज चामर्स, मैं केवल इतना जानना चाहता हूं कि हेलन की मौत कैसे हुई?" मैंने पूछा।

इस सारी पृष्ठभूमि के बिना हेलन की मौत को समझ पाना संभव नहीं है", मिसिज चामर्स बोली–"हेलन मुझे ब्लेकमेल करने लगी। उसने मुझे धमकी दी कि यदि मैं हर सप्ताह उसे एक सौ डालर नहीं दूंगी तो वह मेरे प्रेम-पत्र मेरे पति को दे देगी। मजबूर होकर मुझे हर सप्ताह यह रकम हेलन को देनी पड़ती। मैं जानती थी कि हेलन एक अनैतिक व सड़ी जिंदगी जी रही थी। मैंने सोचा कि यदि मैं उसे किसी प्रकार अपने चंगुल में फंसा लूं तो मैं उससे अपने पत्र वापिस ले लेने में सफल हो सकती हूं। इसी कारण जब हेलन रोम गई तो मैंने एक जासूसी कंपनी से उस पर नजर रखने व उसकी गतिविधियों की सूचना नियमित रूप से मुझे भेजने को कहा।

"जब मुझे पता चला कि हेलन ने सौरेन्टो में मिसिज शेरार्ड के नाम से एक मकान किराए पर लिया है और वह किसी व्यक्ति के साथ वहां एक महीना रहने की योजना बना रही है तो मैंने इस मौके का फायदा उठाने की ठानी। मैंने सौरेन्टो जाकर उसे रंगे हाथों पकड़ने तथा उसके पिता का डर दिखाकर उससे अपने पत्र वापिस ले लेने का निश्चय किया। मैंने अपने पति से कहा कि मैं पेरिस जाकर शापिंग करना चाहती हूं। मेरे पति शापिंग करने से सदा घबराते हैं। उन्होंने कहा कि वे बहुत व्यस्त हैं तथा मुझे अकेले ही पैरिस जाकर शापिंग करने की इजाजत दे दी।

"मैं पेरिस गई और वहां से सौरेन्टो आ गई। मैं हेलन के मकान पर गई पर उस समय हेलन मकान में न थी। मैं इस मकान से बाहर निकल पहाड़ी की ओर चहलकदमी करने लगी। थोड़ा आगे जाने पर मुझे कार्लो मिल गया और हम वहीं खड़े हुए थोड़ी देर बातें करते रहे। ऐसे समय हेलन ने कीं से छिपकर हमारी कुछ तस्वीरें ली होगी। क्या इस कार्टून में यही तस्वीरें कैद हैं?"

"हां, इसमें आप दोनों की लगभग बीस तस्वीरें हैं।" मैंने कहा। क्योंकि ये तस्वीरें इस फिल्म के आखिरी हिस्से में है इसलिए मेरा अनुमान है कि हेलन ने इस फिल्म को निकालकर पास के डाकखाने से रोम के पते पर भेज दिया होगा तथा कैमरा में नई फिल्म डालकर फिर कुछ तस्वीरें खींचने के लिए पहाड़ी पर गई होगी।"

"हां, मेरा भी ऐसा ही अनुमान है।" मिसेज चामर्स बोली–"इस दूसरी बार कार्लो ने हेलन को पकड़ लिया होगा उन दोनों में वाद-विवाद हुआ होगा। कार्लो ने बाद में मुझे बताया था कि हेलन ने यह धमकी दी थी कि यदि वह हेलन को एक बड़ी रकम न देगा तो वह पुलिस को बता देगी कि कार्लो ही मिनोती की हत्या की थी। उसे सेट्टी के गुप्त निवास का पता चल चुका था तथा उसके कैमरे में मेरे व कार्लो के आलिंगन व चुम्बन के चित्र भी थे। कार्लो ने मुझे बताया कि उस समय हेलन होशो-हवाश खोकर जोर-जोर से चीख रही थी। उसे चुप कराने के उद्देश्य से ही कार्लो ने उसे चपत लगाई थी।

"इस समय हेलन ने अपना कैमरा जमीन पर गिरा दिया और पीछे की ओर भागी। भागते हुए वह चोटी के किनारे तक पहुंच गई। होश खो देने की इस अवस्था में वह समझ न पाई कि वह क्या कर रही है और नीचे चट्टान पर गिर पड़ी। कार्लो ने उसकी हत्या नहीं की है। आपको मेरी बात का विश्वास कर लेना चाहिए।"

मैं आपकी बात पर विश्वास कर रहा हूं।" अपने बालों में उंगलियां फेरते हुए मैंने कहा– "कार्लो ने कैमरा में रखी फिल्म निकाल ली होगी। लेकिन शायद उसे यह ख्याल नहीं आया होगा कि असली चित्र तो पिछली रील में थे। जिसे हेलन डाक द्वारा भेज चुकी थी।"

"हां। हमें डाक द्वारा फिल्म भेजे जाने का ख्याल ही न आया।" मिसेज चामर्स बोली– "नेपल्ज पहुंचने पर ही मुझे खयाल आया कि हो सकता है कि हेलन ने कुछ और तस्वीरें भी खींची हों जो किसी अन्य रील में बंद हों। उस दिन शाम को कार्लो ने मुझे फोन किया। मैंने उसे निर्देश दिया कि वह हेलन के मकान में जाकर वहां रखी सभी रीलों को नष्ट कर दे। शायद इसी समय आप उस मकान पर पहुंचे थे।

"कार्लो हेलन के मकान पर गया। वहां उसे मेरे चारों पत्र मिल गए जो हेलन ने चुरा लिए थे। कार्लो ने इन पत्रों को तत्काल नष्ट कर दिया। मिस्टर डॉसन उस समय मुझे यह बिलकुल पता न था कि कार्लो इस मामले में आपको फंसाने की कोशिश कर रहा है। आप मेरी बात पर यकीन कीजिए। हालांकि कार्लो ने मेरे साथ हमेशा अच्छा बर्ताव किया है लेकिन मैं जानती हूं कि उसके जिन्दगी का एक और पहलू भी है और वह पहलू दुष्टता निर्दयता व सड़ांध से भरा हुआ है। यह मेरा दुर्भाग्य ही था कि उसके सभी अवगुणों के बावजूद मैं उससे प्यार करती थी।"

मिसेज चामर्स रुकी व खिड़की से बाहर की ओर देखने लगी। कमरे में खामोशी छा गई।

"यह सारा विवरण देने के लिए मैं आपका धन्यवाद करता हूं।" मैंने कहा–"मैं आपकी स्थिति को समझ सकता हूं। हेलन ने आपके साथ ही नहीं बल्कि मेरे साथ भी ऐसा ही सलूक किया। आपकी तरह ही उसने मुझे भी एक विकट स्थिति में ला खड़ा किया था...खैर अब इन बातों को भूल जाना ही अच्छा है। आप इस फिल्म को नष्ट कर दीजिए अभी मैं कह नहीं सकता कि शव परीक्षण की क्या रिपोर्ट आने वाली है। आपके पति शव-परीक्षण से बात करने गए हैं और मुझे लगता है उन्हें अपने काम में सफलता ही मिलेगी। जहां तक मेरा सम्बन्ध है अब मेरी ओर से बिलकुल निश्चिन्त हो जाइए।"

शव-परीक्षक व पुलिस अधिकारियों से चामर्स की बातचीत सफल रही और शव-परीक्षक का निर्णय चामर्स की इच्छा के अनुकूल ही आया। अपने निर्णय में शव-परीक्षक ने हेलन की मौत को हत्या करार दे दिया और हत्या के लिए टोनी अमैंडो यानी कार्लो मैंकिनी को दोषी ठहराया। प्रेस को पहले ही निर्देश दे दिए गए थे कि वे इस मामले को एक मामूली खबर के रूप में ही छापें और कोई टिप्पणी न करें। इस मामले के बारे में कार्लोत्ती का बयान इतना सीधा व सपाट था कि इस बारे में अटकलें लगाने या सनसनी फैलाने की गुंजाइश ही न बनती थी। कुछ ही दिनों में सारा मामला हवा से भरे गुब्बारे की भांति उड़ गया।

मेरी जून चामर्स से दुबारा मुलाकात न हो पाई। शव-परीक्षण की रिपोर्ट आते ही चामर्स व उसकी पत्नी न्यूयार्क रवाना हो गए और मैं लौट आया।

रोम पहुंचते ही मैं सीधा अपने दफ्तर पहुंचा। दफ्तर में जिना अकेली थी।

"सारा मामला खत्म हो गया और मैं निर्दोष साबित हो गया हूं।" मैंने जिना से कहा—"अब मैं रविवार को न्यूयार्क रवाना हो रहा हूं।"

मेरी बात सुनकर जिना ने मुस्कराने का प्रयास किया।

"बधाइयां।" वह बोली—"आप जो कुछ चाहते थे वह आपको आखिर मिल ही गया।"

"हां, लेकिन मैं न्यूयार्क अकेला नहीं जाऊंगा।" मैंने कहा—"मैं अपने साथ किसी और व्यक्ति को भी न्यूयार्क ले जाना चाहता हूं।"

जिना की आंखों में चमक आ गई।

"किसे?" उसने पूछा।

"एक चुस्त और खूबसूरत लड़की को।" मैंने जवाब दिया—"क्या तुम मेरे साथ चलोगी?"

मेरी बात सुनकर जिना सहसा खड़ी हो गई।

"हां, डार्लिंग हां।" वह बोली—"मैं तैयार हूं।"

अगले ही क्षण जिना मेरी बांहों में थी और मैं उसका चुम्बन ले रहा था।

तभी दरवाजा खुला और कमरे में दाखिल हुआ।

"हम इस समय व्यस्त हैं।" मैंने कहा व मैक्सवेल को केबिन में जाने का इशारा कर दिया। मैक्सवेल सिर को झुकाए चुपचाप केबिन में चला गया।

इसके बाद मैं व जिना न जाने कितनी देर तक एक-दूसरे के आलिंगन में बंधे प्रेम रस का पान करते रहे।

* * *

www.ingramcontent.com/pod-product-compliance
Ingram Content Group UK Ltd.
Pitfield, Milton Keynes, MK11 3LW, UK
UKHW041826200726
13854UKWH00002BA/575

9 789356 848832